Alle Rechte, einschließlich das des vollständigen oder
auszugsweisen Nachdrucks in jeglicher Form, sind vorbehalten.

Der Preis dieses Bandes versteht sich einschließlich
der gesetzlichen Mehrwertsteuer.

Umwelthinweis:
Dieses Buch wurde auf chlor- und säurefreiem Papier gedruckt.

Die Handlung und Figuren dieses Romans sind frei erfunden.
Ähnlichkeiten mit lebenden oder verstorbenen Personen
sind nicht beabsichtigt und wären rein zufällig.

Kat Martin

Der Duft der Rosen
Roman

Aus dem Amerikanischen von
Judith Heisig

MIRA® TASCHENBUCH
Band 25369
2. Auflage: Mai 2009

MIRA® TASCHENBÜCHER
erscheinen in der Cora Verlag GmbH & Co. KG,
Valentinskamp 24, 20350 Hamburg
Deutsche Erstveröffentlichung

Titel der nordamerikanischen Originalausgabe:
Scent Of Roses
Copyright © 2006 by Kat Martin
erschienen bei: Harlequin Enterprises Ltd., Toronto
Published by arrangement with
HARLEQUIN ENTERPRISES II B.V./S.àr.l.

Konzeption/Reihengestaltung: fredebold&partner gmbh, Köln
Umschlaggestaltung: pecher und soiron, Köln
Redaktion: Stefanie Kruschandl
Titelabbildung: pecher und soiron, Köln
Autorenfoto: © by Harlequin Enterprise S.A., Schweiz
Satz: Buch-Werkstatt GmbH, Bad Aibling
Druck und Bindearbeiten: CPI – Ebner & Spiegel, Ulm
Printed in Germany
ISBN 978-3-89941-602-2

www.mira-taschenbuch.de

PROLOG

Sie schreckte hoch. Ihre Augen mussten sich erst an die Dunkelheit gewöhnen. Sie horchte dem merkwürdigen Geräusch nach, das sie aus ihrem tiefen, aber ruhelosen Schlaf geweckt hatte.

Da. Da war es wieder. Ein fernes, seltsames Knarren, wie das einer Diele. Sie hob den Oberkörper leicht an und lauschte angestrengt. Das Geräusch hatte sich verändert, war zu einem eigenartigen Stöhnen geworden. Es klang ein bisschen wie der Wind, aber es konnte nicht der Wind sein. Denn draußen war die Luft ruhig und warm, die Sommernacht stockdunkel und still. Sie lauschte auf das Zirpen der Grillen im nahe gelegenen Feld, doch die gaben merkwürdigerweise keinen Laut von sich.

Es begann erneut. Ein merkwürdiges Knarren, dann ein Stöhnen. Es ähnelte keinem Geräusch, das sie jemals in diesem Haus gehört hatte. Mit klopfendem Herzen setzte sie sich auf und lehnte sich an das Kopfteil des Bettes. Während sie unverwandt auf die Tür starrte, überlegte sie, ob sie ihren Mann wecken sollte. Doch Miguel musste früh raus. Seine Tage waren lang und anstrengend. Was auch immer sie gehört hatte, es entsprang sicher ihrer Einbildung.

Ihre Ohren lauschten angestrengt in die Stille, lauschten und lauschten, doch das Geräusch kam nicht wieder. Sie musste sich fast zwingen zu atmen. Es war plötzlich fürchterlich stickig im Schlafzimmer geworden. Sie konnte kaum noch Luft holen, es war als ob ein schweres Gewicht auf ihrer Brust läge. Ihr Herz schlug nun noch schneller und härter, sodass sie jeden einzelnen Schlag hinter dem Brustbein spürte.

Madre de Dios, was ist los?

Sie atmete erneut tief ein, sog die stickige Luft in ihre Lungen und stieß sie langsam wieder aus. Sie ermahnte sich selbst, ruhig zu bleiben. *Es ist nichts ... nur eine Sinnestäuschung.*

Nichts außer der warmen mondlosen Nacht und der Stille. Sie atmete wieder ein. Wieder aus und wieder ein, tiefe, angestrengte Atemzüge, die sie beruhigen sollten. Ihre wachsende Furcht konnten sie jedoch nicht lindern.

Und dann roch sie es. Den schwachen Duft von Rosen. Der Duft zog immer mehr auf sie zu, schien sich um sie zu legen und sie zu erdrücken. Seine Intensität steigerte sich, bis er zu einem widerlichen und unerträglich süßen Gestank wurde. Auf den Feldern um das Haus blühten das halbe Jahr über Rosen, doch ihr Duft war sanft und leicht und angenehm. Ganz und gar nicht wie dieser stickige Geruch, der in der Luft hing: der Gestank von verfaulenden Blumen.

Ein bitterer Geschmack breitete sich in ihrem Mund aus. Maria wimmerte. Ihre Hand zitterte, als sie nach ihrem Mann tastete, der seelenruhig neben ihr schlief. Doch sie hielt inne. Sie wusste, dass er schlecht wieder einschlafen könnte, und sie wusste, wie nötig er seinen Schlaf hatte. Reglos hoffte sie, ihn allein durch die Kraft ihrer Gedanken wecken zu können.

Ihr Blick huschte ruhelos durch den Raum, immer auf der Suche nach dem Ursprung der Geräusche und des Gestanks und zugleich voller Angst, was sie finden mochte. Doch es war nichts zu sehen. Nichts, das die Panik erklären konnte, die in ihr aufstieg und mit jedem angsterfüllten Herzschlag größer wurde.

Der Hals war ihr wie zugeschnürt. Sie schluckte und streckte die Hand nach Miguel aus. Genau in diesem Moment wurde der Geruch schwächer. Der Druck auf ihrer Brust ließ nach. Allmählich wurde auch die Luft wieder leicht. Sie nahm einen tiefen, reinigenden Atemzug und dann noch einen und noch einen. Draußen vor dem Fenster hörte sie das Zirpen der Grillen. Erleichtert ließ sie sich gegen das Kopfteil des Bettes sinken.

Es war also doch nichts. Nur die heiße trockene Nacht und ihre Einbildung. Miguel wäre ärgerlich gewesen. Er hätte ihr vorgeworfen, sich wie ein Kind aufzuführen.

Unwillkürlich legte sie die Hand auf ihren Bauch. Sie war kein Kind mehr. Sie war neunzehn Jahre alt und trug selbst ein Kind in sich.

Sie blickte hinüber zu ihrem Mann und wünschte, dass sie ebenso tief schlafen könnte wie er. Doch ihre Augen blieben offen, ihre Ohren alarmbereit. Sie redete sich zu, dass sie keine Angst mehr zu haben bräuchte.

Doch sie wusste, dass sie für den Rest der Nacht keinen Schlaf mehr finden würde.

EINS

Elizabeth Conners saß hinter ihrem Schreibtisch. Ihr Büro in der psychologischen Gemeinschaftspraxis für Familienberatung war gemütlich eingerichtet mit dem Eichenschreibtisch und dem dazugehörigen Stuhl, den beiden Aktenschränken aus Eiche, zwei weiteren Stühlen und dem dunkelgrün bezogenen Sofa an der einen Wand.

Eichenholzgerahmte Stadtansichten aus dem neunzehnten Jahrhundert schmückten die Wände, und auf dem Schreibtisch stand eine grüne Glaslampe. Der Raum wirkte zwanglos und ein wenig altmodisch. Das Büro war aufgeräumt und ordentlich. Bei den zahlreichen Patienten, die sie betreute, musste sie einfach gut organisiert sein.

Elizabeth blickte auf den Stapel Akten auf ihrem Schreibtisch. Jede von ihnen war ein Fall, den sie derzeit betreute. Sie arbeitete seit zwei Jahren in der kleinen Gemeinschaftspraxis in San Pico, Kalifornien. Sie war hier geboren und aufgewachsen. San Pico lag nahe dem südwestlichen Ende des San Joaquin Valley und war stark landwirtschaftlich geprägt.

Elizabeth hatte ihren Abschluss an der San-Pico-Highschool gemacht. Sie erhielt ein Teilstipendium, das ihr half, ihren Lebensunterhalt während des Colleges zu bestreiten. Sie studierte Psychologie im Hauptfach an der University of California in Los Angeles und machte ihr Diplom in Sozialpädagogik. Wie schon zu Highschool-Zeiten verdiente sie sich als Kellnerin etwas dazu.

Vor zwei Jahren war sie in ihre Heimatstadt zurückgekehrt, einen ruhigen Ort, in dem ihr Vater und ihre Schwester lebten. Doch inzwischen war ihr Dad gestorben, und ihre Schwester hatte geheiratet und war fortgezogen. Elizabeth war nach Hause gekommen, um sich von einer schmutzigen Scheidung zu erholen. Das ruhige Leben weit weg von der Großstadt hatte ihr geholfen, die Depressionen zu überwinden, unter denen sie seit dem Ende ihrer Ehe mit Brian Logan litt.

Anders als das hektische und betriebsame Santa Ana, wo sie vorher gearbeitet hatte, war San Pico ein Städtchen mit ungefähr dreißigtausend Einwohnern, etwa die Hälfte davon Latinos. Elizabeths Familie hatte 1907 zu den Gründern der Stadt gehört; damals waren sie noch Farmer und Milchbauern gewesen. Elizabeths Eltern besaßen einen kleinen Lebensmittelladen namens Conners' Grocery, doch nach dem Tod ihrer Mutter verkaufte ihr Vater das Geschäft. Er setzte sich zur Ruhe, als Elizabeth die Schule beendet hatte.

Sie griff nach der obersten Akte, um sich auf die für den Abend geplante Sitzung bei den Mendozas vorzubereiten. Die Akte erzählte eine Geschichte von Alkoholmissbrauch und Gewalt in der Familie, eingeschlossen einen Fall von Kindesmisshandlung. Doch seit die Mendozas regelmäßig an der Familienberatung teilnahmen, schien die Gewalttätigkeit abgenommen zu haben.

Elizabeth glaubte inbrünstig daran, dass die Sitzungen Familien dabei halfen, sich auf andere Art und Weise auseinanderzusetzen als durch körperliche Gewalt.

Über die Akte gebeugt, schob sie sich eine widerspenstige Strähne ihres kastanienbraunen Haars hinter das Ohr. Wie alle Conners war sie von schlankem Wuchs, etwas größer als der Durchschnitt. Doch anders als ihre Schwester hatte sie die leuchtend blauen Augen ihrer Mutter – was bedeutete, dass sie bei jedem Blick in den Spiegel an Grace Conners dachte und sie vermisste.

Ihre Mutter war einen elenden Krebstod gestorben, als Elizabeth gerade fünfzehn Jahre alt gewesen war. Beide hatten sich sehr nahegestanden. Die schweren Monate, in denen sie ihre Mutter erst gepflegt und dann verloren hatte, hatten ihr Großes abverlangt.

Elizabeth seufzte, als sie den letzten Eintrag in den Unterlagen las. Sie schloss die Augen und lehnte sich zurück. Sie hatte niemals vorgehabt, in ihre Heimatstadt zurückzukehren, in der es so flach und staubig und die meiste Zeit des Jahres zu heiß war.

Doch manchmal hatte das Schicksal andere Pläne, und so war sie also hier gelandet. Sie wohnte in einem gemieteten Apartment in der Cherry Street und arbeitete als Familienberaterin. Und auch wenn ihr das Leben in dem kleinen Städtchen nicht sonderlich gefiel, fühlte sie sich mit ihrer Arbeit doch sehr wohl.

Sie dachte an die bevorstehende Sitzung, als sacht an die Tür geklopft wurde. Sie schaute auf. Einer der Jungs, die sie beriet, kam herein. Raul Perez war siebzehn Jahre alt und freigestellt vom Jugendarrest, zu dem man ihn bereits zum zweiten Mal verurteilt hatte. Streitlustig, mürrisch und schwierig, war er doch auch klug und mitfühlend und loyal gegenüber seinen Freunden und den Menschen, die er liebte. Und besonders gegenüber seiner geliebten Schwester Maria.

Seine Besorgnis um andere war der Grund, warum Elizabeth zugestimmt hatte, ihn ohne Honorar zu beraten. Raul hatte Potenzial. Er konnte etwas aus sich machen, wenn man ihn richtig motivierte … und wenn sie ihn davon überzeugen könnte, dass sein Leben niemals besser werden würde, solange er Alkohol und Drogen zu sich nahm.

Die Folge waren Einbrüche gewesen, wie das so oft bei Jugendlichen wie Raul vorkam. Sie brauchten Geld, um Drogen zu kaufen, und sie taten alles, um es zu bekommen.

Doch Raul war seit über einem Jahr clean, und er hatte ihr versichert, dass das so bleiben sollte. In seinen tiefen dunklen Augen lag etwas, das Elizabeth glauben ließ, dass er die Wahrheit sagte.

„Raul. Komm rein." Ihr Lächeln war warm. „Schön, dich zu sehen."

„Gut sehen Sie aus", sagte er, höflich wie immer.

„Danke." Sie fand, dass sie heute tatsächlich gut aussah in ihrer beigen Baumwollhose und der türkisfarbenen kurzärmeligen Seidenbluse. Ihr Haar, das sie offen trug, umrahmte in weichen Wellen ihr Gesicht.

Raul setzte sich auf einen der beiden Stühle, während Elizabeth ihn nach seinem Teilzeitjob bei Sam Goodie fragte. Dort verrichtete er Hausmeister- und Botendienste, bis Ritchie Jenkins wieder auf dem Damm war, der am Ende der Main Street einen Motorradunfall gehabt hatte. In einer Woche war der Job vorbei, und wenn Raul bis dahin nicht etwas anderes fand, musste er auch tagsüber wieder in den Arrest.

„Wie gefällt dir denn bislang die Arbeit?"

Er zuckte die Achseln. „Ich mag die Musik, außer wenn sie Country und Western spielen." Raul war nur etwa eins fünfundsiebzig groß, doch er war stämmig und muskulös. Schon in seiner Kindheit war er immer kräftig gewesen für sein Alter. Er hatte glänzendes glattes Haar und dunkle Haut, die nur von einem Totenkopf-Tattoo auf seiner rechten Hand und seinen blau tätowierten Initialen unter seinem linken Ohr verunstaltet wurde. Die Initialen waren eine Amateurarbeit, vermutlich aus der Schulzeit. Sie nahm an, dass der Totenkopf während seines letzten Arrests entstanden war.

Elizabeth lächelte Raul ermutigend zu. „Ich habe aufregende Neuigkeiten für dich."

Er musterte sie argwöhnisch. „Was für welche denn?"

„Du bist bei Teen Vision angenommen worden."

„Teen Vision?"

„Ich erwähnte es vor einigen Wochen. Erinnerst du dich?"

Er nickte und blickte sie unverwandt an.

„Da die Farm eine ziemlich neue Einrichtung ist, haben sie nur Platz für fünfundzwanzig Jugendliche. Doch es haben sich ein paar Lücken ergeben, und deine Bewerbung gehörte zu denen, die akzeptiert wurden."

„Ich habe keine Bewerbung eingereicht", sagte er finster.

Sie lächelte. „Ich weiß, dass du das nicht getan hast. Ich habe es getan."

Er runzelte die Stirn. Kein gutes Zeichen. Die Jugendlichen, die am Resozialisierungsprojekt von Teen Vision teilnahmen, waren aus freien Stücken dort. Wenn er nicht bereit war, sich darauf einzulassen, würde ihm der Aufenthalt nichts bringen.

„Das Programm dauert ein Jahr. Man muss zwischen vierzehn und achtzehn Jahren alt sein, und man muss sich einverstanden erklären, die ganzen zwölf Monate zu bleiben. Andernfalls nehmen sie einen nicht auf."

„Ich komme in sechs Monaten auf Bewährung frei."

„Du musst dein Leben ändern, damit du nicht wieder im Gefängnis landest."

Raul schwieg.

„Du würdest nächste Woche anfangen. Während deines Aufenthalts werden Unterkunft und Verpflegung vollständig übernommen. Sie zahlen dir sogar ein kleines Gehalt für die Arbeit auf der Farm."

Raul grunzte. „Ich weiß, wie viel Farmarbeiter verdienen. Meine Familie hat so ihren Lebensunterhalt bestritten."

„Dies ist etwas anderes, als ein Wanderarbeiter zu sein, Raul. Du hast mir selbst gesagt, dass du die Farmarbeit liebst. Du könntest einen Beruf erlernen, während du dort bist, und du könntest deinen Schulabschluss machen. Wenn das Jahr vorüber ist, kannst du einen Vollzeitjob in der Landwirtschaft übernehmen, oder was du auch immer tun willst. Etwas, das dir mit der Zeit dein eigenes Auskommen sichert."

Er runzelte die Stirn. „Ich muss darüber nachdenken."

„In Ordnung. Aber ich denke, dass du einen Blick auf die Einrichtung werfen solltest, bevor du eine Entscheidung triffst. Wärst du bereit, das zu tun, Raul?"

Er straffte die Schultern und blickte sie noch immer unverwandt an. „Ich würde es mir gern anschauen."

„Das ist großartig. Denk daran, ein Ort wie dieser erfordert ein besonderes Engagement. Dort geht man hin, um sein Leben zu ändern. Du musst das wirklich wollen. Du musst noch einmal von vorn anfangen wollen."

Raul sagte eine Weile gar nichts. Ebenso wenig wie Elizabeth, die ihm Zeit zum Nachdenken geben wollte.

„Wann würden wir es uns ansehen?"

Sie erhob sich von ihrem Stuhl. „Musst du heute Nachmittag arbeiten?"

Er schüttelte den Kopf. „Erst morgen wieder."

„Gut." Elizabeth umrundete den Schreibtisch und ging an ihm vorbei zur Tür, die sie lächelnd öffnete. „Warum dann nicht gleich?"

Die Teen-Vision-Farm befand sich auf einem 60.000 Quadratmeter großen flachen und trockenen Gelände direkt am Highway 51, ein paar Meilen zur Stadt hinaus. Das fruchtbare Stück Boden war von Harcourt Farms gespendet worden, dem größten Landwirtschaftsunternehmen im San Pico County.

Bis vor vier Jahren hatte Fletcher Harcourt die Farm geleitet. Nach einem beinahe tödlichen Unfall, der das Gehirn des Familienpatriarchen in Mitleidenschaft gezogen und ihn im Rollstuhl zurückgelassen hatte, hatte sein ältester Sohn Carson das Unternehmen übernommen. Er leitete nicht nur den Betrieb, sondern hatte auch die einst einflussreiche Position seines Vaters in der Gemeinde inne. Carson war beliebt und großzügig. Das hübsche weiß verputzte Haus mit den Schlafräumen und die anderen Gebäude von Teen Vision waren zweifellos zu einem großen Teil Carsons Spenden zu verdanken.

Elizabeth war Carson Harcourt seit ihrer Rückkehr nach San Pico mehrere Male begegnet. Er war groß, blond und attraktiv. Nach mehreren kurzen Beziehungen blieb er mit siebenunddreißig unverheiratet, auch wenn er sich mit seinem bedeutenden Vermögen und seiner sozialen Position sicher jede Frau in der Stadt hätte aussuchen können.

Als sie ihren neuen perlweißen Acura durch das Tor von Teen Vision steuerte, war Elizabeth kaum überrascht, als sie Carsons silbernen Mercedes Sedan vom Parkplatz fahren sah. Er bremste, als er an ihr vorbeifuhr, wobei er jede Menge Staub aufwirbelte. Als ob er davon nichts bemerkt hätte, ließ Carson das Fenster herunter und schenkte ihr das berühmte Harcourt-Lächeln.

„Hallo, Elizabeth! Was für eine nette Überraschung. Sieht so aus, als ob ich genau zur falschen Zeit wegfahre."

„Nett, dich zu sehen, Carson." Sie deutete mit einer Kopfbewegung auf ihren Passagier. „Das ist Raul Perez. Ich hoffe, er nimmt bald am Programm teil."

„Tatsächlich?" Carson beugte den Kopf, um einen Blick auf Elizabeths Schützling zu werfen. „Die machen ihre Sache hier gut, mein Junge. Du solltest die Chance ergreifen."

Raul sagte nichts. Elizabeth hatte nichts anderes erwartet.

„Dieser Ort …" Sie ließ den Blick schweifen und betrachtete die Gruppe von Jungs, die das Feld umgruben, und die beiden lachenden Teenager, die Korn in einen Trog schütteten, um die vier Hereford-Rinder zu füttern. „Das war sehr großzügig von dir, Carson."

Er zuckte mit den Schultern. „Harcourt Farms gibt der Gemeinde gern etwas zurück."

„Jemand anderes hätte ein solches Projekt vielleicht nicht unterstützt."

Er lächelte und blickte hinüber zu den Feldern, bevor er sie wieder ansah. „Ich muss los. Ich habe einen Termin mit ein paar Gewerkschaftlern in der Stadt." Er beugte wieder den Kopf, um den Jungen neben ihr anzusehen. „Viel Glück, mein Junge."

Raul starrte nur vor sich hin, und innerlich seufzte Elizabeth über die scheinbare Teilnahmslosigkeit.

„Ach, eins noch", sagte Carson. „Ich hatte sowieso vor, dich anzurufen. Ich wollte mit dir über die Teen-Vision-Benefizgala am Samstagabend sprechen. Ich hoffte, du würdest mich begleiten."

Sie war überrascht. Carson war immer freundlich zu ihr gewesen, aber auch nicht mehr. Vielleicht hatte er ihr Interesse an Teen Vision bemerkt? Auch wenn sie bislang noch niemals auf der Farm gewesen war, wusste sie um die wunderbare Arbeit, die dort geleistet wurde, und glaubte fest an das Projekt.

Sie taxierte ihn. Seit ihrer Scheidung hatte sie sich kaum verabredet; Brians Untreue hatte sie argwöhnisch werden lassen. Dennoch: Mit einem intelligenten, attraktiven Mann einen Abend zu verbringen, könnte Spaß machen.

„Das tue ich gern, Carson. Danke für die Einladung. Soweit ich mich erinnere, wird um Abendgarderobe gebeten?"

Er nickte. „Ich rufe dich an. Dann kannst du mir sagen, wie ich zu dir nach Hause komme, damit ich dich abholen kann."

„Wunderbar, das klingt gut."

Er lächelte und winkte, ließ das Fenster hochfahren und fuhr fort. Elizabeth sah ihm einen Moment im Rückspiegel nach, trat dann aufs Gas und fuhr durch das Tor auf einen der Parkplätze im staubigen Parkbereich.

„Wir sind da." Sie lächelte Raul an, der aus dem Fenster zu der Gruppe junger Männer schaute, die auf dem Feld arbeiteten. In der Ferne wirbelte ein Traktor eine Staubwolke auf, und auf einem Hügel standen Milchkühe, die auf das Abendmelken warteten.

Raul wirkte nervös und jünger als seine siebzehn Jahre, als er die Beifahrertür öffnete und in die Nachmittagshitze hinauskletterte. Sam Marston, der Direktor von Teen Vision, kam vom Haus aus auf sie zu.

Sam war durchschnittlich groß und normal gebaut. Ein Mann in den frühen Vierzigern, der rasch eine Glatze bekommen hatte. Die spärlichen Resthaare trug er rasiert. Er sprach leise, strahlte aber dennoch eine gewisse Autorität aus. Er winkte zur Begrüßung, während er auf sie zukam.

„Willkommen bei Teen Vision."

„Danke." Sie war Sam Marston bereits begegnet, seit sie in die Stadt zurückgezogen war, und kannte seine bemerkenswerte Arbeit mit straffälligen Jugendlichen. „Ich weiß, dass Ihre Zeit begrenzt ist. Für einen offiziellen Rundgang kann ich ja später noch einmal kommen."

Er verstand, was sie sagen wollte. Dass er nämlich die Zeit mit Raul verbringen sollte. „Sie sind jederzeit willkommen", erwiderte er lächelnd und wandte seine Aufmerksamkeit dem Jungen zu. „Du musst Raul Perez sein."

„Ja, Sir."

„Ich bin Sam Marston. Lass mich dich ein wenig herumführen, und ich erzähle dir dabei ein bisschen über Teen Vision." Ohne Rauls alarmierten Gesichtsausdruck zu beachten, legte Sam ihm eine Hand auf den Rücken und schob ihn leicht vorwärts.

Elizabeth beobachtete, wie die beiden sich entfernten, und lächelte. Sie betete darum, dass Raul dem Ort eine Chance geben und die Farm seine Rettung würde, so wie sie das schon für viele andere Jungen gewesen war.

Als sie in den Schatten eines Obstbaumes wechselte, von wo aus sie die Jungen auf dem Feld beobachten und auf Sam warten wollte, erblickte sie einen weiteren Wagen, einen dunkelbraunen Jeep Cherokee, der durch das Tor fuhr und direkt neben ihrem Wagen hielt.

Ein großer schlanker Mann in ausgeblichenen Jeans und einem dunkelblauen T-Shirt stieg aus. Sein Haar war sehr dunkel und seine Haut tief gebräunt. Er hatte breite Schultern, schmale Hüften und einen flachen Bauch. Als er auf sie zukam, erkannte sie den Teen-Vision-Slogan, der in weißen Buchstaben auf seinem T-Shirt prangte: *Nur du kannst deine Träume wahr werden lassen.* Die kurzen Ärmel gaben den Blick auf seinen kräftigen Bizeps frei.

Dennoch konnte sie sich nicht vorstellen, dass er als Berater auf der Farm arbeitete. Sein Haarschnitt wirkte zu teuer, sein ausgreifender Schritte zu entschieden, wenn nicht gar aggressiv. Sogar der Schnitt seiner Jeans kündete von Stil und Geld. Elizabeth musterte ihn von ihrem Platz unter dem Baum aus. Obwohl er eine Sonnenbrille trug und sie sein Gesicht nicht erkennen konnte, kam er ihr doch irgendwie bekannt vor.

Sie fragte sich, wo sie ihm schon begegnet sein könnte. Wenn es so war, würde sie sich mit Sicherheit an ihn erinnern. Er ging an ihr vorbei, als ob sie gar nicht da wäre, den Blick unverwandt nach vorn gerichtet. Sein Ziel war die halb fertige Scheune, wo mehrere ältere Jungen eifrig herumhämmerten. Der dunkelhaarige Mann ging zu ihnen und begann ein Gespräch. Wenige Minuten später streifte er einen Werkzeuggürtel über und machte sich an die Arbeit.

Elizabeth sah ihm eine Weile zu. Offensichtlich verstand er etwas von dem, was er da tat. Sie fragte sich noch immer, wer er war. Sie wollte sich nach ihm erkundigen, doch als Sam und Raul wieder zurückkamen, glühte das Gesicht des Jungen, und er lächelte so strahlend, dass sie ihr Vorhaben vergaß.

„Du wirst es also tun?", fragte sie und strahlte ihn an.

Er nickte. „Sam sagt, dass er mir dabei helfen wird, herauszufinden, welche Arbeit mir am meisten liegt. Er sagt, ich darf das tun, was mich am meisten interessiert."

„Oh Raul, das ist ja wunderbar!" Sie hätte ihn gern umarmt, doch sie musste professionell bleiben, und außerdem wäre es ihm vermutlich nur peinlich gewesen. „Ich kann dir gar nicht sagen, wie sehr mich das freut."

„Er kann am Samstag hier einziehen", sagte Sam. „Wir helfen ihm mit dem ganzen Papierkram, der notwendig ist." Formell gesehen stand Raul noch bis zum nächsten Jahr unter Vormundschaft des Jugendamtes, und die Papiere würden die entsprechenden Stellen durchlaufen müssen.

„Das klingt großartig." Elizabeth wandte sich an Raul. „Ich kann dich mit zurücknehmen, wenn du möchtest."

„*Sí*, das wäre gut." Raul verfiel selten in seine Muttersprache, eigentlich nur wenn er nervös oder verärgert war. Doch er lächelte. Nervosität konnte also manchmal auch etwas Gutes sein.

„Deine Schwester wird sich so freuen."

Sein Lächeln wurde breiter. „Maria wird glücklich sein. Und Miguel vermutlich auch."

„Ja, sie werden sich beide über deine Entscheidung freuen."

Sie verabschiedeten sich von Sam, der ihr jederzeit eine persönliche Führung über die Farm versprach, und gingen in Richtung des Wagens.

Sie war sehr zufrieden mit dem Verlauf des Nachmittags. Doch als ihr Blick auf Raul fiel, bemerkte sie, dass sein Lächeln verschwunden war.

„Was ist los, Raul?"

„Ich bin nervös. Ich möchte das hier richtig machen."

„Das wirst du. Du hast viele Menschen, die dir helfen werden."

Dennoch entspannte er sich nicht. Sie wusste, er machte sich Sorgen, dass er irgendwie versagen würde. Es waren die Misserfolge, hatte sie gelernt, an die sich die meisten dieser jungen Latinos erinnerten, und diese Misserfolge prägten ihr Leben. Doch Raul hatte auch viele Fähigkeiten. Er war seit einem Jahr drogenfrei geblieben, und nun wollte er sich für ein Jahr dem Teen-Vision-Programm verpflichten.

„Wirst du deine Schwester heute Abend sehen? Ich kann mir vorstellen, wie aufgeregt sie sein wird."

Statt zu lächeln, runzelte Raul die Stirn. „Ich werde vorbeigehen und ihr die Neuigkeiten erzählen." Er blickte Elizabeth von der Seite an. „Ich mache mir Sorgen um sie."

„Warum? Ich hoffe, es gibt keine Probleme mit ihrer Schwangerschaft?" Obwohl Maria erst neunzehn war, war es bereits ihre zweite Schwangerschaft. Letztes Jahr hatte sie eine Fehlgeburt erlitten. Elizabeth wusste, wie viel ihr und Miguel dieses Baby bedeutete.

„Es geht nicht um das Baby. Es ist etwas anderes. Maria will mir nicht sagen, was." Seine dunklen Augen ruhten auf ihrem Gesicht. „Vielleicht können Sie mit ihr sprechen. Vielleicht würde sie Ihnen dann sagen, was los ist."

Das hörte sich nicht gut an. Obwohl Marias Mann der typische Latino-Macho war, der den Mann als unbestrittenes Familienoberhaupt betrachtete, schien das Paar doch glücklich zu sein. Hoffentlich hatten die beiden keine Eheprobleme.

„Ich spreche gern mit ihr, Raul. Sag ihr, sie soll mich im Büro anrufen, und wir vereinbaren einen Termin."

„Das werde ich ihr sagen. Aber warten Sie nicht darauf, dass sie anruft." Mehr sagte Raul nicht.

Elizabeth setzte sich hinter das Steuer und zuckte zusammen, als die Hitze des roten Ledersitzes an ihre Haut drang. Sie warf einen letzten Blick auf die Scheune. Zwar standen erst zwei Seiten des Gebäudes, doch sie machten gute Fortschritte. Sie musterte die Gruppe, die noch immer fleißig hämmerte. Der dunkelhaarige Mann war fort.

Raul schnallte sich auf dem Beifahrersitz an, und Elizabeth fuhr los. Auf der Rückfahrt schien der Junge meilenweit fort zu sein, und sie fragte sich, ob ihn die Gedanken an seine neue Zukunft beschäftigten oder die Sorge um seine Schwester.

Elizabeth nahm sich vor, bei nächster Gelegenheit bei dem kleinen gelben Haus zu halten, in dem Miguel Santiago und seine hübsche Frau wohnten. Sie würde mit Maria reden, sich erkundigen, was los war, und herausfinden, ob sie etwas tun konnte.

ZWEI

Es war spät und die Nacht schwarz wie Tinte. Nur die schmale Mondsichel erhellte die Dunkelheit mit ihrem dünnen Lichtstrahl. Der Geruch frisch gemähten Heus und umgegrabener Erde hing in der Luft. Im Haus schaltete Maria Santiago den Fernseher aus, der auf einem kleinen Holztisch an der Wand ihres spärlich möblierten Wohnzimmers stand.

Das Haus war nicht groß. Es hatte nur zwei Zimmer und ein Bad. Es war erst vier Jahre alt. Es war solide gebaut, gelb verputzt und mit einfachen Dachschindeln versehen. Vor ihrem Einzug waren alle Zimmer frisch gestrichen worden. Der beige Teppichboden sah noch fast wie neu aus.

Maria hatte das Haus vom ersten Moment an geliebt. Mit dem Garten und den Zinnienbeeten vor der Veranda schien es ihr der hübscheste Ort zu sein, an dem sie jemals gelebt hatte. Miguel mochte es ebenfalls und war stolz, dass er seiner Frau und ihrem Kind solch ein Heim bieten konnte.

Miguel wünschte sich sogar noch mehr als Maria ein Kind. Abgesehen von Maria und Raul hatte er kaum Familie, jedenfalls nicht in der Nähe. Die meisten seiner Verwandten lebten weiter nördlich im San Joaquin Valley bei Modesto.

Marias Mutter war gestorben, als sie vierzehn war, und ihren Vater hatte sie niemals kennengelernt. Als ihre Mutter noch lebte, hatte sie ihr erzählt, dass er sie verlassen hätte, als Raul geboren wurde, und dass ihn seitdem niemand mehr gesehen hätte.

Ohne ihre Eltern oder irgendjemand anders, der für sie sorgte, hatten sich Maria und Raul einem Paar namens Hernandez angeschlossen, Wanderarbeitern, die von Farm zu Farm übers Land zogen. Zu einem ihrer Jobs gehörte die Mandelernte auf der Harcourt-Farm, und dort hatten Maria und Miguel sich kennengelernt. Maria war noch keine fünfzehn gewesen und ihr Bruder erst dreizehn. Miguel Santiago wurde ihre Rettung.

Sie heirateten einen Tag nach ihrem fünfzehnten Geburtstag, und als die Wanderarbeiter weiterzogen, blieben sie und Raul bei Miguel auf der Farm. Obwohl er kaum genug zum Leben verdiente, gab es genug zu essen, und Raul konnte zur Schule gehen. Das erste Jahr nahm er gewissenhaft am Unterricht teil, doch weil ihm die anderen Kinder weit voraus waren, rebellierte er bald und weigerte sich, weiter den Unterricht zu besuchen.

Er fing an, lange wegzubleiben und sich mit zwielichtigen Typen herumzutreiben. Schließlich brachte er sich in Schwierigkeiten und wurde in ein Pflegeheim gesteckt. Am Ende landete er in einer Jugendstrafanstalt. Doch jetzt würde er bald bei Teen Vision dabei sein.

Es schien, als ob ein Wunder geschehen wäre.

Ein Weiteres war vor zwei Monaten geschehen, als Marias Mann zu einem der vier Vorarbeiter auf der Farm befördert worden war. Er hatte eine Gehaltserhöhung bekommen, und ihm wurde das Haus zur Verfügung gestellt.

Ein sehr hübsches Haus, dachte Maria erneut, als sie den Gürtel ihres Bademantels löste und ihn über einen Stuhl warf. In ihrem kurzen weißen Nylon-Nachthemd, das sich über ihrem immer größer werdenden Bauch spannte, ging sie zu Bett und wünschte, dass Miguel nach Hause käme. Doch er arbeitete oft spät in den Feldern, und sie hatte sich eigentlich daran gewöhnt.

Nur in letzter Zeit wurde sie ängstlich, wenn er nicht nach Hause kam und es immer später wurde.

Sie warf einen Blick auf das Bett mit seiner komfortablen Matratze in Übergröße. Es war größer als alles, worin sie vorher geschlafen hatte.

Sie sehnte sich danach, unter die Decke zu schlüpfen, ihren Kopf auf das Kissen zu legen und langsam in den Schlaf zu gleiten. Sie war so müde. Ihr Rücken schmerzte, und die Füße brannten. Bestimmt würde sie heute Nacht schlafen und nicht wieder aufwachen, bis Miguel nach Hause kam. Bestimmt würde das, was ihr letzte Woche und vorletzte Wochen widerfahren war, heute Nacht nicht passieren.

Es war nach Mitternacht und das Haus völlig still, als sie den hübschen gelben Überwurf zurückzog, sich hinlegte und die dünne Bettdecke bis unters Kinn zog.

Sie konnte die Grillen im Feld hören, und das rhythmische Zirpen beruhigte sie. Das Kissen unter ihrem Kopf fühlte sich weich an. Ihr offenes schwarzes Haar kitzelte ihre Wange, als sie ihre Lage veränderte, und die Augen fielen ihr zu.

Eine Zeit lang döste sie friedlich, ohne das merkwürdige Knirschen und Stöhnen oder die leichte Veränderung der Atmosphäre zu bemerken. Dann wurde die Luft dichter, stickiger, und das beruhigende Zirpen der Grillen hörte abrupt auf.

Maria riss die Augen auf. Sie starrte zur Decke hinauf. Ein schweres Gewicht auf ihrer Brust schien sie niederzudrücken. Sie hörte das merkwürdige Stöhnen und das Knarren, das nicht vom Wind stammen konnte. In der Dunkelheit des Schlafzimmers stieg ihr der erstickende Geruch von Rosen in die Nase, und ihr wurde übel.

Der Verwesungsgestank hüllte sie geradezu ein, schien sie auf die Matratze zu drücken und ihr die Luft aus den Lungen zu pressen. Sie wollte sich aufsetzen, konnte sich aber nicht bewegen. Sie versuchte zu schreien, doch kein Laut entwich ihrer Kehle.

Oh Madre de Dios! Muttergottes, beschütze mich!

Sie hatte solche Angst! Sie verstand nicht, was hier vor sich ging. Sie wusste nicht, ob das, was sie fühlte, real war, oder ob sie ihren Verstand verlor. Ihre Mutter hatte an einem Tumor gelitten, der letztlich zu ihrem Tode führte. Kurz vor ihrem Ende hatte sie fantasiert, wirres Zeug geredet und sich Dinge eingebildet.

Was geschah nur mit ihr?

Sie drehte sich im Bett herum und versuchte sich aufzusetzen, doch ihr Körper blieb wie festgefroren auf dem Bett liegen. Etwas schien in ihren Geist einzudringen und ihre Gedanken zu besetzen, bis sie an nichts anderes mehr denken konnte als an die Worte, die ihn ihrem Kopf kreisten.

Sie wollen dein Baby, flüsterte eine leise Stimme in ihrem verängstigten Gehirn. *Sie nehmen dir dein Baby, wenn du nicht fortgehst.*

Maria schluchzte auf. Panik erfüllte sie. Sie sehnte sich nach Miguel, betete, dass er nach Hause käme und sie rettete. Leise betete sie zu Gott, dass er ihn ihr zurückbrächte, bevor es zu spät wäre.

Doch Miguel kam nicht.

Stattdessen verebbte die leise Stimme allmählich in der Stille, als ob sie niemals da gewesen wäre, und der betäubende Rosenduft verflog in der Dunkelheit. Lange noch lag sie da und hatte Angst, sich zu bewegen, Angst vor dem, was womöglich passieren würde.

Maria schluckte. Sie versuchte die Arme anzuheben, und stellte fest, dass ihre Glieder ihr wieder gehorchten. Mit zur Decke gerichtetem Blick lag sie da und atmete tief durch, während ihre Hände zitterten. Sie bebte am ganzen Körper. Ihr Herz schlug wie nach einem kilometerlangen Dauerlauf. Zögernd streckte sie die Beine aus. Sie bewegte die Arme und kreuzte sie über der Brust, um das Zittern zu unterdrücken. Unsicher setzte sie sich auf. Das lange schwarze Haar fiel ihr über die Schultern bis fast zur Taille. Sie zog die Beine an den Körper, strich das Nachthemd darüber und ließ ihr Kinn auf die Knie sinken.

Es war ein Albtraum, sagte sie zu sich selbst. *Der gleiche Traum, den du schon zuvor hattest.*

Marias Augen füllten sich mit Tränen. Sie schlug eine Hand vor den Mund, um das Schluchzen zu unterdrücken, und versuchte sich selbst davon zu überzeugen, dass sie recht hatte.

Zachary Harcourt öffnete die Vordertür jenes Hauses, das einst sein Zuhause gewesen war. Es war ein großes weißes zweigeschossiges Holzhaus mit je einer Veranda vorn und hinten, ein eindrucksvolles Haus, das in den Vierzigerjahren gebaut und über die Jahre umgestaltet und verbessert worden war.

Die stuckverzierten Decken waren hoch, damit sich die Hitze nicht staute, und teure Damastvorhänge rahmten die Fenster ein. Die Böden waren aus Eiche und immer glänzend poliert. Zach ignorierte das scharfe Klirren seiner Arbeitsschuhe, als er den Flur entlang zu jenem Raum schritt, der einst das Arbeitszimmer seines Vaters gewesen war. Es war ein durch und durch herrschaftlicher Raum in dunklem Holz und mit Regalen an den Wänden, in denen ledergebundene Bücher mit Goldprägung standen.

Der große Eichenschreibtisch, an dem sein Vater immer gesessen hatte, dominierte noch immer den Raum. Doch nun saß sein älterer Bruder Carson in einem teuren Ledersessel dahinter.

„Ich sehe, du hältst noch immer nichts vom Anklopfen." Carson wandte sich ihm zu, wobei eine Hand auf den Papieren auf dem Schreibtisch ruhte. Die Feindseligkeit in seinem Blick war nicht zu übersehen. Zacharys Augen zeigten die gleiche Abneigung.

Die Männer waren etwa gleich groß, fast eins neunzig, doch der zwei Jahre ältere Carson war in Schultern und Brust breiter gebaut, mehr wie sein Vater. Er war blond und hatte blaue Augen wie seine Mutter, wohingegen Zach, sein unehelicher Halbbruder, schlanker war und das fast schwarze leicht wellige Haar von Teresa Burgess geerbt hatte, der langjährigen Geliebten seines Vaters.

Es ging das Gerücht, dass Teresa eine spanische Großmutter gehabt hatte, doch dem hatte sie immer widersprochen. Und auch wenn Zachs Haut dunkler war als Carsons und seine Wangenknochen höher und ausgeprägter, hatte er dennoch keine Ahnung, ob er nun Latino-Blut in sich hatte oder nicht.

Eines aber war gewiss: Zach hatte die gleichen goldgesprenkelten braunen Augen, aus denen ihn auch sein Vater ansah und die ihn eindeutig als Sohn Fletcher Harcourts und damit als Carsons Bruder auswiesen – sehr zum Verdruss von Carson.

„Ich brauche nicht anzuklopfen", sagte Zach. „Falls du es vergessen haben solltest, was du ja gern tust, dieses Haus gehört noch immer unserem Vater, was bedeutet, dass es ebenso sehr meines ist wie deines."

Carson gab keine Antwort. Nach dem Unfall, der Fletcher Harcourt in den Rollstuhl gebracht und sein Gedächtnis zerrüttet hatte, war sein ältester Sohn zum Verwalter der Farm und aller Angelegenheiten des Vaters bestimmt, eingeschlossen seiner gesundheitlichen Belange. Dem Richter war die Entscheidung leichtgefallen, da Zach jünger und vorbestraft war.

Mit einundzwanzig hatte Zach wegen fahrlässiger Tötung zwei Jahre in der Justizvollzugsanstalt Avenal absitzen müssen. Er war verurteilt worden, weil er betrunken Auto gefahren und dadurch ein Mann zu Tode gekommen war.

„Was willst du?", fragte Carson.

„Ich möchte wissen, wie es mit der Benefizgala steht. So wie ich deine zupackende Art kenne, nehme ich an, dass alles bereit ist."

„Alles unter Kontrolle. Ich habe gesagt, dass ich dabei helfe, Geld für dein kleines Projekt zu sammeln, und das tue ich auch."

Vor zwei Jahren hatte Zach seinen Stolz heruntergeschluckt und sich an Carson gewandt mit der Idee, ein Camp für Teenager mit Drogen- und Alkoholproblemen zu eröffnen. Als Jugendlicher war er einer dieser Teenager gewesen, die immer Ärger hatten, die immer im Clinch lagen mit ihren

Eltern und dem Gesetz.

Doch die zwei Jahre im Gefängnis hatten sein Leben verändert. Und er wollte den Jungs, die nicht so viel Glück gehabt hatten wie er, ebenfalls eine Chance geben.

Nicht dass er sich damals für glücklich gehalten hätte.

Trotzig und wütend war er gewesen. Er hatte allen außer sich selbst die Schuld daran gegeben, was mit ihm geschehen und was aus seinem Leben geworden war. Aus Langeweile hatte er begonnen, sich mit Jura zu beschäftigen – und weil er hoffte, so seine Strafe zu verkürzen. Es schien ihm zu liegen. Er holte seinen Highschool- und den College-Abschluss nach. Dann ging er nach Berkeley und schrieb sich an der Juristischen Fakultät ein.

Beeindruckt von seinem Veränderungswillen, half ihm sein Vater mit dem Schulgeld, sodass Zach mit dem Geld aus einem Teilzeitjob auskam. Zach hatte es auf diese Weise geschafft, die Schule als einer der Besten seines Jahrgangs abzuschließen. Die Zulassungsprüfung als Anwalt bestand er mit Bravour, und Fletcher Harcourt ließ seine Beziehungen spielen, damit Zach trotz seiner Strafakte als Anwalt arbeiten konnte.

Zach war inzwischen ein erfolgreicher Anwalt geworden. Er war Partner in einer Kanzlei in Westwood, besaß ein Apartment mit Meerblick in Pacific Palisades und fuhr ein brandneues BMW-Cabrio und den Jeep, mit dem er immer ins Tal kam.

Er führte ein privilegiertes Leben und wollte etwas von dem Erfolg zurückgeben, den er errungen hatte. Bis zu jenem Tag vor zwei Jahren hatte er seinen Bruder niemals um etwas gebeten – und er hatte sich geschworen, das auch niemals wieder zu tun. Carson und seine Mutter hatten Zach das Leben schwer gemacht, seit sein Vater ihn mit nach Hause gebracht und angekündigt hatte, ihn adoptieren zu wollen.

Das böse Blut zwischen ihnen würde immer bestehen, doch Harcourt Farms gehörte Zach ebenso sehr wie Carson.

Und auch wenn sein Bruder das Unternehmen führte, gab es dennoch jede Menge Land. Das Gelände, das er für das Camp gewählt hatte, war der perfekte Ort.

Zach erinnerte sich an den Tag, als er zu seinem Bruder gekommen war, erinnerte sich an sein Erstaunen, als Carson so bereitwillig auf seinen Vorschlag einging.

„Nun, da hattest du ja tatsächlich mal eine gute Idee", hatte Carson gesagt.

„Soll das heißen, dass Harcourt Farms das Gelände stiften wird?"

„Genau. Ich werde dir sogar helfen, das Geld aufzubringen, um das Projekt zu verwirklichen."

Zach hatte mehrere Monate gebraucht, bis er begriff, dass sein Bruder wieder einmal den Spieß umgedreht hatte. Das Projekt wurde Carsons Projekt, obwohl vor allem Zachs Geld in der Stiftung steckte, und die ganze Stadt befand sich nun in Carsons Schuld.

Zach war das inzwischen egal. Mit Carson als Wortführer kam laufend Geld herein. Genug, um das Projekt am Laufen zu halten, und sogar genug, um zu expandieren. Je mehr Jungen geholfen werden konnte, desto besser, dachte Zach. Er hielt sich gern im Hintergrund. Und unter Carsons statt unter seinem Namen würde die Benefizveranstaltung am Sonnabend vermutlich ein ganzer Erfolg werden.

„Ich wollte mich nur vergewissern", sagte Zach und dachte an die Abendgesellschaft, an der er nicht teilnehmen würde. „Lass es mich wissen, wenn du mich brauchst." Stattdessen würde er am Wochenende mit den Jungs von Teen Vision die Scheune weiterbauen, eine Beschäftigung, die ihm viel Freude bereitete.

„Bist du sicher, dass du nicht kommen möchtest?", fragte Carson, obwohl Zach davon ausging, dass er das schwarze Schaf der Familie wohl als Allerletztes dabei haben wollte.

„Nein, danke. Ich will dir nicht in die Quere kommen."

„Du könntest Lisa mitbringen. Ich komme mit Elizabeth Conners."

Liz Conners. Sie war vier Jahre jünger als er. Er hatte sie einmal ziemlich heftig angebaggert, in dem Coffeeshop, in dem sie damals gearbeitet hatte. Das war noch, bevor er ins Gefängnis kam. Er war betrunken und high gewesen. Liz hatte ihn geohrfeigt – etwas, das keine andere Frau je getan hatte. Er hatte sie nie vergessen.

„Ich dachte, sie ist verheiratet und lebt irgendwo in Orange County."

„Inzwischen ist sie geschieden und vor ein paar Jahren zurück in die Stadt gezogen."

„Tatsächlich?" San Pico war der letzte Ort, an dem Zach wohnen wollte. Er kam nur, um seinen Vater zu besuchen und auf der immer größer werdenden Farm zu helfen. „Grüß sie von mir."

Innerlich lächelte er bei dem Gedanken, dass er wohl der Allerletzte war, von dem Liz Conners gern hören würde. Irgendwie hatte er angenommen, dass Liz der Typ Frau war, die einen Mann wie seinen Bruder durchschauen würde. Auf der anderen Seite konnte man über den Geschmack anderer Menschen nicht streiten.

Carson erwiderte nichts, sondern wandte sich wieder seinen Papieren auf dem Schreibtisch zu. Zach verließ das Arbeitszimmer ohne Abschiedsgruß und ging zu seinem Wagen. Er war überrascht, dass Carson von Lisa Doyle wusste, und es gefiel ihm nicht besonders. Er wollte nicht, dass Carson überhaupt irgendetwas von ihm wusste. Er traute seinem Halbbruder nicht, hatte ihm nie getraut.

Was auch immer Carson glauben mochte – Lisa war wirklich nicht sein Typ. Doch sie mochte scharfen und zügellosen Sex ebenso wie Zach, und so schliefen sie seit Jahren hin und wieder miteinander.

Er musste sich nicht erst ein Hotelzimmer nehmen, wenn

er in der Stadt war, und Lisa musste sich keinen Wildfremden aus der Bar mit nach Hause nehmen, wenn sie Sex haben wollte.

Es war ein gutes Abkommen, von dem sie beide profitierten.

Elizabeth sah auf, als es klopfte. Die Tür ging auf, und ihr Chef Dr. Michael James steckte seinen Kopf herein. Michael, knapp einen Meter achtzig groß und mit sandfarbenem Haar und haselnussbraunen Augen, war Doktor der Psychologie. Vor fünf Jahren hatte er die Praxis eröffnet. Elizabeth arbeitete seit zwei Jahren für ihn. Michael war verlobt und wollte eigentlich heiraten, doch seit Kurzem schien er Bedenken zu haben, und Elizabeth war sich nicht sicher, ob er die Hochzeit durchziehen würde.

„Wie ist es mit Raul gelaufen?", fragte er, denn auch er war ein Unterstützer des Jungen. Raul hatte so eine Art, sich beliebt zu machen, auch wenn man auf den ersten Blick den Eindruck hatte, dass er das Gegenteil versuchte.

„Er hat sich entschieden, an dem Programm teilzunehmen."

„Das ist großartig. Wenn er dann auch nur dabei bleibt."

„Er war ziemlich aufgeregt, glaube ich. Natürlich könnte Sam selbst einer Kuh noch Milch verkaufen."

„Dann waren Sie also beeindruckt von der Farm. Das dachte ich mir."

„Das Projekt ist wirklich weit gediehen. Carson hat wunderbare Arbeit geleistet."

„Ja, das hat er. Auch wenn ich den Eindruck habe, dass er das alles nicht ohne Eigennutz tut. Kürzlich hörte ich das Gerücht, dass er für einen Sitz im Repräsentantenhaus kandidieren will."

„Ich kenne ihn nicht sehr gut, doch er scheint sich um die Gemeinde zu kümmern. Vielleicht wäre er ganz gut für den Job geeignet."

„Vielleicht." Doch Michael schien nicht ganz überzeugt.

Sie sprachen noch über dieses und jenes, bis Dr. James das Büro verließ und das Telefon klingelte. Als Elizabeth sich meldete, erkannte sie Raul Perez' Stimme.

„Ich rufe wegen meiner Schwester an", sagte er ohne weitere Erklärung. „Ich sah sie heute Morgen, nachdem Miguel zur Arbeit gegangen war. Sie war sehr verstört. Sie versucht es zu verbergen, doch ich kenne sie zu gut. Irgendetwas stimmt nicht. Könnten Sie vielleicht irgendwann heute dort haltmachen?"

„Tatsächlich wollte ich sowieso nach ihr sehen. Ich fahre heute Nachmittag vorbei. Ist deine Schwester zu Hause?"

„Ich denke schon. Ich wünschte, ich wüsste, was los ist."

„Ich werde versuchen, es herauszufinden", versprach Elizabeth und fragte sich beim Auflegen, worum es sich handeln mochte.

Bei ihrem Beruf, in dem sie mit Gewalt in der Familie, Drogen, Raub und sogar Mord zu tun hatte, brauchte es schon einiges, um sie zu überraschen.

DREI

Es war nach fünf. Elizabeth schloss die Praxis und bahnte sich ihren Weg durch den Feierabendverkehr. Der war zwar nicht zu vergleichen mit der endlosen Schlange von dicht an dicht fahrenden Fahrzeugen auf den Freeways von L.A., mit denen sie in ihrer Zeit in Santa Ana zu kämpfen gehabt hatte, doch es war genug los, dass sie an der Hauptstraße zwei rote Ampelphasen abwarten musste.

Downtown war San Pico nur zehn Blocks lang, und einige der Läden trugen spanische Namen. Miller's Trockenreinigung an der Ecke hatte zusätzlich einen Waschsalon. Es gab eine JC-Penney-Filiale, mehrere Bekleidungsgeschäfte und ein paar Restaurants, darunter auch Marge's, wo sie während der Highschool gejobbt hatte.

Als sie daran vorbeifuhr, erblickte sie den Tresen und die pinkfarbenen Vinylmöbel. Auch nach zwanzig Jahren machte der Laden noch ein gutes Geschäft. Abgesehen vom Ranch House, einem Steakrestaurant am Rande der Stadt, war es der einzige Ort, an dem man anständig essen konnte.

Ein paar struppige Ahornbäume sprossen an den Seitenstreifen, die die Downtown-Straßen säumten. Es gab ein paar Tankstellen, einen Burger King, einen McDonald's und eine schäbige Bar namens The Roadhouse, dort wo der Highway 51 die Hauptstraße kreuzte. Als größter Segen für die Gegend hatte sich vor zwei Jahren der neue Wal-Mart entpuppt, der die Städter und einige angrenzende Gemeinden versorgte.

Elizabeth fuhr weiter die Hauptstraße hinunter und dann auf den Highway, der zu Harcourt Farms führte. Das kleine gelbe Haus, in dem Maria und Miguel Santiago lebten, lag etwas zurückgesetzt von der Straße in einem Bereich der Farm, wo sich drei weitere Vorarbeiterhäuser und ein halbes Dutzend Arbeiterhütten befanden sowie in einiger Entfernung das große weiße Herrenhaus.

Elizabeths Wagen rumpelte über ein paar stillgelegte Bahngleise. Sie parkte dicht an der Auffahrt und stieg aus ihrem Acura.

Sie hatte zwei Jahre gespart, um die Anzahlung für den Wagen leisten zu können, und er lag ihr am Herzen. Mit den roten Ledersitzen und dem holzverkleideten Armaturenbrett ließ er sie sich einfach jünger fühlen, sobald sie hinterm Steuer saß. Sie hatte den Wagen gekauft, weil sie fand, dass sie sich mit dreißig nicht so alt fühlen sollte, wie sie es oft tat.

Sie ging den gepflasterten Weg entlang. Im Blumenbeet blühten rote und gelbe Zinnien. Elizabeth klopfte an die Haustür, und kurze Zeit später öffnete ihr Maria Santiago.

„Miss Conners", lächelte sie. „Was für eine nette Überraschung. Es ist schön, Sie zu sehen. Kommen Sie rein." Maria war bis auf ihren sich vorwölbenden Bauch und die immer größer werdenden Brüste eine schlanke junge Frau. Ihr langes schwarzes Haar war wie üblich zu einem Zopf geflochten, der ihr bis über den Rücken reichte.

„Danke." Elizabeth ging ins Haus, das Maria tadellos sauber hielt. Die junge Frau, die sich ebenso herausputzte wie das Haus, trug weiße knöchellange Hosen und eine weite blau geblümte Bluse.

„Miguel und ich wollten Ihnen danken für das, was Sie für Raul getan haben. Ich habe ihn noch nie so aufgeregt erlebt, auch wenn er sich natürlich bemüht, sich nichts anmerken zu lassen." Sie runzelte plötzlich die Stirn. „Er ist doch nicht in Schwierigkeiten? Das ist doch nicht der Grund, warum Sie hier sind?"

„Nein, natürlich nicht. Das hat gar nichts mit Raul zu tun. Außer dass Ihr Bruder sich Sorgen um Sie macht. Er hat mich gebeten vorbeizukommen."

„Warum sollte er das tun?"

„Er glaubt, dass Ihnen etwas zu schaffen macht. Er weiß nicht, was es ist. Er hofft, dass Sie vielleicht mir davon erzählen."

Maria blickte zur Seite. „Mein Bruder bildet sich was ein. Mir geht es gut, das sehen Sie ja."

Mit ihren großen dunklen Augen, den klassischen Gesichtszügen und im sechsten Monat schwanger sah sie sehr hübsch aus. Elizabeth hatte Maria und Miguel über ihre Zuständigkeit für Raul kennengelernt und mochte sie beide, auch wenn Miguels Macho-Attitüde ihr manchmal auf die Nerven ging.

„Es ist heiß draußen", sagte Maria. „Möchten Sie vielleicht ein Glas Eistee?"

„Das klingt wunderbar."

Sie setzten sich an den hölzernen Küchentisch. Maria holte eine Plastikkanne aus dem Kühlschrank, warf ein paar Eiswürfel in zwei hohe Gläser und füllte sie mit dem kühlen Tee.

Sie stellte die Gläser auf den Tisch. „Möchten Sie Zucker?"

„Nein, er ist köstlich so." Elizabeth nahm einen Schluck von ihrem Tee.

Maria rührte mit mehr Aufmerksamkeit als nötig in ihrem Glas herum. Elizabeth fragte sich, welches Problem sie beschäftigen mochte. Raul war ein kluger junger Mann. Ohne guten Grund hätte er sie nicht angerufen.

„Es muss schwer sein, den ganzen Tag so allein auf der Farm und so weit weg von der Stadt zu sein", begann Elizabeth vorsichtig.

„Es gibt immer etwas zu tun. Bevor es so warm wurde, habe ich im Garten gearbeitet. Doch nun, da das Baby wächst, kann ich nicht mehr so lange in der Sonne bleiben. Doch es gibt Kleidung zu flicken, und ich muss Essen vorbereiten für Miguel. Seit wir in das Haus gezogen sind, kommt er zum Mittagessen nach Hause. Er arbeitet sehr hart."

„Dann kommen Sie beide gut zurecht?"

„*Sí*. Wir kommen sehr gut zurecht. Miguel ist ein guter Mann. Er sorgt gut für mich."

„Ich bin sicher, dass er das tut. Trotzdem, ich nehme an,

dass er oft lange arbeitet, sodass Sie allein zu Hause sind. Ist das der Grund, warum Sie nicht gut schlafen?" Es war ein Risiko. Sie riet ins Blaue hinein, und falls sie falsch riet, konnte das die junge Frau noch vorsichtiger machen.

„Warum ... warum glauben Sie, dass ich nicht gut schlafe?"

„Sie sehen müde aus, Maria." Elizabeth umfasste ihre Hand, die auf dem Küchentisch lag. „Was ist los? Sagen Sie mir, was nicht in Ordnung ist."

Die junge Frau schüttelte den Kopf, und Elizabeth sah, dass sie mit den Tränen kämpfte. „Ich bin mir nicht sicher. Irgendetwas geht hier vor sich, aber ich weiß nicht, was."

„Irgendetwas? Was meinen Sie?"

„Etwas sehr Böses. Ich habe Angst, Miguel davon zu erzählen." Sie entzog Elizabeth ihre Hand. „Ich glaube ... ich glaube, ich werde vielleicht so krank wie meine Mutter."

Elizabeth runzelte die Stirn. „Ihre Mutter hatte einen Tumor, oder? Meinen Sie das?"

„*Sí*, einen Tumor, ja. In ihrem Gehirn. Bevor sie starb, fing sie an, Dinge zu sehen, die nicht da waren, und Stimmen zu hören, die nach ihr riefen. Vielleicht passiert mir das gerade auch." Sie beugte sich vor, legte die Hände um ihren gewölbten Bauch und brach in Tränen aus.

Elizabeth setzte sich auf ihrem Stuhl zurück. Es wäre möglich, vermutete sie, doch es konnte jede Menge anderer Erklärungen geben. „Es ist alles in Ordnung, Maria. Sie wissen, dass ich Ihnen helfe, soweit es in meiner Macht steht. Sagen Sie mir, warum Sie glauben, dass Sie ebenso wie Ihre Mutter einen Tumor haben."

Maria sah auf. Ihre Hände bebten, als sie sich die Tränen von den Wangen wischte. „In der Nacht ... wenn Miguel arbeitet, höre ich manchmal Geräusche. Es sind schreckliche Geräusche, ein Knarren und Seufzen und ein Stöhnen, das klingt wie der Wind, doch die Nacht ist ganz ruhig. Die Luft im Schlafzimmer wird ganz stickig und so schwer, dass ich kaum atmen kann." Sie schluckte. „Und dann ist da der Geruch."

„Der Geruch?"

„*Sí.* Es riecht nach Rosen, aber so intensiv, dass ich Angst habe zu ersticken."

„San Pico ist berühmt für seine Rosen. Sie züchten sie hier seit mehr als vierzig Jahren. Gelegentlich müssen Sie sie riechen." Sie griff erneut nach der Hand der jungen Frau und fühlte, wie kalt sie war und wie sie zitterte. „Sie sind schwanger, Maria. Wenn eine Frau ein Kind erwartet, geraten ihre Gefühle manchmal ziemlich durcheinander."

„Ist das so?"

„Ja, manchmal ist das so."

Maria blickte verlegen zur Seite. „Ich bin nicht sicher, was da passiert. Manchmal ... manchmal scheint es so real. Manchmal glaube ich ..."

„Glauben Sie was, Maria?"

„Dass ... *en mi casa andan duendes.*"

Elizabeth sprach einigermaßen Spanisch; sie musste die Sprache wegen ihrer Arbeit beherrschen. „Sie denken, in Ihrem Haus spukt es? Das können Sie nicht glauben."

Maria schüttelte den Kopf, erneut stiegen ihr die Tränen in die Augen. „Ich weiß nicht, was ich glauben soll. Ich weiß nur, dass ich nachts sehr viel Angst habe."

Genug Angst, dass sie nicht schlafen konnte.

„Aber Sie haben nicht tatsächlich einen Geist gesehen."

Maria schüttelte den Kopf. „Ich habe ihn nicht gesehen. Ich habe nur seine Stimme gehört in meinem Kopf."

„Hören Sie, Maria. In Ihrem Haus spukt es nicht. Es gibt keine Geister."

„Was ist mit Jesus? Jesus ist zurückgekommen von den Toten. Man nennt ihn den Heiligen Geist."

Elizabeth lehnte sich auf ihrem Stuhl zurück. Sie hatte es schon mit Hunderten von ungewöhnlichen Problemen zu tun gehabt, doch dies war etwas Neues.

„Jesus ist was anderes. Er ist Gottes Sohn, und er spukt nicht in Ihrem Haus. Glauben Sie wirklich, dass da ein Geist in Ihrem Schlafzimmer ist?"

„Da ist ein Geist ... oder ich sterbe wie meine Mutter." Maria fing wieder an zu weinen.

Elizabeth erhob sich. „Nein, das werden Sie nicht", sagte sie fest und konnte damit Marias Tränen für den Moment stillen. „Sie werden nicht sterben. Doch um sicherzugehen, dass Sie keinen Tumor haben, werde ich einen Termin in der Klinik für Sie ausmachen. Dr. Zumwalt kann eine Computertomografie vornehmen lassen. Falls irgendwas nicht in Ordnung sein sollte, wird er das daraus ersehen können."

„Wir haben nicht das Geld, um das zu bezahlen."

„Die Gemeinde wird das übernehmen, wenn Dr. Zumwalt die Untersuchung für nötig hält."

„Wird es wehtun?"

„Nein. Sie machen nur eine Aufnahme vom Inneren Ihres Kopfes."

Maria erhob sich. „Sie müssen mir versprechen, es nicht Miguel zu sagen."

„Ich werde es Ihrem Mann nicht sagen. Das hier bleibt zwischen Ihnen und mir." Sie konnte sich nur zu gut vorstellen, was Miguel Santiago sagen würde, wenn er davon hörte, dass seine junge Frau glaubte, in ihrem Haus spuke es.

„Werden wir morgen zu der Klinik fahren?"

„Ich rufe Sie an, sobald ich einen Termin habe. Dann hole ich Sie ab und bringe Sie höchstpersönlich dorthin."

Maria gelang ein klägliches Lächeln. „Danke."

„Raul wird mich fragen, ob es Ihnen gut geht."

„Sagen Sie ihm, ich wäre okay."

Elizabeth seufzte. „Ich sage ihm, dass ich Sie zu einem Check-up bringe. Nur um sicherzugehen, dass alles in Ordnung ist mit Ihnen."

Sie nickte und warf einen Seitenblick in Richtung Schlafzimmer. „Bitten Sie ihn, es nicht Miguel zu sagen."

Carson Harcourt hielt vor dem zweigeschossigen Apartmentgebäude, stieg aus dem Mercedes und ging zu Apartment B. Die Gegend war ruhig, die Nachbarschaft eine der sichersten in der Stadt. Er war nur wenige Minuten zu spät dran und nahm an, dass Elizabeth sowieso noch nicht fertig war.

Das waren Frauen nie.

Er klopfte kurz an die Tür und wunderte sich, als eine ausgehbereite Elizabeth Conners ihm öffnete.

Carsons Blick wanderte über ihr bodenlanges dunkelblaues paillettenbesetztes Kleid, und er ertappte sich dabei, wie er lächelte. Seine spontane Einladung zu der Benefizveranstaltung entpuppte sich als genialer Einfall. Natürlich hatte er bemerkt, dass sie hübsch war. Er hatte geahnt, dass sie in etwas anderem als diesen langweiligen, wenn auch professionellen Kostümen weitaus mehr hermachen würde.

„Du siehst hinreißend aus", sagte er und meinte es auch so. Sie war ein bisschen größer als der Durchschnitt und schmal gebaut. Während er ihr figurbetontes Kleid bewunderte, bemerkte er, dass sie schöne volle Brüste hatte, seidige Schultern, eine schmale Taille und schön geschwungene Hüften.

Ich hätte das schon früher tun sollen, schalt er sich selbst.

„Danke für das Kompliment. Du siehst selber ganz flott aus, Carson."

Er lächelte. Er sah immer gut aus im Smoking. Das Schwarz betonte seine blonden Haare und blauen Augen, und mit dem einen geschlossenen Knopf kamen seine breiten Schultern gut zur Geltung. Er war erst seit wenigen Minuten an der Luft, doch schon schwitzte er unter dem weißen Hemd.

„Lass uns gehen. Im Wagen ist es kühler."

Elizabeth nickte und hakte sich bei ihm ein. Carson führte sie zu seinem Wagen und half ihr beim Einsteigen. Die Klimaanlage arbeitete auf vollen Touren, sobald er den Schlüssel in der Zündung umdrehte. Es war lange her, dass er Zeit gehabt hatte für weibliche Gesellschaft. Er blickte kurz hinüber zu Elizabeth und dachte, dass es vielleicht an der Zeit wäre, das zu ändern.

Die Benefizveranstaltung war in vollem Gange, als sie ankamen. Carson führte Elizabeth durch die wogende Menge, während er hier und da lächelnden Gesichtern zuwinkte. Er hielt an einer Bar und orderte ein Glas Champagner für Elizabeth und einen Scotch mit Soda für sich selbst. Sie hielten Small Talk mit einigen Gästen, darunter Sam Marston, dem Leiter von Teen Vision, sowie Dr. und Mrs. Lionel Fox, zwei der größten Förderer der Organisation, beide Highschool-Betreuer.

„Elizabeth! Ich wusste nicht, dass du auch hier sein würdest!" Das war Gwen Petersen. Sie war mit ihrem Mann Jim da, Bereichsleiter der Wells Fargo Bank. Offenbar war sie eine gute Freundin von Elizabeth.

„Ich hatte auch nicht vor zu kommen, bis Carson so nett war, mich einzuladen. Ich wollte dich anrufen. Aber ich hatte einfach so viel zu tun."

Gwens Blick wanderte von Elizabeth zu Carson und blieb an ihm haften, als ob sie die beiden als Paar abschätzen wollte. Dann lächelte sie.

„Oh, was für eine nette Idee." Sie war klein und grazil, mit roten Haaren und einem attraktiven Gesicht. Sie und ihr Mann hatten zwei kleine Jungs, wenn er sich richtig erinnerte, und das tat er meistens.

Carson erwiderte das Lächeln. „Ja, das war eine sehr gute Idee."

Gwens Blick richtete sich wieder auf ihre Freundin. „Ich rufe dich Anfang der Woche an. Wir müssen unbedingt zusammen Mittag essen."

Elizabeth nickte. „Okay, das machen wir."

Der offizielle Teil sollte gleich beginnen. Carson geleitete

Elizabeth an den weiß gedeckten Haupttisch und setzte sich neben sie.

Der Trubel verebbte allmählich, als auch die letzten Gäste Platz genommen hatten. Die Benefizveranstaltung wurde im Bankettraum des Holiday Inn abgehalten, wo fast alle örtlichen Großveranstaltungen stattfanden.

Carson stellte Elizabeth den anderen Gästen am Tisch vor. Einige von ihnen kannte sie schon, und sie machten freundlich Konversation, während das Dinner serviert wurde. Es bestand aus dem üblichen Gummihuhn in einer mattbraunen Bratensoße, gestampften Kartoffeln und viel zu lange gekochtem Brokkoli. Es folgte das Dessert, eine annehmbare Mousse au Chocolat, die seinen Appetit stillen konnte, den er nach dem unbefriedigenden Mahl noch verspürte.

Dann begannen die Reden. Sam Marston sprach über den Fortschritt, den sie mit der Jugendfarm machten. John Dillon, einer der Highschool-Betreuer, schloss an mit einer Erörterung der Chancen, die die Farm für Jugendliche in Schwierigkeiten bot. Carson wurde als Letzter aufgerufen und erhielt viel Applaus.

Er strich seine Smokingjacke glatt, als er hinter das Sprechpult trat. „Guten Abend, meine Damen und Herren. Es ist sehr erfreulich, solch eine fantastische Beteiligung für so ein wertvolles Projekt zu sehen." Mehr Applaus. Er hatte schon allein das Geräusch immer gemocht. „Sam hat Ihnen einiges über die Farm erzählt. Lassen Sie mich etwas über die Jungen bei Teen Vision erzählen."

Er begann mit einer kurzen Geschichte über einige der Jugendlichen, die an Teen Vision teilgenommen hatten. Als er fertig war mit den Tragödien, die einige der jungen Männer erlebt hatten, und der Beschreibung, wie Teen Vision ihr Leben veränderte, blieb es völlig still im Saal.

„Sie waren in der Vergangenheit alle sehr großzügig. Ich hoffe, dass Sie die Farm auch weiterhin unterstützen. Heute

Abend nehmen wir Spenden entgegen. Geben Sie Ihren Scheck einfach nur am Tisch neben der Tür ab, und Mrs. Grayson wird Ihnen eine Quittung für die Steuer ausstellen."

Alle applaudierten heftig, und Carson setzte sich wieder neben Elizabeth.

„Du warst wunderbar", sagte sie, und ihre schönen blauen Augen leuchteten. „Du hast sehr treffend geschildert, was diese Jungen durchgemacht haben."

Er zuckte die Achseln. „Es ist ein sehr lohnenswertes Projekt. Ich bin froh, wenn ich irgendwie helfen kann."

Lächelnd sah sie zu ihm auf. Er mochte das an einer Frau, wenn sie einen Mann schätzte und ihn das auch wissen ließ. Und er mochte es, wie sie in diesem Kleid aussah – sexy und dennoch elegant, nicht zu bombastisch. Wenn sie ein wenig mehr Geld für ihre üblichen Kostüme ausgab, würde sie auch darin gut aussehen.

„Die Band fängt an", sagte er. „Warum tanzen wir nicht?"

Elizabeth lächelte. „Mit Vergnügen." Sie erhob sich und ging voraus zur Tanzfläche. Carson beobachtete ihren Gang und lächelte anerkennend. Sexy, aber nicht zu aufreizend, außerdem hatte sie ein gutes Namensgedächtnis, wie er bemerkt hatte, und war auch angenehm in der Konversation.

Interessant.

Ein langsames Lied begann. Er zog sie in seine Arme, und ihre Hände schlangen sich um seinen Nacken. Sie bewegten sich zu der Musik, als ob sie schon ein Dutzend Mal zusammen getanzt hätten, und er mochte die Art, wie ihre Körper zueinanderpassten.

„Du bist ein sehr guter Tänzer", sagte sie.

„Ich tue mein Bestes." Er dachte an die Tanzstunden, zu denen ihn seine Mutter als Junge geschickt hatte. Wie sie es ihm versprochen hatte, zahlte sich die Mühe jetzt aus, auch wenn er damals jede Minute gehasst hatte. „Ich habe schon immer gern getanzt."

„Ich ebenfalls." Elizabeth ließ sich leicht führen und sorgte auf diese Weise dafür, dass er besser aussah, als er es normalerweise tat. Ihre Taille war schmal und ihr Körper fest unter seinen Händen. Er hatte sie schon immer attraktiv gefunden. Es überraschte ihn selbst, dass er ihr vorher nicht mehr Beachtung geschenkt hatte.

Auf der anderen Seite hatten seine politischen Ambitionen bislang der fernen Zukunft gegolten. Das hatte sich kürzlich verändert.

Das Lied endete. Carson folgte Elizabeth, die die Tanzfläche verließ. Beide stoppten unvermittelt, als ihnen einen dunkelhaariger Mann in den Weg trat.

„Ach. Sieh mal einer an, wer da ist", sagte Carson gedehnt, als er seinem Bruder in die goldgesprenkelten braunen Augen sah. Die Zeiten änderten sich, doch einige Dinge änderten sich nie. Dazu gehörten auch seine Gefühle für Zach oder besser gesagt, deren Abwesenheit.

Elizabeth blickte von Carson zu dem Mann, der dicht an dicht vor ihm stand, mit dunklen Haaren und ebensolchen Augen. Er war unglaublich attraktiv. Und plötzlich traf sie die Erkenntnis, dass sie diesen Mann schon einmal gesehen hatte. Auch wenn sein Gesicht hinter der dunklen Sonnenbrille nicht zu erkennen gewesen war, handelte es sich doch um denselben Mann, den sie bei Teen Vision an der Scheune hatte arbeiten sehen. Und nun wusste sie auch, warum er ihr so bekannt vorgekommen war.

„Ich dachte, du würdest nicht kommen", sagte Carson mit einer Schärfe in der Stimme, die vorher nicht da gewesen war. Elizabeth wusste, warum. Der Mann, der vor ihr stand, war Carsons Halbbruder.

„Ich habe meine Meinung geändert." Zachary Harcourts Blick wanderte zu ihr, und er zeigt ein strahlendes Lächeln, bei dem sich seine weißen Zähne gegen seine dunkle Haut abhoben. „Hallo, Liz."

Ihr ganzer Körper versteifte sich. „Hallo, Zach. Es ist lange her." Aber nicht lange genug, dachte sie, als sie sich daran erinnerte, wann sie ihn das letzte Mal gesehen hatte. Sich erinnerte, wie betrunken und aufdringlich er gewesen war, seine Pupillen unnormal groß von irgendwelchen Drogen, die er genommen hatte. Sie war damals in der Highschool gewesen und hatte im Marge's gearbeitet. „Ich wusste nicht, dass du wieder in San Pico bist."

„Bin ich nicht. Nicht offiziell. Obwohl ich gehört habe, dass du hier jetzt lebst."

„Ich bin seit einigen Jahren wieder zurück." Sie sagte nicht, dass sie ihn draußen bei Teen Vision gesehen hatte, doch insgeheim zweifelte sie an Carsons Urteilsvermögen. Warum ließ er einen Mann wie seinen Bruder in die Nähe dieser leicht zu beeindruckenden Jungendlichen?

„Nette Party", sagte Zach, während er die Frauen in ihren Abendkleidern und die Männer in den Smokings betrachtete. „Jedenfalls, wenn man Gummihuhn mag und eine Band, die normalerweise an Veteranen-Abenden spielt."

„Dies ist San Pico, nicht L.A.", sagte Carson steif und rückte seine Fliege zurecht. „Wir sind hier, um Geld zusammenzubekommen, falls du das vergessen hast."

„Nach dieser ergreifenden kleinen Rede, die du gehalten hast – wie könnte ich das vergessen? Gute Arbeit, übrigens." Zachs Smoking sah teuer aus, Stoff und Schnitt wirkten italienisch. Armani oder vielleicht Valentino, Designer, die Kleidung für Männer machten, die ebenso schmal und athletisch gebaut waren wie Models.

Sie fragte sich, woher er das Geld hatte, um sich solche Kleidung zu kaufen. Vielleicht war er zum Drogendealer aufgestiegen. Immerhin hatte er nicht mehr diesen benommenen Blick eines Abhängigen.

„Mrs. Grayson wird deinen Scheck gern entgegennehmen", stichelte Carson.

Zach zog eine seiner schmalen, fast schwarzen Brauen hoch. „Ich bin sicher, sie würde auch deinen nehmen."

Carson warf ihm einen warnenden Blick zu. Die beiden Brüder hatten nie viel füreinander übrig gehabt, und das schien sich nicht geändert zu haben. „Du hattest doch vor, nicht zu kommen. Warum hast du deine Meinung geändert?"

Die dunklen Augen wanderten zu Elizabeth. „Ich wollte ein paar alte Freunde begrüßen."

VIER

Zach beobachtete, wie Liz Conners wieder mit seinem Bruder tanzte. Sie sah besser aus, als er sie in Erinnerung hatte, ein bisschen größer und mit attraktiven Rundungen. Sie hatte ihn nicht vergessen, so viel stand fest. Ihre hübschen blauen Augen wurden kalt wie Stahl, wenn ihr Blick auf ihn fiel, was nicht allzu oft geschah.

Es war die Erinnerung an diese Augen, die ihn dennoch zu der Veranstaltung hatte kommen lassen. Er stand damals sehr auf Elizabeth Conners, doch sie zwar zu klug, um ihn überhaupt eines zweiten Blickes zu würdigen. Sie hatte recht daran getan, sich von ihm fernzuhalten. Abgesehen davon, dass er jedem Rock nachjagte, war er ein Loser auf dem direkten Weg nach unten gewesen. Zach war neugierig, wie sehr Liz Conners sich verändert hatte.

Ganz erheblich, dachte er, während er ihre graziösen Bewegungen auf der Tanzfläche verfolgte. Sie war selbstbewusster als damals in der Highschool und noch attraktiver. Und noch immer schien sie ihre Gefühle nicht verbergen zu können. Er las aus jedem ihrer Blicke, die sie ihm zuwarf, ihre Abneigung heraus.

Zach lächelte beinahe. Wie erwartet, hatte sein Interesse an Liz seinen Bruder verärgert. Vielleicht war das der wahre Grund, warum er gekommen war. Er fragte sich, wie lange die beiden schon miteinander ausgingen, wie ernst es zwischen ihnen war. Er fragte sich, ob Liz Conners mit seinem Bruder schlief, und registrierte überrascht, dass ihm der Gedanke nicht behagte.

Sie lachte wegen irgendeiner Bemerkung von Carson, und er erinnerte sich an ihr Lachen vor über zehn Jahren, als sie in dem Coffeeshop gearbeitet hatte. Es war ein sehr feminines Lachen, kristallklar und viel wärmer als ihre Augen.

Zach wandte sich von dem tanzenden Paar ab und ging in

Richtung Tür. Die Neugier hatte ihn hierhergebracht. Er hatte seinen Assistenten in sein Apartment schicken müssen, damit er ihm den Smoking nach San Pico brachte, um noch rechtzeitig zu der Benefizveranstaltung zu kommen.

Er war absichtlich spät eingetroffen, sodass er das Dinner und sämtliche Reden außer der seines Bruders verpasste. Widerwillig gab er zu, dass Carson seinen Job gut gemacht hatte. Die Spenden würden noch höher ausfallen, als er zu hoffen wagte.

Es ärgerte ihn, seinem Bruder etwas schuldig zu sein, doch wenn er an die Jungen auf der Farm dachte, war es das wert.

„Hallo, Hübscher. Ich wusste nicht, dass du in der Stadt bist." Madeleine Fox stand vor ihm, und ihre langen manikürten Finger umfassten den schwarzen Satinaufschlag seines Smokings. Sie trug ihre Haare derzeit rot, was ihr ziemlich gut stand.

„Ich bin nur fürs Wochenende herübergekommen. Montag muss ich wieder in L.A. sein."

„Da bleibt immer noch ein Sonntag, oder?"

„Ich arbeite draußen auf der Farm."

Während der Highschool war er mit Maddie ausgegangen. Sie galt als wildestes Mädchen in der Stadt. Inzwischen war sie gezähmt – weitgehend. Verheiratet mit einem Arzt. Doch immer wenn sie ihn sah, sagte sie Hallo, und die Einladung in ihren stark geschminkten blauen Augen war nicht zu übersehen.

Sie fuhr mit dem Finger sein Revers hinunter. „Falls du dich langweilst, weißt du ja, wie du mich findest." Sie hatte ihm einen Zettel mit ihrer Handynummer gegeben, als er sie vor ein paar Wochen an der Tankstelle traf.

„Ich werde es mir merken." Er rang sich ein Lächeln ab und ging weiter. Das konnte er als Letztes gebrauchen, sich mit einer verheirateten Frau einzulassen. Sein Ruf als schwarzes Schaf hing ihm in San Pico sowieso noch an. Am besten verhielt er sich unauffällig, und das hieß, dass er sich abgesehen von Lisa Doyle von den Frauen der Stadt fernhielt.

Elizabeth hatte erst am Dienstag einen Termin für Maria mit Dr. Zumwalt am San Pico Community Hospital vereinbaren können. Dr. Zumwalt war ein sehr sachlicher, ernsthafter Mann, groß gewachsen und mit eisengrauem Haar. Er verstand die Ängste der jungen Frau, wollte aber keine voreiligen Schlussfolgerungen ziehen.

Elizabeth saß mit Maria in seinem Sprechzimmer, einem angenehm eingerichteten Raum, an dessen Wänden mehrere in Gold gerahmte Urkunden hingen.

Zumwalt ergriff den Stift auf seinem Schreibtisch. „Bevor wir weitermachen, Maria, möchte ich ein paar Dinge abklären. Zuerst möchte ich wissen, ob Sie regelmäßig zu Ihrer Frauenärztin gehen."

„Ich bin alle drei Wochen dort", sagte Maria.

„Und Ihr Hormonspiegel ist normal, die Blutuntersuchungen zeigen nichts Ungewöhnliches?"

Die schwarzhaarige junge Frau schüttelte den Kopf. „Dr. Albright sagt, dass alles wunderbar läuft."

„Das ist gut. Dann lassen Sie uns über diese Halluzinationen sprechen, die Sie haben. Sie sagten, Sie hören Stimmen in Ihrem Kopf. Ist das so richtig?"

Maria nickte. „Eigentlich nur eine Stimme, eine sehr leise. Sie ist hoch und dünn, wie die eines Kindes."

„Ich verstehe." Er kritzelte etwas auf das Blatt Papier auf seinem Klemmbrett. „Und manchmal, sagen Sie, haben Sie das Gefühl, kaum atmen zu können."

Sie schluckte. „*Sí*, das stimmt."

„Ich denke nicht, dass Sie sich beunruhigen müssen, Maria. Höchstwahrscheinlich ist dies nur eine Angstneurose. In einigen Fällen können die Symptome sehr extrem sein. Auf der anderen Seite sollte man bei der Vorgeschichte Ihrer Mutter kein Risiko eingehen. Wir werden zuerst die Computertomografie machen. Wenn wir das kleinste Anzeichen dafür finden, dass etwas nicht in Ordnung ist, folgt eine Kernspintomografie."

Zwanzig Minuten später folgte Maria in einem weißen Krankenhausnachthemd, das sie im Rücken zuhielt, einer Krankenschwester, die sie den Flur entlang in einen Raum voller Maschinen führte. Elizabeth wartete draußen, während die technischen Assistenten die Computertomografie durchführten und Maria rieten, sich zu entspannen und die Augen zu schließen während der Prozedur.

Sie tat es natürlich nicht, und während sie auf dem Tisch lag, begannen ihre Hände zu zittern, und bald bebte ihr ganzer Körper. Mit besorgtem Gesicht und einigen beruhigenden Worten holte die Schwester sie aus der Röhre, gab ihr ein leichtes Beruhigungsmittel und wartete auf die Wirkung. Nach einiger Zeit war die Computertomografie endlich fertig, doch die Bilder würden nicht vor nächster Woche ausgewertet sein.

Als Elizabeth in der Halle wartete, bis Maria sich wieder angezogen hatte, kam der Arzt zu ihr.

„Ich glaube, Maria sollte eine Therapie beginnen, solange wir auf die Resultate warten. Wie ich sagte, haben wir es vermutlich mit einer Angstneurose zu tun oder vielleicht einer Form von Paranoia. Vielleicht kann Dr. James ein paar Sitzungen mit ihr abhalten."

Elizabeth hielt das für eine gute Idee. „Ich werde mit ihm darüber sprechen. Ich bin sicher, dass er gern mit ihr sprechen wird. Sie benachrichtigen uns, sobald die Ergebnisse da sind?"

„Die Schwester wird Sie anrufen."

„Danke."

Im gleichen Moment trat Maria zu ihnen, die nun wieder ihre Hose und ihre Umstandsbluse trug. Sie wirkte besorgter als vorher.

„Sie dürfen sich keine Sorgen machen, Maria", sagte Elizabeth. „Die Untersuchung ist vorbei, und bis wir das Ergebnis haben, sind Sorgen sinnlos."

Sie seufzte. „Sie haben recht. Ich werde versuchen, nicht darüber nachzudenken, auch wenn mir das schwerfällt."

„Da ist noch etwas."

„Und zwar?"

„Dr. Zumwalt meint, dass Sie etwas Beratung brauchen könnten. Es ist möglich, dass Sie unter irgendeiner Art von Stress leiden, die diese Halluzinationen verursacht. Ich werde dafür sorgen, dass Sie mit Dr. James sprechen können. Vielleicht findet er heraus, was mit Ihnen nicht stimmt."

Maria nickte, doch Elizabeth merkte, dass ihr der Vorschlag nicht sonderlich gefiel. Es war eine Sache zu glauben, dass man einen Gehirntumor hatte, doch etwas ganz anderes, in Erwägung zu ziehen, dass man vielleicht ein psychisches Problem haben könnte.

„Wenn wir fertig sind, würde ich gerne nach Hause fahren", sagte Maria. „Miguel wird sich fragen, wo ich bin, wenn ich ihn nicht erwarte."

Als sie sah, wie Marias Nervosität wieder zunahm, fragte sich Elizabeth, ob ihr Problem nicht doch mit ihrem dominanten Ehemann zu tun hatte. Falls ja, konnte ein Gespräch mit ihm vielleicht helfen.

Doch das würde nicht geschehen. Jedenfalls noch nicht. Elizabeth seufzte, als sie die Halle entlang hinaus in den heißen Julisonnenschein gingen.

Kurz vor der Mittagspause kehrte Elizabeth ins Büro zurück, in der Hand eine Papiertüte mit einem kalorienarmen Sandwich und einer Cola light. Sie stellte die Tüte auf ihren Schreibtisch, als das Telefon klingelte.

„Elizabeth? Hier ist Carson. Ich wollte dir für den unterhaltsamen Abend danken."

„Mir hat er auch gefallen, Carson."

„Wie wäre es dann, wenn wir das wiederholen? Am Samstag in einer Woche gebe ich eine kleine Dinnerparty. Mit Vertretern des Nominierungskomitees der Republikaner. Sie kommen mit ihren Frauen. Ich dachte, du würdest sie vielleicht gern kennenlernen. Ich weiß, dass sie *dich* mögen würden."

Also stimmte es. Er wollte sich um ein Amt bewerben. Elizabeth hatte sich nie für Politik interessiert, wenn man davon absah, dass sie bei den Wahlen den Kandidaten wählte, der ihr für die Aufgabe am besten geeignet schien. Dennoch war es ein schönes Kompliment, zu einem solchen Anlass eingeladen zu werden.

„Das klingt nach einem interessanten Abend. Ich bin allerdings parteilos. Ich hoffe, das macht keinen Unterschied."

Er lachte. Ein tiefes, sehr männliches Lachen. „Immerhin bist du nicht Demokratin. Ich hole dich um 19 Uhr ab."

Er beendete das Gespräch, und Elizabeth legte den Hörer auf. Carson war attraktiv und intelligent. Sie hatten sich gut amüsiert bei der Benefizveranstaltung. Doch statt Carsons Bild stieg vor ihrem geistigen Auge das dunkle Gesicht seines Bruders auf.

Zachary Harcourt hatte schon immer gut ausgesehen. Mit vierunddreißig aber war er noch attraktiver als zehn Jahre zuvor. Doch er wirkte nun irgendwie anders, dunkler, markanter. Er war kein Junge mehr, sondern ein Mann. Ein Mann, der wusste, was er wollte. Er hatte im Gefängnis gesessen, das wusste sie.

Sie fragte sich erneut, was er dort draußen bei Teen Vision tat, und schwor sich, Carson beim nächsten Mal danach zu fragen.

Es war Freitag, und Rauls erste Woche bei Teen Vision neigte sich dem Ende zu. Elizabeth wollte sehen, wie es ihm ging, und heute hatte sie endlich die Zeit, um Sams Angebot eines Rundgangs anzunehmen.

Als sie ihren glänzenden, noch fast neuen Acura an einer staubigen Ecke geparkt hatte, stieg sie aus und ging auf den Bürotrakt neben dem Schlafgebäude zu. Sam musste gesehen haben, dass sie kam. Sie hatte vorher angerufen, also hatte er vielleicht Ausschau nach ihr gehalten. Er lächelte breit, als er ihr entgegenkam und sie begrüßte, bevor sie die Hälfte des Weges zurückgelegt hatte.

„Ich bin so froh, dass Sie kommen konnten." Er umschloss ihre Hand und drückte sie herzlich.

„Das bin ich auch. Ich hätte schon viel früher hier herauskommen sollen."

„Sie hatten keinen Grund, das zu tun. Nicht bis Raul kam." Er führte sie ins Büro und zeigte ihr die Räumlichkeiten. „Wir haben sechs Vollzeitbetreuer. Es sind, egal zu welcher Zeit, immer mindestens zwei Leute vor Ort."

Er zeigte ihr die Schreibtische der Betreuer und das winzige Badezimmer. Dann führte er sie in den kleinen Konferenzraum mit dem Tisch und den dunkelblau gepolsterten Stühlen – ein Zimmer, in dem die Betreuer sich mit den Jungen zu einem Gespräch zurückziehen konnten. Danach geleitete er sie nach draußen.

„Raul ist draußen auf der Weide. Er kann gut mit Tieren umgehen."

„Er hat eine sehr sanfte Seite, auch wenn er alles tut, um sie zu verbergen."

Sam nahm sie mit in das Schlafgebäude, zeigte ihr den Fernsehbereich und eines der Zweibettzimmer oben. „Jeder Junge hat ein bestimmtes Maß an Privatsphäre, doch wir erlauben keine geschlossenen Türen, und mehrmals am Tag gibt es zufällige Zimmerkontrollen."

Im dritten Gebäude war die Kantine untergebracht. Der große Saal bot Platz für die ganze Gruppe. In der Küche war alles aus Edelstahl und tadellos sauber. Sie sah zwei Jungen darin arbeiten.

„Wir haben einen Vollzeitkoch, doch die Jungs übernehmen den Putzdienst und helfen bei den Vorbereitungen. Wir wechseln die Aufgaben, damit keiner benachteiligt wird oder anfängt sich zu langweilen."

„Sie machen hier wirklich eine wunderbare Arbeit, Sam."

Er lächelte geschmeichelt. Sie gingen hinaus, wo die neue Scheune gebaut wurde. Als sie zu der Gruppe Jungen blickte, die gerade an der dritten Wand rumhämmerten, verlangsamten sich ihre Schritte.

„Was macht Zachary Harcourt hier? Ich halte es für keine gute Idee, einen Mann wie ihn in die Gesellschaft leicht beeinflussbarer Teenager zu lassen." Ihr Blick klebte an seinem nackten Oberkörper, an dem sich jedes Mal die kräftigen, sehnigen Muskeln abzeichneten, wenn er einen weiteren Nagel einschlug.

Sam folgte ihrem Blick und begann zu lachen.

„Was ist daran lustig? Zachary Harcourt hat zwei Jahre wegen fahrlässiger Tötung im Gefängnis gesessen. Er war betrunken und hatte Drogen genommen, und er hat einen Mann getötet. Nach seiner teuren Kleidung zu urteilen, ist er noch immer in illegale Geschäfte verstrickt."

Sam lächelte noch immer. „Ich schließe daraus, dass Sie Zach nicht allzu sehr mögen."

Sie dachte an den Tag, an dem er sie vor den Augen der Stammkunden gedemütigt hatte. Wie er sie gegen die Wand gedrängt und versucht hatte, sie zu küssen. Wie seine Hand ihr Bein hochgefahren war und versucht hatte, sich unter den blöden pinkfarbenen Rock ihrer Uniform zu schieben. „Zachary Harcourt war niemals zu etwas gut. Und ich glaube, das hat sich nicht geändert."

Sams Lächeln erlosch. „Warum gehen wir nicht hinüber in den Schatten? Es gibt da ein paar Dinge über Teen Vision, die Sie wissen sollten."

Er führte sie in den Schatten eines großen Ahornbaumes mit dickem Stamm, der unweit der Scheune stand. „Den Zachary Harcourt, den Sie vor Jahren kannten, gibt es nicht mehr. Er starb in der Zeit, die er im Gefängnis verbrachte. Als er herauskam, trat ein neuer Mann an seine Stelle. Das ist der Mann, den Sie dort arbeiten sehen."

Ihr Blick wanderte hinüber. Zachs schlanker Körper glänzte vor Schweiß, was seine Muskeln noch betonte. Er hatte verblüffend breite Schultern, die sich zu einer schmalen Taille verjüngten. Die abgetragenen Jeans saßen hüfttief und bedeckten lange Beine, die zweifellos ebenso sehnig waren wie der Rest seines Körpers. Möglich, dass sie Zachary Harcourt nicht mochte, doch sie musste zugeben, dass er einen unglaublich attraktiven Körper hatte.

„Seit die Farm ihren Betrieb aufnahm, arbeitet Zach hier mindestens zwei Wochenenden im Monat. Er hat sich der Aufgabe verschrieben, Teen Vision aufzubauen. Verstehen Sie? Zachary ist der Mann, der es gegründet hat."

„*Wie bitte?*"

„Genau so ist es. Inzwischen leben wir größtenteils von Spendengeldern, doch am Anfang hat Zach einen großen Teil seines eigenen Geldes eingebracht."

„Aber ich dachte, dass Carson ..."

„Zach will das so. Carson ist ein hoch angesehener und wichtiger Mann in San Pico. Mit seiner Unterstützung konnte Teen Vision schneller wachsen, als das ohne seine Hilfe möglich gewesen wäre."

Sie blickte zurück zu Zach, der sich umgedreht hatte und sie direkt anzuschauen schien. Für einen Moment blieb ihr die Luft weg. Rasch blickte sie fort. „Wie ist Zachary Harcourt zu so viel Geld gekommen?"

„Nicht so, wie Sie denken. Als Zach im Gefängnis war, begann er sich mit Jura zu befassen. Er wird der Erste sein, der zugibt, dass er hoffte, so irgendwie rauszukommen. Doch er entdeckte, dass es ihn faszinierte und er gut darin war, und das gab ihm zu denken. Als er aus dem Gefängnis kam, war er bereit, sein Leben zu verändern. Er ging arbeiten, machte sein Juraexamen und bestand die Zulassungsprüfung. Sein Vater schaffte es mit seinem Einfluss, dass die Vorstrafe außer Acht gelassen wurde. Zach ist heute Partner von Noble, Goldman und Harcourt, einer sehr renommierten Anwaltskanzlei in Westwood."

Elizabeth überdachte diese neuen Informationen. Sie konnte es kaum glauben. Sie blickte zurück zur Scheune und sah, wie Zach Harcourt mit dem gleichen ausgreifenden Schritt wie beim letzten Mal auf sie zukam. Seine Augen fixierten sie, und wieder blieb ihr fast die Luft weg.

Als Zach vor ihr stand, zeigte sich ein leichtes Lächeln auf seinem schmalen dunklen Gesicht. „Miss Conners. Willkommen bei Teen Vision."

Sie wollte seinen Blick erwidern, doch ihre Augen wanderten unwillkürlich hinunter zu seiner schweißbedeckten Brust. Sein dichtes schwarzes Brusthaar mündete in einem schmalen Streifen, der sich seinen Bauch hinunterzog und unter der Jeans verschwand. Er war muskulös gebaut, schlank und sehnig. Sie musste sich zwingen, ein plötzliches und unerwünschtes Prickeln ihrer Haut zu ignorieren.

„Tut mir leid", sagte Zach, der ihrem Blick folgte. „Ich wusste nicht, dass wir Gesellschaft bekommen würden. Ich werde mein Hemd holen."

Elizabeth sah ihn eindringlich an. „Mach dir keine Umstände. Ich muss sowieso gleich los. Ich kam vorbei, um nach Raul zu sehen."

Zach wandte sich um und blickte in Richtung der Weide. „Ich hole ihn."

„Ich gehe", sagte Sam. „Ich möchte kurz mit Pete sprechen, und die beiden sind zusammen dort."

„Pete?", wiederholte sie, an Zach gewandt, als Sam losging.

„Pedro Ortega. Er möchte lieber bei seinem amerikanischen Namen genannt werden. Er und Raul haben eine vorsichtige Freundschaft aufgebaut."

„Er ist ein guter Junge ... Raul, meine ich."

„Aber sicher. Mit einigen rauen Kanten, aber das haben sie alle, wenn sie hierher kommen."

„Raul ist anders. Er ist etwas Besonderes."

Er hob eine seiner dunklen Augenbrauen. „Wenn er dich für sich eingenommen hat, muss er das sein."

„Was soll das heißen?"

„Das heißt, dass du schon immer klug warst und selbst damals in der Highschool eine bestimmte Art hattest, in den Leuten das zu sehen, was sie wirklich waren. Das weiß ich aus eigener Erfahrung."

Sie spürte, wie ihr die Hitze ins Gesicht stieg. „Das ist schon lange her."

„Ich schulde dir eine Entschuldigung dafür, wie ich mich an jenem Tag bei Marge's aufgeführt habe. Ich war damals kein besonders netter Kerl."

„Aber du bist es jetzt?"

Als er lächelte, blitzte das Weiß seiner Zähne in seinem attraktiven Gesicht. „Das denke ich zumindest gern."

„Mir gefällt, was du hier für diese Jungen tust."

„Ich war einst einer von ihnen."

Ihr Blick fiel auf das Tattoo auf seinem rechten Arm, eine eingerollte Schlange mit den rot geschriebenen Worten *born to be wild* darunter.

„Ich dachte daran, es entfernen zu lassen", sagte er. „Doch ich ließ es bleiben, um mich selbst daran zu erinnern, wie anders mein Leben hätte ausgehen können."

Elizabeth betrachtete ihn argwöhnisch. Zach hörte sich überzeugend an, doch Carson schien ihm nicht zu trauen, und sie wollte keine voreiligen Schlüsse ziehen.

„Da kommt Raul", sagte sie erleichtert, als sie den Jungen auf sich zukommen sah – breitschultrig und fast so groß wie Sam, doch mit viel mehr Gewicht. „Es war nett, mit dir zu sprechen."

„Ich schulde dir noch was für jenen Tag im Coffeeshop. Vielleicht kann ich es wiedergutmachen."

Wohl kaum. „Tut mir leid, ich fürchte, ich bin ausgebucht. Aber danke für das Angebot."

Zachs Mundwinkel zuckte leicht. „Ich weiß jetzt wieder, was ich an dir mochte, Elizabeth Conners. Du hast keine Scheu zu sagen, wie es ist."

Elizabeth antwortete nicht. In der Highschool war sie auf der Hut gewesen. Und nach Brian war sie das noch viel mehr. Sie wandte sich Raul zu und ging mit ihm zu einem Picknicktisch im Schatten eines anderen Baumes, wo sie sich hinsetzen und reden konnten.

Sie war froh, den Jungen zu sehen und die Begeisterung in seiner Stimme zu hören. Nur ein einziges Mal schweiften ihre Gedanken von dem Gespräch zu dem dunklen, geheimnisvollen Mann ab, der zu seiner Arbeit an der Scheune zurückgekehrt war.

FÜNF

Das Ergebnis von Marias Computertomografie war am Montag da. Ein Anruf aus der Praxis von Dr. Zumwalt brachte die Neuigkeit, dass es keinerlei Anzeichen für eine Läsion, eine Blutung, einen Tumor oder eine andere Abnormität gab. Man könne natürlich einige weitere Untersuchungen vornehmen, doch der Doktor sei der festen Überzeugung, dass das Problem im mentalen und nicht im körperlichen Bereich liege.

„Dann werden Sie Mrs. Santiago diesen Befund mitteilen?", fragte Elizabeth die Arzthelferin. Ein Vorteil ihres Jobs war der direkte Draht zu den Ärzten. Sie hatte sich nach Marias Untersuchungsergebnissen erkundigt, um im Ernstfall bei ihr sein zu können.

„Ich werde sie gleich anrufen." Die Frau legte auf, und Elizabeth atmete erleichtert auf. Das Gefühl währte nur kurz. Was auch immer mit Maria nicht stimmte, war noch immer da. Zumindest schien es psychische und nicht physische Ursachen zu haben. Sie hoffte, dass Dr. James ihr würde helfen können.

Sobald Michaels Patient das Büro verlassen hatte, ging Elizabeth zu ihm hinein. „Kein Gehirntumor", sagte sie nur, denn sie hatte ihn auf dem Laufenden gehalten und sich für den Fall des Falles seine Hilfe zusichern lassen.

„Ich habe eine Terminabsage heute Nachmittag. Frag sie, ob sie gegen drei Uhr vorbeikommen kann."

„Danke, Michael."

Er fuhr sich mit der Hand durch das sandfarbene Haar. „Ich mag die Santiagos. Sie sind hart arbeitende und wirklich gute Menschen. Ich weiß, dass es nicht leicht für sie war."

Weder für Maria, die mit fünfzehn geheiratet hatte, noch für Raul, der jahrelang immer wieder in Schwierigkeiten gesteckt hatte. „Nein, das war es nicht. Ich frage, ob ihr der Termin passt."

Am Nachmittag traf Maria pünktlich mit dem verbeulten blauen Pick-up ihres Mannes ein. Elizabeth ging in den Empfangsraum, um sie zu begrüßen, und sie nahmen auf dem dunkelbraunen Ledersofa Platz. Der Raum war klein, aber gemütlich eingerichtet mit dem zum Sofa passenden Polstersessel, einem Kaffeetisch aus Eiche und einer funkelnden Messinglampe. Auf dem Tisch lag ein Stapel Magazine: *Redbook*, *Better Homes and Gardens* und ein paar zerlesene Ausgaben von *Family Circle*.

„Wie geht es Ihnen?", fragte Elizabeth Maria, die schützend ihre Hand über den Bauch hielt.

„Sehr gut. Ein bisschen müde, das ist alles." Sie sah hübsch aus heute in ihrer pinkfarbenen Hose und einer gestreiften Umstandsbluse. Ihr dunkles Haar hatte sie zu einem langen Pferdeschwanz zusammengebunden.

„Haben Sie besser geschlafen?"

Maria seufzte. „Wenn Sie wissen wollen, ob ich wieder Stimmen gehört habe, nein, das habe ich nicht. Außerdem war Miguel vor der Schlafenszeit abends immer zu Hause."

„Dann haben Sie wenigstens schlafen können. Warten wir ab, was Dr. James zu der ganzen Sache sagt."

Maria erhob sich. „Gehen Sie ... gehen Sie mit mir hinein?"

„Ich denke, dass er lieber mit Ihnen allein sprechen möchte."

„Bitte!"

Als Elizabeth aufsah, sah sie Michael James im Türrahmen stehen.

„Das ist okay, Maria. Wenn Miss Conners Zeit hat, kann sie sich gern eine Zeit lang dazusetzen."

Maria warf Elizabeth einen hoffnungsvollen Blick zu. Die nickte, und zu dritt betraten sie Michaels Büro. Maria setzte sich auf den Stuhl vor dem Schreibtisch, und Michael nahm auf der anderen Seite auf seinem Ledersessel Platz. Er setzte eine Schildpattbrille auf und überflog die Akte auf seinem Schreibtisch.

Als er fertig war, nahm er die Brille wieder ab und legte sie nieder. „Miss Conners hat mir ein wenig von Ihren Erlebnissen erzählt, Maria. Ich bin sicher, dass sie sehr irritierend waren."

Maria blickte zu Elizabeth, und der Doktor begriff, dass sie das Wort nicht verstand.

„Ich bin sicher, dass es Sie sehr durcheinandergebracht haben muss", verbesserte er sich. „Solche Erlebnisse sind zwangsläufig sehr schwierig."

Maria nickte. „*Sí.* Ich hatte große Angst." Sie presste die Hände im Schoß zusammen.

„Bevor wir eingehender darüber sprechen, möchte ich mit einigen einfachen Dingen beginnen. Ich habe hier zwei kurze Tests, denen ich Sie unterziehen möchte. Beantworten Sie jede Frage einfach nur mit Ja oder Nein, dann wissen wir, wo wir stehen."

Sie nickte und schien Haltung anzunehmen. Dr. James setzte die Brille wieder auf und las in der nächsten Viertelstunde Fragen von einem Blatt Papier ab, Fragen nach den Symptomen einer Depression.

„Okay, Maria, es geht los. Haben Sie sich in den letzten Wochen besonders viel Sorgen über die Arbeit, Ihre Familie oder Geld gemacht?"

Maria schüttelte den Kopf. „Nein. Miguel kommt in seinem Job gut voran, und Raul macht sich ebenfalls sehr gut."

„Haben Sie das Interesse an Dingen verloren, die Sie sonst gern gemacht haben?"

„Nein. Ich bin zu Hause sehr beschäftigt, um alles für das Baby vorzubereiten."

„Haben Sie ein Gefühl von Traurigkeit oder Hoffnungslosigkeit?"

„Nein."

„Haben Sie das Interesse an Sex verloren?"

Leichte Röte färbte ihre Wangen. „Miguel ist ein sehr starker Mann, doch jetzt, da das Baby kommt ..." Sie blickte fort. „Dennoch begehre ich ihn."

Elizabeth unterdrückte ein Lächeln, und Michael blickte wieder auf das Papier vor sich. „Weinen Sie oft?"

„In letzter Zeit ein wenig, aber nur, weil ich Angst habe."

Michael machte sich eine Notiz. „Sind Sie leicht zu verärgern und unduldsam mit anderen Menschen?"

„Nein, ich denke nicht."

„Denken Sie viel über den Tod oder das Sterben nach?"

Maria schüttelte den Kopf. „Meistens denke ich an mein Baby. Der Arzt sagt, dass es ein Junge wird."

Mit einem Seitenblick zu Elizabeth legte Dr. James den Fragebogen beiseite und griff nach einem anderen Papier. „Dies ist ein Test zur Feststellung einer Angstneurose. Beantworten Sie einfach nur wieder jede Frage."

Maria nickte und setzte sich ein wenig aufrechter hin.

„Haben Sie manchmal den Eindruck, dass die Dinge um sie herum fremd, irreal, diffus und irgendwie von Ihnen losgelöst sind?"

„*Sí* ... nachts ... wenn ich allein bin."

„Haben Sie das Gefühl, dass Sie sterben oder dass etwas Schreckliches geschehen wird?"

„*Sí*, und das macht mir Angst."

„Haben Sie Schwierigkeiten beim Atmen? Oder das Gefühl, dass Sie ersticken?"

„Das habe ich schon erlebt ... ja."

Er machte sich wieder Notizen. „Leiden Sie unter Brustschmerzen, Benommenheit oder Schwindelanfällen, bei denen Sie zittern?"

„*Sí*, aber nur wenn die Angst kommt."

„Hatten Sie schon das Gefühl, dass Ihre Beine weich wie Gummi werden und ihren Dienst versagen?"

„Es war etwas anders. Das letzte Mal, als die Stimmen kamen, konnte ich meine Beine nicht bewegen. Ich konnte mich im Bett nicht bewegen, konnte nicht aufstehen."

Dr. James runzelte die Stirn. „Haben Sie Herzrasen gehabt oder das Gefühl, dass Ihr Herz ein, zwei Schläge aussetzt?"

„*Oh, sí*. Mein Herz schlägt dann so schnell, dass es mir förmlich aus der Brust springt."

Der Doktor legte das Papier beiseite und nahm seine Brille ab. „Nach Ihren Antworten zu urteilen, Mrs. Santiago, zeigen Sie die klassischen Symptome einer Angstneurose. Was Sie fühlen, geschieht nicht wirklich. Doch Stress lässt es so erscheinen."

„Dann sind die Stimmen nicht real?"

„Nein. Doch Sie müssen sich keine Sorgen machen. Wenn wir die Ursache Ihrer Angst entdeckt haben, werden die Stimmen verschwinden."

Dr. James sah zu Elizabeth, die das Stichwort aufgriff und sich erhob. „Dr. James wird Ihnen helfen, Maria. Sie müssen nur mit ihm sprechen und ihm von Ihren Ängsten erzählen. Seien Sie aufrichtig mit sich und Ihrer Vergangenheit." Elizabeth drückte ermutigend die Schulter der jungen Frau. „Wenn Sie das tun, wird es nicht lange dauern, bis Sie sich besser fühlen."

Elizabeth verließ das Zimmer und schloss die Tür sachte hinter sich. Es sah so aus, als ob Maria eindeutig an einer Angstneurose litt. Michael James war gut. Bald würde er die Ursache dafür entdecken. Wenn das Problem erst einmal offenlag, würden die Symptome vermutlich verschwinden.

Erleichtert kehrt Elizabeth in ihr Büro zurück. Dennoch fragte sie sich, was die Angstattacken der jungen Frau ausgelöst haben mochte.

Vielleicht ihre Heirat. Miguel Santiago war neunundzwanzig, zehn Jahre älter als seine Frau.

Er war nicht beleidigend, nur dominant, was Maria bis

jetzt nichts auszumachen schien. Sie war in dem Glauben erzogen worden, dass der Ehemann Herr im Haus sei, und dies Verständnis schien die Grundlage für ihre erfolgreiche Ehe zu sein.

Nach dem, was Elizabeth in Michaels Büro gehört hatte, hatte sie nun ihre ersten Zweifel.

„Was soll ich anziehen?" Die Woche war vorüber. Es war Samstagnachmittag und heiß, wie so oft in San Pico. Die Sonne knallte durch das Schlafzimmerfenster in Elizabeths Apartment in der Cherry Street.

„Das schwarze Cocktailkleid", sagte Gwen Petersen und ließ sich auf die Bettkante vor dem Spiegelschrank plumpsen. „Eindeutig." Das Zimmer war schlicht eingerichtet, mit einem preiswerten Doppelbett, das Elizabeth direkt nach dem College gekauft hatte. Die Wände waren fast nackt.

Elizabeth hatte niemals vorgehabt, nach San Pico zurückzukehren, und in den zwei Jahren, seit denen sie wieder hier war, hatte sie wenig unternommen, um es sich im Apartment gemütlich zu machen.

„Carsons Haus ist sehr elegant", fuhr Gwen fort, „und er wird für das Dinner einen Catering-Service beauftragen. Ich habe bei einer solchen Gelegenheit vor gar nicht allzu langer Zeit mal bei ihm gearbeitet. Du solltest auf jeden Fall etwas Hübsches anziehen."

Gwen musterte die Kleider, die auf dem Bett ausgebreitet waren: ein rotes Chiffonkleid mit weit schwingendem Rockteil, ein hellblaues Etuikleid mit züchtigem Ausschnitt und kurzen Ärmeln sowie ein schlichtes schwarzes Etuikleid. „Das Schwarze ist perfekt, klassisch und gleichzeitig sexy."

„So ähnlich dachte ich auch. Ich habe mich darin immer gut gefühlt. Normalerweise trage ich die Perlen meiner Mutter dazu."

„Perfekt." Gwen erhob sich, nahm den Bügel mit dem schwarzen Kleid und hielt es Elizabeth an. „Gut, dass du noch immer in die Kleider passt, die du aus L.A. mitgebracht hast. In San Pico findest du so etwas mit Sicherheit nicht."

Das knapp knielange Etuikleid war aus schwarzem Seidenkrepp und hatte einen tiefen Rückenausschnitt.

„Vermutlich nicht. Aber wie oft braucht man hier schon Kleider wie diese?"

„Wenn du ernsthaft beginnst, dich mit Carson Harcourt zu verabreden, dann wirst du alles brauchen, was du hast. Und noch viel mehr."

„Ich habe kein ernsthaftes Date mit Carson. Ich kenne den Mann ja kaum."

„Es wäre aber nett, oder? Wenn ihr zwei zusammenkämt? Carson hat eine Menge Geld und genießt hohes Ansehen in der Gemeinde. Allgemein hält man ihn für einen guten Fang."

„Ich will aber weder Carson fangen noch irgendeinen anderen Mann. Ich hatte bereits einen Mann, und der eine war mehr als genug."

Gwen hielt sich das Kleid an und betrachtete sich im Spiegel. Es war ihr ein bisschen zu lang, doch das Schwarz ließ ihren hellen Teint und das kurze rote Haar leuchten. „Nicht alle Männer sind wie dein Ex, weißt du. Jim ist ein großartiger Ehemann."

„Ja, das ist er. Jim ist einer unter tausend. Unglücklicherweise habe ich keine Zeit, weitere neuntausendneunhundertneunundneunzig Männer abzuarbeiten, um einen wie ihn zu finden."

Gwen lachte. „*So* schlimm ist es nun auch wieder nicht. Es gibt eine Menge netter Männer da draußen."

„Mag sein." Elizabeth griff nach einem Schuhkarton mit schwarzen High Heels. „Ich hatte einfach nicht das Glück, sie zu erwischen. Außerdem braucht nicht jede Frau einen Mann, um glücklich zu sein. Ich habe meine Karriere. Ich habe Freunde wie dich und Jim. Ich habe ein sehr brauchbares Leben, und so möchte ich es auch beibehalten."

„Was ist mit Kindern? Ein Baby ist ein sehr guter Grund, um sich einen Mann zu suchen. Außer du bist eine von diesen modernen Frauen, die schwanger werden und das Kind allein aufziehen wollen."

„So modern bin ich nun auch wieder nicht, glaub mir."

Als sie ihre College-Liebe Brian Logan geheiratet hatte, hatte sie sich sehnlichst Kinder gewünscht. Doch Brian sagte immer, es sei zu früh. Sie müssten erst ihre Karriere vorantreiben. Sie hätten nicht genug Geld. Er wäre noch nicht bereit, Vater zu werden.

Schließlich hatten sie sich scheiden lassen, bevor sie überhaupt hatte schwanger werden können. Und nun, mit dreißig, tickte ihre biologische Uhr ziemlich laut. Sie hatte ihren Mädchennamen wieder angenommen und hasste den Gedanken, jemals wieder unter der Fuchtel eines Mannes zu stehen. Insofern war die Chance groß, dass sie niemals ein Baby haben würde.

„Ich hätte gern Kinder", sagte Elizabeth, „aber nicht, bevor ich einem Mann über den Weg laufe, der sich zur Langstrecke bekennt. Keine weitere Scheidung. Nicht mit mir. Und wir beide wissen, dass solche Männer rar gesät sind. Es ist das Risiko einfach nicht wert."

Gwen widersprach ihr nicht. Sie kannte Elizabeths Standpunkt, und keine noch so lange Diskussion konnte ihn ändern.

„Du, ich muss mich beeilen." Gwen griff nach ihrer Handtasche. „Ruf mich morgen an und lass mich wissen, wie es gelaufen ist." Sie grinste. „Ich habe noch immer Hoffnung für dich, Liz, ob dir das passt oder nicht."

Elizabeth lachte. „Ich rufe dich an. Versprochen. Aber mach dir nicht zu große Hoffnungen. Es ist nur ein Date, mehr nicht."

„Genau das ist es. Bis dahin." Gwen verließ das Zimmer, und kurz darauf hörte Elizabeth, wie die Wohnungstür geschlossen wurde. Die beiden Frauen kannten sich seit der Highschool. Seit Elizabeths Rückkehr nach San Pico war ihre Freundschaft noch enger geworden.

Das war das Einzige, was ihr an der hässlichen kleinen Stadt gefiel: die netten Menschen. Gwen Petersen war einer davon. Ein Bild von Carson Harcourt, groß, blond und gut aussehend, stieg vor ihrem inneren Auge auf. Carson schien ebenfalls nett zu sein. Sie war nicht ganz immun gegen den Gedanken, einen Mann in ihrem Leben zu haben. Der heutige Abend könnte interessant werden.

SECHS

Elizabeth durchquerte das Wohnzimmer, um die Tür zu öffnen. Carson stand auf der kleinen Veranda und wirkte zwanglos elegant in seiner braunen Sommerhose und dem hellblauen Hemd. Das dunkelblaue Sakko trug er über dem Arm.

„Fertig?"

„Lass mich noch meine Tasche holen." Sie griff nach dem schwarzen Stofftäschchen, das zu ihren High Heels passte, und schloss die Wohnungstür hinter sich ab. Carson führte sie zu seinem silberfarbenen Mercedes.

„Du siehst übrigens hinreißend aus", sagte er, als er ihr die Wagentür aufhielt. „Tolles Kleid."

„Ich wusste nicht genau, was ich anziehen soll. Glücklicherweise habe ich aus meiner Zeit in L.A. eine recht nette Garderobe. Mein Exmann war ambitionierter Börsenmakler, der wollte, dass seine Frau den richtigen Eindruck hinterlässt."

„Die meisten Frauen von hier fahren nach L.A. zum Einkaufen."

Die meisten Frauen von Männern mit Geld. Elizabeth lag nichts mehr an der Rolle, die sie als Brians Frau gespielt hatte, doch zugegebenermaßen war sie froh, die passende Kleidung für heute Abend zu haben.

Die Fahrt hinaus zur Farm dauerte nicht lang. Carson parkte den Wagen in einer makellosen riesigen Garage, führte sie aber zum Haupteingang, um hineinzugehen. Das große weiße Haus mit seiner großen Frontveranda wirkte vom Highway aus eindrucksvoll und sehr gepflegt. Nun sah sie, dass das Innere kürzlich renoviert worden war: ein neuer Anstrich, neue Vorhänge, neue Möbel in einer angenehmen Mischung aus gepolsterten Sofas und viktorianischen Antiquitäten. Das Eichenparkett verströmte einen Hauch von Eleganz und Charme. Die Stuckdecken waren hoch, und in der Eingangshalle hing ein antiker Kronleuchter.

Die Inneneinrichtung hatte ein Profi übernommen, da war sie sich sicher. Vermutlich ein Designer aus L.A.

„Es ist wunderschön, Carson. Wie aus *Better Homes and Gardens*, nur einladender."

„Danke. Ich wollte einen Ort schaffen, der gut aussieht, aber die Leute nicht abschreckt."

Er führte sie in eines der zwei vorderen Wohnzimmer, wo eine Bar aufgebaut war. Ein junger Mann in schwarzer Hose und gestärktem weißen Hemd schenkte ihr ein Glas Schramsberg ein, ein ziemlich teurer kalifornischer Champagner aus dem Napa Valley.

Sie unterhielten sich, während Carson sie durchs Erdgeschoss führte. Er zeigte ihr auch die modernisierte Küche, in der das Catering-Personal hektisch arbeitete, und sein holzgetäfeltes Arbeitszimmer. Als sie ins Wohnzimmer zurückkehrten, hielt bereits eine schwarze Stretchlimousine vor dem Haus.

„Sieht so aus, als ob sie da sind. Drei der Paare sind mit einer zweimotorigen Queen Aire gekommen. Ich habe eine Limousine geliehen, um sie herzubringen. Eine weitere bringt die Castenados von L.A. hierher."

„Ich gehe davon aus, dass du hier auf der Ranch eine Landebahn hast."

Er nickte. „Sie ist nicht groß genug für einen Privatjet, doch für die meisten Kleinflugzeuge reicht sie völlig aus."

„Fliegst du selbst?"

„Ich wollte Stunden nehmen, doch ich habe einfach keine Zeit."

Sie gingen in die Eingangshalle, wo Carson die verglaste Haustür öffnete, um seine Gäste willkommen zu heißen. Das vierte Paar erschien nur wenige Minuten nach den ersten drei. Das Alter der Gruppe lag zwischen fünfunddreißig und sechzig. Alle machten sich miteinander bekannt, dann führte Carson die Gäste an die Bar, wo Drinks serviert wurden.

Elizabeth war froh, dass sie das schwarze Kleid gewählt hatte. Die anderen vier Frauen trugen ähnlich teure Garderobe. Zwei hatten paillettenbesetzte Hosenanzüge an, eine ein knielanges elfenbeinfarbenes Cocktailkleid, und die andere trug ein schlichtes schwarzes Etuikleid, das dem von Elizabeth ähnelte.

Sie unterhielten sich eine Weile, bis Carson Elizabeth eine Hand auf die Schulter legte. „Falls es den Ladies nichts ausmacht – es gibt da ein paar geschäftliche Dinge, die vor dem Essen zu besprechen sind. Es wird nicht allzu lange dauern."

Er wartete ihre Zustimmung nicht ab, sondern drehte sich um und ging in Richtung Arbeitszimmer. Die vier Männer folgten ihm.

Elizabeth wandte sich den Damen zu und übernahm die Rolle der Gastgeberin. „Sind Sie zum ersten Mal in San Pico?"

„Keine von uns war bislang hier", sagte die Frau im Cocktailkleid, Maryann Hobson, Ehefrau eines Baulöwen in Orange County. „Obwohl wir Carson natürlich schon seit einiger Zeit kennen."

„Sein Haus ist sehr schön", sagte eine der anderen Frauen, Mildred Castenado, eine große Frau mit spanischem Einschlag und von klassischer Schönheit. Ihre dunklen Augen schienen jedes Detail förmlich aufzusaugen.

„Ja, das ist es eindeutig", stimmte Rebecca Meyers zu. Ihr Mann war Vorstand eines großen Pharmaunternehmens, und Becky, wie sie gern genannt werden wollte, schien eine intelligente Frau zu sein. „Mir gefällt vor allem, wie sie den Stuck herausgearbeitet haben." Die Wände waren cremefarben gestrichen, die Stuckornamente dagegen ganz in Weiß gehalten.

„Kennen Sie Carson schon lange?", fragte die vierte Frau, die silbergraues Haar, dünne Lippen und tiefe Linien um den Mund hatte. Betty Simino war die Älteste des Quartetts.

„Wir kennen uns seit einigen Jahren", sagte Elizabeth, die

den abschätzigen Blick aus Bettys blassblauen Augen nicht mochte. „Dies ist aber das erste Mal, dass ich in seinem Haus bin. Ich stimme Mildred zu. Es ist sehr hübsch."

„Carson hat den Designer engagiert, den ich ihm empfohlen habe", sagte Mildred stolz. „Anthony Bass. Ich finde, dass er seinen Job großartig gemacht hat."

„Ja, das hat er."

Die Konversation plätscherte weiter so dahin, leicht und meistens angenehm – abgesehen von einer Anspielung Mrs. Siminos auf die Beziehung zwischen Elizabeth und Carson, die gar nicht existierte.

Elizabeth ertappte sich dabei, wie sie auf die Tür des Arbeitszimmers starrte und sich fragte, wann Carson zurückkehren würde; und innerlich betete, dass es nicht mehr lange dauerte.

Carson musterte die Männer, die in den bequemen Ledermöbeln in seinem Arbeitszimmer Platz genommen hatten.

Walter Simino, stellvertretender Vorsitzender der republikanischen Partei in Kalifornien, stellte sein Whiskyglas auf dem Tisch vor dem Sofa ab.

„Sie wissen, warum wir hier sind, Carson. Die Frauen warten auf uns und das Essen ebenso. Ich sehe keinen Grund, um den heißen Brei herumzureden. Wir sind aus einem Grund hierher gekommen – um Sie zu überzeugen, bei den Parlamentswahlen zu kandidieren."

Sie hatten die Möglichkeit ausführlich diskutiert, und er hatte lange über die Angelegenheit nachgedacht.

Carson beugte sich nach vorn und sah jeden der Männer eindringlich an. „Ich fühle mich sehr geschmeichelt. Das wissen Sie alle. Doch in die Politik zu gehen ist kein Schritt, den man auf die leichte Schulter nehmen darf. Man muss sich auf Jahre verpflichten, hat viele Kämpfe zu bestehen und jede Menge Arbeit vor sich."

„Das ist richtig." Das kam von Ted Meyers, dem Vorstandsvorsitzenden von McMillan Pharmaceutical Labs, einem großen Mann, dessen braunes Haar sich bereits lichtete. „Doch das, woran wir denken, wäre die harte Arbeit wert und würde vielleicht nicht so lange brauchen, wie Sie denken."

„Wir sprechen über mehr als nur das Repräsentantenhaus, Carson." Walter blickte ihn direkt an. „Ein Mann wie Sie, mit Ihrer Reputation, könnte den Sitz im Repräsentantenhaus gewinnen und bei der nächsten Wahl für den kalifornischen Senat kandidieren. Und von dort aus könnten Sie mit den richtigen Leuten im Hintergrund für den Kongress kandidieren. Sie haben das richtige Alter, Harcourt, Sie sind erst sechsunddreißig. Sie haben das richtige Aussehen und außerdem Charisma. Ihre Vergangenheit scheint blütenweiß zu sein, und Sie haben die Art von Verbindungen, die einen Mann ganz nach oben bringen kann."

Daran hatte er auch schon gedacht. Seine Verbindungen reichten bis zu seiner Bruderschaft an der Universität zurück. Mit der richtigen Taktik und den richtigen Leuten hinter sich ... Ein Bild des Weißen Hauses stieg in ihm auf, das er rasch beiseiteschob. Es war viel zu früh, um an so etwas zu denken. Doch genau wie Walter gesagt hatte, es gab keine Grenze für seine Karrieremöglichkeiten.

„Da ist nur eine Sache." Paul Castenado wirkte etwas unbehaglich, und Carson wusste genau, wovon er sprach – von seiner Nemesis, die ihn seit seiner Kinderzeit verfolgte.

„Mein Bruder."

„Richtig. Wir brauchen Zachary im Team. Es ist kein Geheimnis, dass zwischen Ihnen böses Blut herrscht. Es würde keinen guten Eindruck machen, wenn Ihr Bruder sich Ihrer Kandidatur entgegenstellen würde."

Carson bemühte sich, gleichmütig zu klingen. „Ich kann nicht dafür garantieren, was Zach tun wird. Er ist unberechenbar. Das war er schon immer."

„Mag sein", sagte Walter. „Andererseits können wir ihn vielleicht mit der richtigen Motivation von unserem Standpunkt überzeugen. Aus diesem Grund bat ich Sie, ihn heute einzuladen."

Und erstaunlicherweise hatte Zach angenommen. Carson gefiel das nicht. Kein bisschen. Doch die Männer hatten recht. Es machte sich nicht gut, wenn ein Familienmitglied eines Kandidaten dessen Wahlkampf nicht unterstützte. Auch wenn er und Zach nur Halbbrüder waren.

Während die anderen warteten, verschwand Ted Meyers kurz und kehrte wenige Minuten später mit Zach ins Arbeitszimmer zurück.

Walter deutete auf einen leeren Sessel, doch Zach wählte einen Stuhl, der sich näher an der Tür befand.

„Wie gewünscht bin ich hier", sagte Zach. „Was kann ich für Sie tun, Gentlemen?" In der tiefen Stimme seines Bruders lag der leicht spöttische Unterton, den Carson schon immer verabscheut hatte.

„Danke, dass Sie gekommen sind, Zach." Charles Hobson lächelte erfreut. Hobson war ein einflussreicher Baulöwe in Orange County und ziemlich gut bekannt mit Carsons Bruder. Durch seine Rechtsanwaltspraxis kannte Zach viele wichtige Leute in Südkalifornien. „Lassen Sie mich Ihnen die Herren hier vorstellen, dann sprechen wir über unser Anliegen."

Ihr Anliegen, das erfuhr Zach wenige Minuten später, bestand darin, seine Unterstützung für seinen Bruder zu gewinnen, was für ihn später von Vorteil sein sollte. Ein Deal, bei dem eine Hand die andere wusch. Zach sollte die Kandidatur seines Bruders für das Parlament befürworten, und Carson würde seinen Einfluss geltend machen, um Zach zu einem Richteramt in L.A. County zu verhelfen. Sein Gehalt würde zwar nicht annähernd so hoch sein wie jetzt, doch die damit verbundene Macht wäre viel mehr wert.

Zumindest fanden das Walter Simino und der Rest des Komitees. Denn Tatsache war, dass er mit einem Richteramt viel Gutes tun konnte.

„Wenn Carson erst einmal gewählt ist", sagte Simino, „wird er viel Einfluss haben. Und wenn Ihr Bruder nach der Amtszeit wieder antritt oder vielleicht sogar einen Sitz im Senat gewinnt, wird seine Macht noch größer. Er könnte Ihnen von enormer Hilfe sein, Zach. Wer weiß, vielleicht kommt irgendwann sogar ein Platz beim obersten Gerichtshof von Kalifornien für Sie infrage."

Sie warfen einen mächtigen Köder aus. Nicht dass er wirklich an solche Zukunftsszenarien geglaubt hätte. Im weiteren Gespräch blieb Zach die meiste Zeit still. Während er zuhörte, dachte er über die politischen Ambitionen seines Bruders nach. Er hatte Gerüchte gehört und Carson nie darauf angesprochen. Nun da er hörte, dass die Gerüchte stimmten, überraschte ihn das irgendwie nicht.

Sogar hier im Raum stellte Carson das falsche Lächeln eines Politikers zur Schau.

Als sich eine Gesprächspause ergab, erhob sich Zach. „Ich habe genug gehört. Um ehrlich zu sein, weder Carson noch Sie können mir etwas anbieten, was auch nur von leisestem Interesse für mich wäre. Auch nicht der Gedanke an einen Sitz im Obersten Gerichtshof. Was seine Kandidatur angeht, kann ich meine Unterstützung nicht versprechen."

Sein Bruder presste die Kiefer aufeinander.

„Auf der anderen Seite werde ich auch nichts tun, was ihm schadet. Und ich werde mich an nichts beteiligen, was als Opposition gegen seine Kandidatur aufgefasst werden könnte, und ich werde auch niemand anderen darin unterstützen. Das ist alles, was ich tun kann. Ich wünsche Ihnen noch einen schönen Abend, Gentlemen."

Er wandte sich zur Tür.

„Was ist mit dem Abendessen?", fragte Carson. Er schien verdutzt, weil sein Bruder ging.

„Nein, danke. Aber es ist verdammt heiß draußen. Falls es Ihnen nichts ausmacht, werde ich noch einen Drink nehmen, bevor ich gehe." Er verließ den Raum und ging zurück ins Wohnzimmer. Als er ins Haus gekommen war, hatte er Liz Conners an der Bar erspäht, die sich mit den Ehefrauen der Männer unterhielt.

Neugier führte ihn nun in ihre Richtung. Neugier, sagte er sich, und nicht mehr.

Ohne die Frauen zu beachten, ging er direkt an die Bar. „Eine Cola light mit Zitrone", bestellte er bei dem jungen Mann.

„Kommt sofort." Der Barmann schenkte das Glas ein und stellte es vor ihm auf den Tresen. Zach nahm einen Schluck und betrachtete Liz Conners. Da es gerade eine Gesprächspause gab, trennte sich Liz von der Gruppe. Er schlenderte zu ihr.

„Zachary Harcourt ... ich muss sagen, ich bin ein bisschen überrascht, dich hier zu sehen."

„Warum? Findest du nicht, dass ich der politische Typ bin?"

„Eigentlich nicht."

„Da hast du recht. Tatsächlich gehe ich gleich wieder. Ich wollte nur kurz Hallo sagen, bevor ich verschwinde."

Sie musterte ihn, als ob sie versuchte, seine Gedanken zu erraten. Eine dunkelbraune Augenbraue zuckte nach oben, als sie den Drink in seiner Hand bemerkte.

„Cola light", erklärte er. „Ab und zu trinke ich Alkohol, aber nicht, wenn ich fahre. Ich war niemals süchtig oder alkoholabhängig. Ich war einfach nur dumm."

„Dann bist du also wirklich geläutert."

„Größtenteils. Ich hoffe allerdings, ich werde nie so ein Langweiler wie mein Bruder."

Sie verzog kurz den Mund. Sie hatte einen hübschen Mund, dachte er. Volle, sanft geschwungene Lippen mit hübschem rosa Lippenstift.

„Ihr haltet nicht viel voneinander, nicht wahr?" Sie sah großartig aus, noch stilvoller als bei der Benefizveranstaltung. Er fragte sich, wie eine Familienberaterin sich so teure Kleidung leisten konnte. Aber vielleicht hatte sein Bruder sie ja gekauft.

„Ich versuche, überhaupt nicht an Carson zu denken. Wo wir aber schon dabei sind: Habt ihr zwei was miteinander?"

Sie nippte an ihrem Champagner. „Du meinst, ob wir uns verabreden?"

„Ich meine, ob du mit ihm zusammen bist. Schlaft ihr miteinander?"

Liz versteifte sich, wie er es erwartet hatte. Er wusste, dass er sie auf die Probe stellte. Doch aus irgendeinem Grund wollte er die Antwort wirklich hören.

„Weißt du, Zach, ich denke, du hast dich doch nicht so stark verändert, wie du glaubst."

In mancher Hinsicht hatte sie vermutlich recht. „Vielleicht nicht." Er nahm einen weiteren Schluck Cola. „Dann willst du es mir nicht sagen?"

„Meine Beziehung zu deinem Bruder geht dich nichts an."

Er blickte zur Seite und versuchte, das Bild von Liz Conners in Carsons Bett aus dem Kopf zu bekommen.

„Wir sind Freunde", gab sie schließlich nach. „Wir kennen uns kaum."

Zach lächelte unwillkürlich. „Ach nein."

„Okay, Zach. Ich weiß, dass ihr euch nicht gut versteht. Dich mit mir zu beschäftigen ist vielleicht deine Art, ihn zu provozieren, aber ..."

„Mein Interesse an dir hat nichts mit Carson zu tun", sagte er und war selbst überrascht, dass dies der Wahrheit entsprach. „Ich ... ich weiß nicht. Ich dachte immer, dass du irgendwie anders wärst. Ich schätze, ich wollte wissen, ob das immer noch so ist."

„Und? Ist es noch so?"

Aus dem Augenwinkel sah er, wie sein Bruder und die anderen Männer aus dem Arbeitszimmer kamen. „Ich weiß es nicht." Er nahm einen letzten Schluck und setzte das Glas auf dem Tresen ab. „Das Abendessen wird dir schmecken. Carson engagiert für solche Anlässe die besten Köche von L.A."

Er drehte sich um und ging in Richtung Tür. Für einen Augenblick glaubte er, dass Liz Conners hinter ihm herblickte. Doch das bildete er sich vermutlich nur ein.

Elizabeth wandte den Blick von Zach Harcourts großer, schlanker Figur ab, als er den Raum verließ. Noch immer fühlte sie ein leichtes Prickeln. Er hatte eine spezielle Art, ihr auf die Nerven zu gehen und sie herauszufordern, doch gleichzeitig sah er sie an, als ob er sie unglaublich attraktiv fände. Das ärgerte sie. Und machte sie neugierig.

Zach Harcourt mochte keine Probleme mehr mit Drogen oder Alkohol haben, doch er war ebenso lästig und anmaßend, wie er es früher gewesen war.

Dennoch konnte sie seine Attraktivität nicht leugnen. Er hatte etwas an sich, etwas Dunkles, Geheimnisvolles, das eine sexuelle Wirkung auf sie hatte. Frauen schienen die bösen Jungs immer zu mögen. Offensichtlich hatte sie die gleichen Instinkte.

Carson tauchte neben ihr auf, und ihr Blick wanderte zu ihm. Er musste bemerkt haben, wo sie hingeschaut hatte, denn sein Mund wirkte ein wenig verkniffen.

„Ich hoffe, mein Bruder hat dich nicht belästigt. Er kann manchmal ziemlich unausstehlich sein."

Sie dachte an jenen lang zurückliegenden Tag vor Marge's. „Ich dachte, er ist ein anderer geworden."

„Zach ist Anwalt. Was soll ich sagen?"

Sie lachte. Anwälte schienen bei niemandem beliebt zu sein. Sie fragte sich, ob Zach ein guter Anwalt war. Er schien ein bisschen zu freimütig und sarkastisch für einen Beruf, der so oft ein gewisses Maß an Finesse erforderte.

„Das Abendessen ist fertig", sagte Carson. „Wollen wir ins Esszimmer vorgehen?"

„Gute Idee. Ich sterbe fast vor Hunger." Elizabeth lächelte und beschloss, keinen weiteren Gedanken an Zachary Harcourt zu verschwenden.

Doch eine Stunde später dachte sie noch immer an ihn.

SIEBEN

Gott sei Dank endete der Abend schließlich doch noch. Auch wenn Elizabeth sich die meiste Zeit amüsiert hatte, war sie im Augenblick davon überzeugt, dass das Leben als Politikergattin ein Höllenjob sein musste.

Da Carson zum Essen Wein getrunken hatte, ließ er Elizabeth nach Hause chauffieren, nachdem die schwarze Limousine seine Gäste zur Landebahn gebracht hatte. Er begleitete sie bis zur Tür ihres Apartments. Sie dachte kurz daran, ihn hereinzubitten. Doch es war ein langer Abend gewesen. Sicher war er ebenso müde wie sie.

„Danke, Carson, für diesen vergnüglichen Abend."

„Ich bin derjenige, der zu danken hat. Du warst wunderbar, Elizabeth. Du hast dafür gesorgt, dass sich alle wohlgefühlt haben. Ich hätte das ohne dich nicht geschafft."

Bestimmt hatte er bereits Dutzende von Partys allein gemeistert, doch seine Worte schmeichelten ihr. „Es war ein gelungener Abend. Ich glaube, deine Gäste haben sich gut amüsiert."

Er lächelte. „Das hoffe ich." Er beugte sich vor und küsste sie sanft. Als Carson seine Lippen öffnete, schlang Elizabeth die Arme um seinen Nacken und erwiderte den Kuss. Es überraschte sie etwas, dass sie nicht mehr als ein angenehmes Gefühl empfand. Carson war ein gut aussehender Mann. Als er sie losließ und einen Schritt zurücktrat, verspürte sie jedoch kein Bedauern.

„Ich rufe dich an", sagte Carson.

Elizabeth nickte nur. „Gute Nacht."

Sie ging hinein und schloss die Tür hinter sich. Sie dachte an den Kuss und wunderte sich über ihre Reaktion. Es gab so etwas wie Chemie zwischen zwei Menschen, doch mit Carson schien sie die nicht zu haben.

Elizabeth dachte an das lästige Gespräch mit seinem Bruder

und die Art, wie Zach sie angesehen hatte – als ob die Hitze in seinen dunklen Augen ihre Kleidung wegbrennen wollte. Das leichte Flattern in ihrem Bauch ignorierte sie.

Die Grillen zirpten in der warmen Sommernacht, und die Sterne glitzerten am schwarzen Nachthimmel wie winzige Diamanten. In L.A. konnte Zach sie nie sehen. Das kleine, staubige San Pico hatte also zumindest etwas Gutes.

Auf der Veranda angelangt, schloss Zach die Tür von Lisa Doyles großzügigem Anwesen auf. Es lag in einem der besseren Viertel der Stadt. Drei Schlafzimmer, Backsteinbau, Schindeldach, landschaftlich hübsch gelegen mit einem Pool im Garten. Sie hatte es sich während einer schmutzigen Scheidung als Abfindung von ihrem Exmann erschlichen. Es war bereits das zweite Mal gewesen, dass Lisa als Gewinnerin aus einer Schlammschlacht hervorging.

Ein guter Grund, Single zu bleiben, dachte Zach.

Das Wohnzimmer war dunkel, obwohl es noch nicht besonders spät war. Er wusste, dass sie im Schlafzimmer auf ihn warten würde. Ihr sexueller Appetit war kaum zu stillen, worüber er sich eigentlich nicht beschweren konnte. Außer dass sie nicht sehr wählerisch war, was nicht unbedingt für ihn sprach.

Während er auf dem Weg zum Schlafzimmer seinen Mantel auszog, dachte er, dass er eigentlich nicht hier sein wollte. Das Gefühl hatte ihn schon letzte Woche beschlichen, doch aus irgendeinem Grund erfasste es ihn heute Nacht mit einer besonderen Deutlichkeit.

Doch er hatte Lisa gesagt, dass er in der Stadt sein würde, und er hatte keinen echten Grund, nicht zu ihr zu gehen. Zumal sein kurzes Zusammentreffen mit Liz Conners ihm Lust auf heißen Sex gemacht hatte und er sicher sein konnte, dass er den nicht von Liz bekommen würde.

„Ich dachte schon, du würdest gar nicht mehr kommen",

sagte Lisa, als er das Schlafzimmer betrat. „Ich bin total scharf, Baby. Nimm mich!"

Sie trug einen roten Stringtanga und sonst nichts. Sie ging direkt auf ihn zu und zog seinen Kopf für einen Kuss nach unten. Zugleich tastete sie durch die Hose nach seinem Schwanz und rieb ihn, bis er steif war.

Dennoch schien er nicht richtig in Stimmung zu kommen. Irgendwie konnte er sich nicht mit einer weiteren Runde bedeutungslosem Sex anfreunden. Er rief sich selbst ins Gedächtnis, dass er es genau so wollte – keine Verpflichtungen, keine Gefühle.

Doch selbst als sie ihn zum Bett führte und langsam auszog, schweiften seine Gedanken zurück zu Liz Conners. Daran, wie hübsch sie heute ausgesehen hatte, wie sexy sie war, obwohl sie doch das genaue Gegenteil von Lisa darstellte. Er schüttelte den Kopf, um das Bild loszuwerden, und versuchte sich auf die umwerfende Blondine mit den grünen Augen und dem üppigen Körper zu konzentrieren, die hier vor ihm stand.

Seltsamerweise fiel ihm das nicht leicht.

Lisa konnte einen Mann mit ihren kleinen Raffinessen zum Wahnsinn treiben, doch Zach kannte sie inzwischen alle, und ihr Reiz war längst dahin.

Warum bin ich hier, fragte er sich, ohne dass ihm eine befriedigende Antwort einfiel.

„Was ist los, Baby? Zu müde?" Nackt stand er neben dem Bett. Lisa öffnete eines der kleinen Folienpäckchen vom Nachttisch, rollte ihm mit erstaunlichem Geschick das Kondom über und stieß ihn dann auf die Matratze, wo sie sich auf ihn setzte. „Entspann dich. Ich mach das schon."

Er ließ sie gewähren. Er war zwar ein völlig anderer als früher, aber er war kein Heiliger. Zach schloss die Augen. Sie brachte sie beide zu einem gewaltigen Höhepunkt, doch als sie weitermachen wollte, wandte er sich ab.

„Ich brauche etwas Schlaf, Lisa. Tut mir leid."

Lisa murmelte einen Fluch und rollte sich neben ihm zusammen. Zach lag da, doch so müde er auch war, er konnte dennoch nicht einschlafen.

Am Samstagmorgen fuhr Zach hinaus zu Teen Vision. Die Scheune hatte wirklich Gestalt angenommen. Es juckte ihn in den Fingern, den Hammer wieder zur Hand nehmen.

Die Jungs waren bereits seit dem frühen Morgen an der Arbeit. Auf der sechs Hektar großen Jugendfarm wurde viel angebaut, was jede Menge Arbeit und Fürsorge verlangte. Im Obstgarten wuchsen Pfirsiche, Aprikosen, Orangen, Zitronen, Mandeln und Pistazien. Auf zwei Hektar wurde Alfalfa angebaut, das als Viehfutter zum Einsatz kam.

Die Jungs hatten außerdem einen großen Gemüsegarten und bauten genug Mais an, um ihn in örtlichen Lebensmittelgeschäften zu verkaufen. Sie hatten Hühner, vier Milchkühe und vier Mastrinder. Die Farm war fast autark. Dass die Teenager den Betrieb am Laufen hielten, erfüllte sie mit viel Stolz. Zusätzlich zu ihren täglichen Pflichten nahmen sie an zahlreichen Unterrichtseinheiten teil, von denen sich einige mit den Konsequenzen von Drogen- und Alkoholmissbrauch beschäftigten. Zach selbst hielt darüber mehrmals im Jahr Vorträge. Seine Vergangenheit – und dass er so ehrlich damit umging – ermöglichte ihm eine spezielle Bindung zu den Jungen.

Bei seiner letzten Sitzung war Raul Perez nach dem Unterricht geblieben, um mit ihm zu sprechen. Er wollte wissen, ob er es nach Zachs Meinung irgendwann später auf ein College schaffen würde.

„Ich denke, dass du eine sehr gute Chance hast, Raul. Es wird viel Arbeit kosten, doch alles ist möglich. So viel kann ich dir jetzt schon sagen."

Raul lächelte. Der Gedanke an harte Arbeit störte ihn offensichtlich nicht. Liz Conners konnte recht haben mit dem Jungen. Es schien etwas Besonderes an ihm zu sein, auch wenn

Zach es nicht benennen konnte.

Als er aus dem Jeep stieg, sah er den Jungen über die Weide gehen. Ein großer, grimmig aussehender Teenager, der nur so lange hart wirkte, bis man ein bisschen tiefer grub. Dann erkannte man das gleiche Bedürfnis, das auch Zach als Junge gehabt hatte: die Sehnsucht nach jemandem, der einen liebt.

Zach wusste, dass Raul seinen Vater nicht kannte und seine Mutter gestorben war, als er zwölf war. Seine Schwester und ihr Mann waren die einzige Familie, die Raul hatte.

Zach hatte Eltern. Eine Art Eltern. Doch Teresa Burgess, seine Mutter, war viel zu beschäftigt damit gewesen, Fletcher Carson glücklich zu machen, als dass sie sich um ihren Sohn hätte kümmern können. Zach war neun gewesen, als seine Eltern ihre langjährige Beziehung beendeten und sein Vater das Sorgerecht für den Sohn einforderte.

Teresa hatte eingewilligt – für eine Gegenleistung. Sie hatte Zach wie ein Stück Vieh eingetauscht gegen ein neues Auto und das kleine Haus, das Fletcher für sie gekauft hatte. Seinen Sohn nahm er mit auf den Familiensitz auf Harcourt Farms. Doch damit begann für Zach ein Leben in der Hölle.

Zach ging weiter zum Geräteschuppen, um sein Werkzeug zu holen, als Raul ihm über den Weg lief.

„Brauchen Sie Hilfe?", fragte der Junge.

„Ich dachte, du wolltest das Vieh füttern."

„Habe ich schon erledigt. Die Milchkühe sind auch versorgt. Ich kann gut mit dem Hammer umgehen."

Er konnte gut mit allem auf der Farm umgehen, das hatte Zach schon bemerkt. Und er schien die harte Arbeit wirklich zu genießen.

„In Ordnung. Je mehr Hilfe wir haben, desto schneller sind wir mit dem Ding fertig. Sam will das Alfalfa einlagern, bevor der Sommer vorbei ist."

„Klingt gut." Raul folgte Zach in den Schuppen, wo er sich ebenfalls Nägel und einen Hammer holte. Gemeinsam gingen sie zur Scheune. Für einen Moment wurde Raul langsamer. Sein Blick wanderte über die Felder zu den bunten Punkten in der Ferne.

„Was ist?"

„Die Rosen. Sie sind in dieser Jahreszeit so schön." Auf 260 Hektar blühten die Rosen auf den Feldern, die an Teen Vision angrenzten. Von der Luft aus betrachtet war der Boden geradezu übergossen mit roten, gelben, pinkfarbenen und weißen Farbtupfern. Von Mai bis September trug der Wind den Blütenduft über die Felder, sodass er die ganze Luft erfüllte.

Zach hatte den Duft immer gemocht. Vielleicht gab es ja doch noch etwas, das für San Pico sprach.

ACHT

Maria konnte nicht schlafen. Miguel arbeitete wieder spät, und das Haus schien merkwürdig leer zu sein. Sie hatte einige Freundinnen gefunden, seit sie auf Harcourt Farms lebte, doch die meisten von ihnen waren mit ihren Männern zum nächsten Job weitergezogen. Ihre beste Freundin war Isabel Flores. Sie arbeitete für Mr. Harcourt und lebte im großen Haupthaus. Obwohl sie nur wenige Jahre älter war als Maria, hatte sie es schon zu Mr. Harcourts Haushälterin gebracht. Sie kümmerte sich um das Haus – und um seine anderen persönlichen Bedürfnisse.

Isabel arbeitete gern dort. Sie hatte Maria erzählt, dass Mr. Harcourt sich gut um sie kümmerte. Sie meinte damit nicht seine gelegentlichen Besuche in ihrem Bett. Tatsächlich genoss sie die. Und sie war vorsichtig. Auch wenn sie jeden Sonntagmorgen deswegen zur Beichte gehen musste, nahm sie die Pille, damit sie nicht von ihm schwanger wurde.

Maria setzte sich im Bett auf. Vielleicht sollte sie sich wieder anziehen und Isabel besuchen, um ihrer besten Freundin zu erzählen, was ihr widerfahren war. Sie würde ihr von den Untersuchungen berichten und von den Sitzungen mit Dr. James. Doch es war wirklich schon zu spät für einen Besuch, und Miguel würde bald nach Hause kommen.

Zumindest hoffte sie das. Sie dachte daran, ins Wohnzimmer zurückzugehen, um noch ein wenig fernzusehen, doch sie war müde. Nach ihrer Rückkehr von der Sitzung mit Dr. James hatte sie im Gemüsegarten gearbeitet, wo sie die Hitze zusätzlich erschöpft hatte. Nun war es spät, und sie wollte schlafen.

Sie legte sich wieder hin und zog die Bettdecke bis zum Kinn. Nun, da sie das Geschehene besser verstand, würde der Traum nicht wiederkommen. Sie schloss die Augen, doch die Minuten verstrichen, ohne dass sich der Schlaf einstellte.

Stattdessen wartete sie und lauschte auf den Klang von Miguels Arbeitsschuhen draußen vor der Tür. Weitere Minuten vergingen. Ganz allmählich wurden ihre Augenlider schwer. Ihr Körper entspannte sich auf der Matratze, und sie schlummerte ein.

Es war die Kälte, die sie weckte, ein eisiger Hauch, der ihr durch die Knochen fuhr. Sogar um diese späte Zeit war es warm draußen. Wie konnte in ihrem Schlafzimmer eine solche Kälte herrschen? Ihre Zähne klapperten. Sie zog die Decke über sich und griff nach dem dünnen gelben Überwurf, der am Fußende gefaltet lag.

Ihre Finger umklammerten den Stoff. Nun hörte sie auch die Geräusche ... das gespenstische Stöhnen, das Quietschen und Knarren, als ginge jemand über die Dielen im Wohnzimmer. Der Duft von Rosen stieg ihr in die Nase. Er wurde stärker, verdichtete sich zu einem strengen, süßlichen Gestank, der ihr in die Nase stieg und ihre Kehle reizte.

Sie schluckte und saß vor Angst bewegungslos da, mit der Hand auf dem Überwurf. Ihr Blick wanderte ans Fußende des Bettes, und ihr ganzer Körper versteifte sich. Dort war etwas. Ein milchiges, verwaschenes Etwas, durch das sie fast hindurchsehen konnte und das vage an die Umrisse einer Person erinnerte.

Sie nehmen dir dein Baby, wenn du nicht fortgehst. Sie töten dein Baby.

Maria wimmerte. *Dios mio!* Ihre Nackenhaare stellten sich auf, und ihre Hand begann zu zittern. Die Knöchel wurden weiß, als sich die Finger in den Überwurf verkrampften.

Sie nehmen dir dein Baby. Sie töten dein Baby, wenn du nicht fortgehst.

Maria schloss die Augen, doch auch hinter ihren bebenden Lidern sah sie den Schatten. Ein Kind, vielleicht acht oder neun Jahre alt. Es schwebte und bewegte sich leicht am Fußende des Bettes. Ein kleines Mädchen, der Stimme nach zu urteilen, doch sie konnte nicht sicher sein.

Es ist nicht real, sagte sie sich und erinnerte sich daran, was Dr. James gesagt hatte. Es existierte nur in ihrer Vorstellung.

Sie wisperte ein leises Gebet, das die Gestalt vertreiben sollte, und ließ ihre Augen geschlossen, solange sie es wagte. Sie wiederholte das Gebet und rief verzweifelt die Muttergottes an. Als sie die Augen öffnete, sah sie, dass ihr Gebet erhört worden war.

Die merkwürdigen Geräusche verstummten allmählich. Der strenge Geruch wurde schwächer und verwandelte sich in einen feinen, fast beruhigenden Duft. Von dem eisigen Hauch war nichts mehr zu spüren, die Temperatur war wieder normal.

Doch noch immer schlug ihr das Herz bis zum Hals und pochte gegen ihre Rippen. Ihre Hände waren klamm, der Mund fühlte sich trocken an. Sie zuckte zusammen, als ein anderes Geräusch an ihr Ohr drang, ein vertrautes Schlurfen auf der hinteren Verandatreppe und dann der Schlüssel, der ins Schloss fuhr.

Miguel war zu Hause.

Maria schloss die Augen. Entschlossen, nicht zu weinen, biss sie sich auf die bebenden Lippen.

Michael James saß hinter seinem Schreibtisch und lauschte der abenteuerlichen Geschichte, die die junge Latina ihm erzählte. Maria Santiago war in dieser Woche bereits zweimal bei ihm gewesen, doch keine dieser Sitzungen hatte sich als sonderlich erfolgreich erwiesen.

„Ich habe ihn gesehen, Dr. James. Letzte Nacht habe ich den Geist mit eigenen Augen gesehen. *Un espectro.* Ich bilde mir das nicht ein. Ich sah ihn mit meinen eigenen Augen."

„Das war kein Geist, Maria. So etwas gibt es nicht. Sie hatten eine Panikattacke. Das ist nicht ungewöhnlich. Es gibt viele Menschen, die zu irgendeinem Zeitpunkt in ihrem Leben Angstattacken erleiden. Normalerweise hätte ich Ihnen etwas verschrieben – eine kleine Dosis Xanax vielleicht, damit Sie sich entspannen, und etwas, damit Sie schlafen können. Doch in Anbetracht Ihrer fortgeschrittenen Schwangerschaft ..."

„Ich brauche Ihre Medikamente nicht! Da ist ein Geist in meinem Haus, und all die dummen Fragen, die Sie mir stellen, werden ihn nicht vertreiben!"

Er achtete darauf, ruhig zu klingen. „Es gibt gute Gründe für diese Fragen, Maria. Wir versuchen Ihre Vergangenheit zu erforschen. Wir müssen wissen, ob Ihnen etwas in Ihrer Kindheit zugestoßen ist. Etwas, das nicht wichtig scheint, es jedoch ist. In Fällen wie diesen ..."

„Nein! Sie fragen mich über meinen Vater aus. Hat er mich geliebt? Habe ich ihn geliebt? Ich sagte Ihnen, dass er uns verließ, als ich zwei Jahre alt war. Sie befragen mich zu meiner Mutter. Ich sage Ihnen, sie hat Raul und mich geliebt. Wir hatten kein Geld, und das Leben war hart, aber so schlimm war es nun auch nicht. Sie sagen, dass ich sehr durcheinander sein müsste, weil ich dieses Ding, das Sie Stress nennen, fühle. Aber ich sage, dass Miguel und ich uns auf das Baby freuen. Bevor dies alles begann, war ich niemals so glücklich. Sie sagen, dass ich vor etwas Angst habe, das ich nicht verstehe, und Sie haben recht!"

Ihre Hand ballte sich in ihrem Schoß zu einer Faust. „Da ist ein Geist in meinem Haus, und er fordert mich auf, fortzugehen. Er warnt mich, dass jemand mein Baby töten wird!"

Michael atmete einmal tief durch. „Genau. Vielleicht haben Sie zufällig die Antwort auf Ihre Probleme gefunden. Sie sind besorgt, dass Sie Ihr Kind verlieren könnten. Sie haben schon einmal ein Baby verloren. Vielleicht ist es die Angst um Ihr Kind, die solche Panikattacken verursacht."

Maria erhob sich von ihrem Stuhl. Er sah, dass sie am ganzen Körper bebte. „Sie glauben mir nicht. Ich wusste es." Sie wandte sich um und marschierte in Richtung Tür, wobei ihr gewölbter Bauch leicht auf- und abschwang.

Michael stand ebenfalls auf. „Maria, warten Sie eine Minute. Wir müssen darüber sprechen."

Sie ging einfach weiter und gelangte in den kleinen Empfangsraum. Michael folgte ihr.

„Ich möchte mit Miss Conners sprechen. Sagen Sie ihr … sagen Sie ihr, dass Maria Santiago sie gern sehen würde."

„Sie ist noch in einem Gespräch", erwiderte die Empfangsdame Terry Lane. „Doch sie sollte in wenigen Minuten fertig sein."

„Gut. Dann werde ich warten." Maria ließ sich auf das Sofa sinken, wo sie mit geradem Rücken und vorgestrecktem Kinn sitzen blieb.

Nur einen Moment später öffnete sich Elizabeths Tür, und eine blonde Frau begleitet von einem jungen Mädchen trat heraus. Elizabeth folgte ihnen in den Empfangsbereich.

„Okay. Dann sehen wir uns nächste Woche."

Die Frau, ungefähr vierzig und mit zerzaustem blonden Haar, nickte nur. Sie gab ihrer Tochter ein Zeichen, und beide gingen zur Tür.

Elizabeths Blick richtete sich auf Maria, die neben Terrys Empfangstresen stand. Michael stand geduldig im Türrahmen.

„Mrs. Santiago würde gern mit Ihnen sprechen", sagte Terry. Sie war jung, noch in den Zwanzigern, und trug ihr blondes Haar kurz und nach oben gegelt. Sie arbeitete erst seit einigen Wochen in der Praxis, und Michael bemerkte, dass sie ein bisschen genervt wirkte.

„Das ist richtig, Elizabeth", schaltete sich Michael ein. „Maria möchte Ihnen etwas sagen."

Elizabeth sah ihn an und registrierte in seinem Blick die stumme Bitte um Hilfe. Manchmal war es schwierig, das Vertrauen eines Patienten zu gewinnen, und offensichtlich vertraute Maria Elizabeth und nicht ihm. Michael hatte überlegt, ob er Elizabeth als Therapeutin des Mädchens empfehlen sollte, doch Angstattacken fielen eher in seinen Zuständigkeitsbereich. Außerdem befürchteten sie, dass Elizabeths Beziehung zu Maria zu eng war, als dass sie objektiv bleiben könnte.

Elizabeth lächelte Maria an. „Ich kann ein paar Minuten erübrigen. Freut mich, wenn ich in irgendeiner Weise helfen kann."

„Warum gehen wir nicht alle in mein Büro?", schlug Michael vor und wartete, bis die Frauen an ihm vorbei in sein Zimmer gingen. Sie setzten sich auf die beiden Stühle gegenüber vom Schreibtisch, wo Elizabeth die junge Frau sorgenvoll musterte.

„Erzählen Sie es ihr, Maria. Erzählen Sie Miss Conners die Geschichte, die Sie mir erzählt haben."

„Es ist keine Geschichte", verteidigte sich Maria. *„En mi casa andan duendes."*

Elizabeths Augen weiteten sich, obwohl sie versuchte, ihre Miene neutral zu halten. „Ich dachte, das hätten wir schon besprochen, Maria. Sicherlich glauben Sie nicht wirklich, dass Ihr Haus verflucht ist."

„Doch, das tue ich. Da ist *un espectro.* Ich habe ihn gesehen letzte Nacht."

„Letzte Nacht haben Sie einen Geist gesehen?"

„Sí, genau das. Er war klein … wie ein Kind. Er klang wie ein kleines Mädchen, aber ich kann es nicht mit Sicherheit sagen. Die Luft wurde ganz kalt, und ich hörte wieder die Geräusche. Und auch der süßliche erstickende Geruch war wieder da. Ich denke mir das nicht aus."

Elizabeth warf Michael einen raschen Blick zu und schien über ihre Antwort nachzudenken. „Wenn Sie so überzeugt sind, dass etwas geschehen ist, gibt es vielleicht eine andere Erklärung dafür. Vielleicht wird das Haus einfach nur älter und erzeugt andere Geräusche als die gewohnten. Und der Geruch ist vielleicht auf etwas zurückzuführen, das unter dem Haus verwest."

„Ich würde gern glauben, dass es so etwas ist, doch das kann ich nicht. Ich weiß nur, dass dort etwas Furchtbares vor sich geht und dass ich Angst habe."

Elizabeth schwieg, ebenso Michael. In all seinen Fällen hatte er es noch nie zuvor mit einem Geist zu tun gehabt, doch er sah, dass Maria wirklich verängstigt war.

„Vielleicht sollte ich mit Miguel sprechen", schlug Elizabeth vor.

Maria riss erschrocken die Augen auf. „Sie dürfen meinem Mann nichts davon sagen. Miguel wird es nicht verstehen. Er wird glauben, dass ich kindisch sei. Das sagt er immer, wenn wir nicht einer Meinung sind."

Michael beugte sich vor. „Hören Sie, Maria, Sie können so nicht weitermachen. Sie müssen mit Ihrem Mann sprechen. Ich muss ebenfalls mit ihm sprechen."

Maria sprang auf. „Nein! Sie wollen ihm die gleichen dummen Fragen stellen wie mir. Nichts, was er sagt, wird einen Unterschied machen. Sie irren sich damit – Sie irren sich beide. Und ich bilde mir die Dinge nicht ein."

Sie wirbelte herum und polterte zur Tür.

„Maria!" Elizabeth lief ihr nach, und Michael ließ sie gehen. Es gab nichts mehr für ihn zu tun – nicht solange das Mädchen nicht bereit war, ihren Problemen ins Auge zu sehen und seine Hilfe zu akzeptieren.

Er konnte nur hoffen, dass Elizabeth sie zur Räson bringen und sie zurückkommen würde. Bis dahin war Maria dazu verurteilt, mit ihren Geistern zu leben.

Freitag. Eine weitere Woche in L.A. Ein weiterer heißer Julitag im Tal. Normalerweise fuhr Zach freitagabends nach der Arbeit hinunter. Der Fall, an dem er arbeitete – ein Prozess gegen ein Pharmaunternehmen, das ein Medikament namens Themoziamine herstellte –, benötigte viel Recherche und sorgfältige Vorbereitung. Doch der Verkehr über den Berg hinein ins San Fernando Valley war mörderisch. Er hatte die ganze Woche sehr lange gearbeitet, sodass er sich heute freinehmen konnte.

Da er zu einer vernünftigen Zeit losgekommen war, war die Fahrt relativ entspannt verlaufen. Dennoch war es bei seiner Ankunft brütend heiß in San Pico. Er steuerte seinen braunen Jeep Cherokee von der Willow Road auf einen Parkplatz vor dem Pflegeheim Willow Glen. Der Asphalt war so heiß, dass sich kleine Blasen auf dem Pflaster bildeten.

Er stieg aus dem Wagen, atmete die glühende Luft ein und ging auf die Eingangstür des hellbraunen zweistöckigen Hauptgebäudes zu. Die Hitze hüllte ihn ein. Verdammt, er war froh, dass er nicht mehr in San Pico lebte.

Er hatte das Ende des Parkplatzes fast erreicht, als ihm ein perlweißer Acura nicht weit von seinem Wagen auffiel. Liz Conners fuhr so einen Wagen. Er hatte ihn bemerkt, als sie neulich zu Teen Vision gekommen war.

Er fragte sich, ob der Acura Liz gehörte, beschleunigte seine Schritte und ging schneller als gewöhnlich zu dem Gebäude. Zu sehen, wie sein Vater auf dem Bett lag und an die Decke starrte oder wie er zusammengesunken in seinem Rollstuhl saß, deprimierte ihn immer. Doch die Ärzte hatten noch immer eine leise Hoffnung, dass sich sein Zustand eines Tages bessern würde. Und so oder so würde Zach ihn nicht im Stich lassen.

Er zog die schwere Eingangstür auf und trat in die von der Klimaanlage gekühlte Eingangshalle. Da er seinen Vater immer besuchte, wenn er in der Stadt war, erkannte ihn die Rezeptionistin, eine schmale dunkelhaarige Frau mit Brille, sofort.

Sie lächelte. „Hallo, Zach. Vergessen Sie nicht, sich einzutragen."

„Mach ich. Danke, Ellie." Er kritzelte seinen Namen in die Liste, bevor er die Lobby passierte und einen schier endlosen

Gang mit vielen Türen entlangging, der ihn zum Zimmer seines Vaters führte. Im Vergleich zu anderen Heimen, von denen er gelesen hatte, war dieses sehr hübsch. Es gab zumeist Zweibettzimmer und sogar einige Einzelzimmer für Privatpatienten wie seinen Vater. Nach seinem furchtbaren Sturz war Fletcher Harcourt vom Krankenhaus direkt nach Willow Glen gebracht worden, um dort vollständig zu genesen.

Zach wollte eigentlich eine Pflegerin für ihn engagieren, damit er in seinem eigenen Haus leben konnte, doch Carson wollte, dass er im Heim blieb. Da Carson der Älteste war, hatte ihr Vater ihn zu seinem Vormund und zum Verwalter all seiner Interessen ernannt. Die endgültige Entscheidung gebührte also Carson, und so war Fletcher Harcourt im Heim geblieben.

Noch ein Grund, seinen Bruder nicht zu mögen.

Zach blickte in die teilweise offen stehenden Zimmer, bis er zu C 14 im Westflügel kam. Er erkannte die Frau, die wenige Meter entfernt ein Zimmer verließ, und hielt inne.

„Hallo, Liz."

Sie sah auf, als sie ihren Namen hörte, und blieb abrupt stehen.

„Zachary ..." Sie sah über ihre Schulter. „Bist du hier, um deinen Vater zu besuchen?"

Er nickte. „Wenn ich in der Stadt bin, komme ich immer vorbei. Was tust du hier?"

„Ich gebe ein Seminar für das Pflegepersonal."

„Thema?"

„Es geht es um Methoden, ältere und demente Menschen sinnvoll zu beschäftigen." Sie wandte sich zur offenen Tür. „Ich weiß, dass dein Vater hier ist. Ich hoffe, es geht ihm gut."

„Sein Zustand ist mehr oder weniger unverändert. Seine Beine funktionieren nicht richtig. Das Problem scheint zu sein, dass sie keine Signale vom Gehirn empfangen. Er spricht nicht viel. Und wenn er spricht, dann erinnert er sich an Szenen aus der Vergangenheit, die er dann mit der Gegenwart durcheinanderbringt. Er erinnert sich an nichts von dem Unfall und nur bruchstückhaft an Dinge, die seitdem geschehen sind."

„Ich hörte damals von dem Unfall. Er ist die Treppe hinuntergefallen, nicht wahr? Damals lebte mein Vater noch, und meine Schwester wohnte noch hier. Sie und ihr Mann sind im März nach San Francisco gezogen."

„Tracy heißt sie, nicht wahr?"

Sie nickte. „Tracy ist ein paar Jahre jünger." Sie sah an ihm vorbei zu der Gestalt, die unter der Bettdecke lag. „Was für eine Ungerechtigkeit! Dein Vater wirkte immer so vital."

„Er konnte manchmal ein ziemlicher Mistkerl sein. Doch die meiste Zeit war er gut zu mir. Ich verdanke ihm viel. Mehr als ich ihm je zurückgeben kann."

„Gibt es ... gibt es eine Chance, dass er sich erholt?"

Er sah zu dem Mann auf dem Bett. „Die Ärzte haben noch immer Hoffnung. Sie sagen, dass es immer neue Erkenntnisse gibt. Sie sagen, dass man an einer Technik arbeitet, die es ermöglicht, ihn zu operieren, um die Knochensplitter zu entfernen, die auf sein Gehirn drücken. Ich hoffe es. Wir alle tun das."

Liz blickte ihn prüfend an. „Du bist ein Mann voller Überraschungen, Zach. Du bist hier, um deinen Vater zu besuchen. Sam sagt, dass du Teen Vision gegründet hast. Du hast deine Alkohol- und Drogensucht überwunden, und du bist ein erfolgreicher Anwalt. Außerdem bist du unhöflich, anmaßend und unerträglich lästig. Ich kann mir einfach kein Bild von dir machen."

Zach grinste. „Aber es ist ermutigend, dass du's versuchst. Warum gehen wir nicht zusammen essen?"

„Ich habe dir gesagt ..."

„Ja, ich weiß. Du hast viel Arbeit."

Sie blickte kurz zur Seite. „Ich muss jetzt wirklich los. Ich muss noch einiges im Büro erledigen." Sie wandte sich um und ging zum Ausgang.

„Liz?"

Sie hielt inne.

„Wie wäre es wenigstens mit einem Mittagessen?"

Sie überlegte so lange, dass seine Handflächen feucht wurden. *Jesus.* Das letzte Mal, dass eine Frau eine derartige Reaktion in ihm hervorgerufen hatte, war in der Highschool gewesen.

„Wann?", fragte sie, und sein Herz hüpfte ganz so, wie es das damals getan hatte.

„Wie wär's mit heute? Es ist bereits elf. Du musst etwas essen und ich auch. Lass uns doch gegen Mittag treffen, nachdem ich ein bisschen Zeit mit meinem Vater verbracht habe."

„Okay. Aber schlag bloß nicht Marge's vor ..."

Er lachte. „Ich dachte ans Ranch House. Sie haben eine ganz annehmbare Mittagskarte."

„Gut. Dann sehen wir uns dort. Um eins." Sie ging wieder weiter.

„Eins ist gut. Eins ist großartig. Bis dann." Zach blickte ihr nach, wie sie um die Ecke bog und aus seinem Blickfeld verschwand. Sie sah heute anders aus, ganz geschäftlich in ihrem korallenroten Kostüm und der weißen Bluse.

Er rieb sich die Handflächen an seiner Hose trocken und brachte seinen Herzschlag wieder unter Kontrolle. Das war verrückt. Frauen machten ihn nicht nervös. Wenn, dann war es genau anders herum. Vielleicht war das irgendein psychologisches Überbleibsel von der Abfuhr, die sie ihm damals zu Highschool-Zeiten erteilt hatte.

Das musste es sein, sagte er sich, als er das Zimmer seines Vaters betrat. Dennoch wollte er sich mit ihr treffen. Es beunruhigte ihn allerdings, wie sehr er sich darauf freute.

NEUN

Elizabeth betrat das Restaurant um Punkt ein Uhr. Sie war immer pünktlich. Ihr Arbeitstag war zu ausgefüllt, als dass sie sich Verspätungen leisten konnte. Außerdem empfand sie es als unhöflich, wenn man zu spät kam.

Zu ihrer Überraschung war Zach bereits da. Er sah gut aus. Verdammt gut. Er war schlank und trainiert, seine Haut gebräunt von der harten Arbeit im Freien und nicht von der Sonnenbank. Er hatte dichtes, fast schwarzes Haar, das sich leicht wellte, und ein ungemein attraktives Gesicht.

Außerdem war er gut angezogen. Er trug ein kurzärmeliges gelbes Hemd zu einer hellbeigen Hose und italienischen Slippern. Er sah großartig darin aus – so elegant, wie sie es dem Rüpel in nietenbesetztem schwarzen Leder, der er in der Schule gewesen war, niemals zugetraut hätte.

Und dennoch hatte er noch immer etwas von dem abweisenden Jugendlichen an sich. Es war die Art, wie er seine Lippen leicht kräuselte. Und die fast arrogante Lässigkeit seiner Bewegungen.

Und genau aus diesem Grund hätte sie den gemeinsamen Lunch abgesagt, wenn sie ihn hätte anrufen können.

„Absolut pünktlich", sagte Zach und erhob sich, als er sie sah. „Ich war nicht sicher, ob du wirklich kommen würdest."

„Wäre ich auch nicht, wenn ich deine Handynummer gehabt hätte. Ich hätte abgesagt. Das hier ist verrückt, Zach. Was machen wir hier? Du und ich, wir haben nichts gemeinsam. Ich weiß überhaupt nicht, warum du mit mir essen willst."

Elizabeth konnte kaum glauben, dass sie in das Treffen mit ihm eingewilligt hatte. Zachary Harcourt war der letzte Mensch, mit dem sie Zeit verbringen wollte. Mal ganz abgesehen davon, dass sie sich mit seinem Bruder traf. Carson würde wütend werden, wenn er erfuhr, dass sie sich mit Zach zum Lunch getroffen hatte. Auch wenn sie dem Mann keine besondere Loyalität schuldete, jedenfalls noch nicht, fühlte sie sich irgendwie im Unrecht.

„Ich esse nicht gern allein. Und wir haben eine Menge Dinge gemeinsam."

In dem Moment unterbrach das Auftauchen einer kleinen übergewichtigen Kellnerin das Gespräch. Die Frau zog zwei Speisekarten aus einem Ständer. „Sind Sie zu zweit?"

Zach nickte.

„Hier entlang, bitte." Sie folgten der Frau durch das Restaurant, das im Western-Stil eingerichtet war. An einem Holztisch rückte Zach einen der niedrigen Holzsessel für Elizabeth zurecht und nahm dann selbst Platz.

„Was genau haben wir denn gemeinsam?" Elizabeth nahm einen Schluck von dem Eiswasser, das die Kellnerin gebracht hatte.

„Wir versuchen beide, Jugendlichen zu helfen." Zach legte sich die Papierserviette auf den Schoß. „Und außerdem hassen wir beide Politiker."

„Was? Das ist verrückt. Woher willst du das wissen?"

„Ach komm, Liz. Gib doch zu, dass du dich am Samstagabend gelangweilt hast. Ich habe es dir angesehen."

„Ich habe mich nicht gelangweilt. Ich war nur ... ich kannte keinen der Gäste besonders gut, das ist alles."

„Wenn du sie gekannt hättest, wärst du sogar noch gelangweilter gewesen."

Sie wusste nicht, ob sie verärgert oder amüsiert sein sollte. Das Letztere überwog, und sie lächelte leicht. „Wenn du Politik so sehr hasst, was hast du dann dort gemacht?"

Zach schlug die Speisekarte auf. Die Bewegung brachte einen ansehnlichen Bizeps unter seinem Ärmel zum Vorschein.

„Walter Simino und seine Kumpels wollten mich dazu verleiten, die Kandidatur meines Bruders zu unterstützen, sofern es denn dazu kommen sollte. Ich sagte ihnen, dass sie das vergessen könnten."

Sie fummelte mit ihrer Speisekarte herum und versuchte nicht daran zu denken, wie er an jenem Tag bei Teen Vision ausgesehen hatte – wie er mit nacktem Oberkörper die Nägel an der Scheune eingeschlagen hatte, wie sich die Muskeln auf seinem Rücken bei jeder Bewegung zusammengezogen und wieder gedehnt hatten. „Wenn Carson kandidiert, willst du dich also auf die Seite der Opposition schlagen?"

„Das habe ich nicht gesagt. Ich versprach ihnen, neutral zu bleiben."

„Warum?"

„Warum was?"

„Du magst deinen Bruder nicht. Es ist unwahrscheinlich, dass du für ihn stimmen würdest. Warum hast du eingewilligt, neutral zu bleiben?"

Zach seufzte.

Er hatte interessante Augen, dachte sie, nicht einfach nur braun, sondern mit winzigen goldenen Punkten in der Iris, die zu funkeln schienen, wenn er sie ansah.

„Um die Wahrheit zu sagen, ich bin nicht sicher, warum. Vielleicht erschien es mir zu armselig, ihn auf diese Weise zu verletzen. Vielleicht hatte ich auch nur das Gefühl, es meinem Vater schuldig zu sein. Außerdem habe ich einfach zu viel zu tun, um mich für die eine oder die andere Seite zu engagieren."

Die Kellnerin erschien wieder an ihrem Tisch, um die Bestellung aufzunehmen. Nach kurzem Blick auf das Menü bestellten sie beide Hamburger mit Pommes frites, obwohl Elizabeth an den fettigen Pommes normalerweise nur knabberte.

„Was ist eigentlich dein Fachgebiet?", fragte sie ihn, als sie auf ihr Essen warteten.

„Ich vertrete vor allem Unfallopfer."

„Du jagst hinter Krankenwagen her? Darauf wäre ich nie gekommen."

Zach lachte tief und ungezwungen. Sie bekam eine Gänsehaut. Verdammt. Sie wünschte, dass sie sich seiner Gegenwart nicht so bewusst wäre. Doch sogar in ihrer Highschool-Zeit hatte sie es immer sofort bemerkt, wenn er das Café betrat. Allein ihn durch die Tür kommen zu sehen, hinterließ ein flaues Gefühl in ihrem Bauch. Doch Zach steckte immer in Schwierigkeiten, hing immer mit merkwürdigen Typen herum. Schon damals hatte sie das bedauert.

„Eigentlich sind wir auf kleinere Sammelklagen spezialisiert. Wir bevorzugen eine überschaubare Zahl an Klienten. Derzeit arbeiten wir an einem Fall, in dem es um ein Medikament namens Themoziamine geht. Normalerweise legen wir uns nicht mit Pharmakonzernen an, aber dieser Fall wurde uns von einem Klienten angetragen."

„Worum geht es dabei?"

„Themoziamine führt bei einer inakzeptablen Prozentzahl von Patienten zu Hirnschädigungen. Wir versuchen es vom Markt nehmen zu lassen."

„Das klingt interessant."

„Ich finde, wir stehen auf der richtigen Seite. Vor ein paar Jahren arbeiteten wir an einem Fall, in dem es um motorisierte Dreiräder ging. Fast fünfzigtausend Menschen pro Jahr kamen zu Schaden. Für viele von ihnen endete die Fahrt mit diesen verdammten Dingern tödlich oder aber mit einer Querschnittslähmung. Wir konnten dem Hersteller nachweisen, dass er von dem Risiko wusste. Er hatte sogar eine Summe ins Budget eingeplant, um eventuelle Ansprüche zu decken. Die Geschworenen waren darüber gar nicht glücklich, und letztlich konnten wir durchsetzen, dass die Räder nicht mehr hergestellt wurden."

„Ich erinnere mich an den Fall. Soweit ich weiß, war die Entschädigungssumme enorm."

„Über zweihundertfünfzig Millionen."

„Wow. Kein Wunder, dass du dir Armani leisten kannst."
Er grinste.

Wow! Er hat die weißesten Zähne ... oder vielleicht liegt es nur an seinem gebräunten Gesicht?

„Wenn du das bemerkt hast, war es sein Geld wert, würde ich sagen."

Oh ja, sie hatte es bemerkt. Und im Moment bemerkte sie, wie gut er aussah, und hätte sich dafür am liebsten getreten.

Die Kellnerin sorgte für einen Aufschub. Sie stellte die Teller mit ihren Hamburgern auf ein mit Brandzeichen dekoriertes Platzset. Bei dem Duft des frisch gegrillten Fleisches bemerkte Elizabeth, dass ihr Magen knurrte.

Zach schien das nicht zu bemerken. „Und was ist mit dir?" Er schlang seine langen schlanken Finger um den Hamburger. „Du bist Sozialarbeiterin, nicht wahr?"

„Familienberaterin."

„Dann hast du sicher mit interessanten Fällen zu tun?"

Er biss in seinen Hamburger, und sie beobachtete ihn. Jede seiner Bewegungen zeugte von Tatkraft und Männlichkeit, und Elizabeth ertappte sich dabei, wie sie unruhig auf dem Stuhl hin und her rutschte.

Sie nahm das Messer und schnitt ihren Hamburger in zwei Hälften, um überhaupt etwas zu tun zu haben. „Tatsächlich arbeite ich gerade an einem der interessantesten Fälle, mit denen ich jemals zu tun hatte. Es geht um eine junge Frau, die glaubt, von einem Geist heimgesucht zu werden."

Er nickte und schluckte seinen Bissen hinunter. „Maria Santiago. Die Ärzte glauben, sie sei verrückt. Ich habe davon gehört."

„Du kennst Maria? Sie hat dir von dem Geist erzählt?"

„Ich kennen ihren Bruder, hast du das vergessen? Ich habe kürzlich mit ihm gesprochen. Die Sprache kam auf seine Schwester. Offenbar hat Maria Raul von dem Geist erzählt und von den Sitzungen mit Dr. James."

Elizabeth straffte sich. „Nun, Michael glaubt ganz bestimmt nicht, dass sie verrückt ist. Er ist der Meinung, dass sie an Panikattacken leidet, und ich glaube das auch."

„Michael?"

„Mein Chef."

„Nur dein Chef? Oder mehr als das?"

Ärger kochte in ihr hoch. „Warum bist du so fixiert auf mein Liebesleben? Immer fragst du, mit wem ich schlafe."

Er legte den Rest seines Hamburgers auf den Teller zurück. „Mit wem schläfst du denn?"

„Das geht dich einen feuchten Kehricht an!" Elizabeth knüllte ihre Serviette zusammen, schob den Stuhl zurück und erhob sich.

Zach stand ebenfalls auf. „Warte einen Moment. Es tut mir leid. Ich wollte nur wissen, ob du mit jemandem zusammen bist."

„Bin ich nicht. Zufrieden?"

Er grinste. „Ja, das bin ich."

Als die Leute anfingen, sie anzustarren, setzten sie sich wieder hin.

„Wo waren wir?", fragte er. „Abgesehen davon, dass du im Moment im Zölibat lebst."

Dieser Mann war wirklich unmöglich! Sie hatte keine Ahnung, warum sie sich dennoch ein Lächeln verkneifen musste. „Wir sprachen über Maria Santiago, und ich habe schon mehr gesagt, als ich sollte."

„Sie ist nicht deine Patientin, oder?"

„Nein. Nicht offiziell. Sie bat mich, als Freundin an ihren Sitzungen mit Dr. James teilzunehmen."

„Dann sehe ich da kein Problem. Iss deine Pommes. Sie werden kalt."

Sie nahm eine und dippte sie in den Ketchup auf ihrem Teller. „Maria will nicht weiter zu Dr. James gehen."

„Ich denke, das kann ich verstehen." Zach salzte seine Pommes kräftig nach, warf eine in den Mund und kaute mit offensichtlichem Vergnügen. „Raul musste Maria versprechen, mit Miguel nicht über das zu sprechen, was im Haus passiert. Das Mädchen ist überzeugt, dass der Geist echt ist."

„Warum hat Raul dir das alles erzählt?"

Zach zuckte die Achseln. „Wir haben uns einfach unterhalten. Ich komme an den Wochenenden oft hierher. Mit den Jungs zu arbeiten gibt mir die Gelegenheit, sie kennenzulernen, sie zu ermutigen. Wir setzen uns regelmäßig zusammen, um über die Risiken von Drogen- und Alkoholmissbrauch zu reden. Ich erzähle ihnen von meiner Vergangenheit und dass man sein Leben ändern kann, wenn man es nur genug will. Übrigens glaube ich, dass du recht hast mit Raul. Er scheint wirklich ein guter Junge zu sein."

„Und er hat dir von sich aus von seiner Schwester erzählt?"

Er nickte und schluckte ein paar Pommes mit Ketchup herunter. „Ja. Er macht sich wirklich Sorgen um sie."

„Was hat er von dem Geist erzählt?"

„Er sagt, dass er ihr glaubt. Deswegen hat er auch mit mir darüber gesprochen. Er weiß, dass ich Rechtsanwalt bin. Raul wollte, dass ich mit meinem Bruder spreche, damit er ein anderes Haus für Miguel und Maria findet."

„Das glaube ich nicht! Sie will tatsächlich aus dem Haus ausziehen?"

„Offenbar. Was auch immer da vor sich geht – mein Bruder wird sicher keinen Finger krumm machen, nur weil einer seiner Arbeiter an Geister glaubt."

Ein Schatten fiel auf den Tisch. Elizabeth blickte hoch, als sich ein großer blonder Mann näherte, und das frühere Schuldgefühl erfasste sie wieder.

„Wenn man vom Teufel spricht", sagte Zach, dessen Miene sich verdüsterte.

Carson trat neben Elizabeth. Sein Gesicht zeigte nicht den Anflug eines Lächelns. „Ich dachte, du hättest mehr Stil", sagte er, was sie erröten ließ.

Zach sprang auf, eine Hand unbewusst zur Faust geballt.

„Lass sie in Ruhe, Carson."

Wenn Elizabeth je den Beweis gebraucht hätte, dass der Mann im Gefängnis gesessen hatte, so sah sie es nun an seinem Gesicht. Es war hart, kalt, gefährlich.

„Sie musste mit mir einen ihrer Fälle besprechen", sagte Zach. „Es geht um einen Jungen von Teen Vision. Darum hat sie eingewilligt, mit mir zu Mittag zu essen."

Carsons missbilligender Blick richtete sich auf sie. „Stimmt das?"

Elizabeth verzog keine Miene, auch wenn es ihr schwerfiel. „Es spielt keine Rolle, warum ich hier bin. Ich kann essen gehen, mit wem ich will, Carson. Auch mit deinem Bruder. Nur weil wir zwei Abende miteinander aus waren, hast du mir nicht vorzuschreiben, was ich zu tun habe."

Carson presste die Zähne aufeinander.

Zach schien überrascht, dass sie sich nicht mit der von ihm erdachten Halbwahrheit aus der Affäre zog. Sie brauchte seinen Schutz nicht. Es war ihr nicht wirklich wichtig, was Carson dachte.

Der rang sich ein Lächeln ab. „Das ist vermutlich richtig." Sein Blick fiel auf Zach. „Wie geht es Lisa?" Sarkastische Schärfe lag in seiner Stimme, und Zachs Augen verdunkelten sich vor Wut.

„Keine Ahnung. Ich habe sie seit letzter Woche nicht mehr gesehen."

„Wenn ich ihr zufällig begegne, werde ich ihr Grüße von dir ausrichten." Carson wandte sich ab, und Elizabeth blickte Zach fragend an.

„Lisa?"

„Lisa Doyle. Wir sehen uns manchmal, wenn ich übers Wochenende hier bin."

Lisa Doyle. Der Name ließ alle Farbe aus ihrem Gesicht weichen. Sie kannte Lisa Doyle. Ihre Feindschaft währte schon lange. „Du triffst dich mit Lisa Doyle?"

„Nicht wirklich. Wir sind nicht richtig zusammen, wenn du das meinst."

Elizabeth erhob sich zitternd. Ihr Magen schien sich umzudrehen. „Nicht richtig zusammen? Du meinst, du schläfst nur mit ihr? Warum überrascht mich das nicht?" Schließlich war er Zachary Harcourt. In seiner Jugend hatte er Frauen wie Taschentücher gebraucht und weggeworfen. So würde sie sich nicht behandeln lassen.

Sie holte ihr Portemonnaie aus der Handtasche und warf einige Scheine auf den Tisch.

Zach griff danach und sprang auf. Er warf das Geld in ihre Richtung. „Ich habe dich zum Lunch eingeladen und, verdammt noch mal, ich gehöre Lisa genauso wenig wie du Carson."

„Ich schlafe nicht mit Carson." Sie übersah seine ausgestreckte Hand und wollte fortgehen, doch Zach ergriff sie am Arm.

„Versteh doch, ich habe das nicht richtig eingeschätzt. Das war eine spontane Einladung. Ich dachte nicht, dass es eine Rolle spielen würde. Es tut mir leid."

Sie blickte ihn an, und etwas in ihr zog sich zusammen. „Welche Ironie. Mir ging es genauso."

Sie hätte sich davon nicht aus der Ruhe bringen lassen sollen. Was machte es schon, dass Zach sich mit jemandem traf? Sie war mit Carson aus gewesen, oder? Und dies hatte nur ein netter Lunch sein sollen.

Doch Zach drängte schon seit zwei Wochen auf ein Date mit ihr und hatte mit keinem Wort erwähnt, dass er mit jemandem etwas hatte. Bei dem Gedanken, dass es sich dabei um Lisa Doyle handelte, stieg Übelkeit in ihr auf. Diese Frau hatte ihre Ehe zerstört.

Ihre Hände umklammerten das Lenkrad, als sie zurück ins Büro fuhr. Die Erinnerung an jenes Wochenende vor drei Jahren übermannte sie. Sie und Brian waren zum Klassentreffen nach San Pico gefahren. Er hatte sie gedrängt, gemeinsam hinzufahren. Vielleicht, weil sie Probleme in ihrer Ehe hatten. Brian arbeitete viel, sogar an den Wochenenden, und Elizabeth machte sich so ihre Gedanken.

Der Abend mit den alten Freunden war großartig. Brian bemühte sich wie seit Monaten nicht mehr. Sie sprach mit Gwen und ihrem Mann und tanzte mit einigen ihrer alten Klassenkameraden. Sie bemerkte es nicht einmal, dass Brian sich davonstahl.

Dann machte die Band eine Pause, und sie konnte ihn nicht finden. Er hatte einiges getrunken. Sie befürchtete, dass er zurück zum Haus ihrer Schwester gefahren war, bei der sie übernachteten. Besorgt lief sie hinaus auf den Parkplatz, um ihn zu suchen. Dort bemerkte sie den Lexus – und dass er sich bewegte, ständig auf- und abfederte.

Als sie auf den Wagen zuging, zitterten ihr die Knie, und ihr Herz schlug bis zum Hals. Eine böse Vorahnung schnürte ihr die Kehle zu.

Der Wagen parkte unter einer großen Straßenlaterne. Als sie ihn erreichte, sah sie zwei Menschen auf der cremefarbenen Lederrückbank. Brian und Lisa Doyle. Sie war eines der beliebtesten Mädchen aus Elizabeths Klasse gewesen. Brians Hose hing auf seinen Knien, Lisas Rock war bis zur Hüfte nach oben verrutscht.

Einige Sekunden lang konnte Elizabeth sie einfach nur anstarren. Sie hörte das Aneinanderklatschen der Körper, das Stöhnen und Seufzen.

„Das ist gut, Baby", sagte Brian. „Komm für mich."

Ein Wimmern stieg in Elizabeths Kehle auf. Sie wirbelte herum und rannte zurück in die Cafeteria, wo das Klassentreffen stattfand. Offenbar hatte er das Klackern ihrer Absätze auf dem Pflaster gehört, denn die Autotür wurde aufgerissen.

„Elizabeth!", drang Brians Stimme an ihr Ohr. „Elizabeth, warte, so warte doch!"

Doch sie stürmte weiter, riss die Eingangstür auf und rannte in Richtung der Damentoiletten. Sie wollte sich verstecken. Sie brauchte Zeit, um sich von dem Schock zu erholen. Um zu überlegen, was sie tun sollte.

Schließlich kam Gwen herein und half ihr, ihr tränenüberströmtes Gesicht wieder einigermaßen präsentabel herzurichten. Offenbar hatte Brian irgendeine Geschichte von einem Missverständnis erfunden, und Gwen gab vor, sie zu glauben. Elizabeth aber kannte die Wahrheit. Brian hatte sie die ganze Zeit betrogen, wie sie es vermutet hatte. Ihre Ehe war vorbei.

Doch das Bild ihres Mannes, wie er auf der Rückbank ihres Wagens mit Lisa Doyle Sex hatte, hatte sich für immer in ihr Hirn gebrannt.

Der Nachmittag ging dahin. Zach kehrte zum Pflegeheim zurück, um noch ein bisschen Zeit mit seinem Vater zu verbringen, der bei klarerem Verstand war als sonst. Zach schob seinen Rollstuhl in den Innenhof, wo sie im Schatten saßen und dem Plätschern der Wasserfontäne lauschten. Zach brachte ihn dazu, über die alten Tage auf der Farm zu reden, und der alte Mann lächelte angesichts der fernen Erinnerungen, die für ihn nur manchmal greifbar waren.

Er redete, bis er schläfrig wurde und die Schwester herauskam. Sie schalt Zach, dass er ihn ermüdet hätte, und schob den Rollstuhl zurück in das Gebäude.

Zach glaubte, dass die gemeinsamen Stunden seinem Vater gutgetan hatten, und bedauerte sie nicht. So etwas hatten sie nie getan, als er noch ein Junge gewesen war.

Auf der Heimfahrt versank die Sonne allmählich hinter der niedrigen Hügelkette im Westen und tauchte den Himmel in leuchtendes Pink, Orange und Blau. Der lange Tag war fast vorüber. Während er den Highway entlangfuhr, dachte er an den katastrophalen Lunch mit Liz.

Zach fluchte leise. Wenn er jemals das Bedürfnis hatte, sich zu betrinken, dann heute Abend. Natürlich würde er es nicht tun. Diesen Weg nach unten hatte er schon einmal beschritten, und er wollte nie wieder dorthin.

Er hätte es nicht tun sollen. Er hätte Liz nicht wegen eines Dates bedrängen dürfen, solange er sich noch mit Lisa traf. Er war sich nicht sicher, warum er es überhaupt getan hatte. Meine Güte, er hatte ja nicht damit gerechnet, dass sie die Einladung annehmen würde. Und um Himmels willen, es war nur ein Lunch!

Er hatte ihre Aufrichtigkeit immer bewundert. Er hätte aufrichtig zu ihr sein sollen. Verdammt!

Zach atmete tief durch. Von Anfang an hatte es eine Anziehung zwischen ihnen gegeben. Liz mochte das nicht zugeben, doch auch sie spürte sie. Das hatte er in ihren schönen blauen Augen gesehen, wenn sie ihn musterte – auch wenn sie ihr Bestes tat, um diese Anziehung zu verbergen. Und er hatte es versaut.

Er sah noch ihr leichenblasses Gesicht vor sich, als dieser Mistkerl von Carson Lisas Namen erwähnt hatte. Offensichtlich gab es etwas zwischen Elizabeth und Lisa, von dem Carson wusste und er nicht.

Spielt keine Rolle, sagte er sich. Es war nur eine Verabredung zum Mittagessen gewesen. Vermutlich hätte es sowieso zu nichts geführt.

Dennoch hatte er es satt, sich weiter mit Lisa zu treffen. Was auch immer ihn zu ihr hingezogen hatte, es war vorbei. Er hatte letzte Woche schon nicht mit ihr schlafen wollen und es kaum abwarten können, bis er am nächsten Morgen verschwinden konnte. Für die nächste Nacht hatte er sich ein Zimmer im Holiday Inn genommen.

Er würde morgen mit ihr sprechen und ihr sagen, dass ihre Vereinbarung hinfällig war. Er ging nicht davon aus, dass sie allzu sauer sein würde. Sie hatte eine ganze Reihe von Verehrern, die nur darauf warteten, zum Zuge zu kommen. Zach wusste, dass sie sich mit einigen von ihnen traf, wenn er nicht da war, genauso wie er in L.A. mit anderen Frauen ausging.

Nichts Ernstes. Nur Frauen, die er gelegentlich sah und mit denen er die Nacht genoss. Sie wussten, was für ein Typ er war. Genau wie Lisa. Solange er denken konnte, war Zach immer ein Einzelgänger gewesen. In der Schule hatten sie ihn sogar „einsamer Wolf" genannt.

Er mochte es nicht, wenn ihm Leute zu nah kamen. Er wollte seine Vorsicht nicht aufgeben, damit sie überhaupt die Chance dazu bekamen. Wenn er es mal tat, schien immer irgendetwas schiefzulaufen. Es war besser und sicherer, wenn er distanziert blieb. Mit Lisa war das leicht gewesen.

Mit Liz wäre es das vermutlich nicht.

Vielleicht war es gut, dass sich die Dinge so entwickelt hatten. Besser für alle Beteiligten.

Jedenfalls versuchte er sich das einzureden, während er mit dem Jeep den Highway entlangfuhr und das Tempo verringerte, als er das Tor von Teen Vision erreichte. Er wollte mit den Betreuern und den Jungen zu Abend essen.

Manchmal tat er das. Obwohl die Besuchszeit und auch die Zahl der Anrufe streng limitiert war, hatte er als Gründer der Organisation besondere Privilegien. Auf diese Weise hatte er die Chance, mit den Kids zu sprechen und sie weiter zu ermutigen.

Er parkte ein, stieg aus und ging über den Parkplatz.

Sam Marston kam ihm entgegen, bevor er den Speisesaal erreichte.

„Zach! Ich bin froh, dass du hier bist."

„Was ist los?"

„Es geht um den Perez-Jungen. Er ist ausgerissen. Wenn er nicht in ein paar Stunden wiederkommt, muss ich ihn melden."

Raul stand zwar nicht mehr unter Jugendarrest, doch noch immer unter Bewährung. Und diese ließ es nicht zu, dass er ohne spezielle Erlaubnis das Anwesen verließ.

„Was ist passiert?"

„Laut seinem Freund Pete Ortega hat er wie jeden Freitagabend bei seiner Schwester angerufen und ist dann zurück auf sein Zimmer gegangen. Pete sagt, dass er aufgeregt schien, und kurz darauf stellte sich heraus, dass er fort war."

„Halt dein Handy bereit. Ich rufe dich an, wenn ich ihn finde." Zach ging zurück zu seinem Jeep und startete den Motor. Ein paar Minuten später fuhr er auf dem Highway in Richtung Harcourt Farms, wo die Hütten der Arbeiter, die Häuser der Vorarbeiter und das Haupthaus standen.

Zach hatte das ausgeprägte Gefühl, dass Raul bei seiner Schwester war.

ZEHN

Elizabeth bog in die Auffahrt zum Haus der Santiagos ein. Kaum hatte sie die Tür geöffnet, traf die Abendhitze sie mit voller Wucht. Zu dieser Jahreszeit war es glühend heiß in der Stadt und der Boden so hart wie Asphalt, sofern er nicht wie auf den Nutzflächen bewässert wurde.

Sie blickte sich um, begutachtete die perfekt gewachsenen Walnussbäume im weiter entfernt gelegenen Obstgarten und die endlosen Baumwollbüsche, die entlang der Straße wuchsen. Die Hitze bewirkte Wunder für die Ernte, doch für die Menschen, die fünf Monate im Jahr dafür arbeiteten, war es die Hölle.

Sie ignorierte den Schweiß in ihrem Nacken und ging den schmalen zementierten Weg auf das kleine gelbe Haus zu.

Maria hatte sie zu Hause angerufen. Das hatte sie noch nie getan. Elizabeth achtete sehr darauf, wem sie ihre Privatnummer gab, doch in den zwei Jahren, in denen sie mit Raul arbeitete, hatten sich Maria und ihr Bruder zu Personen entwickelt, die ihr am Herzen lagen und denen sie helfen wollte.

Sie dachte an den verzweifelten Anruf der jungen Frau.

„Tut mir leid, Sie zu Hause zu stören", hatte Maria mit einem Unterton von Panik in der Stimme gesagt, „aber ich wusste nicht, was ich sonst tun sollte."

„Schon in Ordnung, Maria. Was ist los? Was ist passiert?"

„Es geht um Raul. Er hat mich wie jeden Freitag angerufen, und ich erwähnte, dass Miguel die ganze Nacht lang arbeiten müsse. Er fragte mich, ob ich Angst hätte allein im Haus, und ich sagte Ja. Ich wünschte, ich hätte gelogen, doch das hätte er sowieso gemerkt. Er sagte, dass er zu mir rüberkommen würde, bis Miguel nach Hause käme. Ich versuchte es ihm auszureden, doch er wollte nicht auf mich hören. Er ist jetzt auf dem Weg hierher."

Elizabeth seufzte. Die Farm zu verlassen, konnte fatale

Folgen für Raul haben. „Wenn er angekommen ist, halten Sie ihn fest. Ich komme rüber, so schnell ich kann."

Elizabeth legte auf, griff nach ihrer Handtasche und dem Autoschlüssel und stürzte aus der Tür. Wenn Raul in unerlaubter Abwesenheit von Teen Vision aufgegriffen wurde, würde man ihn zurück in die Jugendstrafanstalt schicken. Das wollten weder Maria noch Elizabeth.

Sie ging gerade auf den Eingang des Häuschens der Santiagos zu, als ein dunkelbrauner Jeep Cherokee neben ihrem Wagen hielt. Sie kniff die Lippen zusammen, als Zachary Harcourt ausstieg. Ihr Ärger lag im Widerstreit mit einem merkwürdigen Kribbeln in ihrem Bauch.

Am Fuße der Treppe zur Veranda holte er sie ein. „Ich schätze, wir sind aus demselben Grund hier."

„Das nehme ich auch an. Raul?"

Er nickte.

„Ich bin nicht sicher, ob er noch hier ist. Ich nehme an, er wird auf der Farm vermisst."

„Seit dem Abendessen."

Sie blickte in die Richtung, doch das Gelände von Teen Vision war zu weit weg, um etwas zu erkennen. „Maria rief mich an, dass er kommen wollte. Ich hatte Angst, dass man ihn erwischen würde, wenn er wegläuft."

„Sam drückt erst einmal ein Auge zu. Doch ich muss Raul zurückbringen, bevor er die Geduld verliert. Lass uns nachsehen, ob er im Haus ist."

Elizabeth rührte sich nicht. „Es besteht kein Grund, dass du dir die Mühe machst. Wenn er hier ist, kann ich ihn hinaus zur Farm bringen."

„Tut mir leid. Dies ist ebenso mein Problem wie deines. Lass uns gehen."

Er gab ihr keine Gelegenheit zum Widerspruch, sondern ging die Treppe zur Veranda hoch, sodass sie ihm wohl oder übel folgte. Sie wollte, dass er ging, wollte ihm sagen, dass er seinen Abend mit Lisa nicht unterbrechen musste. Doch ob es ihr passte oder nicht – er hatte recht. Raul war bei Teen Vision ausgerissen, und das machte es ebenso zu Zachs Problem wie zu ihrem.

Er klopfte nachdrücklich an die Tür, und Maria öffnete nach wenigen Sekunden. Sie schaut überrascht, als sie neben Elizabeth einen Mann erblickte, den sie nicht kannte.

„Das ist in Ordnung", sagte Elizabeth. „Das hier ist Zachary Harcourt. Er will Raul zurück zur Farm bringen."

Offenbar unschlüssig, ob sie die Anwesenheit ihres Bruders zugeben sollte, blickte Maria sich um.

„Raul wird keine Schwierigkeiten bekommen", beruhigte Zach sie. „Noch nicht. Aus diesem Grund bin ich hier – um sicherzustellen, dass er zurück ist, bevor er welche bekommt."

Maria gab den Weg frei. „Er ist hier."

Zach ließ Elizabeth vorangehen. Als sie das Wohnzimmer betrat, erblickte sie Raul auf dem Sofa. Er sprang sofort auf die Füße, und Elizabeth bemerkte die Streitlust in seiner Miene. Diesen Ausdruck kannte sie, und ihn jetzt zu sehen verhieß nichts Gutes.

„Meine Schwester ist verängstigt. Ich lasse sie nicht allein in diesem Haus."

Bevor sie antworten konnte, ergriff Zach das Wort: „Wenn du heute Nacht nicht mit mir zurückgehst, Raul, musst du wieder in die Jugendstrafanstalt. Du kannst deine Schwester nicht beschützen, wenn du dort eingesperrt bist."

Die dunklen Augen des Jungen irrten von Zach zu Elizabeth, und sie spürte seinen inneren Aufruhr. „Ich muss bleiben. Sie ist meine Schwester, und sie hat Angst."

„Du kannst nicht bleiben!" Maria schrie beinahe. „Dies ist die Chance, auf die du immer gewartet hast. Du musst zurückgehen, bevor es zu spät ist!"

Raul schüttelte nur den Kopf.

Elizabeth blickte zwischen den beiden Geschwistern hin

und her und konzentrierte sich dann schließlich auf Raul. „Keine Sorge, Raul. Ich bleibe bei Maria." Während sie das sagte, kam ihr der Gedanke, dass dies tatsächlich eine gute Idee war. Wenn heute Nacht nichts in dem Haus geschah, würde das Mädchen vielleicht die Möglichkeit in Erwägung ziehen, dass ihr Geist gar nicht existierte, und die Sitzungen mit Dr. James wieder aufnehmen. „Wenn Maria das recht ist."

„Sie müssen nicht bleiben", sagte Maria. „Ich komme auch allein gut zurecht."

„Ihr Bruder befürchtet, dass Sie Angst haben. Wenn ich bleibe, werden Sie die nicht haben."

Maria schluckte und blickte nervös zur offenen Schlafzimmertür. „Ich habe meine Freundin Isabel angerufen, aber sie ... sie erwartet Besuch heute Nacht. Ich hätte Raul nichts sagen sollen."

„Es macht mir nichts aus, bei Ihnen zu bleiben, Maria. Wirklich."

Raul starrte sie an, und sein ganzer Mut fiel in sich zusammen wie ein Ballon, den man mit der Nadel angepikst hatte. „Sie würden bei ihr bleiben?"

„Ich denke, das ist eine gute Idee. Meinst du nicht auch?" Sie rang sich ein Lächeln ab. „Vielleicht bekomme ich Marias Geist zu Gesicht."

Maria blickte zur ihr auf, und Hoffnung glänzte in ihren nachtschwarzen Augen. „*Sí*, vielleicht sehen Sie sie. Dann werden Sie mich nicht mehr für verrückt halten."

„Ich halte Sie nicht für verrückt, und auch Dr. James tut das nicht." Sie hielt an sich, um keine weitere fruchtlose Diskussion über Angstneurosen zu führen. „Doch wenn ich Ihren Geist sehen würde, wäre das natürlich etwas anderes."

Maria wandte sich an Zach. „Glauben Sie an Geister?"

Einer seiner Mundwinkel bog sich leicht nach oben. „Wenn ich einen sähe, würde ich vermutlich dran glauben."

Sehr diplomatisch, dachte Elizabeth mit einem inneren Lächeln. Vielleicht verfügte er doch über das Feingefühl, das ein guter Anwalt brauchte.

„Vielleicht wird Miss Conners heute Nacht einen sehen", sagte Maria.

Sein Mund verzog sich noch weiter. Was für ein anziehender Mund. Eine gänzlich unerwünschte Wärme breitete sich in ihrem Bauch aus.

„Vielleicht wird sie das." Zach blickte hinüber zu Raul. „Es ist Zeit für uns, zu gehen."

Der Junge ließ den Kopf hängen und nickte.

„Steig schon mal in den Wagen. Ich bin gleich da."

„Es tut mir leid, dass ich so viel Ärger verursacht habe."

„Ist schon in Ordnung. Du wolltest deine Familie beschützen. Das kann ich verstehen. Wir müssen das Problem nur grundsätzlich lösen, damit du das nicht wieder tun musst." Raul ging zur Tür, und Zach warf Elizabeth einen bedeutungsvollen Blick zu. „Kann ich dich kurz sprechen?"

Ihr wäre es lieber gewesen, wenn er einfach gegangen wäre, doch er machte ebenso seinen Job wie sie ihren. Als sie sich zu ihm auf die Veranda gesellte, saß Raul bereits auf dem Beifahrersitz im Jeep. Zach streckte die Hand aus und schloss die Vordertür hinter ihr. Sein Arm streifte dabei den ihren, und sie erschauerte leicht.

„Du musst Maria dazu bringen, mit ihrem Mann zu sprechen. Wenn er versteht, was dort passiert, können sie dafür sorgen, dass sie nicht allein ist."

„Das habe ich versucht. Sie will es nicht. Er ist nicht gerade der verständnisvolle Typ, wenn du weißt, was ich meine. Er ist zehn Jahre älter, ein Macho. Maria fürchtet, dass er ihr nicht glauben und nur wütend auf sie sein wird."

„Dann musst du es tun. Es ist nicht fair gegenüber Raul, dass er diese Last trägt. Außerdem wüsste ich nicht, welche andere Möglichkeit du hast – außer du willst immer bei ihr übernachten, wenn ihr Mann weg ist."

„Glücklicherweise passiert das nicht sehr oft. Doch du hast recht. Er muss es erfahren." Sie wandte sich um und dachte darüber nach, wie sie Miguel ansprechen sollte, als sie Zachs Hand auf ihrem Arm spürte.

„Wegen heute Mittag … ich hatte unrecht. Ich hätte aufrichtiger sein sollen. Ich entschuldige mich für das, was passiert ist."

Sie presste die Lippen zusammen und entzog ihm ihren Arm. Sie ignorierte die Hitze seiner Finger, die sie trotzdem noch spürte. „Spielt keine Rolle. Wie du gesagt hast: Es war nur ein Mittagessen."

„Ja, nur ein Mittagessen."

Sie wollte hineingehen, doch Zachs tiefe Stimme ließ sie innehalten.

„Es ist aus mit Lisa. Ich treffe mich nicht mehr mit ihr."

„Warum nicht?"

„Sagen wir einfach, sie ist nicht mein Typ."

Sie hielt sich am Türknauf fest.

„Ich wollte nur, dass du das weißt", sagte Zach.

Elizabeth drehte den Knauf und öffnete die Tür. „Ich weiß es jetzt." Sie ging hinein und schloss die Tür hinter sich.

Zach fuhr Raul zurück zu Teen Vision.

„Danke, Zach." Raul öffnete die Beifahrertür, als Zach den Motor ausstellte. „Ich bin Ihnen wirklich dankbar für das, was Sie heute Nacht für mich getan haben."

„Sam hast du das zu verdanken, nicht mir. Aber ich sage dir, Raul, diese Ausnahmen sind höchst selten. Erwarte keine weitere."

Er nickte. „Glauben Sie … glauben Sie, Sie könnten mit Ihrem Bruder wegen des Hauses sprechen?"

Zach seufzte. Als ob es irgendetwas bringen würde, mit Carson zu reden. „Lass uns erst einmal abwarten, wie es heute mit Miss Conners läuft. Vielleicht kann sie Maria dabei helfen, herauszufinden, was da vor sich geht." Falls überhaupt etwas vor sich ging. Was er bezweifelte.

Aber bei all den seltsamen Dingen, die heutzutage passierten, schien alles möglich.

„Ich mag Miss Conners."

Die Erinnerung daran, wie sie neben ihm auf der Veranda gestanden hatte, sandte eine Hitzewelle durch seine Lenden. Es war verrückt. Jedes Mal, wenn er sie sah, erschien sie ihm noch attraktiver. „Ich auch."

Unglücklicherweise war sie nie allzu scharf auf ihn gewesen.

„Ich hoffe, dass sie den Geist sieht."

Zach grinste. „Ich auch." Er konnte sich den Ausdruck auf Liz Conners' Gesicht vorstellen, wenn es dort wirklich einen Geist gab.

„Du solltest besser gehen", sagte er. „Sam macht sich schon genug Sorgen." Was stimmte, auch wenn Zach ihn angerufen hatte, sobald sie im Wagen saßen.

Raul nickte und stieg aus. „Bis morgen."

„Ich werde da sein." Zach startete den Motor. „Ich erwarte, dich mit dem Hammer in der Hand zu sehen."

Raul lächelte, zum ersten Mal an diesem Abend. Dann erlosch sein Lächeln. Zach nahm an, dass er wieder an seine Schwester dachte.

Vielleicht konnte Liz' Anwesenheit im Haus helfen. Zach hoffte es. Auch wenn er es für nicht sehr wahrscheinlich hielt, dass sie Marias Geist zu Gesicht bekam.

„Ich schlafe auf der Couch", sagte Elizabeth zu Maria, die sich sorgte, dass die Unterbringung nicht gut genug war. Davor hatte sie bereits darauf bestanden, Elizabeth etwas zu essen zu machen. Diese war einverstanden gewesen, hatte sie doch festgestellt, dass sie Heißhunger hatte. Ihr Essen im Ranch House hatte sie kaum angerührt und war danach zu beschäftigt gewesen, um etwas anderes zu sich zu nehmen.

Nach einem köstlichen *Chili verde,* selbst gemachten Tortillas und spanischem Reis sowie der Vereinbarung, dass Maria sie von nun an Elizabeth nennen sollte, gingen sie ins Wohnzimmer, um Elizabeths Bett für die Nacht zu machen.

„Sie könnten das Bett nehmen", sagte Maria. „Allerdings habe ich keine frische Bettwäsche."

„Die Couch ist wunderbar. Sie sieht sehr gemütlich aus."

Maria musterte das braune dick gepolsterte Sofa und biss sich auf die Lippen. „Es gibt zwei Zimmer, doch das andere ist leer. Wir sparen, um eine Wiege für das Baby zu kaufen, aber wir haben noch nicht genug Geld. Ich habe eine sehr schöne Überdecke, die meiner Mutter gehört hat. Ich werde sie über das Sofa legen. Und ich kann Ihnen eines meiner Nachthemden leihen."

Elizabeth tauschte ihre khakifarbene Hose und ärmellose gelbe Bluse gegen ein knöchellanges pinkfarbenes Nylonnachthemd der jungen Frau. Sie waren in etwa gleich groß, sodass die Länge kein Problem darstellte.

„Im Moment ist es mir zu eng", sagte Maria ein bisschen schüchtern. „Doch bald werde ich es wieder tragen können."

„Sie müssen sehr aufgeregt sein, so kurz vor der Niederkunft."

„*Sí.* Ich kann es kaum erwarten, ein eigenes Kind zu haben. Darum habe ich auch solche Angst. Der Geist ... sie sagte, sie werden mein Kind töten, wenn ich bleibe."

Elizabeth ging zu ihr und strich ihr über die Schulter. Die junge Frau hatte sich ebenfalls ein Nachthemd angezogen. Ihre nackten Füße lugten unter dem Saum hervor, der in dem Luftzug von der Klimaanlage flatterte. Es gab nur diese eine Aircondition über dem Fenster im Haus. Selbst wenn sie auf Höchsttouren lief, war es noch immer ziemlich warm.

Und sicherlich konnte sie für den eisigen Hauch, von dem Maria gesprochen hatte, nicht verantwortlich gemacht werden.

„Sie dürfen sich keine Sorgen machen, Maria. Alles wird gut." Sie setzten sich aufs Sofa, und Maria zappte sich mit der Fernbedienung durch die paar Kanäle, die sie mit dem kleinen Fernseher auf dem zierlichen Couchtisch empfingen.

„Nicht viel los", sagte Elizabeth. „Und es ist sowieso schon spät. Warum gehen wir nicht einfach zu Bett?"

Maria gähnte und nickte. „Das ist eine gute Idee." Sie ging in Richtung des Schlafzimmers, doch ihre Schritte wurden langsamer, je näher sie der geöffneten Tür kam. Elizabeth, die die Nervosität der jungen Frau spürte, lief rasch zu ihr und schaute in das Zimmer. „Ich habe eine Idee. Dort steht ein sehr gemütlich wirkender Sessel in der Ecke. Ich bin noch nicht wirklich schläfrig. Ich setze mich dort einfach hin, bis Sie eingeschlafen sind. Vielleicht sehe ich ja den Geist."

Das war höchst unwahrscheinlich, doch ihre Gegenwart würde die junge Frau genug beruhigen, damit sie einschlief.

„Oh, *sí*, das ist eine sehr gute Idee. Vielleicht wird die Erscheinung kommen. Sind Sie sicher, dass es Ihnen nichts ausmacht?"

„Ganz und gar nicht."

Maria gähnte erneut, als sie unter die Decke schlüpfte. In dem schmalen Streifen Mondlicht, der durch das Fenster fiel, bemerkte Elizabeth, wie erschöpft die junge Frau aussah. Die tiefen Schatten unter ihren Augen schienen noch ausgeprägter als vorher, ihre Wangen wirkten eingefallen. Maria schloss die Augen, und schon nach kurzer Zeit war sie fest eingeschlafen.

Obwohl sie sich selbst leicht erschöpft fühlte, wartete Elizabeth im Sessel, um sie nicht aufzuwecken. Sie lehnte ihren Kopf gegen das gepolsterte Rückenteil und war tatsächlich eingenickt, als ein merkwürdiges Geräusch sie wieder weckte.

Es war ein gespenstisches Knarren. Vermutlich nur das Haus, das arbeitete, sagte sie sich. Das Geräusch wiederholte sich, diesmal deutlicher, und ihr Herz schlug ihr bis zum Hals.

Dann hörte sie Schritte auf dem Holzboden im Wohnzimmer. Ihr Herzschlag beschleunigte sich noch mehr. Jemand war im Haus!

Die Tür zum Wohnzimmer stand offen. Elizabeth erhob sich und schlich leise in die Richtung, wobei sie sich irgendeine Art von Waffe herbeiwünschte. Sie drückte sich gegen die Wand und schob sich Stück für Stück vor, bis sie in den anderen Raum lugen konnte. Dort leuchtete zwar keine Lampe, doch durch den Spalt zwischen den Vorhängen fiel genügend Licht, um zu erkennen, dass niemand im Zimmer war.

Ihr Herz schien fast zu zerspringen. Vielleicht war die Person in die Küche oder ins andere Schlafzimmer gegangen. Sie dachte daran, Maria zu wecken, doch allmählich glaubte sie, dass sie sich das Geräusch nur eingebildet hatte. Dennoch musste sie sichergehen.

So geräuschlos wie möglich arbeitete sie sich zu dem kleinen Badezimmer neben dem Schlafraum vor, durchquerte dann das Wohnzimmer und öffnete die Tür zum zweiten Schlafzimmer. Auch dieser Raum schien leer zu sein. Sie überprüfte den Schrank, der im Zimmer stand. Nichts. Dann ging sie in die Küche.

Die Hintertür war verschlossen. Die Eingangstür ebenso. Es war keine Menschenseele im Haus außer Maria und ihr. Erleichtert seufzte sie auf. Sie hatte sich alles nur eingebildet.

Erstaunlich, wie viel Macht die Einbildung besaß!

Sie kam sich lächerlich vor und entschied, gleich zu Bett zu gehen. Kaum hatte sie einige Schritte in Richtung Wohnzimmer gemacht, begann der Wind aufzuheulen, ein merkwürdiges, schmerzerfülltes Stöhnen, wie sie es noch nie gehört hatte. Es schien unter der Tür durchzukommen und über die Fensterbretter zu ziehen. Auf ihren Armen bildete sich Gänsehaut, und ein Schauder lief ihr über den Rücken.

Sie atmete tief durch, um sich zu beruhigen. Entschlossen, sich nicht zum Narren halten zu lassen, ging sie hinüber zum

Fenster und zog die Vorhänge zurück. Die Nacht war dunkel, der Mond nur eine schmale Sichel, und an dem Paternosterbaum im Garten bewegte sich kein Blatt. Kein Zweig, keine Blume rührte sich in dem Beet vor der Veranda.

Sie öffnete die Tür und sah hinaus. Die heiße, trockene Luft drang ins Wohnzimmer, doch es gab keine Brise, die sie antrieb.

Elizabeth schloss mit bebender Hand die Tür und drehte den Schlüssel herum. Der Wind war verstummt. Doch die gespenstische Atmosphäre im Haus war geblieben. Die Klimaanlage summte leise über dem Wohnzimmerfenster. Sie wandte sich um und ging in Richtung Schlafzimmer.

Maria schlief noch immer. Sie lag in der Mitte des Bettes und hatte die schlichte weiße Decke bis unter ihr Kinn gezogen. Kaum betrat Elizabeth den Raum, fühlte sie einen so eisigen Hauch, dass es ihr den Atem verschlug. Sie rang nach Luft und begann zu keuchen. Mit der Zunge fuhr sie über ihre kalten, immer tauber werdenden Lippen.

Lieber Gott, was ging hier vor sich?

Sie begann zu zittern und schlang die Arme um sich, während ihre Blicke auf der Suche nach einer Erklärung panisch durch den Raum schossen. Sie blickte zum Bett. Maria bewegte sich unruhig unter der Decke und hatte sich zum Schutz gegen die eisige Kälte wie ein Baby eingerollt. Ihre Lider flatterten.

Elizabeth bemühte sich, ihre Angst zu unterdrücken, und biss sich auf die bebenden Lippen, als sie merkte, dass ihre Zähne aufeinanderschlugen. Ihr Herz raste. Sie versuchte sich klarzumachen, dass niemand im Haus war und sie beide völlig sicher waren. Doch irgendetwas Unerklärliches ging hier vor sich. Etwas Schreckliches.

Und sie hatte Angst.

Zum ersten Mal verstand sie jetzt, warum Maria so verstört war. Verstand, dass dies alles wirklich nicht nur im Kopf der jungen Frau geschah.

Der kalte Hauch zog fort von dem Bett, fort von der Stelle, wo sie zitternd neben dem Nachttisch stand. Doch es schien Elizabeth, als ob die Kälte im Raum blieb, als ob sie wie eine unsichtbare Kraft irgendwo in der Ecke schwebte.

Eine neue Welle von Angst überflutete sie. Sie dachte erneut daran, Maria zu wecken, doch dann wurde ihr klar, dass sie sich nicht bewegen konnte.

Und sie bemerkte den Geruch. Durchdringend, erstickend und auf Übelkeit erregende Weise süßlich. Ein widerlicher Gestank, der nur schwach an Rosenduft erinnerte. Er schien auf ihrer Haut zu kleben und auch in ihrer Kehle, als sie die stickige Luft einatmete. Ihre Brust zog sich zusammen, und sie hatte das Gefühl, ohnmächtig zu werden.

Ihr Blick fiel aufs Bett. Maria war erwacht. Sie lag mit weit aufgerissenen Augen da, fasste sich zitternd an den Hals und starrte Elizabeth panisch an. Sie wimmerte leicht. Elizabeth löste sich aus ihrer Erstarrung.

Kaum bewegte sie sich, spürte sie den Unterschied. Die Luft wurde klarer, sie konnte wieder leichter atmen. Die Temperatur im Schlafzimmer stieg langsam wieder an. Der Gestank verschwand, als ob er niemals da gewesen wäre. Nur eine winzige Spur Rosenduft blieb zurück und verblasste allmählich.

„Maria! Maria, ist alles in Ordnung mit Ihnen?"

Tränen traten der jungen Frau in die Augen. „Haben ... haben Sie sie gesehen?"

„Nein, ich habe nichts gesehen, aber ..."

„Sie war hier. Ich weiß, dass sie da war."

„Maria", sagte sie sanft und setzte sich neben sie aufs Bett. „Etwas ist hier heute Abend geschehen. Ich habe die Geräusche gehört. Habe die Kälte gespürt. Etwas geht hier vor, und ich gebe zu, dass es Angst macht, doch ich glaube nicht, dass das Ganze mit einem Geist zu tun hat."

„Ich sage Ihnen, sie war hier."

„Haben Sie sie gesehen?", fragte Elizabeth freundlich.

„Nein. Ich habe sie erst ein Mal gesehen. Doch ich konnte sie fühlen. Sie war hier. Sie kam erneut, um mich zu warnen."

Elizabeth rang sich ein Lächeln ab. „Ich bin froh, dass ich heute Abend hier war. Jetzt verstehe ich Ihre Ängste und glaube, dass zumindest ein Teil der Geschehnisse real ist. Wir müssen herausfinden, was hier vor sich geht."

Maria blickte zu ihr hoch, das Gesicht ganz blass in dem fahlen Mondlicht, das durch das Fenster fiel. „Was meinen Sie damit?"

Elizabeth knipste die Lampe auf dem Nachttisch an. Das weiche Licht vertrieb die letzten Überbleibsel dessen, was in dem Zimmer gewesen sein mochte.

„Sie leben auf einer Farm. Es gibt jede Menge Tiere und Pflanzen um Sie herum. Man verwendet Kunstdünger, versprüht Pestizide. Vielleicht wurde irgendetwas mit dem Haus gemacht. Vielleicht hat man irgendwas in den Boden eingeleitet, bevor das Haus gebaut wurde. Ich werde mit Mr. Harcourt sprechen, vielleicht weiß er, was es sein könnte. Wir werden das Problem lösen, Maria. Es wird nur ein bisschen Zeit brauchen."

„Ich möchte fortziehen. Ich möchte hier nicht bleiben."

„Wir klären das, das verspreche ich. Bis dahin werde ich mit Miguel sprechen."

Sie riss die Augen auf und wollte schon protestieren.

„Ich werde den Geist nicht erwähnen. Ich erzähle ihm nur, was hier passiert ist heute Abend. Ich sage ihm, dass Sie Angst hatten und ich ebenfalls. Ich bitte ihn, dafür zu sorgen, dass Sie nachts nicht allein sind."

„Wenn es mit dem Haus zu tun hat, warum passiert es dann nicht am Tag?"

Gute Frage. „Vielleicht tut es das, doch Sie sind tagsüber zu beschäftigt, um es zu bemerken. Geschieht dies hier jede Nacht oder nur ab und zu?"

„Nur ab und zu. Doch jede Nacht, die ich Angst habe, geschieht es wieder."

„Aber es geschieht nicht, wenn Miguel hier ist?"

„Manchmal ist er hier, doch er wacht nicht auf."

„Nun, vielleicht ist er zu müde, um es zu bemerken." Elizabeth seufzte laut. „Ich denke, wir sollten jetzt etwas Schlaf bekommen."

Maria nickte. *„Sí,* das sollten wir wohl." Sie starrte auf ihre zerwühlte Decke auf dem Bett. „Nur dass ich jetzt nicht mehr müde bin."

Elizabeth folgte ihrem Blick und dachte an die merkwürdigen Dinge, die geschehen waren. „Ich auch nicht. Sehen wir nach, was im Fernsehen läuft."

ELF

Elizabeth verließ Maria am nächsten Morgen recht früh. Es war Sonnabend. Sie kehrte nach Hause zurück, wo sie sich Shorts und Turnschuhe anzog. Dann betrat sie ihr Arbeitszimmer, das ihr auch als Fitnessraum diente, und setzte sich auf den Hometrainer. Danach absolvierte sie fünfzig Sit-ups, machte einige Hantelübungen und ging dann aufs Laufband.

Sie hielt sich gern fit. Ihre Arbeit war mental anstrengend, und das Training half ihr dabei, abzuschalten. Die Apartmentanlage hatte außerdem einen Pool, und so oft wie möglich ging sie schwimmen. Nach der Dusche machte sie sich etwas zu essen und entschied nach einem Blick in die leeren Schränke, einkaufen zu gehen.

Später am Nachmittag wollte sie mit Miguel sprechen. Sie rief Maria an, um sich nach ihrem Befinden zu erkundigen und eine Zeit zu verabreden.

Um fünf verließ sie ihr Apartment und fuhr den Highway 51 entlang. Miguel stand am Wohnzimmerfenster, als sie über die stillgelegten Gleise fuhr und in der Auffahrt hielt. Er war ein schlanker schwarzhaariger Mann ohne ein Gramm Fett zu viel unter seiner wettergegerbten dunklen Haut. Mit seinen dichten Wimpern und dem markanten Kinn sah er ziemlich attraktiv aus. Zugleich war er der Typ von Mann, der immer glaubte, recht zu haben, vor allem wenn sein Gegenüber eine Frau war.

„Ich verstehe das alles nicht", sagte Miguel, nachdem Elizabeth ihm vom gestrigen Abend erzählt hatte. „Sie und Maria – Sie beide glauben, dass mit dem Haus etwas nicht stimmt, aber das kann nicht sein. Dies ist ein gutes Haus. Meine Frau hat Glück, in solch einem schönen Haus zu wohnen."

Elizabeth behielt ihr Lächeln bei. „Es ist ein sehr schönes Haus, Miguel. Aus genau diesem Grund müssen wir herausfinden, was damit nicht stimmt."

„Es ist alles in Ordnung damit! Sie und meine Frau – ich glaube, mit Ihnen stimmt etwas nicht!"

Dies Gespräch würde nicht verlaufen wie geplant. Sie wünschte, sie hätte niemals das Haus erwähnt. Sie sollte sich dem Problem lieber aus einer anderen Richtung nähern. Auf der anderen Seite kannte sie Miguel und wusste, dass es vermutlich keinen richtigen Weg gab, das Thema anzusprechen.

„Maria liebt diesen Ort genauso wie Sie", sagte sie. „Aber manchmal macht das Haus Geräusche, die sie ängstigen. Sie muss an das Baby denken, und wenn Sie nachts nicht zu Hause sind, hat sie Angst."

„Sie ist ein Kind. Sie muss endlich erwachsen werden."

Verdammt! Sie war dabei, es zu vermasseln. „Was ich sagen will, Miguel, ist, dass Maria ... dass sie sich sicher fühlt, wenn Sie hier bei ihr sind. Sie weiß, dass Sie sie beschützen können. Vielleicht könnten Sie jemanden finden, der abends bei ihr bleibt, wenn Sie erst spät nach Hause kommen."

Miguel sagte etwas auf Spanisch, das sie nicht richtig verstand und auch nicht verstehen wollte. Durch ihre Arbeit beherrschte sie die Sprache, die sie schon an der Highschool und im College gelernt hatte, nahezu fließend. Sie konnte sich nicht vorstellen, dass man hier in der Gegend ohne solche Kenntnisse auskam.

„Ich werde mich um meine Frau kümmern, wie ich es immer getan habe. Sie brauchen sich keine Sorgen zu machen."

Elizabeth rang sich ein Lächeln ab. „Danke, Miguel. Ich wusste, Sie würden das verstehen." *Verstehen?* Der Mann hatte das Einfühlungsvermögen eines Kaninchens. Gott sei Dank hatte sie Marias Geist nicht erwähnt.

Sie ließ die beiden am Wohnzimmerfenster stehen und hoffte, dass Maria nicht büßen musste für diesen Hilfeversuch. Sie hatte der jungen Frau versprochen, herauszufinden, was in dem Haus geschah. Sie wollte ihr Wort halten. Am Montag würde sie als Erstes Carson Harcourt um ein Treffen bitten.

Als sie Carson anrief, schien er nicht im Mindesten erfreut.

„Ich fürchte, ich bin den ganzen Tag beschäftigt", sagte er brüsk. „Was willst du?"

„Hör zu, Carson, mir ist klar, dass es dich geärgert hat, dass ich mit Zach zum Lunch war, aber das tut jetzt nichts zur Sache. Ich muss mit dir über etwas sprechen, was auf der Farm geschieht."

Eine kurze Pause. „In Ordnung. Ich arbeite den ganzen Nachmittag zu Hause."

„Passt dir zwei Uhr?"

„Gut. Bis dahin." Er legte auf, und Elizabeth erwartete, dass sich ein Gefühl des Bedauerns bei ihr einstellte. Offensichtlich hatte Carson nicht vor, noch einmal mit ihr auszugehen. Eigentlich sollte sie darüber unglücklich sein. Doch die nackte Wahrheit war: Sie fühlte sich nicht von Carson Harcourt angezogen, und das würde auch immer so bleiben. Früher oder später wäre es sowieso so weit gekommen. Lieber heute als morgen.

Sie hatte drei Beratungstermine hintereinander an diesem Montagvormittag. Um neun kamen Geraldine Hickman und ihre Tochter. Eine Stunde später folgte die zehnjährige Nina Mendoza, und danach hatte sie eine Sitzung mit Richard Long, einem Mitglied ihrer Wuttherapiegruppe.

Mrs. Hickman und ihre Tochter waren auf Initiative der Tochter gekommen, nachdem diese entdeckt hatte, dass ihre zwölfjährige Tochter mit verschiedenen Jungen aus der Schule Sex hatte.

„Mark hat meine Kinokarte bezahlt", hatte Carol ihrer Mutter in einer Sitzung erklärt. „Wie sonst hätte ich ihm das zurückgeben können?"

Es machte Elizabeth krank, daran zu denken, wie wenig sich diese jungen Mädchen selber schätzten – ihr Körper war ihnen nicht mehr wert als ein Kinoticket.

Nina Mendozas Sitzungen wurden vom Staat bezahlt. Die

ganze Familie wurde betreut, seit die Polizei zum dritten Mal hintereinander zu ihrem Haus gerufen worden war. Emilio Mendoza wurde wegen Trunkenheit, ungebührlichen Benehmens und Widerstand gegen die Staatsgewalt verhaftet. Später entdeckte man, dass er auch seine jüngste Tochter, die damals acht war, krankenhausreif geschlagen hatte, weil sie nicht aufgegessen hatte.

Nina war zwischenzeitlich in einem Frauenhaus untergekommen, nun aber zu ihrer Familie zurückgekehrt. Alle begriffen allmählich, dass Gewalt kein notwendiger Bestandteil des Lebens war.

Elizabeths letzter Patient an dem Morgen war ein zweiundvierzigjähriger Mann namens Richard Long. Ihn hatte das Gericht geschickt. Richard war ein örtlicher Anwalt, der seine Frau so oft verprügelt hatte, dass er nun zur Beratung musste, wenn er nicht seine Zulassung verlieren und im Gefängnis landen wollte.

Richard war außerdem zu der Teilnahme an den Gruppensitzungen am Dienstagabend verurteilt worden, die entweder von ihr oder von Michael geleitet wurden, doch bislang schien der Mann nur seine Zeit abzusitzen. Elizabeth fragte sich, ob auch nur die leiseste Chance bestand, dass der Mann sich änderte.

Gegen Mittag verließ sie dann das Büro, aß rasch ein Sandwich zum Lunch und erledigte verschiedene Besorgungen, bevor sie hinausfuhr zu Harcourt Farms. Carsons Haushälterin, eine junge Latina, bat sie herein.

„Señor Harcourt erwartet Sie. Er ist in seinem Arbeitszimmer. Wenn Sie mir bitte folgen wollen."

Sie ist hübsch, dachte Elizabeth. Vielleicht ein- oder zweiundzwanzig und mit attraktiven Rundungen, die selbst ihre schwarze Hose und die weiße Bluse nicht verbergen konnten. Sie lächelte, als sie das Arbeitszimmer erreicht hatten, und verschwand dann lautlos.

Carson saß an seinem Schreibtisch und stand auf, als Elizabeth den Raum betrat.

„Hallo, Elizabeth."

„Hallo, Carson. Danke, dass du dir die Zeit nimmst."

„Nimm Platz. Was kann ich für dich tun?"

Aufgrund seines kühlen Gebarens wählte sie den Stuhl gegenüber vom Schreibtisch und setzte sich. Auch Carson nahm wieder Platz.

„Ich war Freitagnacht bei Maria Santiago. Etwas Merkwürdiges geschieht in dem Haus. Ich habe gehofft, dass du mir helfen kannst."

In den nächsten zwanzig Minuten erzählte sie ihm von den seltsamen Geschehnissen und von ihrem Verdacht, dass irgendetwas mit der Konstruktion, den Schornsteinen oder dem Grundstück nicht in Ordnung sein könnte.

„Schließlich ist es eine Farm", sagte sie. „Vielleicht ist etwas in den Boden gesickert, bevor das Haus gebaut wurde. Das könnte den Geruch erklären. Falls du nichts dagegen hast, würde ich das gern von einem Fachmann untersuchen lassen."

Carson erhob sich und blickte auf sie herab. Sie hatte den Impuls, ebenfalls aufzustehen, zwang sich aber dazu, sitzen zu bleiben.

„Tatsächlich habe ich etwas dagegen, ich habe sogar viel dagegen. Miguel Santiago ist der jüngste Vorarbeiter auf der Farm. Ich habe ihm den Vorzug vor einigen anderen sehr gut ausgebildeten Arbeitern gegeben. Das Haus, von dem du sprichst, ist nur vier Jahre alt, und es ist alles in Ordnung damit."

„Ich habe eine Nacht in dem Haus verbracht, Carson. Etwas ist dort ganz und gar nicht in Ordnung."

„Das Mädchen ist jung. Sie hat eine lebhafte Fantasie. Was auch immer sie dir erzählt hat, hat dich beeinflusst. Das ist alles."

Sie hielt sich im Zaum. Wenn sie zornig wurde, würde das alles nur schlimmer machen. „Dann gibt es vielleicht eine andere Lösung."

„Und die wäre?"

„Vielleicht könnten sie woanders wohnen. In einem anderen Haus auf der Farm, irgendwo nicht allzu weit weg."

Sein Gesicht rötete sich. „Es gibt vier Vorarbeiterhäuser auf dem Anwesen und vier Vorarbeiter, die auf der Farm arbeiten. Diese vier Häuser sind besetzt, und ich habe nicht vor, ein Haus irgendwo anders zu mieten, nur weil Santiagos Frau schwanger ist und sich Dinge einbildet. Außerdem möchte ich meine Vorarbeiter hier in der Nähe haben, wo ich sie brauche."

Das war ein Argument. Eine fünftausend Hektar große Farm erforderte ein gutes Management. Er brauchte seine Vorarbeiter in der Nähe, um mit den vielfältigen Problemen umzugehen. Trotzdem, sie hatte sich die Dinge im Haus der Santiagos nicht eingebildet. Und sie konnte allmählich nachvollziehen, wie frustrierend es für Maria war, dass man ihr nicht glaubte.

Elizabeth erhob sich. „Danke, dass du dir Zeit genommen hast."

„Tut mir leid, dass ich dir nicht helfen kann."

„Ich verstehe deine Position."

Seine blauen Augen fixierten sie. „Tust du das? Das glaube ich nicht."

Sie wusste, dass er nicht mehr von der Farm, sondern vom Lunch mit seinem Bruder sprach. „Ich hatte Pläne für uns, Elizabeth. Ich kann nicht glauben, dass du dich von ihm benutzen lässt. Ich dachte, du weißt es besser."

„Wovon sprichst du?"

„Das ist doch offensichtlich. Seit er uns zusammen bei der Benefizgala gesehen hat, versucht er sich zwischen uns zu drängen. So ist Zach. Er ist schon sein ganzes Leben lang eifersüchtig auf mich. Er würde alles tun, um mich zu verletzen."

Sie strich über eine Falte an ihrer Bluse. „Er wird sich nicht gegen deine Kandidatur aussprechen. Das sollte dir doch wohl etwas bedeuten."

„Vielleicht tut er es nicht. Auf der anderen Seite weiß man nie, was Zach als Nächstes tun wird."

Sie dachte darüber nach. Hatte Carson recht? In seiner Jugend war Zach wild und unberechenbar gewesen. Die Chancen standen gut, dass er das noch immer war.

„Ich sollte jetzt wirklich gehen. Wie ich schon sagte: Danke, dass du dir Zeit genommen hast."

„Denk darüber nach, Elizabeth, und ruf mich an, wenn du dich entschieden hast."

Es lag ihr auf der Zunge, zu erwidern, dass sie nicht das geringste Interesse an Zach hatte. Doch dann fiel ihr wieder ein, dass sie noch viel weniger Interesse an Carson hatte. Also nickte sie nur. „Ich lasse es mir durch den Kopf gehen."

Sie verließ das Arbeitszimmer und ging nach draußen zu ihrem Wagen, wo sie aufstöhnte, als sie auf den glühend heißen roten Ledersitz glitt. Sie steckte den Schlüssel in die Zündung und startete den Motor.

Carson würde ihr also nicht helfen. Doch das hieß nicht, dass kein Weg an ihm vorbeiführte. Carson war schließlich nicht der Einzige, der auf Harcourt Farms etwas zu sagen hatte. Sie würde Sam Marston um Zachs Nummer in L.A. bitten. Der Gedanke daran, Zach anzurufen, lag ihr zwar schwer im Magen, doch sie musste herausfinden, was im Haus der Santiagos vor sich ging – und wie man dem Einhalt gebieten konnte.

Elizabeth schaffte es erst am Donnerstag, Zach zu erreichen. Ihr letztes Gespräch war wenig erfreulich geendet, doch um ehrlich zu sein, sie hatte auf die Nachricht von seiner Affäre mit Lisa überreagiert. Und schließlich war es nur ein Lunch gewesen. Zudem hatte er sich entschuldigt, ziemlich aufrichtig sogar, wie sie fand.

Dennoch wusste sie nicht recht, wie sie auf ihn zugehen sollte. Während sie die Nummer von Noble, Goldman und

Harcourt wählte, entschied sie, Carsons Ablehnung einzusetzen, um die Unterstützung seines Bruders zu gewinnen.

Sie schmunzelte. Sie wollten Spielchen spielen? Nun, das konnte sie auch.

Sie wurde in Zachs Büro durchgestellt und hörte kurz darauf seine tiefe Stimme.

„Liz? Ich kann kaum glauben, dass du das wirklich bist."

„Ich muss mit dir reden, Zach."

„Etwas Weltbewegendes muss geschehen sein, dass du mich anrufst." Besorgnis schlich sich in seine Stimme. „Ist etwas mit Raul? Ihm ist doch nichts passiert?"

„Nein, nichts dergleichen, zumindest betrifft es Raul nur indirekt. Es geht um Maria ... um das Haus der Santiagos."

„Sag nicht, dass du tatsächlich einen Geist gesehen hast!"

Sie lachte. „Nein, natürlich nicht. Aber ..."

„Erzähl."

„Etwas Merkwürdiges geschah in jener Nacht. Etwas sehr Merkwürdiges. Und es war wirklich zum Fürchten." Nun hatte sie seine ganze Aufmerksamkeit. Sie berichtete ihm von den Geräuschen und dem Geruch, von der schrecklichen Kälte und ihrer Atemnot.

„Eines steht jedenfalls fest: Maria leidet nicht unter einer Angstneurose. Ich glaube zwar nicht, dass das alles mit einem Geist zu tun hat, doch irgendetwas stimmt ganz sicher nicht mit diesem Haus."

Sie berichtete von ihrem Besuch bei Carson und dass er ihr verweigert hatte, das Haus von einem Experten untersuchen zu lassen.

„Er war unnachgiebig", sagte sie und hoffte, Zach damit in die gewünschte Richtung zu lenken. „Ich verstehe das einfach nicht." Sie hielt kurz inne. „Aber vielleicht wollte er mir auch heimzahlen, dass ich mit dir essen war."

Sie spürte die plötzliche Anspannung auf seiner Seite. Ein Punkt für sie.

„Ich bin nicht sicher, ob ich helfen kann, aber ich werde morgen Nachmittag in San Pico sein." Er räusperte sich. „Was hältst du davon, wenn wir essen gehen und die Sache besprechen?"

Ihre Hand umklammerte den Hörer. Ein Punkt für ihn. „Ich glaube nicht, dass das eine gute Idee ist."

„Ich sehe Lisa nicht mehr. Das habe ich dir gesagt, und das meine ich auch."

„Ich glaube dir, aber …"

„Wenn du Angst hast, dass Carson etwas dagegen …"

„Carson ist mir egal."

Sie sah sein Lächeln förmlich vor sich. „Das höre ich gern. Dann sind wir also verabredet?"

Wenn er irgendjemand anders gewesen wäre, hätte sie zugestimmt, doch es handelte sich um Zachary Harcourt. Und wenn sie wieder ins Ranch House gingen, würden die Gerüchte im Nu die Runde machen. „Ich weiß nicht, ich …"

„Wir fahren raus nach Mason. Niemand wird erfahren, dass du mit dem schwarzen Schaf der Stadt ausgegangen bist."

Sie musste unwillkürlich grinsen. Genau das war er. „Okay, wir gehen essen. Wann?"

„Ich hole dich um sieben ab."

Sie gab ihm ihre Adresse. Als sie auflegte, hatte sie das Gefühl, das erste Gefecht verloren zu haben. Dennoch war sie entschlossen, den Krieg zu gewinnen. Morgen würde sie einen Weg finden, dass Zach Harcourt ihr half, das Problem mit dem Haus der Santiagos zu lösen.

ZWÖLF

Um Punkt sieben klopfte Zach an die Tür ihres Apartments. Offensichtlich hatten sie noch etwas gemeinsam – sie waren beide pünktliche Menschen.

Als Tribut an die für diese Jahreszeit typische Hitze trug Elizabeth ein apricotfarbenes Kleid mit kurzem Rock, breiten Trägern und einem dazu passenden Gürtel sowie hochhackige weiße Sandalen. Als sie die Bürste ein weiteres Mal durch ihr langes Haar zog, redete sie sich ein, dass ihre sorgsame Aufmachung nichts mit Zachary Harcourt zu tun hatte.

„Sieht aus, als ob du fertig wärst", sagte er, als sie ihm öffnete. Er sah attraktiv aus in seinem kurzärmeligen blassblauen Hemd und der leichten braunen Hose. Er musterte sie von Kopf bis Fuß, und die goldenen Sprenkel in seinen Augen schienen aufzuglühen.

Sie mochte den Blick. „Kommt darauf an, wofür ich fertig bin."

Zach lachte. „Für nicht viel mehr als ein Essen, nehme ich an."

Sie holte ihre weiße Ledertasche, und gemeinsam gingen sie zu seinem Auto.

„Netter Wagen", sagte sie, als sie das schwarzglänzende BMW-Cabrio sah.

„Ich dachte, ich nehme lieber diesen als den Jeep, weil ich dich ja beeindrucken will. Funktioniert es?" Er hielt ihr die Beifahrertür auf, und sie ließ sich auf den schwarzen Ledersitz gleiten, der durch die Klimaanlage noch immer kühl war.

„Ich mag schöne Autos, insofern, ja. Zumal du so klug warst, das Dach geschlossen zu lassen."

„Ich wollte dich beeindrucken, nicht lebendig rösten." Zach schloss die Tür, ging um den Wagen herum und nahm neben ihr hinter dem Steuer Platz.

„Wie viele Autos hast du denn?", fragte sie, als er den Motor startete.

„Nur zwei. Aber ich besitze noch eine Harley, und ich habe gerade eine 10-Meter-Segelyacht gekauft."

Sie zog eine Augenbraue hoch. „Du weißt ja, was man sagt: Der Unterschied zwischen Jungs und Männern liegt im Preis ihres Spielzeugs."

„Autsch."

Sie fuhren auf dem zweispurigen Highway Richtung Mason, einer geringfügig größeren Stadt, die dreißig Meilen entfernt lag. Er blickte zu ihr hinüber. „Ich gebe offen zu, dass ich viele Dinge mag, die man für Geld kaufen kann. Aber ich bin nicht besessen davon, sie zu besitzen, so wie manch andere Leute."

Sie dachte an das Geld, das er Teen Vision gespendet hatte. Er hätte sich eine Menge anderer Spielzeuge kaufen können, wenn er es behalten hätte.

„Ich mag schöne Dinge auch", stimmte sie zu. „Aber nicht genug, um ihnen mein Glück zu opfern."

Er blickte kurz zu ihr hinüber. „Du sprichst von deiner Ehe."

„Brian wollte immer das Beste. Teure Autos, Designerklamotten. Er war großzügig, auch wenn ich glaube, dass es ihm nur um den äußeren Schein ging."

„Was ist passiert?"

„Ich habe ihm nicht gereicht. So einfach ist das." Sie blickte aus dem Fenster, und ihre Gedanken schweiften in die Vergangenheit. „Vor drei Jahren kamen wir zu einem Klassentreffen zurück nach San Pico. Ich habe ihn in flagranti mit Lisa Doyle auf dem Rücksitz unseres Wagens erwischt."

Zach biss die Zähne zusammen. „Kein Wunder, dass du so reagiert hast, als Carson ihren Namen erwähnte."

„Ich hätte dir das vermutlich gar nicht erzählen sollen, aber jetzt verstehst du sicher, warum sie nicht gerade meine beste

Freundin ist. Allerdings, nicht dass nur sie Schuld an allem hatte."

„Lisa geht es nur um Lisa. Daraus macht sie kein Geheimnis."

„Doch offenbar hast du ihre Gesellschaft gemocht."

„Der Sex war gut. Wir benutzten einander. Mehr war da nicht."

Mehr war da nicht? „Warum hast du es dann beendet?"

„Weil ich es satthatte, nichts zu fühlen. Dabei habe ich mir selbst beigebracht, durchs Leben zu gehen, ohne etwas zu fühlen, ohne etwas an mich heranzulassen. Eine Zeit lang war Lisa ideal für mich. Wir trafen uns regelmäßig und gingen auch mit anderen aus, wenn uns danach war. Es gab keine Verpflichtungen. Aber es war auch kein Gefühl da, wenn ich neben ihr aufwachte."

Elizabeth schwieg. Sie mochte, dass er so aufrichtig war oder zumindest zu sein schien. Der alte Zach hätte irgendeine Ausrede zum Besten gegeben und gelacht, wenn sie sie ignoriert hätte.

Sie erreichten Mason, den Verwaltungssitz von San Pico County. Es war einfach nur eine weitere Stadt im Tal, etwas größer als San Pico. Außerdem gab es in Mason einen Wal-Mart *und* ein Kaufhaus sowie ein paar mehr Restaurants.

Zach hielt auf dem Parkplatz eines Restaurants, das Captain's Table hieß. Wie der Name andeutete, war es auf Fisch und Meeresfrüchte spezialisiert – was Elizabeth niemals bestellte, weil es im Tal so heiß war und der Fisch von weit her transportiert werden musste.

Sie wurden in eine hübsche kleine Nische geleitet. Einen Moment lang blieb sein Blick auf ihrem Gesicht ruhen, und das Gold in seinen Augen schien zu funkeln. Dann sah er zur Seite.

„Ich war noch nie hier. Du etwa?"

Sie schüttelte den Kopf. „Ich komme nicht oft nach Mason." Doch das Restaurant schien es schon länger zu geben. Die roten Ledersitze wirkten etwas abgenutzt, der Teppich schien ausgeblichen. Dennoch verliehen die roten Teelichthalter in der Mitte der Tische dem Ganzen eine angenehm altmodische Atmosphäre.

Sie unterhielten sich über dies und das, bis die Kellnerin ihre Bestellung aufnahm. Danach lenkte Zach das Gespräch auf ihr Anliegen.

„Okay, du gehst mit mir heute aus, damit wir über das Santiago-Haus sprechen können. Aber ich muss dich warnen: Ich bin mir nicht sicher, ob ich dir helfen kann."

In der Hoffnung, dass er es doch konnte, erzählte sie ihm in allen Einzelheiten von der gespenstischen Nacht, die sie in dem Haus verbracht hatte. „Ich hatte wirklich Angst, Zach. Die merkwürdigen Geräusche, die Kälte, dieser furchtbare süßliche Gestank. Er wurde so schlimm, dass ich kaum atmen konnte. Dasselbe empfand Maria. Wir waren beide zu Tode erschrocken, sage ich dir. Ich kann mir nicht vorstellen, was diese Dinge verursacht haben könnte."

„Um der Wahrheit die Ehre zu geben, das kann ich auch nicht. Am Telefon schlugst du vor, jemanden hinauszuschicken und den Ort zu untersuchen. Ich schließe daraus, dass du an eine rationale Erklärung glaubst?"

„Sicher gibt es eine. Ich glaube nicht an Geister."

„Ich ebenfalls nicht. Außer an die Geister unserer Vergangenheit natürlich. Die scheinen uns immer noch zu verfolgen."

Sie warf ihm einen Seitenblick zu. „Du spielst doch nicht auf jenen Tag im Marge's an, oder?"

Er lächelte. „Nicht wirklich. Aber wenn du so wie heute mit mir ausgehst, könnte ich es tun."

Sie schmunzelte. „Das hier ist kein richtiges Date. Wir besprechen etwas Geschäftliches."

„Oh ja, stimmt. Für einen Moment habe ich das wirklich völlig vergessen."

Um ihr Lächeln zu verbergen, ordnete Elizabeth die rote Serviette auf ihrem Schoß. Als sie aufsah, bemerkte sie, dass seine goldbraunen Augen auf ihr ruhten. „Verfolgt dich deine Vergangenheit, Zach?"

Sein Blick wanderte zum Fenster, doch die roten Samtvorhänge waren geschlossen und ließen das letzte Dämmerlicht nicht herein.

„Auf eine gewisse Weise vermutlich schon. Ich wohnte im schönsten Haus in San Pico, doch ich war dort nicht willkommen. Egal was mein Vater von Constance und Carson verlangte: Sie hassten mich ab dem Moment, als sie von meiner Existenz erfuhren. Mein Vater konnte nichts daran ändern. Die beiden taten alles, um mir mein Leben zur Hölle zu machen. Und mein Vater war zu selten zu Hause, um etwas dagegen zu unternehmen."

„Kein Wunder, dass du in Schwierigkeiten geraten bist." Sie erinnerte sich gut an den Prozess und die Strafe, die Zachary Harcourt für Alkohol am Steuer und fahrlässige Tötung bekommen hatte. Es war wochenlang Thema Nummer eins in der kleinen Stadt gewesen.

Ein Lächeln umspielte Zachs Mundwinkel, und für einen Moment war sie sich seiner Präsenz sehr bewusst. Meine Güte, war sein Mund sexy!

„Ich kann meinen Eltern keine Schuld geben. Es war einfach dumm von mir. Wahrscheinlich wollte ich die Aufmerksamkeit meines Vaters. Doch je übler ich mich benahm, desto weniger bekam ich ihn zu Gesicht. Wir wurden erst Freunde, als ich aus dem Gefängnis kam. Damals war er für mich da. Alles andere spielt keine Rolle."

„Wir machen alle Fehler. Wir geben unser Bestes."

„Genau das sage ich den Jungs bei Teen Vision immer. Wir alle machen Fehler. Es kommt nur darauf an, herauszufinden, was man falsch macht, und dann damit aufzuhören. Ändere dein Leben."

Als ihr Essen kam – Rinderlende für Elizabeth und Hummer für Zach –, wandten sie sich genüsslich ihren Tellern zu. Elizabeth versuchte es zumindest. Tatsächlich war sie sich seiner Gegenwart viel zu bewusst, um das Essen genießen zu können. Vielmehr ertappte sie sich immer wieder dabei, wie sie ihn beobachtete, seine langen schlanken Finger bewunderte, seine eleganten Bewegungen, sein Lächeln. Sie konnte sich nicht daran erinnern, dass sie sich in der Nähe eines Mannes je so gefühlt hatte.

Er war interessant, belesen und ein guter Zuhörer. Sie fühlte sich stärker zu ihm hingezogen, als sie sowieso schon insgeheim befürchtet hatte.

Was schlicht und einfach bedeutete, dass er ihr gefährlich werden konnte.

Sie wollte Zach Harcourt nicht mögen. Sie wusste zu viel über seine Vergangenheit. Seit ihrer Trennung von Brian vertraute sie keinem Mann mehr, nicht wirklich. Auf jeden Fall nicht genug, um ihr Schutzschild fallen zu lassen.

Umso erstaunlicher, dass sie sich in Zachs Gegenwart immer unbeschwerter fühlte. Ihre Anspannung legte sich, nicht aber ihr Bewusstsein für seine Nähe.

Sie waren bereits auf dem Rückweg, als sie ihn fragte: „Also, was ist jetzt mit dem Haus? Gibst du mir deine Zustimmung, es untersuchen zu lassen?"

„Ich würde, wenn ich könnte. Doch mein Bruder lenkt seit dem Unfall unseres Vaters die Geschicke der Farm."

„Dann hat Carson also die völlige Kontrolle. Aber du bist doch Anwalt. Warum klagst du kein Mitspracherecht ein?"

„Weil mich die Farm nicht interessiert und auch niemals interessiert hat. Carson kann von mir aus alles übernehmen. Aber ich mache mir Sorgen um unseren Vater. Mein Bruder und ich haben grundverschiedene Ansichten, wenn es um seine Gesundheit geht."

Draußen am Fenster zog ein Baumwollfeld nach dem anderen vorbei. Die weißen Kapseln leuchteten in der Dunkelheit.

„Weißt du was?", begann Zach. „Du engagierst jemanden, der sich das Haus ansieht. Und wenn Carson davon erfährt, sagst du ihm, dass ich es genehmigt habe." Er grinste, und seine weißen Zähne blitzten auf. „Mir ist nichts lieber, als ihm auf die Nerven zu gehen."

Elizabeth horchte auf. Hatte Carson recht? Jagte Zach ihr nur nach, weil er seinen Bruder provozieren wollte? „Das ist wohl keine so gute Idee."

„Nichts ist eine gute Idee, wenn es um Carson geht. Aber was soll's? Du willst wissen, was im Haus vor sich geht, und so wirst du es herausfinden."

Zachs Vorschlag war nicht ganz koscher. Er war offenbar immer noch ziemlich verwegen. Sie ertappte sich dabei, zu lächeln. Auf eine gewisse Weise war sie froh, dass er sich nicht ganz und gar verändert hatte.

Er sah sie von der Seite an. „Warum lächelst du?"

Röte kroch ihr über die Wangen. Hoffentlich konnte er das im dunklen Innern des Wagens nicht sehen. „Nichts. Ich … ich dachte nur gerade, dass du recht hast. Ich habe Maria versprochen, ihr zu helfen. Und wenn du das unbedingt ausbaden möchtest – von mir aus gern."

Er grinste. Das tat er oft, und es stand ihm gut. „Braves Mädchen."

„Am Montag vereinbare ich als Erstes einen Termin."

„Wie ich schon sagte: Es ist keine große Sache. Carson wird wahrscheinlich nicht einmal davon erfahren."

Zach bog in die Cherry Street ein und parkte vor ihrem Haus. Er begleitete sie bis zur Tür ihres Apartments, und sie fragte sich, ob er einen Gutenachtkuss erwartete.

„Danke, Zach. Ich bin dir wirklich dankbar für das, was du tust."

Er deutete mit einer Kopfbewegung zur Tür. „Willst du mich nicht auf einen Drink hereinbitten?"

„Du sagtest doch, du trinkst nicht."

„Ich sagte, ich trinke nicht *viel*. Und niemals, wenn ich fahre. Außerdem dachte ich mehr an eine Tasse Kaffee."

Sie wusste, dass sie das nicht tun sollte. Doch es war Freitagabend, und sie ging selten aus. Und bislang war Zach der perfekte Gentleman gewesen.

Ein Gedanke, der ihr seltsamerweise missfiel.

Sie bezweifelte, dass er sich auch gegenüber Lisa Doyle so verhalten würde. Offenbar hatte sie nicht so viel Sex-Appeal wie Lisa.

„Na gut, komm rein. Ich mache uns einen koffeinfreien Kaffee. Dann können wir wenigstens noch schlafen."

Zach sah sie an, und ihr stockte der Atem. In seinem hitzigen Blick lag ganz und gar nichts Zurückhaltendes mehr, sondern unverhohlenes Begehren. Schlaf, sagten seine Augen, war das Letzte, was er im Sinn hatte.

Ihr wurde ganz flau. Nun, da sie sich in ihrem Apartment befanden und alles Geschäftliche besprochen war, änderte sich sein Verhalten.

Sie schluckte. Sie hatte diesen Blick im Laufe dieses Abends schon öfter wahrgenommen, doch er hatte sich immer so schnell abgewandt, dass sie schließlich glaubte, ihn sich eingebildet zu haben.

„Entkoffeiniert klingt gut", erwiderte er und studierte noch immer ihr Gesicht.

Sie wandte sich ab und ging in die Küche. Überrascht es mich, dass er mir folgt, dachte sie, als Zach hinter ihr herkam.

„Nette Wohnung." Sein Blick schweifte über die gefliese Arbeitsfläche, auf der nur ein Toaster und ein Büchsenöffner standen, und über den kleinen runden Holztisch mit Salz- und Pfefferstreuer in der Mitte.

„Nett und unpersönlich, meinst du." Sie holte eine Dose entkoffeinierten Kaffee aus dem Schrank. „Ich will sie schon lange renovieren, aber ich kann mich wohl noch nicht ganz damit anfreunden, wieder in San Pico zu sein. Als ich in der Highschool war, wollte ich nur weg hier."

„Warum bist du zurückgekommen?" Er stand so dicht hinter ihr, dass sie seinen Atem im Nacken spürte. Als sie nach dem Kaffee griff, versuchte sie, das Zittern ihrer Hände zu unterdrücken.

„Ich musste mich irgendwo von meiner Scheidung erholen. Mein Vater und meine Schwester wohnten hier. Nun ist Dad tot, und meine Schwester ist weggezogen. Wenn es meinen Job nicht gäbe, wäre ich vermutlich auch nicht mehr hier."

Er kam noch ein bisschen näher. „Ich bin froh, dass du da bist."

Ihr stockte der Atem. Er legte seine Hände auf ihre Hüften und drehte sie sanft zu sich um.

„Was ... was machst du da?"

„Was ich schon den ganzen Abend machen wollte – ich werde dich küssen. Ich hoffe nur, dass du mich nicht ohrfeigst wie damals im Marge's."

Sie blickte ihm in die Augen und sah darin die Hitze, die er nicht länger zu verbergen suchte. Zum ersten Mal gestand sie sich ein, dass sie sich diesen Blick schon den ganzen Abend gewünscht hatte. „Ich werde dich nicht ohrfeigen."

„Gott sei Dank", erwiderte er, bevor er sich zu ihr beugte und sie küsste.

Der Kuss war unglaublich, sein Mund wie heiße, feuchte Seide. Ihre Lippen glühten, und seine fordernde Zunge entfachte ein loderndes Feuer in ihr. Sie spürte sein glühendes Verlangen, seinen Hunger und erkannte, dass er sie schon die ganze Zeit begehrt haben musste.

Zach küsste sie wieder und wieder. Seine Küsse waren tief und heiß; sie brannten ihr in den Eingeweiden und ließen ihre Knie weich werden. Er drängte sie gegen den Tisch, als ob sie sonst fliehen würde, und vertiefte seinen Kuss. Elizabeth schlang die Arme um seinen Hals und fuhr mit den Fingern durch sein dichtes dunkles Haar.

Seine Zunge erkundete ihren Mund, und sie genoss seinen herben Geschmack. Kein Mann hatte sie jemals so geküsst – als ob er nie genug bekommen könnte, als ob ihr Mund genau so lebenswichtig wäre wie die Luft zum Atmen. Ihre Brustwarzen wurden steif und rieben gegen das Gewebe ihres weißen Spitzen-BHs.

„Du machst mich verrückt", murmelte er an ihrem Hals. „Ich kann nicht aufhören, an dich zu denken." Sie legte den Kopf zurück, und er bedeckte ihren Hals und ihre Schultern mit Küssen.

„Das ist doch Wahnsinn", flüsterte sie, doch sie sprach zu sich und nicht zu Zach.

Sie spürte, wie seine Hände ihre Brüste umfassten. „Ich will mit dir schlafen. Daran ist gar nichts wahnsinnig."

Sie schüttelte den Kopf. Sie wusste, dass sie sich ihm entziehen sollte. Doch sie wollte die Hitze und das Feuer spüren, nur noch ein Weilchen. Sie versuchte, nicht an Lisa Doyle zu denken. Sie versuchte, nicht an Carsons Worte zu denken. *Ich kann nicht glauben, dass du dich von ihm benutzen lässt.*

Sie hörte den Reißverschluss ihres Kleides und fühlte seine Hände, die unter ihren BH schlüpften und ihre nackte Haut streichelten. Verlangen durchpulste sie. Die Hitze breitete sich von ihrem Bauch aus. Sie musste ihn aufhalten. Das hier geschah viel zu schnell. Sie war nicht Lisa Doyle. Sie hatte keine One-Night-Stands.

Er knabberte an ihrem Ohrläppchen. „Du schmeckst köstlich."

Sie schluckte, versuchte sich ihm zu entziehen. Doch seine Finger liebkosten ihre Brustwarzen und erkundeten ihre Brüste, die unter seiner Berührung anschwollen.

Seit Brian war sie mit niemandem mehr zusammen gewesen. Es war ganz normal, dass seine Berührungen sie so erregten, beruhigte sie sich selbst.

Doch dies war nicht irgendein Mann. Dies war Zachary Harcourt. Dem sie nicht traute. Sie konnte es sich nicht leisten, ihm zu trauen.

Er löste ihren Gürtel, warf ihn achtlos zur Seite und zog den Reißverschluss bis nach ganz unten auf. Als er ihr das Kleid über die Schultern streifen wollte, bekam Elizabeth seine Hände zu fassen.

„Ich kann das nicht."

Er küsste ihren Hals. „Warum nicht? Wir sind beide erwachsen. Wir können tun, was wir wollen."

Sie trat einen Schritt zurück, atmete tief durch und sah ihn direkt an. „Carson sagt ... er sagt, du benutzt mich nur, um ihn zu ärgern."

Zach presste die Kiefer aufeinander. Er nahm ihre Hand und ließ sie seine Erektion spüren. Er war groß und hart. Bei ihrer Berührung schien er noch härter zu werden. „Damit hat Carson gar nichts zu tun."

„Ich bin nicht Lisa."

„Nein, du bist nicht Lisa. Das warst du nie."

„Zach, bitte."

Etwas in ihrer Stimme machte ihm offenbar klar, dass sie nicht nur gegen ihn, sondern auch gegen sich selbst ankämpfte.

Mit einem Seufzer zog er den Reißverschluss ihres Kleides wieder hoch. „Es tut mir leid. Ich wollte dich nicht bedrängen. Es ist nur ..."

Mit bebenden Händen ordnete sie ihr Kleid. „Nur was?"

„Ich begehre dich von dem Moment an, als ich dich bei Teen Vision gesehen habe. Ich wollte es langsam angehen lassen. Ich wollte dir die Gelegenheit geben, mich kennenzulernen. Ich habe versucht, geduldig zu sein, Liz. Ich bin kein geduldiger Mann."

Ihr Herz raste, während sie nach Worten suchte. „Niemand nennt mich mehr Liz."

„Warum nicht?"

„Brian mochte es nicht. Er meinte, Elizabeth klingt anspruchsvoller."

Er beugte sich vor und küsste sie sehr sanft. „Das sind nur Namen für verschiedene Facetten derselben Person. Ich finde, Liz ist deine sinnliche Seite."

Er küsste sie erneut, und sie erschauerte. „Du hast so etwas noch nicht oft gemacht, nicht wahr?"

Sie schüttelte den Kopf. „Vor Brian hatte ich einen Freund. Das ist alles."

„Und seitdem?"

Sie blickte zur Seite. „Ich glaube nicht, dass ich mit einem Mann wie dir umgehen kann, Zach. Du warst mit Dutzenden von Frauen zusammen. Diese Erfahrungen habe ich nicht."

Er hob ihr Kinn an und blickte ihr in die Augen. „Du bist nicht wie Lisa, damit hast du völlig recht. Eine Frau wie du braucht keine Tricks, um einen Mann zu befriedigen. Ich bin jetzt in diesem Moment erregter, als ich es beim Sex mit Lisa Doyle je war."

Sie errötete. Zach war ein sinnlicher Mann, und er machte keinen Hehl daraus.

„Außerdem kann ich dir beibringen, was auch immer du lernen möchtest. Wir könnten all das tun, was du dir vorstellst."

Ihr Magen zog sich zusammen. *All das, was du dir vorstellst.* Sie hatte sich niemals als besonders sinnliche Frau betrachtet, und doch verursachten seine Worte ein beunruhigend tiefes, sehnsuchtsvolles Ziehen in ihrem Unterleib. „Ich ... ich muss darüber nachdenken, Zach. Du und ich, wir sind so unterschiedlich – erst recht, wenn es um Sex geht. Ich ... ich bin einfach nicht so mutig."

Er zog sie an sich und küsste sie wieder. Seine Zunge schlüpfte tief in ihren Mund. Ihr Körper spannte sich an und bebte. Seine Hände schoben den Saum ihres Rocks bis zur Taille hoch. Er legte die Hand auf ihr weißes Spitzenhöschen.

Sie war feucht. Sie war erregt. Sie konnte sich nicht erinnern, jemals so erregt gewesen zu sein.

„Ich denke, du bist mutig genug", sagte Zach und glitt mit der Hand unter ihr Höschen. „Du weißt es nur nicht."

Sie keuchte auf, als er sie liebkoste und streichelte, und hielt ein Stöhnen zurück. Sie war kurz vor dem Höhepunkt, als er sich von ihr löste, seine Hand fortzog und ihren Rock wieder ordnete. Er trat einen Schritt zurück, während sie vor Verlangen zitterte und sich danach sehnte, ihn in sich zu spüren.

„Ich will dich, Liz. Ich bin verrückt nach dir. Ich fühle mich zu dir hingezogen wie seit Jahren zu keiner anderen Frau. Ich möchte dich morgen Abend wiedersehen."

Sie schüttelte energisch den Kopf.

„In Ordnung. Dann nächste Woche. Ich lasse dir Zeit, wenn es das ist, was du brauchst."

„Ich … ich weißt nicht, Zach."

„Doch, du weißt, Liz. Du weißt, was du brauchst, und ich tue es auch. Bis nächste Woche." Er ging zur Küche hinaus, durch das Wohnzimmer und öffnete die Tür.

Als sie sich hinter ihm schloss, ließ sich Elizabeth auf einen der Küchenstühle sinken. Wenn er ein Spiel spielte, war sie definitiv keine Gegnerin für Zachary Harcourt.

Aber vielleicht spielte er kein Spiel. Vielleicht wollte er genau das, was er gesagt hatte. Vielleicht wollte er einfach nur sie.

Ihr Körper pulsierte bei dem berauschenden Gedanken.

Es war verrückt, natürlich, und doch, warum sollte es nicht so sein? Zach sagte, dass er sie begehrte. Und nach heute Abend war offensichtlich, wie sehr sie ihn begehrte. Sie war immer vorsichtig in Bezug auf Männer gewesen, hatte nie etwas Wildes oder Verwegenes getan.

Und wohin hatte es sie gebracht?

In die Ehe mit Brian Logan, der sie fast jeden Tag aufs Neue betrogen hatte.

Vielleicht sollte sie einmal etwas Leichtsinniges tun. Vielleicht sollte sie ihre begrenzten sexuellen Erfahrungen mit Zach erweitern.

Sie hatte eine Woche, um darüber nachzudenken.

Sicherlich würde sie dann wieder bei Verstand sein.

DREIZEHN

Am Dienstagmorgen fuhr ein Truck vor dem Haus der Santiagos vor, nachdem Miguel zur Arbeit gegangen war. Elizabeth ließ die Spezialisten drei Stunden lang ihrer Tätigkeit nachgehen, bevor sie wieder zurückkam.

„Was haben Sie gefunden?", fragte sie Wiley Malone. Er war der Inhaber der Firma. Er und seine zwei Angestellten hatten das Haus gründlich untersucht. Elizabeth würde die Kosten tragen, doch der Preis war akzeptabel gewesen.

„Ein gutes, solides Haus", sagte Malone, ein korpulenter Mann im Schutzanzug und mit schütterem grauen Haar. „Keine Lecks, kein Problem mit den Abflüssen. Die Wände sind gut isoliert."

„Was ist unter dem Haus? Haben Sie irgendetwas im Keller gefunden?" Das Haus saß auf einem Zementsockel.

Malone grinste. Er hatte sehr große Zähne. „Wir haben ein paar fette Schwarze Witwen gefunden und sie mit Insektenvernichtungsspray bearbeitet – keine große Sache. Kein merkwürdiger Geruch, nur ein bisschen Schimmel und Moder. Wenn Sie sich Gedanken wegen der Erde machen, würde ich Higgins Consulting eine Probe entnehmen lassen. Die untersuchen sie dann auf Umweltgifte. Vielleicht finden sie etwas."

„Danke, Mr. Malone."

„Nennen Sie mich Wiley. Gern geschehen." Die Männer packten ihre Leitern, Taschenlampen und Werkzeugkästen ein und gingen zu ihrem Wagen. Elizabeth sah ihnen nach, als sie wegfuhren. Als sie sich umdrehte, stand Maria auf der Veranda.

„Was haben die Männer gefunden?"

„Sie sagten, das Haus sei tadellos."

Maria nickte energisch. „Ich habe auch nicht damit gerechnet, dass sie etwas finden würden."

„Wir müssen noch den Boden auf Umweltgifte untersuchen lassen. Ich werde die Firma morgen anrufen."

„Die werden auch nichts finden."

Elizabeth seufzte. „Ich soll also tatsächlich glauben, dass ein Geist im Haus herumspukt?"

„Was, wenn es so ist?"

„Wenn wir das Ergebnis der Bodenuntersuchung haben, sehen wir weiter."

Doch auch Higgins Consulting fand nichts Ungewöhnliches. Schon gar nichts, was die Geräusche, die Kälte oder den erstickenden Geruch erklären konnte.

Oder die schemenhafte Gestalt, die Maria gesehen haben wollte.

Enttäuscht und besorgt saß Elizabeth in ihrem Büro, als Zach anrief.

„Stör ich? Hier ist Zach."

„Hallo, Zach." Ihre Finger umklammerten den Hörer, als sie seine vertraute tiefe Stimme hörte. „Ich habe immer viel zu tun, doch im Moment ist kein Patient bei mir."

„Ich wollte nur wissen, wie es dir geht und ob es etwas Neues gibt."

„Mir geht's gut. Und dem Haus unglücklicherweise auch. Sowohl die Hausinspektion als auch Higgins Consulting haben sich dort gründlich umgesehen, doch sie haben nicht das Geringste gefunden. Alles ist in sehr gutem Zustand."

„Das wäre auch zu einfach gewesen."

„Vermutlich. Glücklicherweise hat Carson wohl nichts davon mitbekommen."

„Zumindest für einen von uns ist das ein Glück."

Sie kicherte.

„Hör zu. Ich habe ein bisschen recherchiert, seit ich am Sonntag weggefahren bin."

„Recherchiert?"

„Nach Geistern. Und rate mal."

„Ich bin nicht sicher, ob ich das wissen will."

„Was du in jener Nacht gespürt hast, war eine sogenannte kalte Stelle. Von diesem Phänomen wird in Häusern, in denen es spuken soll, oft berichtet."

„Das glaub ich ja nicht. Denkst du ernsthaft, dass dort ein Geist sein könnte?"

„Ich erzähle dir nur, was ich herausgefunden habe. Ich dachte, es würde dich interessieren."

Sie fuhr sich mit dem Finger über den Nasenrücken. Kopfschmerzen waren im Anzug. „Wenn man bedenkt, dass ich keine Ahnung habe, was sonst nicht in Ordnung sein könnte, sollte es das wohl."

„Ich komme am Freitag. Ich mache so früh wie möglich Feierabend. Am Abend würde ich gern mit dir ausgehen."

„Zach, ich glaube wirklich nicht ..."

„Ich weiß, ich weiß. Ich wollte am letzten Wochenende nicht so die Kontrolle verlieren. Es ist einfach irgendwie passiert."

Das war eine Untertreibung. Sie hatte die ganze Woche an nichts anders gedacht als an Sex mit Zach. Je weniger sie daran denken wollte, desto stärker schien die Obsession zu werden.

„Wir gehen nur aus", sagte er. „Gehen ins Kino oder so was, essen vielleicht eine Pizza. Du musst mich nicht einmal hereinbitten, wenn ich dich nach Hause bringe. Was meinst du?"

War das tatsächlich Zachary Harcourt? Als Jugendlicher war er ziemlich aufdringlich gewesen, immer sollte alles nach seinem Kopf gehen. Aber vielleicht wollte er das noch immer, nur auf eine andere Art und Weise. Wie auch immer, sie wollte ihn sehen, obwohl sie wusste, dass sie es nicht sollte.

„Na gut. Ich schätze, ins Kino zu gehen, ist sicher genug."

„Hey, gibt es noch das alte Autokino in der Crest Lane?"

„Was?"

„Nur ein Scherz."

Sie lächelte. „Du bist unmöglich. Wann?"

Sie hörte ihn kichern. „Das Kino fängt vermutlich um sieben an. Such irgendetwas für uns raus, und ich versuche, um sechs da zu sein. Ich rufe dich an, falls ich im Verkehr stecken bleibe."

Elizabeth legte in dem Moment auf, als die Gegensprechanlage ertönte. „Ihre nächste Patientin ist da", sagte Terry Lane.

„Schicken Sie sie rein." Elizabeth strich die Jacke ihres weißen Leinenkostüms glatt. Sie war entschlossen, sich auf die Arbeit zu konzentrieren und nicht darüber nachzugrübeln, ob es falsch war, sich auf eine weiteres Date mit Zach einzulassen.

Die Gegensprechanlage auf Zachs großem Glasschreibtisch summte, und die Stimme seiner Sekretärin ertönte. „Sie haben einen Anruf, Zach. Es ist Ihr Bruder."

So viel dazu, dass Carson nichts erfahren hat. Er drückte auf den Sprecherknopf, statt den Hörer aufzunehmen, weil er einfach ein bisschen Distanz wahren wollte.

„Carson. Gut, dass du anrufst."

„Leck mich. Was zur Hölle glaubst du, tust du da?"

„Ich weiß nicht. Warum sagst du es mir nicht?"

„Oh ja, das werde ich. Du hast Elizabeth Conners gesagt, sie könnte das Haus der Santiagos untersuchen lassen. Du hattest keinerlei Recht dazu, Zach."

„Und wenn ich das getan habe? Was zur Hölle kümmert dich das? Sie haben nichts gefunden an dem Haus. Tatsächlich sagten sie, dass es in bestem Zustand sei. Du solltest dich freuen."

Am anderen Ende herrschte Schweigen. „Es gefällt mir nicht, das ist alles. Ich habe es ihr abgeschlagen, also ist sie zu dir gerannt. Du hast überhaupt nichts zu sagen auf der Farm."

„Es war keine große Sache, oder? Du musstest keinen Cent ausgeben. Liz ist glücklich, und vielleicht kann Maria Santiago nun ein bisschen besser schlafen."

„Es gefällt mir immer noch nicht. Halt dich raus aus allem, was Harcourt Farms betrifft."

„Ich habe nie versucht, dir in deine Entscheidungen reinzureden, Carson. Aber denk bitte an eins: Ich bin Anwalt, und zwar ein guter. Wenn ich auf Harcourt Farms mitbestimmen will, werde ich einen Weg finden, das durchzusetzen."

„Droh mir nicht, Zach."

„Das ist eine Tatsache, keine Drohung. Zu deinem Glück will ich kein bisschen mit der Farm zu tun haben. Wollte ich nie. Sieh einfach nur zu, dass du Daddys Anteil vom Gewinn auf sein Konto packst, und ich bin glücklich."

Carson grunzte statt einer Antwort und legte auf. Zachs Gedanken kehrten wieder dahin zurück, wo sie vor dem Anruf seines Bruders stehen geblieben waren: bei Liz Conners.

Sie war bereit, noch einmal mit ihm auszugehen. In gewisser Weise hatte ihn das überrascht. Er hatte sie fast vergrault, als er sie gedrängt hatte, mit ihm ins Bett zu gehen. Das hatte er nicht gewollt. Liz war wohl in puncto Sex nicht sehr erfahren. Und sie war schon scheu genug, was ihn betraf. Irgendwie hatte er einfach die Kontrolle verloren.

Das geschah nicht oft. Dass es mit Liz passiert war, zeigte ihm nur, wie sehr er sie begehrte.

Und sie begehrte ihn auch, das wusste er jetzt. Liz war eine sinnliche Frau. Sie wusste es nur nicht. Zach würde nichts lieber tun, als das Feuer in ihr zu erwecken, das er sogar schon damals in der Highschool-Zeit in ihr gespürt hatte. Doch sie hatte gemeint, was sie gesagt hatte. Er würde sie nicht bedrängen, nicht noch einmal. Liz war eine Frau, die es wert war, auf sie zu warten.

Dieses Mal würde er die Dinge langsam angehen.

Maria rief Elizabeth am Freitagmorgen im Büro an. Terry war noch nicht da und der Empfangstresen verwaist, sodass Elizabeth selber abnahm. Sie erkannte Marias Stimme sofort, obwohl sie hoch und kreischend klang, als stünde die Frau am Rande der Hysterie.

„Elizabeth, *Dios mio,* Gott sei dank sind Sie da."

„Beruhigen Sie sich, Maria. Was ist los?"

„Sie ... sie war letzte Nacht wieder da. Die Erscheinung. Sie war in meinem Haus."

Elizabeth ignorierte den leichten Schauer, der sie bei der Erinnerung an die furchterregende Nacht in dem gelben kleinen Haus überlief. Dennoch, dort konnte kein Geist sein. Sie glaubte nicht an Geister.

„War Miguel da, als sie kam?"

„Er schlief. Ich versuchte ihn zu wecken, schaffte es aber nicht. Es war genauso wie vorher, nur dass ich sie diesmal besser sah. Sie sagte, dass ich das Haus verlassen sollte. Sie sagte, sie würden ... sie sagte, sie würden das Baby töten, wenn ich bliebe."

„Maria, hören Sie zu. Wir werden herausbekommen, was das zu bedeuten hat."

Maria begann zu weinen. „Señor Harcourt schickt all seine Aufseher zur Farmer-Messe in Tulare. Miguel wird zwei Nächte fort sein. Ich soll bei Lupe Garcia schlafen. Sie ist die Frau von Chico, einem anderen Vorarbeiter. Ich will dort nicht hin. Sie denken alle, ich bin *loco* und benehme mich wie ein Kind." Sie schluchzte ins Telefon.

„Weinen Sie nicht, Maria, bitte. Wann wird Miguel fort sein?"

„Morgen Abend und Sonntag."

„Also gut. Sie werden zu Lupe Garcia gehen, und in der Zwischenzeit ... in der Zwischenzeit werde ich herausbekommen, was im Haus eigentlich vor sich geht."

Maria zischte überrascht. „Sie wollen doch nicht ... Sie wollen doch nicht allein dort bleiben, oder?"

Der Gedanke hatte nur in ihrem Hinterkopf geschlummert. Nun schien er eine gute Idee. *Irgendwie.*

„Doch, das will ich. Ich werde herausfinden, was dort geschieht. Ich denke, das ist das Beste."

„Aber Sie sollten dort nicht allein bleiben. Es ist nicht sicher."

„Ich habe keine Angst vor Geistern, Maria. Mir wird nichts passieren."

„Ich glaube nicht, dass ..."

„Irgendjemand muss es tun. Wir müssen herausfinden, was dort vor sich geht."

Marias Stimme bebte. „Sie haben recht, aber ich habe dennoch Angst."

„Es kommt alles in Ordnung." Elizabeth legte auf und schmiedete ihren Plan.

Morgen früh würde sie zu Maria fahren und dafür sorgen, dass sie einen Schlüssel bekam, um abends ins Haus zu gelangen. Sie besaß einen Revolver. Aufgrund ihrer Arbeit durfte sie ihn sogar bei sich führen, auch wenn sie das noch nie getan hatte. Morgen Abend würde sie die Waffe für alle Fälle mitnehmen. Vielleicht spielte ihnen jemand einen schrecklichen Streich, oder vielleicht wollte wer auch immer der Familie schaden. Unter Umständen brauchte sie die Waffe, um sich zu verteidigen.

Vielleicht waren in den Wänden auch irgendwelche Kabel versteckt, die die Inspektoren übersehen hatten. Falls jemand die merkwürdigen Ereignisse durch Manipulation herbeiführte, würde sie bereit sein.

Sie arbeitete den ganzen Tag hart. Ihre Gedanken hüpften von ihren Patienten zu der Aufgabe, der sie sich morgen Nacht stellen wollte. Auf eine gewisse Weise war es aufregend. Vielleicht spukte es dort ja wirklich!

Sie lachte bei dem Gedanken. Irgendetwas ging dort vor sich, doch sie bezweifelte, dass der Ort von einem Geist heimgesucht wurde.

Um fünf machte sie Schluss und verließ das Büro. Ihre Gedanken waren nun bei Zach und bei dem Abend, der vor ihr lag. Die ganze Woche hatte sie versucht, nicht an ihn zu denken, und wenig Erfolg damit gehabt. Und es gelang ihr einfach nicht, das Bild der Femme fatale heraufzubeschwören, für die Zach sie offensichtlich hielt.

Doch als es auf sechs zuging, war sie aufgeregt, und sie wurde mit jeder Minute ruheloser. Sie hatte einen Film ausgesucht, fühlte sich aber nicht mehr in der Stimmung dafür. Als Zach anrief, dass er sich eine halbe Stunde verspäten würde, ertappte sie sich dabei, dass sie im Apartment hin und her lief und an ihn dachte, sich seine Küsse und Berührungen in Erinnerung rief und auch sein Versprechen.

Ich könnte dir diese Dinge beibringen. Alles, was du lernen möchtest. Wir könnten alles tun, was du dir vorstellst.

Ihr wurde flau. Verlangen überflutete sie, und ihre Brustwarzen richteten sich auf. Es war lächerlich.

Oder nicht?

Schließlich war sie eine Frau wie jede andere auch. Sie hatte die gleichen Wünsche und Bedürfnisse.

Als Zach schließlich an die Tür klopfte, waren ihre Brüste schwer und ihre Haut prickelte erwartungsvoll, wie sie das noch nie erlebt hatte. Ihre Hand zitterte, als sie die Tür öffnete.

„Hallo, Zach." Ihre Stimme klang heiser und fremd, als ob sie einer anderen Frau gehörte.

Zachs warme braune Augen verdunkelten sich sofort. Er muss einen guten Instinkt haben, dachte sie, eine Fähigkeit, ihre Gedanken zu lesen.

„Hallo, Liz." Sein Blick wanderte über das ärmellose Top, das sie trug, und er bemerkte, dass sich ihre Brustwarzen zu kleinen Spitzen aufgerichtet hatten. „Du hast an mich gedacht."

Sie sah ihm ins Gesicht und bemerkte das Glühen in seinen goldgefleckten Augen. Es hätte ihr peinlich sein sollen, doch das war es nicht. „Ja", erwiderte sie schlicht. „Das habe ich."

Einen Moment stand Zach nur vor ihr und wirkte wie ein Mann, der einen schweren Kampf mit sich ausfocht. „Ich habe auch an dich gedacht", sagte er schließlich und riss sie in seine Arme.

Verdammt, er hatte heute sein bestes Benehmen an den Tag legen wollen. Er war entschlossen gewesen, das Verlangen, das ihn in ihrer Gegenwart überkam, unter Kontrolle zu halten. Dann hatte er in diese hübschen blauen Augen geblickt und das Begehren erkannt, das sie nicht länger zu verbergen suchte.

Herrje, er wollte sie, wollte so sehr in ihr sein, dass es fast schmerzte. Stattdessen küsste er sie. Küsste und küsste sie, verwüstete ihre Lippen, nahm sie mit seiner Zunge, die ihren Mund so füllte, wie er ihren Körper füllen wollte. Sie war schlank, doch wohlgeformt – eine weibliche Figur, die perfekt zu seinem Körper passte. Seine Hände glitten unter ihren blassblauen Baumwollrock und umfassten ihre Pobacken. Er zog sie ganz dicht an sich heran, damit sie spürte, wie hart er für sie war. Ihre schlanken Finger gruben sich in seine Schultern, und er spürte, wie sie bebte. Er war unglaublich erregt. Am liebsten hätte er ihr die Kleidung vom Leib gerissen, sie auf den Teppich gezogen und sich in sie gegraben. Doch er entsann sich wieder seines Vorhabens und war entschlossen, die Kontrolle nicht wieder so zu verlieren wie beim letzten Mal. Liz kämpfte nicht gegen ihn an, zeigte keinen Widerstand. Und doch war er gewillt, sie loszulassen, sollte sie auch nur das leiseste Anzeichen eines Rückzugs zeigen.

Dies hier war eigentlich nicht vorgesehen gewesen. Doch er war froh, dass es geschah.

Er bedeckte ihren Hals mit Küssen. „Ich will dich so sehr", flüsterte er an ihrem Ohr. Glänzendes braunes Haar streifte seine Wange, und seine Erektion wurde stärker. „Ich habe noch nie jemanden so sehr begehrt."

„Ich will dich auch, Zach."

Er holte tief Luft und rang um Fassung, doch das war fast unmöglich. Er spürte, wie sich ihre Brüste an seinen Körper pressten. Er küsste sie erneut, hob sie hoch und trug sie ins Schlafzimmer, wo er sie neben dem Bett wieder auf die Füße stellte.

Sein Mund glitt weich über den ihren. Er liebte es, sie zu küssen, liebte ihren Geschmack, die Geschmeidigkeit ihrer Zunge, die kleinen Schauer, die durch ihren Körper fuhren, wenn er den Kuss vertiefte. Er fasste den Saum ihres Tops, zog es über ihren Kopf und bedeckte ihren Hals und ihre Schultern mit Küssen.

Sie trug wieder einen weißen Spitzen-BH, unschuldig, aber unglaublich sexy. Er öffnete den Verschluss, streifte die Träger über ihre Schultern und genoss für einen Augenblick den Anblick ihrer schönen nackten Brüste.

Er wartete nicht zu lang. Er wusste, wie schwierig es für sie war. Jeden Moment erwartete er, dass sie aus dem Schlafzimmer stürmte. Er umschloss ihre Brüste, umkreiste die aufgerichteten Spitzen mit seinen Daumen. Er zog sanft an ihnen, bevor er seine Hände durch den Mund ersetzte.

Ihre samtige Haut entfachte ein schmerzhaftes Ziehen in seinen Lenden, und er unterdrückte ein Aufstöhnen.

„Zachary ..."

„Ganz ruhig, Kleines." Er saugte an ihren Brustwarzen, um dann wieder ihren Mund zu erforschen. Er spürte, wie sie bebte, und fühlte ihr Herz, das fast genauso raste wie sein eigenes.

Er öffnete den Reißverschluss ihres Rocks und zog ihn über ihre Hüften. Er fiel zu Boden. Ihre Zehen waren blassrosa lackiert; ihm gefiel, wie sie aus ihren hochhackigen weißen Sandalen hervorlugten. Sie trug einen winzigen Stringtanga aus Spitze, und die Hitze loderte wieder in ihm auf.

„Hast du den für mich angezogen?", fragte er, als seine Hand zwischen ihre Beine wanderte und er ihre feuchte Wärme spürte.

„Nein, ich ... vielleicht ... ja, das habe ich vermutlich."

Sie hatte das hier sicher nicht vorgehabt, und wenn, war die Entscheidung unbewusst gefallen. Er kniete vor ihr und blies sanft durch das Höschen auf ihre Scham, drückte seinen Mund gegen die Spitze und befeuchtete es mit der Zunge, was ihn dem weichen Fleisch darunter noch näher brachte.

Er dachte daran, ihr das Höschen auszuziehen und sie mit der Zunge zum Höhepunkt zu bringen, doch sie war eine Novizin im Garten der Genüsse, und er wollte sie nicht verängstigen.

„Zachary ...?"

Er hörte die Unsicherheit in ihrer Stimme und wanderte langsam ihren Körper hinauf, kostete wieder ihre Brüste und küsste ihren Mund, bis sie sich entspannte.

Sie griff nach den Knöpfen seines Hemds. Offenbar war ihr Mut zurückgekehrt. „Ich möchte dich berühren", sagte sie. „So wie du mich berührst. Ich möchte dich jetzt nackt sehen."

Zach küsste sie. „Das will ich auch."

Sie streifte ihm mit bebenden Fingern das Hemd über die Schultern. Er schlüpfte aus seinen Schuhen, während sie seinen Gürtel öffnete, den Reißverschluss aufzog und nur kurz zögerte, bevor sie die Hose bis nach unten schob.

Er entledigte sich seiner Unterhose. Sie betrachtete seine Erektion.

„Ich hoffe, ich kann ... mit all dem umgehen."

Er lächelte ihr aufmunternd zu. „Mach dir keine Sorgen. Ich helfe dir."

Sie strich über das Tattoo auf seinem Arm, *born to be wild*. Sie blickte ihm in die Augen, und er las das Verlangen darin. „Liebe mich, Zach."

Das musste sie ihm nicht zweimal sagen. Er hob sie hoch, bettete sie auf die Mitte der Matratze und legte sich auf sie, nicht ohne vorher ein Kondom überzustreifen. Er küsste sie und glitt mit der Hand über ihren Körper, bis er die samtene Weichheit zwischen ihren Beinen erreichte und sie dort streichelte. Sie war unglaublich feucht und schlüpfrig, was sein Verlangen nur noch steigerte.

„Zach, bitte …"

„Gleich, Liebling." Doch nicht bevor er sie kurz vorm Höhepunkt hatte, nicht bevor sie schreien wollte vor Lust. Er mochte Sex. Er war gut darin. Und er wollte gut sein für Liz.

Er streichelte sie langsam und genüsslich, küsste ihre Brüste, ihren Hals, ihre Lippen. Er steigerte den Rhythmus, und sie bäumte sich mit einem flehenden Laut in der Kehle auf.

„Zach, bitte … ich will … ich brauche …"

„Ich weiß genau, was du brauchst, Baby." Er spreizte ihre Beine und glitt in ihre feuchte Wärme.

Liz bäumte sich wieder auf und zog ihn tiefer in sich, bis zum Schaft. Er stöhnte auf, als er spürte, wie sie ihn einhüllte, und er die leisen wimmernden Laute der Lust aus ihrer Kehle hörte. Ihre Nägel gruben sich in seinen Rücken, und sie erbebte unter ihm.

„Oh Gott, oh Gott, Zach, du fühlst dich so gut an."

„Entspann dich." Heraus und wieder hinein, tiefe, rhythmische Stöße, um ihr so viel wie möglich von ihm zu geben. Doch die Lust drohte ihn zu übermannen, und er befürchtete, dass er die Kontrolle verlieren würde. Noch nicht, sagte er sich. *Nicht, bis sie so weit ist. Halt noch ein bisschen durch.*

Er grub sich wieder tief in sie, und Schweiß trat ihm auf die Stirn. Schneller, tiefer, härter. Oh Gott! Er konnte nicht mehr.

Er rang um das letzte bisschen Kontrolle, als er sie seinen Namen rufen hörte und spürte, wie sich ihr Körper unter ihm wand. Es war der Beginn eines mächtigen Orgasmus, und Zach ließ sich endlich fallen.

Noch nie hatte er seinen eigenen Höhepunkt in dieser Intensität erlebt, und er fragte sich, warum es mit Liz so anders war.

VIERZEHN

Genau eine Stunde später verließ Elizabeth endlich das Bett. Zach hatte Essen beim Chinesen bestellt, und sie ging im Bademantel zur Tür, weil er es nicht zuließ, dass sie sich anzog.

„Auf keinen Fall", schüttelte er den Kopf. „Ich habe Pläne mit dir heute Abend, und Kleidung gehört da nicht dazu."

Elizabeth lachte. Sie war entschlossen, für diese eine Nacht die Sirene zu geben, für die Zach sie offenbar hielt. Morgen würde ihr Verstand wieder einsetzen, dessen war sie sich gewiss. Nur diese eine Nacht …

Sie liebten sich noch einmal, bevor sie einschliefen, und dann noch einmal in der Morgendämmerung. Viel zu rasch drang helles Sonnenlicht durch die Vorhänge und weckte Elizabeth, die hingegossen über Zachs Brust lag, erschöpft und befriedigt.

Doch mit dem Tageslicht kam auch das Wissen, dass das, was letzte Nacht passiert war, vermutlich nicht weiterginge. Das hatte sie von Anfang an gewusst, hatte gewusst, dass nur eine flüchtige Affäre, eine wilde Nacht zur Erinnerung bleiben würde. Er war Zachary Harcourt, das schwarze Schaf der Stadt, und egal wie sehr er sich verändert haben mochte, in einigen Dingen war er sich treu geblieben.

Seine Affäre mit Lisa Doyle bewies das.

Zach mochte Frauen. Er benutzte sie und verließ sie. Das hatte er immer getan. Wie sehr sie die Nacht mit ihm auch genossen hatte, bei einem Mann wie ihm wollte Elizabeth nicht ihr Herz aufs Spiel setzen.

Sie entzog sich ihm und schlüpfte leise ins Badezimmer, um zu duschen und sich anzuziehen. Als das Wasser über ihren Körper floss und die Wundheit zwischen ihren Beine linderte, hörte sie, wie er am Türknauf rüttelte und dann leise fluchte.

Er wollte zu ihr unter die Dusche, doch das würde sie

nicht zulassen, wie verführerisch dieser Gedanke auch sein mochte. Das Wasser wusch seinen Geruch hinweg, den Beweis für seine Inbesitznahme. Nun trat wieder die solide, praktische Frau hervor, die sie vorher gewesen war.

Sie trocknete sich ab und frottierte ihr Haar, damit es in weichen Locken um ihr Gesicht trocknen konnte. Sie legte ein bisschen Make-up auf und verließ das Badezimmer. Der Duft von frisch gebrühtem Kaffee zog sie in die Küche, wo Zach mit nacktem Oberkörper stand, nur in Hosen und Schuhen. Der Anblick seines festen muskulösen Körpers ließ die Hitze in ihr hochsteigen.

Elizabeth ignorierte sie. „Du kannst gern duschen, bevor du gehst."

Eine seiner dunklen Augenbrauen schoss nach oben. Er musterte ihre klassischen Khakihosen und die weite weiße Bluse.

„Ich habe draußen einen Swimmingpool gesehen. Ich dachte, wir könnten ein wenig schwimmen und später vielleicht nach Mason fahren und ins Kino gehen oder so was. Doch du scheinst unsere gemeinsame Nacht zu bereuen."

Sie schüttelte den Kopf. „Ich bereue nichts. Die letzte Nacht war wundervoll, Zach. Unglaublich. Es ist nur ..."

„Du willst nicht, dass so etwas noch mal passiert. Die Frage ist nur: Warum nicht?"

Sie nahm die Tasse Kaffee, die er ihr reichte. „Du weißt, warum nicht. Weil du du bist und ich ich bin. Ich habe meine Arbeit und du hast deine. Du lebst in L.A., ich lebe in San Pico. Um es auf den Punkt zu bringen: Wir sind zwei sehr unterschiedliche Menschen."

„Das ist richtig. Du bist eine Frau, und ich bin ein Mann. Unterschiedlicher kann man nicht sein."

Sie hatte befürchtet, dass er sich stur stellen würde. „Nun gut, dann spreche ich es aus: Ich möchte es nicht riskieren, mich in dich zu verlieben, Zach."

Zach wollte etwas erwidern, besann sich aber eines Besseren. Er ging hinüber zum Fenster und schob die Hände in die Hosentaschen. Er starrte eine Weile hinaus und wandte sich ihr dann wieder zu.

„Vielleicht hast du recht. Sosehr ich mich auch zu dir hingezogen fühle – ich bin nicht auf der Suche nach einer festen Beziehung. Ich bin ein Einzelgänger. War ich schon immer. Ich mag mein Leben, wie es ist."

„Keine Verpflichtungen, keine Gefühle."

„Ja, so ungefähr." Doch in seinen Augen flackerte etwas, das anzudeuten schien, dass er sich doch nicht so sicher war.

Es spielte keine Rolle. Sie wusste um das Risiko, das er darstellte, und nach Brian hatte sie einfach nicht den Mut dazu.

Zach schenkte sich Kaffee nach und musterte sie über den Rand des Bechers, während er einen Schluck nahm. „Doch selbst wenn du recht hast, haben wir noch immer das Wochenende. Ich wüsste nicht, warum wir es nicht genießen sollten."

Elizabeth schüttelte den Kopf. „Es ist besser, die Dinge sauber zu beenden. Außerdem habe ich heute Abend schon etwas vor."

Er nahm einen weiteren Schluck Kaffee, und sie bemerkte, dass seine Augen ganz dunkel geworden waren. „Ist das so?"

„Ja."

„Sag mir, dass du kein Date mit meinem Bruder hast."

Sie konnte ein Auflachen nicht unterdrücken. „Selbstverständlich nicht. Ich verbringe die Nacht bei Maria."

„Ist Miguel wieder fort?"

Sie nickte. „Maria geht zu einer der anderen Vorarbeiterfrauen. Ich dachte mir, wenn sie fort ist, kann ich Nachforschungen anstellen, was dort wirklich vor sich geht."

Zach runzelte die Stirn. Er stellte die Tasse ab und ging auf sie zu. „Du willst doch nicht etwa sagen, dass du die Nacht dort verbringst?"

„Ich finde, das ist eine gute Idee. Ich werde mich ein wenig umsehen und das Problem vielleicht lösen."

„Und was, wenn es sich bei der Sache um einen ganz üblen Streich handelt? Und was, wenn jemand dahintersteckt, dem es egal ist, ob jemand zu Schaden kommt?"

„Ich habe eine Waffe, einen 38er-Revolver. Den werde ich mitnehmen."

„Ach, tatsächlich? Und wenn dort wirklich ein Geist herumspukt – was dann? Du kannst einen Geist nicht mit einer Waffe töten."

„Das ist lächerlich."

„Vielleicht, vielleicht auch nicht. Aber nach allem, was ich in letzter Zeit darüber gelesen habe, gibt es auch so etwas wie böse Geister. Sie können ziemlich unangenehm werden, und du kannst sie mit Sicherheit nicht mit einer Waffe davon abhalten, sich an dich heranzumachen."

„Ich glaube nicht an Geister."

„Das tue ich auch nicht. Aber das ändert nichts daran, dass du dich in Gefahr begibst."

„Ich werde dort hingehen, Zach. Und basta."

„Gut. Dann werde ich dich begleiten."

Sie zuckte einen Schritt zurück. „Auf keinen Fall."

Zach grinste herausfordernd. „Entweder ich gehe mit, oder ich rufe meinen Bruder an und erzähle ihm, was du vorhast. Was ist dir lieber?"

„Erpressung ist illegal, Zach. Ich dachte, du wärst ein gesetzestreuer Bürger geworden."

„Manchmal muss man nach seinen eigenen Regeln spielen. Wenn du gehst, gehe ich mit, Liz. Das kannst du genauso gut akzeptieren."

Sie seufzte. Sie wollte nicht, dass er mitkam. Die Versuchung, die er darstellte, war einfach zu groß. Doch er bestand darauf, und vielleicht war sie sogar ein bisschen erleichtert. „Du bist genauso ein Dickkopf wie vor zwölf Jahren."

Zach hatte die Nerven zu grinsen. „In mancherlei Beziehung schon, schätze ich."

Elizabeth stöhnte resigniert auf. „Na gut, du kannst mitkommen. Aber ich erwarte von dir, dass du dich benimmst."

„Du meinst, dass ich dich nicht verführe." Er nickte und wirkte keineswegs überrascht, dass er seinen Willen durchgesetzt hatte. „Damit kann ich umgehen, wenn du das auch kannst. Wann willst du dort sein?"

Sie errötete bei seiner Bemerkung. Schließlich hatte letzte Nacht *sie ihn* verführt. „Ich dachte an neun. Ich glaube nicht, dass vor Eintritt der Dunkelheit irgendetwas geschieht."

„Okay. Dann sehen wir uns später dort. Falls du mich vorher brauchen solltest: Ich bin bei Teen Vision und arbeite an der Scheune."

Danach zog Zach sich an und verließ das Apartment. Elizabeth ging ins Wohnzimmer, um ihm nachzusehen. Sie war entschlossen, sich nicht in ihn zu verlieben. Sie wünschte nur, sie würde sich nicht so freuen, dass sie ihn heute Abend wiedersah.

Am Nachmittag holte Elizabeth den Schlüssel bei Maria ab.

„Ich bin um neun zurück", sagte sie. „Zachary Harcourt wird ebenfalls hier sein, also brauchen Sie sich keine Sorgen zu machen."

Maria wirkte erleichtert. „Das ist gut. Das Bett ist frisch gemacht, sodass Sie darin schlafen können, und Mr. Zach kann es sich auf dem Sofa bequem machen. Ich hoffe, der Geist kommt. Dann wissen Sie, dass ich die Wahrheit sage."

„Wir werden sehen."

Mit dem Schlüssel zum Haus kehrte Elizabeth zurück in ihr Apartment. Sie dehnte die Muskeln, die von der Nacht mit Zach schmerzten.

Wärme stieg ihr in die Wangen, als sie an seine heißen Küsse und die intimen Liebkosungen dachte. Keine Frage, Zach Harcourt war ein erfahrener Liebhaber. Und aus genau diesem Grund wollte sie nicht mehr von ihm. Er war einfach zu sexy und zu gut im Bett. In einen Mann wie Zach konnte man sich Hals über Kopf verlieben, und genau das durfte nicht geschehen.

Sie machte noch ein paar Sit-ups und ging dann aufs Laufband. Sie war dankbar, dass Zach aufrichtig gewesen war. Er wollte eine feste Beziehung ebenso wenig wie sie. Besser, sie trennten sich jetzt, bevor jemand – nämlich sie – verletzt wurde.

Entschlossen schüttelte sie die Gedanken an ihn ab und ging duschen. Danach zog sie sich Jeans und eine blassblaue Baumwollbluse an und machte sich Abendessen: Fischstäbchen mit Salat. Zum Nachtisch gab es einen Becher fettfreien Schokoladenpudding. Nach einem kurzen Blick auf die Uhr nahm sie ihre Tasche und ging zum Carport hinter der Apartmentanlage.

Es war noch immer heiß draußen, sogar zu dieser späten Abendstunde, doch zumindest ging die Sonne unter, sodass die glühenden Strahlen zu einer trockenen Wärme verblassten.

Zachs Auto stand noch nicht bei den Santiagos, als sie ein wenig zu früh dort ankam und vor der Garage parkte. Sie schloss die Tür auf und ging direkt ins Wohnzimmer, um den Fernseher anzuschalten und irgendein Geräusch um sich zu haben.

Sie hatte sich außerdem ein Buch mitgebracht; sie bezweifelte, dass der Geist erschien, solange der Fernseher lief. Sie würde ihn ausschalten, sobald Zach da war, damit es still war im Haus.

Er kam pünktlich, um genau neun Uhr, und hatte eine Tüte mit Lebensmitteln dabei.

„Ich dachte, wir könnten Hunger bekommen", sagte er und holte eine Tüte Chips sowie ein paar Dosen Cola light aus der Tüte. Es folgten ein Beutel Studentenfutter und diverse Schokoladenriegel. „Ich stehe nicht auf Junkfood. Das hier ist nur für den Notfall."

Er lächelte, und sie registrierte, dass sein Blick wieder leicht verhangen war. Er begehrte sie noch immer. Ein wohliger Schauer durchströmte sie, den sie aber rasch niederkämpfte. Sie hatte eine Aufgabe, und die wollte sie erfüllen.

„Wie ist es auf der Farm gelaufen?", fragte sie auf der Suche nach einem neutralen Thema und setzte sich auf das Sofa.

„Großartig. Wir werden die Scheune vorm Herbst fertig gebaut haben." Zach setzte sich neben sie, doch nicht zu dicht, wie sie bemerkte.

„Was wirst du tun, wenn sie fertig ist?"

„Du meinst, ob ich weiterhin nach San Pico komme? Ich werde nach meinem Dad sehen, doch nicht so oft wie jetzt. Außer ..." Er schüttelte den Kopf. „Möchtest du Chips?"

„Nein, danke." Sie sah zu dem kleinen Fernseher, dessen Ton man kaum verstehen konnte. „Ich glaube, wir sollten den Fernseher ausschalten. Kein Geist, der etwas auf sich hält, würde erscheinen, während wir *Saturday Night Live* sehen."

Er lächelte. „Vermutlich nicht. Ich habe mir etwas Arbeit mitgebracht. Ich dachte, ich sollte mich lieber auf etwas anderes konzentrieren, als darauf, mit dir ins Bett zu gehen."

Die Hitze stieg ihr ins Gesicht – und auch in andere Körperteile. „Und ich habe ein Buch dabei. Zumindest können wir uns beschäftigen."

Er musterte sie eindringlich von Kopf bis Fuß, und die goldenen Flecken in seinen Augen glitzerten. „Ich kann mir eine Menge interessanterer Beschäftigungen vorstellen, doch ich fürchte, daraus wird nichts."

„Wohl kaum." Auch zu ihrem Bedauern. Sie holte ihr Buch hervor, einen romantischen Thriller, den sie nicht ausgesucht hätte, wenn sie sich noch an die heißen Sexszenen erinnert hätte. Sie blätterte zu der Stelle, an der sie aufgehört hatte. Sie nahm sich vor, die schlüpfrigen Passagen zu überblättern, und machte es sich bequem.

So saßen sie in überraschend angenehmer Stille da, Elizabeth in ihr Buch vertieft, Zach über seine Akte gebeugt.

Es wurde spät. Elizabeth gähnte und rutschte leicht auf dem Sofa hin und her. Sie blickte auf die Uhr und bemerkte, dass es schon fast Mitternacht war. Sie warf einen Blick zu Zach, der sich mit geschlossenen Augen zurückgelehnt hatte. Die langen Beine waren ausgestreckt, und sein Kopf ruhte an der Lehne. Er war fest eingeschlafen, und Elizabeth merkte, dass sie ebenfalls schläfrig war.

Gähnend ging sie so leise wie möglich ins Schlafzimmer. Soweit sie wusste, war die Erscheinung – sofern es eine gab – immer nur in diesem Raum aufgetaucht. Sie legte sich angezogen auf das Bett, klopfte das Kissen unter ihrem Kopf zurecht und schloss die Augen. Da sie sehr müde war, dauerte es nicht lange, bis sie einschlief.

Sie wusste nicht, wie lange sie geschlafen oder was sie geweckt hatte. Als sie die Augen öffnete, fiel ihr auf, wie still es in dem Raum geworden war. Zumindest fühlte es sich merkwürdig ruhig an. Die Luft war stickig. Ein seltsames Knarren ertönte aus dem Wohnzimmer. Es war das gleiche Geräusch, das sie in ihrer ersten Nacht im Haus gehört hatte. Wenige Sekunden später begann der Wind zu heulen. Sie wollte zum Fenster laufen, um nachzusehen, ob das Geräusch echt war, obwohl sie ziemlich vom Gegenteil überzeugt war.

Sie fragte sich, ob Zach das Gleiche hörte. Sie warf einen Blick hinüber ins Wohnzimmer. Er saß aufrecht auf dem Sofa. Er hört es also auch, dachte sie erleichtert. Zumindest bildete sie sich die Dinge nicht ein.

Ihr Puls beschleunigte sich, als die Luft noch stickiger wurde. Sie sah, wie Zach einem anderen Geräusch nachhorchte: dem gespenstischen Pfiff eines Zuges, der durch die tintenschwarze Nacht fuhr. Sie hörte das Läuten des Schrankensignals an der Kreuzung, danach donnerte die Lokomotive durch die Baumwollfelder auf der anderen Seite des Highways.

Die Gleise kreuzten die Straße nördlich des Hauses, und tatsächlich bebten die Wände, als der Zug so dicht vorbeifuhr. Doch die Strecke war seit Jahren stillgelegt. Sie war nicht einmal sicher, dass die Gleise überhaupt noch da waren.

Ein eisiger Hauch überkam sie, als Zach sich umdrehte, um aus dem Fenster zu sehen. Dann wurde Elizabeths Aufmerksamkeit von etwas anderem gefangen genommen. Etwas Kaltes kroch ins Schlafzimmer, etwas Nebliges, Gruseliges. Sie konnte sich nicht rühren. Wie erstarrt saß sie im Bett aufrecht, und ihr Herz schlug, als ob es ihren Brustkorb sprengen wollte. Da war etwas, das konnte sie spüren. Eisige Furcht kroch in ihr hoch. Die stickige Luft ließ sie kaum atmen, und sie konnte nicht klar denken. Ihr Kopf schien wie umwölkt, die Gedanken waren weit fort.

Ein dünnes Wimmern drang an ihre Ohren, eine leise Stimme, deren Worte kaum zu verstehen waren.

„Ich ... will ... meine ... Mama. Bitte ... ich will ... meine ... Mama."

Ihr Herz krampfte sich zusammen. Die Kälte war nun durchdringend, sie erfüllte den ganzen Raum und kroch in jede Ecke. Ihr Blick wanderte zu Zach, der angespannt auf der Sofakante saß und darauf wartete, was als Nächstes geschehen würde. Die Atmosphäre im Schlafzimmer veränderte sich. Die Kälte verschwand, doch zugleich verstärkte sich der süßliche Rosenduft.

Der Geruch wurde unerträglich schwer, stickig und ätzend, ein an Verwesung erinnernder Gestank, der ihr die Galle hochsteigen ließ.

„Mama ...? Mama, bist du da? Bitte ... ich will meine Mama."

Ihre Angst wurde immer größer. Hilfe suchend blickte sie ins Wohnzimmer. Zach musste die Botschaft verstanden haben. Sie sah, wie er aufstand und sich in Richtung Schlafzimmer bewegte. Dann lenkte etwas im Raum sie ab. Ein dünner, durchscheinender Schimmer bildete sich am Fußende des Bettes, ein gespenstisches Glimmen, das kaum zu erkennen war. Doch Elizabeth sah es vor sich, und ihrer Kehle entrang sich ein erstickter Schrei.

Zach, der breitbeinig im Türrahmen stand, stürzte mit großen Schritten auf sie zu.

„Das war's! Das reicht!" Er stürmte auf das Bett zu, setzte sich neben sie und zog sie in seine Arme.

„Oh Gott, Zach!"

„Ganz ruhig, Kleines, es ist vorbei. Alles ist gut. Du bist jetzt in Sicherheit." Er blickte im Zimmer umher, musterte jede Ecke. „Was auch immer es war, es ist fort."

Sie zitterte unkontrolliert, und Zach umfasste sie enger. Sie vergrub das Gesicht an seiner Schulter und begann zu weinen. Die Tränen liefen, obwohl sie nicht genau wusste, warum eigentlich. Sie wusste nur, dass sie ihm immer dankbar dafür sein würde, dass er heute Nacht bei ihr war.

„Ist ja gut", sagte er weich. Er schaltete die Nachttischlampe an, deren warmer Schein den Raum erhellte und ihre letzte Angst vertrieb. „Es ist vorbei."

Elizabeth schluckte und nickte, bevor sie, immer noch leicht bebend, durchatmete. „Es tut mir leid. Ich weiß nicht ... ich weiß nicht, wie das passiert ist. Ich wollte nicht so durchdrehen."

„Mach dir keine Sorgen. Das war das Schrecklichste, was ich je gesehen habe."

Sie schloss die Augen, atmete noch einmal tief durch und schwang dann die Beine über Bettkante. Noch immer rang sie um Fassung.

„Bleib hier", sagte Zach. „Ich werfe einen Blick nach draußen. Ich bin in einer Minute wieder da." Er ging zur Eingangstür. Die Minute schien eine Stunde lang zu sein. Wieder und wieder lief in ihrem Kopf der Film mit den schrecklichen Geräuschen, dem widerlichen Geruch und der wimmernden Mädchenstimme ab. Als Zach einige Minuten später wieder hereinkam, empfing Elizabeth ihn an der Eingangstür.

„Ich habe draußen alles überprüft." Er schloss die Tür und ging ins Wohnzimmer. Elizabeth blickte sehnsuchtsvoll auf die Tür und wünschte, es wäre Zeit zu gehen.

„Ich habe unter dem Haus nachgesehen und auch in der Garage. Nichts. Weißt du, wie man in die Bodenkammer kommt?"

„Vermutlich durch einen der Schränke." Sie ging in das Schlafzimmer der Santiagos, um dort nach einer Öffnung zu suchen, während Zach sich in dem zweiten Zimmer umschaute.

„Es ist hier", rief er. Sie folgte ihm in das von einer Deckenlampe beleuchtete Zimmer und sah zu, wie er die Abdeckung im Wandschrank zu Seite schob und sich nach oben zog.

„Kannst du irgendwas sehen?"

„Nichts außer jeder Menge Staub." Er ließ sich wieder herunterfallen und rieb seine Hände.

„Du hast also nichts gefunden", sagte sie, als sie ins Wohnzimmer zurückkehrten. „Aber du hast die Geräusche gehört und die Kälte gespürt. Den Geruch hast du auch wahrgenommen, oder?"

Er nickte. „Ich habe auch den Zug gehört."

„Das ist vorher noch nie passiert."

Er deutete mit einer Kopfbewegung Richtung Fenster. „Unten an der Straße gibt es stillgelegte Gleise, doch sie wurden seit Jahren nicht mehr genutzt. Und es gibt kein Schrankensignal mehr, Liz. Es wurde alles abgebaut."

Sie musste einen Schauder unterdrücken. „Ich weiß. Ich bete zu Gott, dass du keinen Zug gesehen hast, als du aus dem Fenster gesehen hast."

Ein Lächeln zuckte in seinem Mundwinkel. „Keinen Zug. Aber ich habe hundertprozentig einen gehört."

Ein Schauer kroch ihr über den Rücken. „Hast du den Schimmer am Fußende des Bettes gesehen?"

„Ich dachte, da wäre etwas. Aber ich bin nicht sicher, was es war."

„Was auch immer es war, es war gespenstisch. Und da war noch etwas, Zach. Ich habe diese Stimme gehört. Sie war ganz dünn. Du hast sie vermutlich nicht gehört, aber ich bin mir ganz sicher. Sie klang wie ein kleines Mädchen."

„Genau das hat auch Maria behauptet. Was sagte die Stimme?"

„Sie sagte: ‚Ich will meine Mama. Bitte … ich will meine Mama.' Es klang, als ob sie gleich weinen würde."

Zach griff nach ihrer Hand und drückte sie aufmunternd. „Vielleicht ist das hier ein übler Scherz, aber das glaube ich nicht."

„Dann glaubst du, das Haus ist verflucht?"

„Ich weiß nicht, was ich glauben soll. Doch wir werden nur herausbekommen, was hier vor sich geht, wenn wir querdenken. Entweder beeinflusst irgendetwas in diesem Haus unsere Wahrnehmung – oder die Dinge, die geschehen, sind real."

„Und wie finden wir heraus, was es ist?"

„Da wir nichts gefunden haben, das unsere Wahrnehmung manipulieren könnte, gehen wir mal davon aus, dass dies alles tatsächlich stattfindet. Ich werde noch ein wenig recherchieren. Wenn hier wirklich ein Geist ist, müssen wir wissen, wessen Geist das ist."

„Oh mein Gott, an so etwas hätte ich nie gedacht." Sie schüttelte den Kopf. „Allerdings ist meine Erfahrung mit solchen Dingen auch ziemlich begrenzt."

„Maria glaubt, ein kleines Mädchen gesehen zu haben. Ihr beide habt die Stimme eines kleinen Mädchens gehört. Wir müssen herausfinden, ob in diesem Haus ein Kind gestorben ist."

Das war ein erschreckender Gedanke, doch Zach hatte

recht. Sie mussten querdenken. „Das Haus ist erst vier Jahre alt. So etwas sollte man rasch herausfinden. Ich werde Maria herumfragen lassen. Ich bin sicher, dass viele Arbeiter schon lange hier wohnen."

„Klingt nach einem guten Anfang", sagte er.

„Was soll ich Maria deiner Meinung nach wegen heute Nacht sagen?"

„Sag ihr, dass wir noch daran arbeiten. Und sag ihr, dass sie hier niemals allein übernachten soll, was auch immer passiert."

Elizabeth ignorierte ihr unbehagliches Gefühl und sah sich im Raum um. Das Wohnzimmer war ruhig, alles stand an seinem Platz. Durch die geöffnete Schlafzimmertür drang Licht, und die Klimaanlage über dem Fenster summte. Das Haus schien wieder völlig normal zu sein und nicht im Geringsten gespenstisch. Dennoch ...

„Findest du, dass wir den Rest der Nacht hier verbringen müssen?"

„Hierbleiben? Machst du Witze?" Zach griff nach ihrer Hand und zog sie in Richtung Tür. „Niemals!"

Elizabeth lächelte und entzog sich ihm. „Gib mir eine Minute."

Zach nickte und begann seine Köstlichkeiten wieder in die Einkaufstüte zu packen, während Elizabeth die Überdecke glatt strich. Wenige Minuten später hatten sie die Eingangstür zugeschlossen und blickten zurück zum Haus.

„Es ist ein hübsches kleines Haus", sagte sie, während ihr Blick über den gelben Putz mit dem weißen Dach glitt.

„Ja, es ist toll – es sei denn, du willst darin schlafen."

Zach begleitete sie zu ihrem Wagen. „Ich rufe dich an, wenn ich etwas Nützliches herausgefunden habe."

„Ich umgekehrt ebenso."

Er wollte sich abwenden, doch Elizabeth ergriff seinen Arm. „Ich muss mich bei dir entschuldigen, Zach. Ich bin froh, dass du heute Nacht hier warst. Ich weiß nicht, was ich ohne dich getan hätte."

Er fuhr mit dem Finger über ihre Wange. „Du bist verdammt hart im Nehmen. Vermutlich hättest du es gut überstanden. Aber ich bin ebenfalls froh, dass ich hier war."

Er beugte sich vor und küsste sie sanft. „Ich weiß, dass du vermutlich recht hast mit uns beiden, doch ich wünschte bei Gott, es wäre nicht so."

Ich auch, dachte Elizabeth, als sie sich auf den Fahrersitz sinken ließ und Zach die Tür schloss. Sie ignorierte den Stich in ihrem Herzen, als sie den Motor startete und fortfuhr. Zachs BMW folgte ihr vorsorglich bis zu ihrem Apartment.

Er fuhr erst weiter, als sie sicher in ihrer Wohnung verschwunden war.

Elizabeth redete sich ein, froh darüber zu sein, dass sie ihn nicht hineingebeten hatte.

FÜNFZEHN

Weil sie wusste, dass Maria sich Sorgen machte, rief Elizabeth nach der Kirche am Sonntagmorgen bei Mrs. Garcia an. Maria hatte ihr die Nummer gegeben und wartete offensichtlich schon auf den Anruf.

„*Dios mio*, ich habe mir solche Sorgen gemacht! Geht es Ihnen gut?" Sie senkte ihre Stimme zu einem Flüstern. „Haben Sie den Geist gesehen?"

„Es geht mir gut, und nein, ich habe ihn nicht gesehen. Doch ich glaube, dass ich ihn gehört habe. Zumindest hörte ich etwas." Welch eine Untertreibung. Doch sie wollte Maria nicht noch mehr ängstigen, als die das sowieso schon tat. „Es klang wie ein kleines Mädchen."

„*Sí*, das ist er!"

„Ich möchte, dass Sie mir einen Gefallen tun. Bitte fragen Sie herum, ob irgendwann vor Ihrem Einzug ein Kind in diesem Haus gestorben ist. Denn falls dort ein Geist herumspukt – ich sage nicht, es wäre so –, müssen wir herausfinden, wessen Geist das ist."

„*Sí, sí*, ich werde tun, was ich kann. Danke, Elizabeth. Vielen, vielen Dank."

„Wir werden das Problem lösen, Maria. Versuchen Sie sich keine Sorgen zu machen."

„Ich rufe Sie an." Maria legte auf, und Elizabeth seufzte. Die Maschinerie war in Bewegung gesetzt. Sicherlich würde irgendetwas dabei herauskommen.

Am späten Nachmittag rief Zach an. Sie zuckte wie elektrisiert zusammen, als sie seine Stimme hörte.

„Ich bin bei Teen Vision und recherchiere im Internet."

„Hast du was Interessantes gefunden?"

„Du wirst es nicht glauben."

Sie hielt den Hörer dichter ans Ohr. „Was denn?"

„Ich habe das Wort *Geister* gegoogelt. Es gibt mehr als

zwei Millionen Seiten im Internet, die sich damit beschäftigen. Allein auf einer der Seiten berichten tausendfünfhundert Menschen von ihrer persönlichen Begegnung mit einem Geist."

„Ich habe mir schon gedacht, dass es jede Menge dazu gibt. Aber es ist trotzdem erstaunlich."

„Allerdings. Wir sind wohl nicht die Einzigen, die verrückt genug sind, an einen Geist zu glauben."

„Vielleicht nicht. Man fragt sich natürlich, ob diese Geschichten wahr sind."

„Ich bin sicher, dass einige reine Fiktion sind. Doch allein die Menge gibt einem zu denken. Und die meisten dieser Menschen glauben tatsächlich, dass sie etwas Übernatürliches gesehen haben."

„Was ist mit Geisterjägern? Hast du auch darüber etwas gefunden?"

„Für *Geist* und *Forschung* bekam ich mehr als zweihunderttausend Seiten – alle von Gruppen, die sich mit der Erforschung von Geistern befassen. Ich drucke einiges davon aus und komme vorbei. Wir können es gemeinsam durchgehen und überlegen, was wir als Nächstes tun."

„*Wir?*"

„Falls du es vergessen hast, ich war letzte Nacht mit im Haus. Und das ist kein Abend, den ich so leicht vergessen werde. Ich bin in die Sache verwickelt, ob es dir gefällt oder nicht. Außerdem steht das Haus auf dem Besitz meines Vaters. Ich mag zwar nichts mit den Geschäften von Harcourt Farms zu tun haben, doch solange mein Vater noch lebt, fühle ich mich doch verpflichtet, ein Auge darauf zu haben."

„Das kann ich verstehen."

„Ich habe hier noch einiges zu tun, dann mache ich mich auf den Weg." Zach legte auf, und eine halbe Stunde später hörte sie ihn an die Tür klopfen. Ein erwartungsvoller Schauer überlief sie, als sie ihm öffnete und er ihr ins Wohnzimmer folgte. Egal wie oft sie ihn sah, sie war immer wieder überrascht von seinem guten Aussehen und von der Art, wie er den Raum auszufüllen schien.

„Hallo", begrüßte sie ihn.

„Hallo." Er lächelte, und seine dunklen Augen ruhten für einen Moment auf ihrem Gesicht. Sie versuchte darin zu lesen, doch seine Miene blieb neutral.

Er hielt ihr einen Aktenordner voller Papiere vors Gesicht. „Das hier habe ich aus dem Internet ausgedruckt. Auf dem Weg hierher fiel mir allerdings ein, dass du ja einen Computer zu Hause hast."

Sie nickte. „Er steht im Arbeitszimmer."

Er folgte ihr zu dem Schreibtisch und musterte ihre Trainingsgeräte, die danebenstanden. „Kein Wunder, dass du nackt so gut aussiehst."

Sie schaute ihn an. Er grinste.

„Tut mir leid, ich konnte einfach nicht widerstehen. Ich meine natürlich, dass du offensichtlich auf dich achtest. Ich finde das wirklich wichtig. Ich sitze durch meine Arbeit so viel am Schreibtisch, dass ich versuche, möglichst oft Sport zu treiben. Wir haben in Westwood ein Fitnessstudio in dem Gebäude, in dem unsere Firma sitzt. Ich versuche mindestens dreimal pro Woche dort zu trainieren."

Das sieht man, dachte sie und erinnerte sich an seinen schlanken, muskulösen Körper. Ihre Wangen brannten bei dem Gedanken daran, und sie blickte rasch fort, damit Zach es nicht sah.

„Setz du dich doch an den Schreibtisch", sagte er, „schließlich ist es dein Computer." Er wartete, bis Elizabeth Platz genommen hatte, und setzte sich auf den Stuhl neben ihr.

Elizabeth schaltete den Computer ein und googelte das Wort *Geister*. Einen Augenblick später hatten sie jede Menge Websites über übersinnliche Phänomene vor sich.

„Klick einfach mal ein paar an", sagte Zach. „Du findest sie bestimmt interessant."

Sie war überrascht, wie viele Menschen sich sehr ernsthaft mit Geistern beschäftigten. Offensichtlich war Maria Santiago nur eine von vielen Millionen, die an Geister glaubten. Sie klickte sich weiter durch und fand die eine oder andere interessante Site. *Schattenland; Geister und Erscheinungen; Geschichte und Gespenster; Alles über Geister; Geister online; Fotos von Geistern und Erscheinungen.* Die Liste schien endlos.

Sie öffnete eine der Sites, auf der es aktuelle Fotos geben sollte. Weiße Flecken und gespenstisch verzerrte Umrisse, von denen einige wie transparente Gesichter aussahen. Doch bei den heutigen Möglichkeiten der Bildmanipulation überzeugten solche Beweise nicht. Wie Zach gesagt hatte, schienen allerdings tatsächlich Millionen von Menschen die Existenz von Geistern für möglich zu halten.

„Such mal nach dem hier." Er trat hinter sie, beugte sich vor und legte seine Hand auf die ihre, um mit einem Mausklick zurück zur Suchmaschine zu kommen. Dann tippte er *Geist* und *Forschung* ein.

Die Wärme seiner Berührung und das Gefühl der Leere, als er seine Hand wieder wegzog, waren ihr nur allzu bewusst. Als seine Brust leicht ihre Schulter streifte, spürte sie die Wärme in ihrem Bauch aufsteigen. Doch Elizabeth ignorierte sie und konzentrierte sich auf die Websites auf dem Bildschirm.

Vereinigung der Geisterjäger; Institut für paranormale Erscheinungen; Gesellschaft für wissenschaftliche Parapsychologie; Beratungsstelle für Geistererscheinungen.

Sie klickte einige Homepages an und überflog die Seiten. „Diesen Leuten ist es todernst."

Zach lachte.

„Guck dir das hier an. Sie glauben nicht nur an Geister, sie wollen sogar beweisen, dass sie wirklich existieren."

„Ja. Und sieh dir mal ihre Ausrüstung dafür an." Zach klickte eine Seite an. „Digitale Kameras, 35-mm-Kameras, Videokameras, Audioaufnahmegeräte, elektromagnetische Sensoren, Instrumente zur Temperaturmessung."

Sie staunte angesichts der langen Beschreibungen und Instruktionen zu jedem einzelnen Gerät. „Unglaublich."

„Wenn man sich einiges davon angeschaut hat", sagte Zach, „scheint es gar nicht mehr so weit hergeholt zu sein, an Gespenster zu glauben, wie vorher."

„Vermutlich nicht." Doch Elizabeth war noch immer nicht überzeugt. Sie wandte sich zu Zach um. Einen Moment lang sah sie die Glut und den Hunger in seinen Augen, dann blickte er fort. Sie ignorierte das plötzliche Klopfen ihres Herzens und den Knoten in ihrem Magen.

„Was ... was sollten wir deiner Meinung nach tun?"

Zach räusperte sich und konzentrierte sich wieder auf den Bildschirm. „Wir sollten die Geschichte des Hauses zurückverfolgen."

„Wobei Maria versucht uns zu helfen."

„Richtig. Und wenn dort ein kleines Mädchen gestorben sein sollte, würde das Marias Vision bestätigen und auch die Stimme, die du gehört hast."

„Zumindest hätten wir einen Anhaltspunkt."

Doch als Maria am Dienstag anrief, berichtete sie enttäuscht, dass laut den Arbeitern kein Kind und auch sonst niemand in dem Haus gestorben war.

„Danke für den Versuch, Maria. Sie hatten ... keinen weiteren Besuch?"

„Nicht seit dem letzten Mal."

„Freut mich, das zu hören. Ich dachte daran, dass Sie Ihrem Arzt vielleicht von den Schlafproblemen erzählen sollten, damit er Ihnen etwas verschreibt."

„Sí, das habe ich auch schon überlegt. Abends habe ich meist Angst, dass sie kommt, und kann dann nicht einschlafen."

„Sie dürfen den Mut nicht verlieren. Ich bin immer noch

an der Sache dran und Zachary Harcourt ebenso." Auch wenn er wieder in L.A. war. „Sobald wir etwas herausfinden, sagen wir Ihnen Bescheid."

Kaum hatte Maria aufgelegt, wählte Elizabeth Zachs Büronummer. Seine Sekretärin stellte sie direkt durch, sodass ihr kurz der Gedanke kam, ob Zach ihr Instruktionen für ihre Sonderbehandlung gegeben hatte. Eine lächerliche Hoffnung.

„Tut mir leid, wenn ich störe", sagte sie, als er sich mit seiner tiefen Stimme meldete. „Aber ich dachte, du würdest es gleich wissen wollen. Maria hat angerufen. Sie sagt, soweit sie herausfinden konnte, hat es in dem Haus keinen Todesfall gegeben, weder den eines Kindes noch eines anderen Menschen."

Zach seufzte. „Ich habe auch nicht wirklich daran geglaubt. Seit ich aus San Pico fort bin, habe ich zwar nicht viel Zeit auf der Farm verbracht, doch ich nehme an, dass ich davon gehört hätte, wenn etwas Derartiges geschehen wäre."

„Dann stehen wir also wieder am Anfang."

„Nicht ganz. Ich wollte es noch nicht erwähnen – jedenfalls nicht bis wir von Maria gehört haben. Ich hoffte, dass die Antwort einfacher sein könnte."

„Und zwar?"

„Bevor dieses Haus gebaut wurde, stand am gleichen Ort ein anderes. Ich erinnere mich, dass ich als Kind dort war. Es hatte sich nicht gelohnt, das Gebäude zu renovieren. Mein Dad ließ es abreißen, um Platz für das neue Haus zu schaffen, das er bauen wollte."

Ein Schauer lief ihr über den Rücken. Sie hatte in der Zwischenzeit viel über Geister gelesen, die Informationen aus dem Internet förmlich aufgesaugt. Häuser konnten vergehen. Menschen konnten vergehen. Doch für einen Geist spielte Zeit keine Rolle.

„Du willst sagen, dass in dem alten Haus ein Kind gestorben sein könnte. Was bedeutet könnte, dass es vor vielen Jahren geschehen ist."

„Ich fürchte, ja."

„Was tun wir als Nächstes?"

„Ich habe mehrere Ideen. Ich habe mich ein bisschen umgehört. Wir sollten einen Experten für solche Dinge kontaktieren."

„Wen? Einen Geisterjäger?"

„So etwas Ähnliches. Es gibt da eine Frau ... die Freundin eines Freundes. Sie heißt Tansy Trevillian. Sie hat offenbar einen guten Ruf. Sie soll so etwas wie ein Medium sein."

„Lass mich raten ... für ein fettes Honorar kommt sie rüber und veranstaltet eine Séance, bei der sie mit dem Geist spricht und ihn bittet zu gehen."

Er lachte. „Tatsächlich will sie nur ihre Auslagen bezahlt haben, also das Benzin und die Mahlzeiten. Sie trifft sich dort mit uns, wann immer es uns passt. Natürlich nur, wenn du interessiert bist."

„Wenn sie kommt, müsste sie vermutlich in der Nacht kommen, nehme ich an."

„Das hat sie auch gesagt."

„Wie werden wir also Maria und Miguel los?"

„Gute Frage. Vielleicht kann Maria sich irgendwas ausdenken."

„Möglich. Noch mehr als wir will sie dieses Rätsel gelöst sehen. Wirst du am Wochenende wieder runterkommen?"

Er zögerte kurz. „Wollte ich eigentlich."

„Ich rufe dich an, wenn ich die beiden aus dem Haus kriege. Dann kannst du einen Termin mit dieser Trevillian ausmachen."

„Klingt gut. Aber wirf es mir bitte nicht vor, wenn sich die Sache als verrückte Idee erweist."

„Jede Idee ist besser als keine. Und ich habe keine."

„Halt mich auf dem Laufenden", sagte Zach und legte auf.

Nachdem sie einen kurzen Imbiss im Marge's eingenommen hatte, verbrachte Elizabeth einen frustrierenden Nachmittag mit wenig kooperativen Patienten. Dazu gehörte auch Geraldine Hickmans Tochter, die noch immer nicht recht glauben konnte, dass ein Date nicht automatisch mit Sex enden musste. Und dazu gehörte der Anwalt Richard Long, der wegen irgendetwas auf seine Frau sauer war und sich damit brüstete, dass er sie nicht windelweich geschlagen hatte.

„Sie tut nie, was ich ihr sage. Sie können nicht mir die Schuld geben, wenn ich wütend werde."

Elizabeth seufzte. „Die Ehe soll eine Partnerschaft sein, Richard. Glauben Sie wirklich, dass Sie als Jennifers Ehemann gleich ihr ganzes Leben kontrollieren sollten?"

„Ich zahle die Rechnungen, oder? Ich arbeite mir den Arsch ab, damit sie teure Klamotten kaufen und in einem schicken Wagen rumfahren kann. Und weiß sie das zu schätzen? Zur Hölle noch mal, nein."

Elizabeth wollte ihn fragen, warum er sich von seiner Frau nicht scheiden ließ, wenn sie ihn so sehr nervte. Doch Jennifer Long war hübsch und sexy. Richard wollte keine Scheidung – er wollte nur, dass sie sich ihm unterwarf, vollständig. Die eigentliche Frage lautete, warum Jennifer sich nicht von Richard scheiden ließ. Doch Elizabeth wusste, dass der Mann ihr Selbstbewusstsein so sehr zerstört hatte, dass sie nicht mehr daran glaubte, allein für sich sorgen zu können.

Elizabeth wünschte, dass Jennifer auf ihrer Couch säße, statt Richard.

Es war fast fünf, als sie endlich Gelegenheit hatte, Maria anzurufen. Ihr war etwas unbehaglich dabei, das Medium zu erwähnen, doch Maria schien begeistert.

„Sie glauben, dass diese Frau – Señora Trevillian –, Sie glauben, dass Sie den Geist sehen kann?"

„Ich habe keine Ahnung. Ich glaube nicht, dass diese Leute die Geister wirklich sehen. Soweit ich weiß, sollen sie aber ihre Anwesenheit spüren. Ich dachte, es wäre einen Versuch wert."

„Oh, *sí*. Wenn sie am Samstagabend kommen kann, werde ich Miguel dazu bringen, mit mir auszugehen. Am Sonntag hat er frei, sodass er ausschlafen kann. Ich bin zu dick zum Tanzen, doch ich höre die Musik gern."

„Das wäre großartig, Maria." Elizabeth sah die junge Latina vor sich. Ihre Schwangerschaft war zu weit vorgeschritten, als dass ihr ein Tanzabend in der Stadt Spaß bereiten konnte, doch sie versuchte alles, um das Problem zu Hause zu lösen. Vielleicht würde Tansy Trevillian etwas entdecken, das Marias Opfer aufwog. Elizabeth hoffte es, hatte aber ihre Zweifel.

Zach arbeitete am Donnerstag bis spät in die Nacht am Themoziamine-Fall und war auch Freitagmorgen wieder früh am Schreibtisch. Um zwei Uhr mittags verließ er sein Büro in Westwood und lud den bereits gepackten Koffer in den Kofferraum seines Wagens. Er wollte noch einen Halt einlegen, bevor er nach San Pico fuhr.

Er bog auf den Freeway 405, wo er sich Richtung Culver City durch den dichten Freitagnachmittagverkehr mühte, nahm dann die Ausfahrt Washington Boulevard und fuhr nach Osten. Das Apartment seiner Mutter befand sich in der Wilson Street, einer Seitenstraße südlich des Boulevards.

Obwohl Zach und seine Mutter sich nicht besonders häufig verabredeten, versuchte er, so oft wie möglich auf einen Sprung bei ihr vorbeizuschauen. Nachdem Teresa und Fletcher Harcourt sich vor Jahren getrennt hatten und Zach in das Herrenhaus auf Harcourt Farms gezogen war, hatte seine Mutter geheiratet. Die Ehe war geschieden worden. Wenige Jahre später hatte sie erneut geheiratet.

Teresa hatte Männer immer gemocht. Ihr jetziger Mann, Harry Goodman, war ein fleischiger Autoverkäufer, der bei Miller Toyota am Washington Boulevard arbeitete. Harry nahm

Teresa die meiste Zeit in Anspruch, was ihren Wünschen entsprach.

Zach war nicht sicher, warum er heute das Bedürfnis hatte, sie zu sehen, doch nun war er hier. Er hielt vor ihrem zweistöckigen grauen Apartmentgebäude. Mit einer großen Packung ihrer Lieblingskaffeebohnen ging er die Treppe zum zweiten Stock hinauf und klopfte an die Wohnungstür. Kurz darauf öffnete seine Mutter.

„Zachary – komm herein." Sie nahm seine Hand und zog ihn hinein, um dann die Tür hinter ihm zu schließen. „Ich war überrascht, als du heute Morgen anriefst."

„Ich habe an dich gedacht. Ich war lange nicht mehr da."

Sie umarmte ihn kurz – etwas, das sie erst seit Kurzem tat – und trat dann zur Seite. Eine Frau Anfang der Fünfziger, die ihre schulterlangen schwarzen Haare noch immer offen und ihre Röcke noch immer kurz trug, auch wenn sie mindestens fünfzehn Kilo zu viel wog. Wenn sie lächelte, war sie noch immer attraktiv, doch ihr gutes Aussehen verschwand zusehends, was ihr reichlich Kummer bereitete. Schließlich hatte sie sich viele Jahre damit über Wasser gehalten, dass sie eine attraktive, begehrenswerte Frau war.

„Du verlässt die Stadt normalerweise am Freitag, so früh du kannst", sagte sie. „Fährst du nicht nach San Pico?"

„Doch. Aber ich wollte bei dir vorbeischauen, bevor ich fahre." Er gab ihr die Kaffeebohnen. Er brachte ihr immer ein kleines Geschenk mit oder gab ihr etwas Geld, und er schickte ihr jeden Monat einen Scheck für ihre Rechnungen.

Er klopfte auf den Kaffee. „Ich dachte, dass dir der gute Stoff vermutlich langsam ausgeht."

Sie öffnete die Packung, schnupperte hinein und seufzte befriedigt auf. „Costa Rica Royale. Mein Lieblingskaffee. Vielen Dank, mein Schatz."

Sie führte ihn in die Küche und kochte Kaffee. Sie zündete sich eine Zigarette dazu an, und sie setzten sich an den

Küchentisch. Teresa trank den ganzen Tag Kaffee und rauchte dazu. Schon als Kind hatte er den abgestandenen Zigarettengeruch gehasst, und das tat er noch immer. Er versuchte sie zum Aufhören zu bewegen, aber das würde ihm wohl nie gelingen.

Sie inhalierte genüsslich und stieß den Rauch langsam wieder aus. „Du siehst ein bisschen müde aus heute. Ist alles in Ordnung?"

Die Frage überraschte ihn. Teresa war nie sehr mütterlich gewesen. Während andere Mütter Kekse backten und sich im Elternbeirat engagierten, hatte Teresa das Nachtleben von San Pico genossen. Und die Bedürfnisse von Fletcher Harcourt befriedigt, der für sie an allererster Stelle gestanden hatte.

„Alles in Ordnung. Ich habe in letzter Zeit nur viel gearbeitet, das ist alles."

„Nun, dann lass uns Kaffee trinken, und ich erzähle dir von der Party, auf der Harry und ich gestern Abend waren."

Sie unterhielten sich eine Weile über dies und das, wobei Zach die meiste Zeit Teresa zuhörte.

Eine halbe Stunde später fädelte er sich wieder in den schrecklichen Verkehr von L.A. ein und fuhr Richtung Norden nach San Pico. Wieder einmal fragte er sich, warum er Teresa eigentlich hatte sehen wollen. Als kleiner Junge hatte er sich nach ihrer Liebe und Aufmerksamkeit gesehnt, sie jedoch niemals wirklich bekommen. Im Laufe der Jahre hatte er gelernt, ohne diese emotionale Bindung zu leben. Er hatte gelernt, sich um sich selbst zu kümmern. Und er hatte gelernt, das Beste aus seinem Leben zu machen, ohne dass ihm irgendjemand zu nahe kam.

Erst vor Kurzem hatte er verstanden, dass die Distanz, die er zu anderen Menschen einhielt, ein Verteidigungsmechanismus war – seine Art, sich zu schützen. Er wollte niemals wieder jemanden brauchen, so wie er als Junge seine Mutter gebraucht hatte.

Vielleicht war er zu Teresa gefahren, um sich an sein schmerzerfülltes Leben zu erinnern, bevor er anfing, seine Gefühle zu verbergen und nur auf sich selbst zu vertrauen. Weil er gelernt hatte, wie sehr es wehtat, wenn man jemanden liebte und dieser jemand einen nicht oder zumindest nicht so sehr liebte. Vielleicht hatte er diese Erinnerung gebraucht.

Wie immer war die Fahrt aus der Stadt mörderisch. Die verstopften Freeways machten ihn noch nervöser, als er es heute Morgen schon gewesen war. Doch es lag nicht nur am Verkehr. Er fuhr zurück nach San Pico. Vor einer Woche hatte er die Nacht im Bett von Liz Conners verbracht, und genau dort wollte er wieder hin. Er wünschte sich mehr von dieser Leidenschaft, die er in ihr entfacht hatte. Und mehr als das – er wollte einfach mit ihr zusammen sein.

Das machte ihm eine Höllenangst.

Zach steuerte den BMW durch eine Lücke zwischen zwei Wagen und kam so ein Stückchen voran. Vor ein paar Tagen hatte Liz angerufen. Sie hatte mit Maria gesprochen, die Miguel am Samstagabend beschäftigen würde, sodass sie ins Haus konnten.

Liz war sachlich geblieben; ihre Stimme klang cool. Doch er konnte die Anspannung spüren, die sie vor ihm verbergen wollte. Er fragte sich, ob sie vielleicht daran dachte, wie gut sie zusammengepasst hatten, sich an die heiße Nacht erinnerte, die sie miteinander verbracht hatten. Sobald er mit dem Wagen die Ausfahrt zum San Joaquin Valley erreicht hatte, griff Zach zum Telefon und wählte ihre Nummer.

Tansy Trevillian hatte zugesagt, morgen Abend nach San Pico zu kommen. Er musste Liz anrufen, um zu bestätigen, dass alles vorbereitet war. Ein kurzer Anruf, sagte er sich, rein geschäftlich.

„Hallo?" Allein dieses eine Wort, gesprochen mit ihrer weichen, femininen Stimme, hatte die Macht, ihn zu erregen.

„Hier ist Zach. Ich wollte mich nur melden und sicherstellen, dass für morgen alles vorbereitet ist."

„Bislang sieht alles gut aus. Maria glaubt, dass sie Miguel zumindest bis zwölf Uhr vom Haus fernhalten kann."

„Gut. Großartig."

„Du sagtest, sie würde gegen Sonnenuntergang eintreffen, also sehen wir uns dann ja." Sie schien ein bisschen zu begierig, wieder aufzulegen, und Ärger stieg in ihm hoch.

Seine Hände umklammerten das Steuer. „Du klingst beschäftigt. Hast du ein heißes Date?"

Ihre Stimme klang flach. „Nein."

„Warum nicht? Du bist eine schöne Frau. Es überrascht mich, dass nicht jeder Mann in der Stadt versucht, mit dir ins Bett zu gehen."

„Der Einzige, der das versucht, bist du, Zach. Ich schätze, der Rest hat kapiert, dass ich kein Interesse habe."

„Vielleicht. Vielleicht lebst du aber auch in einer Stadt voller Idioten. Ich möchte dich sehen, Liz." Er hatte das nicht sagen wollen. Die Worte schienen seinem Mund wie von selbst zu entschlüpfen.

„Ich sagte dir schon mal, Zach, das ist keine gute Idee."

„Vielleicht doch. Wie können wir das wissen, wenn wir es nicht versuchen?"

Sie zögerte. „Bist du sicher, dass du nicht einfach einen Ersatz für Lisa suchst?"

„Ja, ich bin sicher. Ich habe die ganze Woche an dich gedacht. Ich bin in weniger als einer Stunde in der Stadt. Ich möchte bei dir vorbeikommen, um dich zu sehen."

„Bitte, Zach, bedränge mich nicht. Ich habe letzte Woche einen Fehler gemacht, okay? Ich weiß nicht genau, wie es dazu kam, doch ich möchte nicht, dass er sich wiederholt."

„Verdammt, Liz!"

„Ich muss los, Zach. Wir sehen uns morgen Abend." Liz legte auf, und Zach fluchte vor sich hin. Er warf das Handy auf den Beifahrersitz und fuhr sich mit der Hand durchs Haar.

Liz war entschlossen, sich von ihm fernzuhalten – und tat vermutlich gut daran. Er war nicht der Typ Mann, in den sich eine Frau verlieben sollte. Dazu war er zu sehr Einzelgänger und hatte sich zu sehr an ein Leben allein gewöhnt. Liz verdiente etwas Besseres als eine kurze Affäre mit einem Typen wie ihm.

Zach dachte an seine Mutter und Fletcher Harcourt und daran, wie sie ihn die meiste Zeit nicht beachtet hatten. Er dachte an Fletchers letzte Frau, Constance, und wie sie ihm das Gefühl gegeben hatte, Dreck unter ihren teuren High Heels zu sein.

Und dann war da Carson gewesen, der ihn drangsaliert hatte, bis er stark genug gewesen war, um zurückzuschlagen. Doch Carson hatte seine Schikanen nicht eingestellt. Er hatte nur die Taktik verändert und zu Hohn und Ächtung gegriffen. Im Laufe der Jahre hatte Zach eine Mauer um sich und seine Gefühle errichtet, eine Mauer, die noch immer existierte.

Liz hatte nach der Erfahrung mit ihrem nutzlosen Ehemann dasselbe getan.

Vielleicht tat sie gut daran, sich dahinter zu verschanzen.

Doch Zach war sich dessen nicht länger sicher.

SECHZEHN

Elizabeth verließ ihr Apartment am Samstagabend kurz bevor es dunkel wurde. Sie war nervös. Sie hatte noch niemals ein Medium getroffen. Sie wusste nicht, ob die Frau reell oder eine komplette Betrügerin war. Sie hatte keine Ahnung, was heute Nacht in dem Haus passieren würde.

Und Zach würde dort sein. Seit seinem Anruf am gestrigen Abend ging er ihr nicht mehr aus dem Kopf. Kaum hörte sie seine Stimme, spürte sie das schmerzhafte Verlangen, ihn zu sehen.

Zachary Harcourt zog sie auf eine Weise an, wie es kein Mann zuvor getan hatte. Sie hatte nie nach einem Mann gelechzt, ihn begehrt und sich so sehr nach ihm gesehnt, wie sie es bei Zach tat.

Es war beängstigend.

Und unmöglich.

Zach war Zach. Ein überzeugter Junggeselle, der sein Singledasein genoss und mit Dutzenden von Frauen schlief. Das hatte er gar nicht geleugnet. Sie bezweifelte, dass er jemals ernsthaft mit einer Frau liiert gewesen war, und vermutlich würde er das auch nie sein.

Doch Elizabeth war anders. Wenn sie ihre Vorsicht aufgab, würde sie sich immer mehr zu Zach hingezogen fühlen. Vielleicht verliebte sie sich sogar in ihn. Sie wusste, dass das möglich war. Sie spürte die enorme Anziehung zwischen ihnen. Zach Harcourt war kein Mann, in den sie sich verlieben durfte. Falls doch, würde er ihr nur das Herz brechen.

Elizabeth dachte an ihre Ehe und erinnerte sich an die niederschmetternde Enttäuschung, die ihr der Verrat ihres Mannes bereitet hatte. Brian hatte die Liebe, die sie ihm geschenkt hatte, nach und nach zerstört. Das konnte sie nicht noch einmal durchmachen. Sie würde es nicht überleben.

Während sie in die Straße zu dem kleinen gelben Haus einbog, wappnete Elizabeth sich innerlich. Egal was Zach sagte, egal wie sehr sie ihn begehrte – sie würde sich von ihm nicht aus der Fassung bringen lassen.

Mit diesem festen Vorsatz konzentrierte sie sich auf die Straße vor sich. Es war sehr dunkel heute. Der Mond verbarg sich hinter dichten Wolken, und nur ab und an drangen seine Strahlen durch eine Lücke. Von Westen her zog ein Sommersturm auf. Sie konnte ihn riechen und sah bereits das matte Glühen eines Gewitters über den kargen Bergen in der Ferne.

Elizabeth löschte die Scheinwerfer, als sie sich dem Haus näherte, und bog dann von der Straße in die Schotterauffahrt. Als sie Zachs Silhouette ausmachte, stellte sie sich neben sein schwarzes Cabrio und machte den Motor aus. Er kam auf sie zu, während sie aus dem Wagen kletterte.

„Hallo", sagte er weich, und seine dunklen Augen musterten sie. Sie sah die goldenen Flecken darin und noch etwas, bei dem sich ihr Herz zusammenzog.

„Hallo Zach."

Er blickte zur Seite und atmete tief durch. Als er sich ihr wieder zuwandte, war der Ausdruck in seinen Augen verschwunden. „Tansy ist unterwegs. Sie hat mich auf dem Handy angerufen."

Elizabeth nickte. „Lass uns auf der Veranda warten."

„Gute Idee. Nach dem, was letzte Woche geschehen ist, habe ich es nicht eilig damit, hineinzugehen."

Sie setzten sich auf die Verandastufen. Zach trug zerschlissene Jeans und einen dünnen Pullover mit V-Ausschnitt. Er sah gut aus. Zu gut. Sie wollte die Hand ausstrecken und ihn berühren. Sie wollte ihn küssen. Sie wollte ihn in sich spüren.

„Wenn du mich weiter so anschaust, bin ich nicht verantwortlich für das, was ich tue."

Sie errötete. Es war eine Sache, einen Mann zu begehren, doch eine ganz andere, dabei ertappt zu werden. Sie spielte mit einer Strähne ihres kastanienbraunen Haares, die sie dann hinters Ohr schob. „Ich frage mich, wann sie hier sein wird."

Zach blickte hinüber zum Highway. „Dahinten sind Scheinwerfer. Vielleicht ist sie das."

Elizabeth, die mit Zach so dicht neben sich immer nervöser wurde, war froh, dass sich seine Vermutung als richtig herausstellte. Beide standen auf, und Zach ging Tansy entgegen, um sie zu begrüßen.

Tansy Trevillian war ganz und gar nicht das, was Elizabeth sich vorgestellt hatte. Statt eines heruntergekommenen, mit Blümchen bemalten VWs fuhr sie einen weißen Pontiac. Sie trug auch kein langes Kleid mit Paisleymuster. In ihrer schlichten beigen Hose, der pink-beige gestreiften Bluse und mit modischem Kurzhaarschnitt wirkte sie eher wie eine Geschäftsfrau als das späte Hippiemädchen, das Elizabeth erwartet hatte.

Zach begrüßte die grazile Frau, als sie aus dem Wagen stieg, und stellte sie dann Elizabeth vor. „Liz, das ist Tansy Trevillian."

Die Frau, die vermutlich nur wenige Jahre älter war als Elizabeth, lächelte. „Nett, Sie kennenzulernen, Liz."

Elizabeth korrigierte die Kurzform ihres Namens nicht. Sie gewöhnt sich langsam daran. In der Highschool hatten viele Freunde sie Liz genannt. „Freut mich ebenfalls."

Elizabeth schüttelte ihr die Hand. Ihr Händedruck war fest, das Lächeln warm.

„Danke, dass Sie gekommen sind", sagte Elizabeth.

Tansy wandte sich dem Haus zu, und ihr Lächeln erlosch.

„Zach hat mir nicht viel erzählt. Nur dass die Leute, die hier wohnen, einige Probleme haben. Wir arbeiten lieber so, dass wir möglichst wenig wissen. Menschen wie wir sind ebenso empfänglich für Suggestionen wie jeder andere."

„Menschen wie wir?"

„Medial veranlagte Menschen. Hellseher. Menschen, die diese Gabe haben."

Oder diesen Fluch, dachte Elizabeth.

Tansys Blick wanderte langsam über das sechs Hektar große Gelände, das den Hauptteil der Ranch ausmachte. Als sich die Wolken teilten und das Mondlicht die Nacht erhellte, musterte sie die entfernter liegenden Häuser der Vorarbeiter, die Arbeiterhütten und das große zweistöckige Haupthaus auf der anderen Seite des Geländes. Obwohl es warm war, schlang Tansy die Arme um sich und unterdrückte einen Schauer.

„Was ist los?", fragte Zach.

Tansys Blick wanderte über die Häuserreihe in der Ferne.

„Hier ist etwas. Das kann ich spüren." Sie wandte sich um und blickte zu dem gelben Haus. „Etwas Dunkles und Böses."

Elizabeth schlug das Herz bis zum Hals. „Sie können hier draußen etwas fühlen?"

Tansys Augen wanderten wieder zu den anderen Häusern, die auf dem kargen flachen Gelände kauerten. „Es ist hier überall. Ich habe so etwas noch nie gespürt."

Elizabeth überlief ein Schauder. Das blasse Gesicht Tansy Trevillians bezeugte, dass sie die Wahrheit sagte. Schweigend standen sie in der Dunkelheit und warteten. Tansy schauderte noch einmal und schüttelte sich leicht, als ob sie sich zwingen müsste weiterzumachen.

„Lassen Sie uns hineingehen." Sie ging in Richtung Haustür. Zach warf Elizabeth einen kurzen Blick zu und folgte ihr. Elizabeth öffnete mit dem Schlüssel, den Maria ihr gegeben hatte. Zach ging zuerst hinein und sah sich kurz um, bevor er die Tür weit aufzog, damit die beiden Frauen ihm folgten. Tansy ging nur einen Schritt ins Wohnzimmer und blieb wie erstarrt stehen.

Ihr Gesicht wirkte noch blasser als zuvor, und Elizabeth bemerkte, dass sie zitterte.

„Sie können es spüren?", fragte Zach leise.

Tansy nickte. „Hier drin ist es noch viel stärker. Ich kann kaum atmen."

„Warum setzen Sie sich nicht?", schlug Elizabeth vor. „Ich hole Ihnen ein Glas Wasser."

Tansy antwortete nicht. Stattdessen ging sie mit starrem Blick geradeaus. Die Vorhänge im Wohnzimmer waren offen, sodass ein paar dünne Mondstrahlen den Raum etwas erhellten. Wie in Trance ging Tansy direkt auf das Schlafzimmer zu, ihr Blick war starr nach vorn gerichtet und ihre Hände bebten. Am Fußende des Bettes hielt sie inne.

„In diesem Haus ist etwas Furchtbares geschehen." Völlig bewegungslos stand sie da, als hätte sie die Grenze zu einer anderen Welt überschritten. Einige Minuten lang bewegte sich niemand. Elizabeths Herz schlug ihr bis zum Hals, und ihr Magen schien sich umzudrehen. Obwohl sie nichts von dem fühlte, was sie beim letzten Mal in dem Haus erlebt hatte, musste Tansy diese Dinge spüren. Diese bekreuzigte sich und flüsterte eine Art Gebet.

Als die letzten Worte verklungen waren, blickte sie auf. Ihre Augen sahen noch immer ins Leere, und sie wirkte merkwürdig entrückt.

„Wissen Sie, was hier geschah?", fragte Zach vorsichtig.

Tansy schluckte. „Tod. Ein brutaler, schrecklicher Tod." Mit weit aufgerissenen Augen blickte sie Zach an. „Und das Böse, das ihn verursacht hat, ist noch immer hier."

Elizabeth spürte, wie ihre Handflächen feucht wurden. Ihr Herz, das sowieso schon raste, schlug noch schneller. Sie zweifelte nichts daran, dass Tansy Trevillian etwas Furchterregendes in dem Haus spürte.

„Was können Sie uns noch sagen?", drängte Zach.

Tansy schüttelte den Kopf, sodass ihr das glänzend braune Haar über die Ohren fiel. „Es ist alles durcheinander. Ich kann nichts Bestimmtes herausgreifen. Ich weiß nur, dass etwas Furchtbares geschehen ist. Und dass es von etwas Bösem verursacht wurde." Sie wandte sich zur Tür. „Ich kann hier nicht länger bleiben. Es tut mir leid."

Sie verließ das Schlafzimmer und ging durch den Wohnraum in Richtung Haustür. Elizabeth und Zach folgten ihr hinaus in den Vorgarten.

„Es tut mir leid, dass ich keine größere Hilfe war", sagte Tansy an ihrem Wagen. „Hier ist zu viel passiert. Es gibt viele Schichten, die einander überlagern." Sie öffnete die Wagentür. „Die Menschen, die hier wohnen ... sie sind in Gefahr."

Elizabeth schluckte. Fast konnte sie die hohe Kinderstimme aus dem Schlafzimmer wieder hören. „Was ... was sollen wir tun?"

Tansy blickte zurück zum Haus. „Finden Sie heraus, was hier geschah. Vielleicht wissen Sie dann, was zu tun ist."

Zach hielt die Wagentür geöffnet, während Tansy sich hinters Steuer setzte.

„Danke für Ihr Kommen", sagte er. „Sie haben meine Karte. Schicken Sie die Rechnung an mein Büro."

Tansy schüttelte den Kopf. „Diesmal nicht. Das hier geht auf mich." Sie ließ den Sicherheitsgurt einrasten und startete den Motor. Als sie die Straße erreichte, beschleunigte sie und fuhr schnell davon.

Elizabeth wollte gerade Zach nach seiner Meinung fragen, als ein weiteres Paar Scheinwerfer in der Auffahrt auftauchte. Sie gehörten zu einem alten blauen Pick-up, und als Elizabeth den Fahrer erkannte, murmelte sie einen Fluch.

„Sieht so aus, als ob die Kinder früher vom Tanzen nach Hause gekommen sind", sagte Zach trocken.

„Allerdings. Und Miguel sieht nicht gerade so aus, als würde er sich freuen, uns zu sehen."

Während auf dem Highway Tansys Rücklichter in der Dunkelheit verschwanden, sprang Miguel vom Fahrersitz seines Pick-ups und schritt auf sie zu. Maria hatte Mühe, sich aus dem Beifahrersitz zu befreien, und eilte hinter ihm her, so schnell es in ihrem Zustand möglich war.

„Ich habe versucht, ihn fernzuhalten", sagte sie. Ihr Gesicht sah aus, als ob sie geweint hätte. „Doch er war besorgt, dass ich zu müde sein könnte. Es tut mir leid."

„Ist schon in Ordnung, Maria", erwiderte Elizabeth. „Es wird Zeit, dass Miguel die Wahrheit erfährt."

„Wahrheit", grollte er. „Welche Wahrheit? Dass Sie an einen Geist in meinem Haus glauben?"

Elizabeth blickte Maria an. „Sie haben es ihm gesagt?"

„Ich dachte, er würde vielleicht zuhören. Ich hätte wissen müssen, dass er es nicht tut."

„Sie glauben, dass ein Geist in meinem Haus ist, weil meine schwangere Frau das sagt? Sie ist ein Kind. Und sie ist verängstigt, weil sie ein Baby bekommt. Das ist alles, und ich verbiete Ihnen, sie in ihren verrückten Vorstellungen noch zu ermutigen."

Maria begann zu weinen, und Miguel richtete seinen Zorn gegen sie. „Geh ins Haus! Du wirst darüber nie wieder sprechen – hörst du mich?"

Maria schluchzte auf und wischte sich die Tränen von der Wange. „Es tut mir leid", flüsterte sie Elizabeth zu.

„Geh!"

Ohne sich umzuschauen, eilte Maria davon, und Miguel starrte Elizabeth ins Gesicht. „Sie sind nicht länger willkommen in diesem Haus."

„Beruhigen Sie sich, Miguel", sagte Zach und stellte sich schützend vor sie. „Etwas geht hier vor, ob Sie es glauben oder nicht. Und Ihre Frau hat Angst. Wir versuchen nur zu helfen."

„Sie wollen uns helfen? Dann lassen Sie uns allein!" Er ging die Verandatreppe hinauf ins Haus und knallte die Tür hinter sich zu.

Elizabeth spürte, wie sich Zachs Arm um sie legte. Auch wenn sie wusste, dass sie es nicht tun sollte, lehnte sie sich doch an ihn.

„Er ist kein schlechter Ehemann", sagte sie. „Nur ein altmodischer."

„Jemand sollte ihm mal einen Dämpfer verpassen."

Sie bemerkte, wie Zach die Kiefer aufeinanderpresste, und begriff, dass er ohne zu zögern Miguel Santiago herausfordern würde – und jeden anderen, der einen Menschen bedrohte, an dem ihm etwas lag. Ein merkwürdig tröstlicher Gedanke.

„Das ist jetzt sehr schwer für Maria", sagte sie. „Nun ist Miguel wütend, so wie sie es befürchtet hatte. Wir müssen einen Weg finden, ihr zu helfen."

„Wir werden uns etwas ausdenken."

Sie blickte zurück zum Haus und dachte an Tansy Trevillian. „Es klang ziemlich weit hergeholt ... all dieses Gerede über das Böse, aber dennoch ..."

„Ja, ich weiß, was du meinst." Zach führte sie zu ihrem Wagen und wartete, bis sie hinter dem Steuer saß. „Wir müssen darüber reden."

Sie nickte. „Ich weiß. Ich würde dich ja zu mir einladen, aber ich denke ..."

„Ich weiß schon, was du denkst. Wie wäre es, wenn wir ins Biff's gehen und ich dich zu einem Kaffee einlade? Das ist zwar der schlechteste in der ganzen Gegend, aber zumindest haben sie geöffnet. Viel Auswahl gibt's in dieser Stadt ja nicht."

Das Biff's war eine Kneipe in der Main Street. Die limitierte Speisekarte, die vor allem tiefgefrorenes Hähnchenschnitzel und Pizza enthielt, war lausig, die Angestellten gaben sich mürrisch. Sie hatte keine Ahnung, warum sich der Laden hielt, doch es gab ihn schon seit Jahren.

„In Ordnung."

„Ich fahre hinter dir her."

Sie nickte und startete den Motor.

Es war nicht viel los in der Stadt, doch das war es sowieso selten, selbst am Samstagabend. Die Highschool-Kids verabredeten sich meistens in Mason, wo es ein Multiplexkino gab. Und da die meisten Bewohner hier Farmer waren, gingen sie früh zu Bett. Ausgenommen natürlich die notorischen Biertrinker, die in der Top Hat Bar nur ein paar Blocks entfernt herumhingen.

Elizabeth parkte fast genau vor dem Biff's, und Zach stellte sich mit seinem BMW hinter sie. Seit sie nach San Pico zurückgekehrt war, war sie nicht mehr in der Kneipe gewesen, doch die hatte sich nicht verändert. Abgenutztes Linoleum, ein Billardtisch in der hinteren Ecke des schmalen Raums, eine lange Bar, wo die Gäste essen oder trinken konnten, und eine Reihe von Holztischen an der Wand.

Zach führte sie zu einem Tisch und bestellte dann an der Bar zwei Kaffee.

„Sorry, das ist richtiger Kaffee", sagte er, als er den weißen Porzellanbecher vor sie hinstellte. „Im Biff's halten sie nichts von entkoffeiniertem."

„Schon in Ordnung. Nach dem, was heute Abend los war, kann ich eine Stärkung gebrauchen."

Zach grinste. „Vielleicht hätte ich dir einen Whisky bestellen sollen."

Elizabeth ignorierte, was sein Lächeln bei ihr auslöste. „Vielleicht ja." Doch wenn sie Alkohol trank und auch nur ein bisschen ihre Hemmungen verlor, würde sie Zach zu sich ins Apartment einladen, in ihr Bett, und das wollte sie nicht.

„Also, was machen wir jetzt?", fragte sie, während sie sich reichlich Milch in ihren Kaffee goss.

„Tansy sagte, wir sollten herausfinden, was in dem Haus geschah. Das haben wir ja sowieso schon in die Wege geleitet, wenn auch bislang mit wenig Erfolg. Ich schätze, wir müssen uns einfach mehr dahinterklemmen."

„Was können wir denn noch tun?"

„Ich werde mit den Arbeitern von der Farm sprechen. Vielleicht sind einige schon lange genug in der Gegend, um sich an die Bewohner des alten Hauses zu erinnern, das dann abgerissen wurde." Er nippte an seinem Kaffee und verzog das Gesicht. „Allerdings stand das alte Haus sehr lange dort. Seit ich mich erinnern kann. Ich nehme an, dass dort eine Menge Leute gewohnt haben."

„Wo du es sagst: Ich erinnere mich auch, es als Kind gesehen zu haben. Ich habe nur nicht besonders darauf geachtet."

„Es gab ja auch nicht viel zu sehen. Ein altes graues Holzhaus mit einer großen Veranda."

„Es machte keinen großen Eindruck. Ich erinnere mich, dass es weiße Fensterläden hatte. Als ich zur Highschool ging, war es schon ziemlich heruntergekommen."

Er nickte. „Das Problem ist, wie wir herausbekommen, wer dort gelebt hat."

„Vor allem aber müssen wir erfahren, ob jemand dort gestorben ist, insbesondere ein Kind."

„Laut den Informationen aus dem Netz gehört normalerweise Gewalt zu diesen Erscheinungen oder ein plötzlicher, unerwarteter Tod, ein Unfall oder so etwas. Natürlich können wir nicht nachprüfen, ob das stimmt."

„Nein, aber das sollten wir im Hinterkopf behalten."

Zach nahm einen Schluck von seinem Kaffee und stellte dann den Becher ab. „Ich werde so viel wie möglich herausfinden. Ich bin zwar nicht wirklich willkommen auf der Farm, aber ich versuche mit Carson zu sprechen."

„Das dürfte interessant werden. Wirst du deinem Bruder sagen, dass du einen Geist finden willst?"

„Nicht direkt. Ich werde ihm sagen, dass ich mich für die Geschichte der Farm interessiere." Er nahm einen weiteren Schluck Kaffee. „Ich sage ihm, dass ich jemanden kenne, der ein Buch über die Gegend schreiben will. Für ein bisschen Publicity springt Carson durch brennende Reifen."

Elizabeth goss mehr Milch in ihren Kaffee, um den bitteren Geschmack zu mildern. „Ich bin dir wirklich dankbar für deine Hilfe, Zach. Das ist hier nicht gerade mein Spezialgebiet."

„Meines auch nicht."

Die nächste halbe Stunde verbrachten sie damit, ihre Strategie zu planen. Da das Haus auf dem Grund von Harcourt Farms stand, gab es keine anderen Eigentumsverhältnisse zu überprüfen. Öffentliche Versorgungsunternehmen schienen der vielversprechendste Weg – wenn die Akten weit genug zurückreichten und man die Unternehmen überreden konnte, Informationen preiszugeben.

Zach wusste, dass Harcourt Farms seinen Vorarbeitern ein Haus und Wasser zur Verfügung stellte. Das Telefon bezahlten die Mieter selbst, ebenso Gas und Strom. Elizabeth wollte mit den Telefongesellschaften und Versorgungsunternehmen sprechen und sehen, was sie herausbekam.

Sie entschied sich, mit Zachs Geschichte aufzuwarten, dass nämlich jemand ein Buch über die Farm schreiben wollte. Ihre größte Chance lag natürlich darin, dass Carson irgendeine Akte über die früheren Bewohner hatte oder sich die langjährigen Angestellten auf der Farm an etwas Nützliches erinnerten.

Es war spät, als ihr Schlachtplan endlich stand. Elizabeth hatte mehrere Becher des viel zu starken Kaffees hinuntergeschüttet und war jetzt hellwach. Zach ging es nicht anders. Er brachte sie zu ihrem Wagen und gab ihr einen weichen, unglaublich verführerischen Kuss.

Sie widerstand nicht. Es fühlte sich einfach zu gut an.

„Lass mich mit zu dir nach Hause gehen." Er küsste sie erneut, ein tiefer, zärtlicher Kuss, der ihre Knie zu Butter werden ließ. „Wir passen gut zusammen, Liz. Lass uns sehen, was daraus wird."

Sie lehnte sich an ihn. Sie war versucht, so sehr versucht. Doch sie legte die Fingerspitzen auf seine Lippen, um seine verführerischen Worte zu stoppen.

„Ich wünschte, ich könnte, Zach. Du weißt gar nicht, wie sehr ich das wünschte. Aber ich kann das Risiko einfach nicht eingehen."

Er starrte sie einige Sekunden einfach nur an, dann umfasste er ihr Gesicht und küsste sie eindringlich. Wider besseren Wissens ließ sie ihn gewähren.

„Ich könnte dich umstimmen, Liz. Du weißt, dass ich das könnte."

Sie blickte in seine glühenden dunklen Augen und musste ihm recht geben. „Ich weiß, dass du das könntest. Und ich bitte dich, es nicht zu tun."

Zach murmelte etwas, trat einen Schritt zurück und fuhr sich mit der Hand durchs Haar. „Ich wünschte, es wäre anders."

„Ich wünschte, ich wäre mehr wie Lisa."

Zach streckte die Hand aus und umfasste ihre Wange. „Das würde ich nicht wollen. Ich mag dich genau so, wie du bist. Ich würde absolut nichts anders haben wollen an dir." Ein letzter sanfter Kuss, dann nahm er ihren Arm, führte sie zur Fahrerseite ihres Wagens und wartete, bis sie eingestiegen war.

„Ich halte dich auf dem Laufenden", sagte er, als sie das Fenster runterließ. „Tu du das umgekehrt bitte auch."

„Das mache ich. Gute Nacht, Zach."

„Gute Nacht, Baby."

Sie beobachtete im Rückspiegel, wie er ihr folgte, um sicherzustellen, dass sie sicher nach Hause kam. Und sie fragte sich, ob sie die richtige Entscheidung getroffen hatte.

SIEBZEHN

Carson Harcourt saß in seinem Arbeitszimmer und studierte den Produktionsbericht des Monats. Er brauchte einen kleinen Moment, bis das leise Klopfen an der Tür in sein Bewusstsein drang. Als er aufsah, erblickte er seine Haushälterin Isabel Flores, die im Türrahmen stand.

„Tut mir leid, Sie zu stören, Señor Harcourt, doch Ihr Bruder ist gerade vorgefahren. Ich dachte, das würden Sie wissen wollen."

„Vielen Dank, Isabel." Carson sah ihr nach, wie sie mit wiegenden Hüften und ihren vollen Brüsten hinunterging. Wie klug es doch gewesen war, sie zu engagieren! Sie begegnete ihm mit Respekt, wenn sie im Haus arbeitete, und sie wusste, was ihm im Bett gefiel.

Er verspürte ein Ziehen im Unterleib. Er war in letzter Zeit sehr beschäftigt gewesen, um die Spinaternte vorzubereiten. Außerdem hatte er mit Walter Simino die Kampagne vorbereitet, die im Frühling beginnen sollte. Bei einem großen Barbecue würde er seine Kandidatur bekannt geben. Mit so vielen Dingen im Kopf konnte er ein bisschen körperliche Ablenkung gebrauchen, und Isabel kümmerte sich immer sehr nett darum.

Da sie sich ohne Aufenthaltsgenehmigung im Land aufhielt, musste er nicht befürchten, dass sie ihm Schwierigkeiten bereitete. Carson machte sich innerlich eine Notiz, dem Mädchen heute Nacht einen Besuch abzustatten.

Er lächelte vor sich hin, bis sein Bruder durch die Tür kam. Sofort erlosch das Lächeln.

„Sieh mal, wer da ist. Was führt dich denn nur hierher, Zach?"

Zachs Miene blieb ausdruckslos. All die Jahre der Provokation hatten ihn schier übermenschliche Selbstkontrolle gelehrt. Nur das leise Zucken eines Muskels an seinem Kiefer zeigte an, dass Carsons Hohn angekommen war.

„Etwas ist passiert, das dich interessieren könnte."

„Tatsächlich. Was denn?"

„Vor ein paar Tagen hat mich ein Typ angerufen, der an einem Buch über die Landwirtschaft im San Joaquin Valley arbeitet. Er interessiert sich für Harcourt Farms. Er dachte, ich könnte ihm mit der Historie helfen."

„Du hast recht, das ist interessant. Bist du sicher, dass kein negativer Hintergedanke dabei ist?"

„Ihn interessiert nur die Geschichte."

„Er soll mich anrufen. Mal sehen, was sich machen lässt."

„Er bat mich, mit einigen der langjährigen Arbeiter darüber zu sprechen, was sie aus den guten alten Zeiten noch erinnern. Ich ging davon aus, dass du keine Zeit haben wirst. Ich sagte ihm, dass ich es versuchen würde."

Das Letzte, was Carson wollte, war, Zeit mit seinen Arbeitern zu verbringen. Deshalb hatte er ja Vorarbeiter eingestellt.

„Ich versprach ihm, dass ich mit dir darüber reden würde", fuhr Zach fort. „Ich nehme an, dass er mit dir über andere Aspekte der Farm sprechen möchte, wenn er die Basisinformationen hat."

Das hörte sich schon besser an. Carson hatte nichts dagegen, etwas über sich und den Erfolg von Harcourt Farms zu lesen, solange es nur positiv war. Sollte Zach doch die unangenehme Fleißarbeit machen.

Dennoch störte ihn irgendetwas an dem Benehmen seines Halbbruders. Zach war noch nie ein guter Lügner gewesen. Carson fragte sich immer, wie er diese horrenden Honorare in L.A. verdiente.

„In Ordnung. Leg los. Stiles ist noch nicht so lange dabei. Er würde dir vermutlich nichts nützen." Lester Stiles war Carsons rechte Hand. „Mariano Nunez arbeitet vermutlich am längsten hier."

„Ja, ich erinnere mich an ihn. Er leitete die Arbeit in den

Obstplantagen, als ich zur Highschool ging und im Mandelhain als Schüttler gearbeitet habe."

„Vielleicht kann dir der alte Mann etwas Interessantes berichten. Und sag diesem Typ – wie sagtest du, war sein Name?"

Zach blickte zur Seite, ein deutliches Anzeichen, dass er nicht ganz aufrichtig war. „Steven Baines."

„Sag Baines, er soll mich anrufen. Ich werde mir etwas Zeit für ein Interview nehmen."

Zach nickte nur. „Großartig. Danke. Du hast nicht zufällig eine Liste mit den Namen der Menschen, die hier im Laufe der Jahre gearbeitet haben?"

Carson beäugte Zach misstrauisch. Es gefiel ihm nicht, welche Richtung das Gespräch nahm. „Nein. Warum brauchst du eine Liste?"

Zach zuckte die Achseln, wirkte aber angespannt. „Ich dachte, so etwas könnte nützlich sein, um alte Erinnerungen anzustoßen. Ich werde Baines sagen, dass er dich anrufen soll."

Carson blickte seinem Bruder nach, als der das Arbeitszimmer verließ. Er war sich sicher, dass etwas nicht stimmte. Und er würde herausfinden, was. Im Prinzip leitete er San Pico. Die Leute erzählten ihm alles, was er wissen wollte. Nun – er wollte wissen, was Zach vorhatte, und er würde nicht lange brauchen, um es herauszubekommen.

Carson griff zum Telefonhörer.

Zach verließ das Haus und steuerte auf die Arbeiterunterkünfte zu. Er hatte noch immer einen schlechten Geschmack im Mund von dem Gespräch mit seinem Bruder. Er hasste es, den Mistkerl um etwas zu bitten. Er hoffte nur, dass es die Sache wert war.

Es war Sonntag und für viele Menschen auf der Farm ein freier Tag, sodass mehr Leute bei den Unterkünften anzutreffen waren als sonst. Zach verbrachte den ganzen Morgen damit, mit einigen der langjährigen Arbeiter zu sprechen, darunter dem Chefaufseher Mariano Nunez, einem wettergegerbten alten Mexikaner, der seit mehr als dreißig Jahren für Harcourt Farms arbeitete.

„Ich erinnere mich an das alte graue Haus", sagte der alte Mann. „Ich hatte Freunde, die dort wohnten ... die Espinozas. Juan Espinoza kam mit mir aus Mexiko hierher."

Der alte Mann erinnerte sich noch an einige andere Menschen, die im Laufe der Jahre dort gelebt hatten. Die Familie Rodriguez waren die Einzigen, die vor den Santiagos in dem neuen gelben Haus wohnten. Der letzte Bewohner des grauen Hauses, ein Mann namens Axel Whitman, hatte dort jahrelang allein gehaust. Zach notierte sich alle Namen, an die Mariano sich erinnerte. Der wusste allerdings nicht, wo die Männer geblieben waren, nachdem sie die Farm verlassen hatten.

Juan Espinoza und seine Familie hatten laut Mariano am längsten dort gewohnt und waren dann in die Nähe von Fresno gezogen, wo Juan später gestorben war. Soweit sich der alte Mann erinnerte, war niemand in dem Haus gestorben, zumindest nicht in den dreißig Jahren, seit er auf der Farm war.

Zach sah Les Stiles nirgendwo, doch mit ihm wollte er sowieso nicht sprechen. Stiles kroch Carson nur in den Hintern. Wahrscheinlich wusste er sowieso nichts, was von Nutzen sein könnte. Ihm Fragen zu stellen, könnte Carsons Argwohn wecken.

Zach dachte daran, Liz anzurufen und sie über die wenig hilfreichen Erkenntnisse des Vormittags zu informieren, doch er entschied sich dagegen. Er musste hinaus zu Teen Vision und sehen, wie die Arbeit an der Scheune vorankam.

Vielleicht würde er kurz bei ihr vorbeifahren, wenn er sich auf den Weg nach L.A. machte.

Im Flur vor seinem Schlafraum legte Raul Perez gerade den Hörer auf. Er hatte seine Schwester sprechen wollen, doch sie war zum Einkaufen gewesen, sodass er stattdessen mit Miguel gesprochen hatte. Es war kein angenehmes Gespräch gewesen. Sein Schwager schimpfte und tobte. Er war wütend auf Maria, wütend auf ihre Freundin Elizabeth Conners und wütend auf den Bruder des Besitzers von Harcourt Farms.

„Deine Schwester glaubt, hier sei ein Geist im Haus. Sie benimmt sich total verrückt. Ich kann es einfach nicht glauben!"

„Vielleicht ist dort ein Geist", sagte Raul leise.

„*Por Dios,* wenn du das glaubst, bist du genauso verrückt wie sie! Warum habe ich denn den Geist nicht gesehen, wenn es ihn gibt? Warum nur deine Schwester?"

Das war eine sehr gute Frage, die sich Raul auch schon gestellt hatte. „Ich weiß es nicht. Vielleicht ist da ein Geist, vielleicht auch nicht, doch Maria hat Angst."

„Sie braucht keine Angst zu haben. Nicht solange ich hier bin, um sie zu beschützen. Am Besuchstag bringe ich sie bei dir vorbei. Sag ihr, dass sie sich kindisch benimmt. Vielleicht hört sie auf dich."

Raul nickte, auch wenn Miguel das nicht sehen konnte. „Ich werde mein Bestes tun." Er legte auf und ballte unwillkürlich die Hand zur Faust. Seine Schwester hatte Angst. Er wusste nicht, was ihr widerfuhr, doch irgendetwas stimmte nicht, und er hatte keine Möglichkeit, ihr zu helfen.

Er wollte die Treppe hinunter zum Speisesaal nehmen, um sich zu seinem Zimmerkameraden Pete Ortega zu gesellen. Das Knurren seines Magens erinnerte ihn daran, dass es Zeit zum Mittagessen war, auch wenn sein Appetit nicht mehr annähernd so groß war wie vor dem Gespräch mit Miguel.

„Raul! Warte!"

Als er sich umdrehte, erblickte er Zachary Harcourt, der in die gleiche Richtung wollte wie er.

„Hallo, Zach."

„Hallo, Junge. Schön, dich zu sehen." Der dunkelhaarige Mann sah ihn forschend an, als Rauls Lächeln erlosch. „Was ist los? Du siehst aus wie drei Tage Regenwetter."

Raul seufzte. „Ich habe gerade mit Miguel gesprochen."

„Verdammt. Dann weißt du vermutlich, dass ich auf seiner Favoritenliste ziemlich weit unten rangiere und Miss Conners ebenso."

„Er sagte, dass Sie gestern Abend in dem Haus gewesen wären, um nach dem Geist zu suchen."

„So ähnlich, ja."

„Haben Sie ihn gesehen?"

Zach schüttelte den Kopf. „Ich weiß nicht, ob das, was dort passiert, real ist oder nicht, doch irgendetwas geht dort vor sich. Und wir werden herausfinden, was es ist. Dann muss deine Schwester keine Angst mehr haben."

„Ich mache mir Sorgen um sie. Ich wünschte, ich könnte dort sein, um ihr zu helfen."

Zach fasste Rauls Arm. „Hör zu, Raul. Ich weiß nicht genau, wie ich in diese ganze Geschichte hineingeraten bin. Doch wo ich nun einmal drinstecke, werde ich dich und deine Schwester nicht im Stich lassen. Ich gebe nicht auf, bis das Problem gelöst ist. Das verspreche ich dir."

Rauls Erleichterung bei diesen Worten war so groß, dass ihm fast die Tränen in die Augen traten. „Vielen Dank."

Zach klopfte ihm kumpelhaft auf den Rücken. „Mach dich nur weiter so gut wie bisher. Das ist Dank genug."

Raul nickte nur. Sein Hals war wie zugeschnürt.

„Los jetzt", sagte Zach und gab Raul einen aufmunternden Klaps auf die Schulter. „Ich komme um vor Hunger. Lass uns was essen."

Entschlossen, sich keine weiteren Sorgen um seine Schwester zu machen, ging Raul voraus. Zachary Harcourt hatte ihm sein Wort gegeben. Raul betete nur, dass er es auch halten würde.

Zach klappte die Sonnenblende herunter, um sich vor der tief stehenden Nachmittagssonne zu schützen. Er hätte eigentlich in die entgegengesetzte Richtung fahren sollen – den Highway in östlicher Richtung zur Interstate 5, zu seinem Apartment in den Pacific Palisades. Dort sollte er sich auf einen langen Tag im Büro vorbereiten. Im Themoziamine-Fall würden sie in der nächsten Woche mit den Amtenthebungsverfahren beginnen, und er musste vorbereitet sein.

Stattdessen aber fuhr er die Main Street hinunter und bog in die Cherry Street ein, wo er vor Liz' Apartmentgebäude parkte. Er würde nur eine Minute bleiben. Nur so lange, um sie über seinen wenig erfolgreichen Vormittag auf Harcourt Farms zu unterrichten.

Er zögerte noch einen kurzen Moment, bevor er die Autotür öffnete und ihm die alles durchdringende Nachmittagshitze entgegenschlug. Am Apartment B klopfte er an Liz' Wohnungstür, die sie kurz darauf öffnete.

„Zach! Was machst du hier?"

Sein Denken war plötzlich komplett ausgeschaltet. Sie stand da in einem winzigen orangefarbenen Bikini, der jede verführerische Kurve ihres Körpers zeigte. Ihr wundervolles kastanienbraunes Haar war feucht, sie war dabei, es mit einem Handtuch zu trocknen. Offensichtlich war sie gerade im Pool gewesen. Sein Körper regte sich, und er spürte, wie er hart wurde.

Er räusperte sich, konnte aber nicht den Blick von ihr wenden. „Ich weiß, dass ich hätte anrufen sollen. Ich wollte dir erzählen, wie es mit meinem Bruder gelaufen ist."

Als sie bemerkte, wie er sie mit seinem Blick verschlang, schlang sie sich das Handtuch um ihre Hüften.

Verdammt, war sie sexy! Er wusste nicht genau, was sie eigentlich von anderen Frauen unterschied, doch sie hatte etwas Besonderes.

„Komm rein." Mit einem Lächeln trat sie zurück und ließ ihn ins Wohnzimmer gehen. „Gib mir nur eine Minute, um mir etwas Trockenes anzuziehen."

Sie Blick glitt über ihre Brüste, die von den winzigen Dreiecken ihres Bikinis nur knapp bedeckt wurden, und sein Körper straffte sich. „Meinetwegen musst du dir nicht die Mühe machen."

Liz' Lächeln wurde breiter, bis ihr Blick auf die Ausbeulung seiner Jeans fiel und etwas in ihren blauen Augen aufflackerte. „Ich bin gleich zurück", sagte sie mit heiserer Stimme.

Sie wollte sich abwenden, doch Zach ergriff ihre Hand. Er hatte es nicht vorgehabt, doch als sich ihre Augen vor Überraschung weiteten und ihre Lippen leicht öffneten, riss er sie in seine Arme und küsste sie.

Ihre Hände lagen auf seiner Brust, und einen Moment lang fürchtete er, dass sie ihn zurückstoßen würde, doch dann fühlte er ihre Zunge in seinem Mund, und jede Faser seines Körpers fing Feuer.

Er begehrte sie. Seine Finger lösten den Knoten des Handtuchs, sodass es zu Boden fiel. Ihr orangefarbener Bikini war feucht und klebte an ihrem Po, den er umfasste und genussvoll knetete. Ein leises Stöhnen war die Antwort.

Mit einem Blick zum Fenster überzeugte er sich, dass die Vorhänge fast zugezogen waren. Dann vergrub er die Hand in ihrem dichten feuchten Haar und vertiefte den Kuss. Ihr Bikinihöschen wurde an den Seiten nur von zwei Schleifen gehalten. Er zog erst eine, dann die andere auf und schleuderte den winzigen Fetzen Stoff in eine Ecke. Als Nächstes folgte das Top. Er saugte nacheinander an ihren festen rosa Nippeln und spürte, wie ein Beben durch ihren Körper fuhr.

„Zachary ...?"

Er hörte die Unsicherheit in ihrer Stimme, die zugleich erfüllt war von Verlangen. Er wollte ihr nicht die Zeit geben, nachzudenken oder sich von ihm zurückzuziehen. Stattdessen drängte er sie gegen die Wand und öffnete seine Jeans. Er war hart wie Stein, als er ihre Beine spreizte und sie zu streicheln begann. Ihre üppige weiche Scham war feucht und glitschig. Sie war ebenso bereit wie er.

„Ich will dich so sehr", flüsterte er heiser, während er ihren Hals küsste, um sich danach wieder ihrem Mund zu widmen. Zugleich hob er sie ein bisschen hoch und drang in sie ein.

Elizabeth unterdrückte einen Aufschrei. Zach war hier, und er war in ihr, genau dort, wo sie ihn haben wollte. Ihr ganzer Körper bebte, als sie ihn in voller Länge in sich spürte und seine Hitze sie erfüllte. Er presste sie enger an sich und ließ seinen Mund über ihren Hals fahren, wobei die feuchte Wärme seiner Zunge ihr Gänsehaut verursachte.

Es hatte etwas Wild-Erotisches, selbst nackt zu sein, während Zach angezogen blieb. Sie spürte den rauen Jeansstoff an ihren Oberschenkeln und wie die Knöpfe seines Hemdes an ihren Brüsten rieben. Mit fahrigen Fingern knöpfte sie sein Hemd auf und schlug den Stoff zurück, um ihre Haut an seine nackte Brust zu pressen.

Sie spürte seinen Herzschlag und die Bewegungen seiner geschmeidigen Muskeln. Sie umklammerte seinen Nacken, und ihre Lippen fanden seinen Mund für einen tiefen, alles verschlingenden Kuss, der ihn aufstöhnen ließ.

Er umfasste ihren Po, als er in sie eindrang, in sie hinein- und wieder herausglitt, wobei jeder seiner heftigen Stöße sie auf die Zehenspitzen hob. Ja, sie wollte das, wollte ihn. Ihr ganzer Körper schien in Flammen zu stehen.

„Zachary ..." Nun gab es keine Unsicherheit mehr. Sie wusste, was sie wollte, was ihr Körper wollte, und sie ergab sich diesem Begehren. Sie überließ sich der Hitze und dem Verlangen, das alles andere um sie herum auslöschte.

Sie verschränkte ihre Beine um seine Hüften, und Zach drang mit tiefen, hämmernden Bewegungen in sie ein, die ihre Lust weiter anstachelten. Ihr Körper bebte, ihr Herz stampfte. Nie zuvor hatte sie so etwas gefühlt, es war, als ob er mit jedem Stoß immer mehr von ihr Besitz ergriff.

Es war beängstigend und erschreckend, und doch konnte

sie nichts dagegen tun.

Zach grub sich wieder in sie. Wellen des Genusses durchfluteten sie, und ein tiefes, pulsierendes Verlangen stieg in ihr auf. Sie befand sich am Rande des Orgasmus, und ihr Körper sehnte sich nach der Befriedigung, doch sie wollte noch nicht, dass es aufhörte.

Sie spürte die Wärme von Zachs Mund an ihrem Ohr. „Komm für mich, Liz."

Und die Welle brach über ihr zusammen. Sie schwebte durch einen Sternenhimmel, wurde überflutet von Empfindungen, deren Köstlichkeit niemals enden sollte. Zach folgte ihrer Befriedigung, und die Anspannung seiner Muskeln und die Intensität seines Höhepunktes sandten neue Wellen des Genusses durch ihren bebenden Körper.

Zach küsste sie zärtlich und ließ sie langsam wieder auf die Füße hinab. Sein Blick begegnete dem ihren, und seine Miene wurde ernst.

„Ich bin nicht deswegen gekommen, das schwöre ich. Es ist nur ... ich sah dich da stehen, und du sahst so verdammt schön aus ... und ich wollte dich ... ich wollte dich einfach so sehr." Er seufzte und fuhr sich mit der Hand durchs Haar. Dann bückte er sich nach dem Handtuch und reichte es ihr. „Wenn es um dich geht, scheint es mit meiner Selbstbeherrschung nicht weit her zu sein."

Elizabeth schlang das Handtuch um sich. „Ich hätte dich aufhalten können."

„Ja."

„Ich wollte es auch, Zach."

Er strich ihr über die Wange. „Es ist nichts Falsches daran, wenn zwei Menschen einander begehren."

Sie blickte zur Seite und versuchte, keine Reue über das Geschehene zu empfinden. „Das habe ich auch nie geglaubt."

„Lass mich die Nacht bei dir verbringen."

Sie wollte den Kopf schütteln. „Ich halte das ..."

„Du hältst das für keine gute Idee."

„Und du?"

Er seufzte schwer. „Ich bin nicht sicher. Da ist etwas zwischen uns, Liz. Und das hat nicht nur mit sexueller Anziehung zu tun. Ich fühle das, und du tust es ebenfalls."

„Was auch immer wir fühlen – es ändert nichts an den Tatsachen."

„Vielleicht doch. Warum lassen wir es nicht darauf ankommen?"

Sie trat zurück, fort von der Hitze, die in seine Augen zurückgekehrt war, und von dem Ausdruck, den sie schon zuvor wahrgenommen hatte. Sie ermahnte sich, ihn nicht für Sehnsucht zu halten. Was auch immer dieser Blick bedeutete, er änderte ihn nicht, änderte nichts daran, dass er schon immer ein Einzelgänger gewesen war und es bleiben würde. Und er änderte nichts an dem Risiko, das sie einging, wenn sie sich mehr auf ihn einließ.

„Ich muss mich anziehen", sagte sie, weil sie Abstand von ihm brauchte. „Ich bin gleich zurück."

Zach, der ihre Gedanken mit resigniertem Gesichtsausdruck zu ahnen schien, nickte nur.

In braunen Shorts, einer weißen Bluse und wieder ganz entschlossen kehrte Elizabeth nach einigen Minuten zurück. Egal wie sehr sie ihn begehrte, sie konnte das Risiko nicht eingehen.

Sie ging mit ihm in die Küche. „Ich hatte gerade Eistee gemacht, bevor du kamst. Möchtest du ein Glas?"

Er nickte. „Klingt gut."

Ihr fiel auf, dass er seine Kleidung geordnet hatte. Er sah genau so gut aus wie in dem Moment, als er zur Tür hereingekommen war, und es störte sie, dass sie ihn schon wieder begehrte.

Sie lenkte sich ab, indem sie Eiswürfel in zwei Gläser füllte und den Tee einschenkte. Sie stellte die Gläser auf den Küchentisch, legte zwei lange Löffel dazu und schob Zach die Zuckerdose hinüber.

Er wandte den Blick nicht von ihrem Gesicht. „Er ist gut, so wie er ist." Er hob das Glas und nahm einen langen Schluck. Sie beobachtete, wie sich die Muskeln an seinem Hals bewegten.

„Hattest du Gelegenheit, mit deinem Bruder zu sprechen?", fragte sie und verbot sich jeden weiteren Gedanken an Sex mit Zach.

„Aus genau diesem Grund kam ich vorbei. Ich habe mit Carson gesprochen. Unglücklicherweise hat er angeblich keine Liste der früheren Mieter. Ich habe außerdem mit einigen Arbeitern gesprochen. Mariano Nunez ist am längsten dort. Er erinnerte sich an die meisten Familien, die seinerzeit in dem Haus wohnten. Ich habe die Namen aufgeschrieben." Er zog ein Stück Papier aus der Tasche und warf es auf den Tisch. „Doch er hat keine Ahnung, wo man sie finden kann. Soweit er sich erinnern kann, ist niemals jemand in dem alten oder dem neuen Haus gestorben."

„Das führt uns nirgendwohin."

„Wir haben immer noch die Versorgungsunternehmen. Du unternimmst morgen einen Vorstoß?"

Sie nickte. „Ich kann mich für eine Stunde oder so von der Arbeit frei machen. Mal sehen, ob ich etwas herausbekomme."

„Du hast noch nicht zu Abend gegessen, oder?"

„Nein, aber ... hör zu, Zach ..."

„Wir könnten was beim Chinesen bestellen oder vielleicht eine Pizza und ein bisschen fernsehen."

„Oder du könntest in deine Welt zurückgehen, und ich bleibe in meiner."

„Das könnten wir auch tun. Aber das will ich nicht."

Sie sah ihn an, blickte in seine goldgefleckten Augen, und ihr Herz zog sich zusammen. „Ich auch nicht."

Sie konnte nicht glauben, dass sie das gesagt hatte. Nun,

da es heraus war, erkannte sie erst die Wahrheit ihrer Worte und dass es wirklich keine Rolle mehr spielte. Sie hatte sich schon verliebt. Was auch immer passierte, sie würde verletzt werden.

Und in der Zwischenzeit hatte sie Zach. Sie würde ihre gemeinsame Zeit genießen.

Sie setzte ihr Glas ab, ging zu ihm und schlang die Arme um seinen Hals, um ihn zu küssen.

„Lass uns später etwas bestellen", flüsterte sie an seinem Ohr. „Ich kann mir jetzt etwas viel Besseres vorstellen als essen."

Zach grinste und küsste sie auf den Hals. „Darum sollten wir uns kümmern." Er hob sie in seine Arme und trug sie ins Schlafzimmer.

ACHTZEHN

Zach stellte den Wecker für den nächsten Morgen auf vier Uhr, doch er erwachte vor dem Klingeln. Eng an ihn geschmiegt, spürte Elizabeth seine morgendliche Erregung und kam ihm entgegen, um ihn in sich aufzunehmen. Er liebte sie langsam und zärtlich, bis sie beide zum Höhepunkt kamen, und küsste sie dann sanft auf den Hals. Sie blieb schläfrig liegen, während er duschte und sich fertig machte.

Zu dieser frühen Morgenstunde sollte er ohne den üblichen Verkehr weniger als zwei Stunden bis nach L.A. brauchen, doch Zach musste sich noch umziehen, und außerdem hatte er ihr gesagt, dass er sich auf sein erstes Meeting vorbereiten musste.

„Ruf mich heute Nachmittag an", sagte er, als er sich zu ihr beugte. „Lass mich wissen, wenn du etwas herausbekommst."

Sie murmelte etwas Unverständliches und lächelte ihn schläfrig an. „Mach ich."

Zach küsste sie zum Abschied. „Vergiss es nicht."

„Werde ich nicht."

„Bis später, Liebling."

Das Kosewort zauberte ihr wieder ein Lächeln ins Gesicht.

Sie schüttelte das Kissen zurecht, kuschelte sich unter die Decke und schlief wieder ein.

Der Wecker klingelte um sechs Uhr. Immer noch lächelnd ging Elizabeth unter die Dusche und zog sich an. Als sie mit einem albernen kleinen Lied auf den Lippen durch die Hintertür ihr Büro betrat, fiel ihre gute Laune offenbar auch ihrem Boss auf.

„Oh, du bist ja sehr fröhlich heute", sagte Michael. „Du musst ein besonders schönes Wochenende gehabt haben."

Sie errötete.

Michael musterte sie, während ihr die Farbe in die Wangen stieg, und lächelte. „Keine Sorge. Ich glaube nicht, dass ich es wissen möchte." In der winzigen Küche, die ihnen als Mittags- und Pausenraum diente, schenkte er ihr einen Becher Kaffee ein.

„Was ist mit dir?" Elizabeth milderte das Gebräu mit Milch und setzte sich zu ihm an den kleinen Tisch. „Habt ihr einen Termin für die Hochzeit festgesetzt?"

Michael zog seine dichten hellen Brauen zusammen. „Noch nicht. Ich sehe keinen Grund zur Eile."

„Ich auch nicht. Vor allem nicht, wenn du noch Zweifel hast."

„Ich habe keine Zweifel. Aber eine Heirat ist ein wirklich großer Schritt."

Sie dachte an Brian und welch ein Desaster ihre Ehe gewesen war. Dann versuchte sie sich Zach als Ehemann vorzustellen, was ihr jedoch nicht recht gelingen wollte. „Ein wirklich großer Schritt", stimmte sie zu und fühlte sich nicht mehr annähernd so vergnügt wie beim Verlassen des Hauses. Sie wusste nicht genau, warum, schließlich wollte sie definitiv nicht wieder heiraten, und schon gar nicht Zach.

Nach ihrem zweiten Vormittagstermin hatte sie ein wenig Luft, sodass sie sich schon früher auf den Weg zu So Cal Edison machen konnte, dem ersten Unternehmen auf ihrer Liste.

„Kann ich Ihnen helfen?" Eine blonde Frau mit viel falschem Goldschmuck und zu viel Make-up saß an der Information.

„Ja, vielen Dank, das wäre nett. Mein Name ist Elizabeth Conners. Ich bin Familienberaterin. Ich recherchiere für ein Projekt, das die Historie von San Pico behandelt, vor allem die Entwicklung einiger Farmen in der Gegend. Ich habe gehofft, Sie könnten mir helfen herauszufinden, wer alles im Laufe der Jahre in einem der Arbeiterhäuser auf Harcourt Farms gewohnt hat."

Offenbar beeindruckt zog die Frau die Augenbrauen hoch. Sie klopfte mit dem Bleistift auf ihrem Schreibtisch herum.

„Haben Sie es schon im Rathaus versucht? Dort finden Sie die Akten von allen Hauseigentümern in der Gegend."

„Unglücklicherweise ist das Haus vermietet – ich bin also auf die Unterlagen der Telefongesellschaften und Versorgungsunternehmen angewiesen."

„Ich verstehe." Janet, wie das Plastikschild an ihrem linken Revers ihren Namen auswies, wandte sich dem Bildschirm vor ihr zu und gab einige Buchstaben ein. „Wie lautet die genaue Adresse?"

„20543 Route 51, San Pico."

Die Buchstaben auf dem Bildschirm tanzten. „Ich weiß nicht, ob Ihnen das eine große Hilfe sein wird. Unsere Unterlagen reichen nur zehn Jahre zurück."

Elizabeth fühlte einen Stich der Enttäuschung.

„Derzeit werden Gas und Strom über einen Mann namens Miguel Santiago abgerechnet."

„Das ist richtig. Können Sie mir sagen, wer vor den Santiagos dort gelebt hat?" Zach hatte ihr die Namen durchgegeben, die Mariano Nunez erwähnte hatte. Sie konnte sie ebenso gut überprüfen.

„Das ist eigentlich nicht mein Bereich", sagte Janet, studierte aber weiter den Monitor. „Die Santiagos scheinen erst vor wenigen Monaten eingezogen zu sein. Davor wohnte dort jemand namens Rodriguez. Dann gibt es hier eine Lücke von zehn Monaten. Sieht so aus, als hätte das Haus leer gestanden."

„Das Haus, das davor dort stand, wurde abgerissen und stattdessen das jetzige gebaut."

Die blonde Frau nickte. „Das würde es erklären. Ich drucke Ihnen die Liste aus."

Elizabeth wartete. Mariano hatte sich an die Mieter aus fast dreißig Jahren erinnert, doch davon, dass irgendjemand in dem Haus gestorben sein könnte, wusste er nichts. Sie wünschte, die Liste würde weiter zurückreichen.

Sie nahm den Ausdruck entgegen. „Haben Sie vielen Dank."

Als sie das Papier überflog, erkannte sie einen der Namen von Zachs Liste: Bob Rodgers. Offensichtlich kein Latino wie die meisten Arbeiter auf der Farm. Allerdings waren auch der derzeitige Vorarbeiter Lester Stiles und einige andere Angestellte keine Latinos. Abgesehen von Rodgers war ein Mann namens De La Cruz der einzige andere Bewohner des alten Hauses, der auch auf Zachs Liste stand.

Elizabeth faltete das Papier zusammen und ging hinaus.

Ihr nächstes Ziel war der Energieversorger Ma Bell.

Unglücklicherweise hatte sie dort noch weniger Erfolg. Obwohl man sich dort kooperativ zeigte und die Aufzeichnungen fünfzehn Jahre zurückreichten, tauchten keine neuen Namen auf. Wenn es einen Geist gab, musste es sich um jemanden handeln, der noch vor Mariano Nunez' Ankunft auf der Farm vor dreißig Jahren gestorben war.

Elizabeth dachte an Maria und ihre Angst. Als sie ins Büro zurückkehrte, war ihre gute Laune verflogen.

Da sie versprochen hatte, Zach mit allen Neuigkeiten zu versorgen, wählte sie seine Nummer. Wie schon beim letzten Mal stellte seine Sekretärin sie direkt durch.

Zach nahm den Hörer ab und lächelte, als er Elizabeths Stimme hörte. „Hallo, Baby."

„Ich störe dich ungern, Zach. Ich weiß, dass du beschäftigt bist, aber ich hatte ja versprochen, dich anzurufen."

„Du störst mich nicht. Was hast du herausgefunden?"

„Nichts. Deshalb wollte ich dich eben auch nicht stören."

„Ich bin froh, dass du es getan hast. Ich bin hier von Haien umgeben. Insofern ist es schön, eine freundliche Stimme zu hören."

„Was sollen wir tun, Zach? Es tut mir so leid für Maria. Ich wünschte, ich könnte ihr helfen, doch diese Geistergeschichte wird mir eine Nummer zu groß."

„Ich weiß, was du meinst. Doch als ich heute Morgen zurückfuhr und dabei versuchte, nicht daran zu denken, wie sexy du im Bett ausgesehen hast, hatte ich eine Idee."

„Und zwar?"

„Mir fiel ein, dass wir das Offensichtliche noch gar nicht probiert haben. Mariano war sich ziemlich sicher, dass während seiner dreißig Jahre auf der Farm niemand in dem Haus gestorben ist. Wenn es dort also einen Todesfall gab, fand er vermutlich früher statt. San Pico ist ein ziemlich kleiner Ort, und vor dreißig oder vierzig Jahren war er noch kleiner. Nach unseren Recherchen taucht ein Geist üblicherweise nach einer Gewalttat auf oder nach einem unerwarteten Tod, oder?"

„Richtig."

„Vielleicht finden wir etwas in der Zeitung."

„Zach, du bist ein Genie! Warum haben wir nicht früher daran gedacht?"

„Wie du sagtest, die Geisterjagd ist nicht gerade unser Gebiet."

„Ich gehe zur *Newspress,* sobald ich kann. Sie haben ihre alten Ausgaben bestimmt auf Mikrofiche oder so etwas. Mal sehen, was ich ausgraben kann."

Zach lachte. „Im wahrsten Sinne des Wortes. Ich gehe ins Internet und schaue, ob ich dort etwas Nützliches finde. Kein sehr aussichtsreicher Versuch, aber man weiß ja nie."

„Gute Idee."

„Wenn wir in der Zeitung nichts finden, werde ich mit meinem Vater sprechen. Er kann sich an nichts nach seinem Unfall erinnern, doch wenn es um die Vergangenheit geht, ist er manchmal völlig klar."

„Hältst du das für eine gute Idee?"

„Wenn ich ehrlich bin, glaube ich, dass er die gute alte Zeit gern heraufbeschwört. Als das graue Haus in den Vierzigerjahren gebaut wurde, ist er noch ein Kind gewesen. Vielleicht erinnert er sich noch an die Leute, die dort wohnten, während er aufwuchs."

„Es ist auf jeden Fall einen Versuch wert. Ich muss auflegen. Meine nächste Patientin kommt gerade."

„Lass mich wissen, wenn du etwas herausbekommst."

„Mach ich."

„Wir sehen uns Freitag."

Am anderen Ende war ein Zögern. „Bis dann."

Zach legte auf. Sein Magen krampfte sich zusammen. Innerlich betete er, dass Liz ihre Meinung nicht änderte und sich weigerte, ihn am Wochenende zu treffen. Er atmete tief ein. Er musste sich entspannen. Er hatte noch nie eine Frau gekannt, die ihn so sehr anzog wie Liz.

Er dachte an das Mädchen, das sie in der Highschool gewesen war – sehr unabhängig und unempfänglich für jede Form von Mitläufertum. Ihre Mutter starb, als sie fünfzehn war, und man munkelte, dass es ein langsamer und qualvoller Tod war. Danach ging es steil bergab mit dem kleinen Lebensmittelladen ihres Vaters, und schließlich hatte er Konkurs anmelden müssen. Damals hatte Liz im Marge's angefangen, und er war zum ersten Mal auf sie aufmerksam geworden.

Sie war klug. Vermutlich hatte sie ein Stipendium bekommen, aber trotzdem arbeiten müssen, um durch die College-Zeit zu kommen. Er bewunderte sie für das Durchhaltevermögen, das sie gehabt haben musste. Sie war schon immer ein Mensch gewesen, der sich um andere kümmerte – zweifellos auch der Grund, warum sie Familienberaterin geworden war.

Zach seufzte und lehnte sich in seinem Sessel zurück. Er verstrickte sich zu tief in die Sache, und das wusste er. Die Stimme in seinem Hinterkopf riet ihm davonzulaufen, bevor es zu spät war.

Doch sein Herz sagte etwas anderes. Etwas, das er noch nie gehört hatte. *Geh das Risiko ein. Nur dieses eine Mal.*

Allein bei dem Gedanken krampfte sich sein Magen noch stärker zusammen.

Wegen ihres engen Terminplans schaffte Elizabeth es erst am Mittwochnachmittag zur *San Pico Newspress*. Zach schätzte das Baujahr des Hauses auf die Vierzigerjahre; sie wollte zuerst die Schlagzeilen aus dieser Zeit durchgehen. In einer Stadt von der Größe San Picos würde jedes Gewaltverbrechen auf der ersten Seite stehen.

Eine etwas pummelige grauhaarige Frau mit einer silbernen Brille an einer Kette stand hinter dem Tresen. „Kann ich Ihnen helfen?"

Elizabeth erklärte ihr Anliegen, und die Frau bedeutete ihr, ihr zu folgen. Sie führte sie durch das Großraumbüro hindurch in einen kleinen Raum am hinteren Ende des relativ neuen Ziegelsteingebäudes. Mit der Zahl der Einwohner hatte sich auch die Zahl der Zeitungsleser vermehrt.

„Die Ausgaben der letzten fünf Jahre können Sie per Computer anschauen", sagte die Frau stolz. „Wir sind hier sehr fortschrittlich. Unglücklicherweise müssen Sie für die Zeit davor mit Mikrofiche vorliebnehmen. Die Maschinen stehen auf dem Tisch an der Wand."

Elizabeth wandte sich in die angegebene Richtung und sah zwei klobige alte Mikrofiche-Lesegeräte mit großem Bildschirm und Knöpfen an der Seite, mit denen man den Film hin und her schieben konnte.

„Sie wissen, wie man damit umgeht?"

„Ich denke, ja. Ich hatte schon im College damit zu tun."

„Die Filme sind in Schachteln in diesen Metallschubladen." Die Frau deutete auf einen großen Aktenschrank mit vier großen Schubladen. „An der Aufschrift können Sie jeweils ablesen, aus welchem Jahr jeder einzelne Film stammt. Jede Ausgabe der Zeitung ist auf diesen Filmen zu finden. Lassen Sie mich wissen, wenn Sie Hilfe brauchen."

Die Frau entfernte sich, und Elizabeth machte sich an die Arbeit. Sie begann mit den frühen Vierzigerjahren und suchte nach irgendeiner Gewalttat, die in dem Haus oder auf Harcourt Farms vorgekommen war. Es war eine lange und mühsame Arbeit, die den ganzen Nachmittag beanspruchte. Sie sah gerade den letzten Film durch, als die Angestellte kam, weil sie schlossen.

Sie seufzte, als sie aufstand. Wenn sie Zeit hatte, konnte sie zurückkehren und die Polizeimeldungen durchgehen, die alles enthielten, was der Polizei gemeldet wurde. Doch bei so vielen Jahren war das ein utopisches Unterfangen.

Erschöpft und entmutigt verließ sie das Gebäude. Bei den meisten Gewalttaten in San Pico schien es sich um familiäre Auseinandersetzungen oder Kneipenschlägereien zu handeln. Soweit sie wusste, hatte nichts davon zu einem Todesfall auf Harcourt Farms geführt. Sie hatte auch nach Selbstmorden gesucht und einige gefunden, doch keiner davon war auf der Farm vorgekommen.

Später am Abend rief sie Zach in seinem Apartment an, doch sie erreichte nur den Anrufbeantworter. Unwillkürlich fragte sie sich, ob er mit einer Frau aus war, bevor sie den Gedanken zur Seite schob.

Sie sah noch ein bisschen fern und widerstand dem Bedürfnis, ihn noch einmal anzurufen, bevor sie ins Bett ging.

Sie wollte nicht noch einmal enttäuscht werden.

Am nächsten Morgen um sechs weckte sie das Telefon aus einem ruhelosen Schlaf. Einen Moment später klingelte ihr Wecker. Noch halb besinnungslos schlug sie auf den Wecker und griff nach dem Telefonhörer. Die Frauenstimme am anderen Ende erkannte sie sofort.

„Maria? Sind Sie das?"

Sie weinte so sehr, dass Elizabeth sie nicht verstehen konnte.

„Es ist alles in Ordnung, Maria. Atmen Sie tief durch, und versuchen Sie, sich zu beruhigen. Ich möchte, dass Sie ganz am Anfang beginnen und mir erzählen, was los ist."

Maria gab einen erstickten Laut von sich, als sie die Tränen hinunterschluckte. „Ich habe sie gesehen. Letzte Nacht im Schlafzimmer. Das kleine Mädchen. Sie war da, sie stand am Fußende meines Bettes." Sie schluchzte laut.

„In Ordnung, lassen Sie uns das ganz langsam durchgehen. Sie sind doch jetzt wohlauf, oder? Geht es Ihnen gut?"

„*Sí, sí.* Es geht mir gut."

Dann bin ich beruhigt. War Miguel letzte Nacht bei Ihnen?"

„*Sí,* er war da."

„Hat er das kleine Mädchen auch gesehen?"

„Ich weiß nicht. Ich glaube, er hat etwas gesehen. Er wachte direkt nach mir auf. Ich wollte mit ihm sprechen, als es vorüber war, doch er wurde nur wütend und ging aus dem Schlafzimmer. Er schlief dann auf dem Sofa und ging vor Sonnenaufgang zur Arbeit."

„Hören Sie zu, Maria. Ich komme hinaus zu Ihnen. Wir sprechen darüber, und Sie berichten mir genau, was Sie gesehen haben."

„Miguel wird es nicht gefallen, wenn Sie hierherkommen."

Elizabeth kaute nachdenklich auf ihrer Unterlippe. Sie wollte Maria nicht in noch mehr Schwierigkeiten bringen. „Hat er den Wagen genommen?"

„Nein, er arbeitet auf den Feldern."

„Fühlen Sie sich wohl genug, um zu fahren?"

„Sí, ich kann fahren."

„Kommen Sie in mein Büro. Ich treffe Sie dort in einer Stunde."

„Ich werde da sein."

Maria hielt genau in dem Moment vor dem Haupteingang des Gebäudes, als Elizabeth die Hintertür öffnete und ihr Büro betrat. Sie hörte das Pochen an der Vordertür und beeilte sich, ihr zu öffnen.

„Maria! Hier, lassen Sie mich Ihnen helfen." Sie schlang einen Arm um die Schultern der jungen Frau, die bleich und zitternd in den Raum taumelte. „Alles wird gut. Wir werden diese Sache aufklären."

„Der Geist ... sie versucht mich zu warnen. Sie sagt, dass sie mein Baby töten werden."

Elizabeth führte Maria in ihr Büro und ließ sie auf dem großen dunkelgrünen Sofa Platz nehmen. „Was hat sie noch gesagt? Haben Sie irgendeine Ahnung, vor wem sie Sie warnen will?"

Maria schüttelte den Kopf. „Sie fragte wieder nach ihrer Mutter. ,Ich will meine Mama. Bitte ... ich will meine Mama.' Es klang, als ob sie weinte. Und es machte mich so traurig."

Elizabeth schauderte, als sie an die dünne Stimme dachte, die sie in jener schrecklichen Nacht in dem Haus gehört hatte. „Wie hat sie ausgesehen?"

Maria nahm das Kleenex, das Elizabeth ihr reichte, und tupfte sich die Augen. „Sie war sehr hübsch ... wie ein Engel ... mit langen blonden Locken und großen blauen Augen. Sie war zurechtgemacht, als ob sie zu einer Party gehen wollte."

Elizabeth setzte sich neben sie auf das Sofa. „Konnten Sie erkennen, was sie trug?"

Maria wischte eine Träne fort. „Einen weißen gerüschten Rock mit einem rosafarbenen gerafften Latz. Ich weiß nicht genau, wie man das nennt. Es wirkte irgendwie altmodisch."

„Meinen Sie vielleicht ein Trägerkleid? Mit einer Schürze über dem Kleid?"

„*Sí*, das ist es wohl."

Es schien unmöglich. „Wie alt, glauben Sie, war sie?"

„Acht oder neun. Älter wohl nicht. Sie trug glänzende schwarze Schuhe."

Elizabeth ergriff Marias Hand.

„Ich denke, Sie sollten aus dem Haus ausziehen, Maria. Es spielt keine Rolle, ob dort wirklich ein Geist umgeht oder nicht. Sie sind völlig verängstigt, und das ist nicht gut für das Baby."

Maria fing wieder an zu weinen. „Ich möchte ausziehen, doch ich weiß nicht, wohin, und Miguel ... ich habe ihn noch nie so erlebt. Er sagte, es sei alles in meinem Kopf. Er wird wütend, wenn ich irgendetwas über das Haus sage. Ich habe Angst, dass er mich nicht wieder zurückhaben will, wenn ich gehe."

„Miguel liebt Sie. Sicher ..."

„Mein Mann ist sehr stolz. Er sagt, dass er nicht an Geister glaubt und ich mich wie ein Kind aufführe."

„Sie können bei mir wohnen, bis das Baby kommt."

„Das kann ich nicht machen. Ich bin Miguels Frau, und eine Ehefrau sollte bei ihrem Mann bleiben."

„Was ist mit dem Baby? Sie müssen an Ihr Kind denken."

Maria wurde ganz steif. „Ich muss bei Miguel bleiben." Noch am ganzen Körper zitternd, atmete sie tief durch. „Ich hätte die Schlaftabletten nehmen sollen, die Dr. Zumwalt mir gegeben hat."

Elizabeth stand auf und ging zu ihrem Schreibtisch. Sie wünschte, sie könnte etwas dazu sagen. Maria könnte problemlos bei ihr wohnen, doch sie konnte sie nicht zwingen, ihr Zuhause zu verlassen. Und solange Miguel davon überzeugt war, dass seine Frau sich alles einbildete, bestand keine Chance, dass er sie ohne Streit gehen lassen würde.

Sie brauchten einen Beweis, dass dort wirklich etwas vor sich ging. Etwas Konkreteres als die Aussagen eines selbst ernannten Mediums wie Tansy Trevillian oder die einer schwangeren jungen Frau.

Als Maria eine Stunde später das Büro verließ, fühlte sie sich schon ein bisschen besser und war etwas zuversichtlicher.

„Sie sind nicht allein", versicherte Elizabeth ihr, als sie die Frau zu dem schäbigen Pick-up begleitete. „Zachary Harcourt kommt dieses Wochenende, um mit seinem Vater zu sprechen.

Vielleicht kann er uns dabei helfen, herauszubekommen, was in diesem Haus passiert ist."

Vorausgesetzt, es war überhaupt etwas passiert.

Und vorausgesetzt, Fletcher Harcourt war klar genug im Kopf, um sich überhaupt zu erinnern.

„Und was tun wir dann?"

Gute Frage. „Ich bin nicht sicher, aber zumindest haben wir dann mehr in der Hand als im Moment." Elizabeth drückte ermutigend Marias Hand. „Rufen Sie mich an, wenn Sie etwas brauchen, egal was es sein sollte."

Doch selbst wenn Maria anrufen sollte, wusste Elizabeth nicht, ob sie ihr würde helfen können.

NEUNZEHN

Carson Harcourt lehnte sich zurück auf seinem teuren schwarzen Ledersessel. Auf einer Ecke seines Schreibtisches lag säuberlich gefaltet die Morgenzeitung, die er schon vor Stunden gelesen hatte. Der Arbeitstag eines Farmers begann früh, und Carson hatte immer etwas zu tun.

Er war gerade eine Rechnungsaufstellung für Pestizide durchgegangen, die auf den Rosenfeldern eingesetzt wurden, als das Telefon klingelte. Er hatte sofort die Stimme seines Vorarbeiters erkannt und dem Bericht des Mannes mit wachsender Wut gelauscht.

„Behalt ihn im Auge", sagte er zu Lester Stiles. „Und halt mich auf dem Laufenden. Ich rufe dich an, wenn ich dich brauche." Mit zusammengebissenen Zähnen warf er den Hörer auf.

„Verdammt noch mal, ich wusste es!" Er hieb mit der Faust auf den Tisch, sodass der Schlag bis in den Flur zu hören war. Carson kümmerte das nicht. Er war sich sicher gewesen, dass sein Halbbruder bei dem letzten Besuch auf der Farm nichts Gutes im Schilde führte. Kaum hatte Zach das Haus verlassen, hatte Carson Les Stiles beauftragt, ein wenig herumzustochern.

Stiles hatte entdeckt, dass er seine Nächte im Bett von Elizabeth Conners verbrachte. Das hätte Carson sich denken können.

Zach hatte Schlag bei den Frauen. Das war schon immer so gewesen. Carson hatte fälschlicherweise geglaubt, dass Elizabeth hinter die Fassade der Protzautos, der Designerkleidung und des Sex-Appeals schauen würde. Er hatte gehofft, sie würde sich für einen Mann mit Zukunft entscheiden, einen Mann, der Verbindungen und Macht hatte.

Offenbar unterschied sich Elizabeth kein bisschen von den anderen Frauen, die Zach bezirzt hatte. Sie war nur eine weitere Lisa Doyle.

Es spielte keine Rolle. Wichtig war nur, herauszubekommen, was die beiden vorhatten. Und Stiles war der richtige Mann für den Job.

Les Stiles arbeitete seit knapp vier Jahren für Carson. Zuvor war er bei einer Spezialeinheit der Army und danach als Söldner in irgendeinem südamerikanischen Land gewesen. Doch er war in San Pico geboren und auf einer der großen Farmen in der Gegend aufgewachsen. Müde vom Söldnerleben war er vor vier Jahren zurückgekehrt.

Er hatte sich auf eine Stellenanzeige hin als Vorarbeiter auf Harcourt Farms beworben, und Carson hatte ihn eingestellt. Im Laufe der Jahre gingen seine Aufgaben weit darüber hinaus, die Arbeit auf der Farm zu beaufsichtigen. Stiles tat alles, was Carson ihm auftrug, egal was es war. Er stellte keine Fragen und wurde für seine Loyalität und seinen Einsatz gut bezahlt.

Stiles hatte ihm berichtet, dass Zachs Vorhaben etwas mit den Santiagos zu tun haben musste und mit dem Haus, in dem sie lebten. Und das bedeutete, dass es etwas mit Harcourt Farms zu tun hatte.

Carson presste die Kiefer aufeinander, während er seinen Bruder innerlich verfluchte. Seit sein Vater diesen mürrischen dunkelhaarigen Jungen mit nach Hause gebracht und verkündete hatte, dass dies sein Halbbruder sei, war Zach ihm ein Dorn im Auge.

Fletcher Harcourt hatte ihn legalisiert. Er hatte Zach adoptiert, ihm ein Zimmer im Haupthaus gegeben und ihn in der Schule als Carsons Bruder vorgestellt. Selbst heute kam Carson noch die Galle hoch bei dem Gedanken daran, wie erniedrigend das gewesen war und welchen Schmerz es seiner Mutter bereitet hatte, als der alte Mann seinen Bastard mitbrachte.

Seine Mutter war inzwischen tot. Carson war überzeugt, dass Zachs Existenz zu ihrem frühen Tod beigetragen hatte.

Seine Gedanken wanderten zurück zu dem Gespräch mit Lester Stiles. Stiles hatte sich das ganze Wochenende an Zach gehängt und unter der Woche ein Auge auf Elizabeth gehabt. Elizabeth hatte alte Akten von Versorgungsunternehmen eingesehen, um herauszufinden, wer vor den Santiagos in dem Haus gewohnt hatte. Dieselbe Frage hatte Zach gestellt, als er am vergangenen Wochenende auf der Farm gewesen war.

Johnny Mayer, ein Freund von Stiles, dem der Supermarkt draußen am Highway 51 gehörte, hatte ihm von einer Frau erzählt, die sich nach dem Weg zu Harcourt Farms erkundigt hatte. Sie hatte erwähnt, dass sie den Leuten im Haus helfen wollte – als eine Art Medium oder so etwas.

„Das Ganze hat etwas mit einem Geist zu tun", hatte Stiles gelacht. „Können Sie sich das vorstellen?"

Carson lachte nicht. Was auch immer ihr Motiv war: Sie hatten kein Recht, auf Harcourt Farms herumzuschnüffeln. Und Carson würde dem ein Ende machen. Ein für allemal.

Am Freitagnachmittag rief Zach Elizabeth an. Er würde erst sehr spät in San Pico eintreffen.

„Ich habe noch eine Besprechung wegen Themoziamine, die uns viel Zeit kosten wird. Und der Verkehr am Freitagabend ist immer grauenhaft."

Elizabeths Finger krallten sich um den Hörer. „Ich ... äh ... ich habe versucht, dich Mittwochabend anzurufen, doch du warst nicht zu Hause."

„Warum hast du keine Nachricht hinterlassen?"

„Ich dachte, du wärst ... ich dachte, vermutlich hättest du ..."

„Vermutlich was, Liz?"

„Vermutlich hattest du ein Date."

Am anderen Ende herrschte kurzes Schweigen. „Ich habe nicht einmal daran gedacht, mit jemand anders auszugehen, seit wir uns sehen."

„Du bist mir nichts schuldig, Zach. So sollte es nicht klingen."

„Gehst du mit anderen aus?"

Sie schluckte und dachte daran, zu lügen. „Nein."

„Dann tue ich es auch nicht."

„Okay." Ihr wurde fast schwindlig vor Erleichterung. Ein sehr schlechtes Zeichen. „Ich nehme an, wir sehen uns heute Abend."

„Darauf kannst du dich verlassen."

Sie wartete, dass er auflegte, doch er tat es nicht.

„Warum hast du mich am Mittwoch angerufen?"

„Ich wollte dir sagen, dass ich in den Zeitungen nichts gefunden habe. Ich kann es mit den Dienstbüchern der Polizei versuchen, doch das dürfte lange dauern, und ich glaube nicht, dass wir etwas Nützliches finden werden."

„Ich hatte so sehr darauf gehofft."

„Maria rief mich gestern Morgen an. Sie hat den Geist gesehen, Zach. Ganz klar und deutlich. Ein kleines blondes Mädchen. Ich erzähle dir davon, wenn du hier bist. Sie war wirklich völlig verängstigt."

Zach atmete hörbar aus. „Gleich morgen früh werde ich meinen Vater besuchen. Vielleicht erinnert er sich an etwas."

„Ich hoffe es. Maria sieht furchtbar aus. Ich mache mir wirklich Sorgen um sie und das Baby." Sie betete innerlich, dass Maria heute Abend nicht allein zu Hause war.

„Lass den Kopf nicht hängen. Wir werden irgendetwas herausfinden. Ich bin so bald wie möglich da."

Zach kam noch später an, als befürchtet, doch Elizabeth wartete auf ihn. Sie hatte nicht damit gerechnet, dass er, kaum zur Tür hereingekommen, sie hochheben und ins Schlafzimmer tragen würde, um sie dort leidenschaftlich zu lieben. Doch genau das tat er.

Lächelnd tapste sie gegen Mitternacht in die Küche, um ihnen einen Imbiss zuzubereiten, bevor sie über Maria sprachen und über das, was sie in dem Haus angeblich gesehen hatte.

„Wenn der Geist wirklich ein kleines Mädchen mit blonden Haaren und blauen Augen ist", sagte sie, „können wir schon viele Kinder, die in dem Haus gewohnt haben, von der Liste streichen."

„Es sei denn, es geht hier um ein Kind, das nicht tatsächlich dort gewohnt hat."

„Was meinst du damit?"

„Vielleicht war sie nur mit jemandem befreundet, der dort gewohnt hat."

Elizabeth seufzte nachdenklich. „Daran habe ich nicht gedacht. Lass uns zunächst einmal bei unserer ursprünglichen Theorie bleiben."

„Ja, das ist sowieso schon alles ziemlich schwer zu begreifen. Da wollen wir die Sache nicht noch unnötig verkomplizieren."

Sie aßen Sandwiches mit kaltem Roastbeef, während sie von ihren vergeblichen Bemühungen berichtete, den Geheimnissen des Hauses auf die Spur zu kommen. Irgendwann in der Nacht liebten sie sich erneut. Dennoch schlief keiner von beiden besonders gut.

Elizabeth sorgte sich um Maria und was ihr in dem Haus zustoßen könnte, während Zach an Raul dachte und sich fragte, ob der Junge etwas Verrücktes tun würde, wenn er erfuhr, dass es seiner Schwester nicht gut ging.

Er sprach den Gedanken aus, als sie sich am nächsten Morgen anzogen, um zu seinem Vater nach Willow Glen zu fahren.

„Ich hoffe, sie hält ihren Bruder aus dieser Sache heraus", sagte Zach, während er sich ein gelbes Poloshirt über den Kopf zog.

„Ich weiß, dass sie ihr Bestes tun wird. Sie versucht wirklich, Raul zu schützen. Und sie wünscht sich nichts sehnlicher, als dass er es schafft."

„Sie scheinen einander viel zu bedeuten." Sein Gesicht

zeigte einen Ausdruck, der ein bisschen neidisch wirkte.

„Ich vermute, bei Carson und dir war das anders."

Ein Laut des Widerwillens entfuhr ihm. „Carson hat mich von dem Moment an gehasst, in dem er mich gesehen hat."

„Wie alt wart ihr da?"

„Ich acht, als ich dort einzog. Carson war zehn."

„Zehn. Das ist ziemlich jung, um jemanden zu hassen. Wie geht es dir mit ihm? Hasst du ihn auch?"

Zach schüttelte den Kopf. „Nicht wirklich. Jemanden zu hassen, kostet zu viel Energie. Außerdem tat er mir immer ein bisschen leid."

„Carson tat dir leid? Warum?"

„Weil mein Vater so viel von ihm erwartete. Carson schien niemals die Messlatte zu erreichen, egal wie sehr er sich bemühte. Mich hat mein Vater meistens ignoriert."

„Bis du aus dem Gefängnis kamst."

„Ja. Ich weiß nicht genau, warum dieser Sinneswandel einsetzte. Vielleicht dachte er, dass auch ihn ein Teil der Schuld träfe. Als er sich überzeugt hatte, dass ich mein Leben wirklich ändern wollte, tat er alles in seiner Macht Stehende, um mir zu helfen."

„Was Carson vermutlich nicht sehr gefallen hat."

Zach grinste. „Ja. Er war stinksauer."

„Carson scheint gute Arbeit geleistet zu haben mit der Farm."

„Ich denke, das hat er. Der Ort bedeutet ihm alles. Ich glaube, auf eine gewisse Weise ist er froh, dass der alte Mann dort von der Bildfläche verschwunden ist."

Elizabeth schwieg. Seit Fletcher Harcourts Unfall war Carson derjenige, der auf Harcourt Farms das Sagen hatte. Als Leiter des Millionenunternehmens genoss er so viel Prestige und Einfluss, dass die meisten Männer ihn darum beneiden würden. Doch Zach schien an diesem Geschäft nicht teilhaben zu wollen.

„Bist du fertig?", fragte er.

„Lass mich noch meine Tasche mitnehmen." Sie ergriff die Korbtasche vom Tisch, und sie gingen zur Tür hinaus. Als Elizabeth sah, dass er heute seinen Cherokee fuhr, warf sie ihm ein Lächeln zu.

„Ich sehe, du versuchst nicht länger, mich zu beeindrucken."

Zach grinste verschmitzt. „Ich hoffte eigentlich, du wärst schon hinreichend beeindruckt."

Elizabeth dachte an sein geschicktes Liebesspiel und lachte. „Ich denke, ja."

Sie wartete, bis Zach ihr die Tür öffnete, und glitt dann auf den braunen Ledersitz. Schweigend fuhren sie hinaus nach Willow Glen, und sie spürte, dass Zach immer nervöser wurde.

„Du musst nicht mit hineingehen", sagte er. „Du kannst in der Lobby warten, wenn du möchtest. Ich weiß nie, was mich erwartet, wenn ich ihn besuche. Manchmal wirkt er ganz normal, andere Male kann er kaum sprechen. Manchmal dreht er auch durch und wirft mit Sachen um sich. Und ab und an erinnert er sich an die Vergangenheit und hält sie für die Zukunft. Man weiß es nie."

„Du sagtest, die Ärzte glauben, dass Teile seines Gehirns in Mitleidenschaft gezogen sind."

Er nickte. „Als er die Treppe hinunterfiel, sprangen winzige Splitter vom Schädelknochen ab. Wenn man sie entfernen könnte, würden sich seine Sprache und seine motorischen Fähigkeiten verbessern, und auch von seiner Erinnerung würde vieles wieder zurückkehren. Er könnte ein ziemlich normales Leben führen."

Zach bog in die Lücke auf dem Parkplatz und schaltete den Motor ab. Als sie im Gebäude waren, führte er sie den Gang hinunter zum Zimmer seines Vaters. „Wie ich schon sagte, du musst nicht mitgehen."

„Ich war hier mehrere Monate lang einmal in der Woche

zum Unterricht. Insofern habe ich eine ziemlich konkrete Vorstellung, wie es hier aussieht."

Sie gingen weiter, bis sie Fletcher Harcourts Zimmer erreichten. Einer der Ärzte kam ihnen zufällig entgegen.

„Hallo, Zach."

„Hallo, Dr. Kenner. Wie geht es ihm?"

„Sie haben eine gute Zeit erwischt. Er hat eine seiner klareren Phasen."

„Großartig." Er wandte sich um zu Elizabeth. „Ich sage ihm erst einmal, dass ich hier bin und dass ich eine Freundin mitgebracht habe."

Sie nickte.

„Übrigens", sagte der Arzt. „Dr. Marvin möchte mit Ihnen sprechen. Er wollte Sie am Montag in Ihrem Büro anrufen."

„Dr. Marvin ist der behandelnde Arzt meines Dads", erklärte Zach Elizabeth und wandte sich dann wieder an Kenner. „Wissen Sie, warum er mich sprechen will?"

„Ich bin nicht sicher. Es geht um eine neue experimentelle Operationsmethode. Er war ziemlich aufgeregt deswegen. Mehr weiß ich nicht."

„Danke, Doktor." Kenner winkte und ging weiter.

„Ich frage mich, was da ansteht", sagte Zach.

„Vielleicht haben sie ja einen Weg gefunden, deinem Dad zu helfen."

„Ich möchte meine Hoffnungen ja nicht allzu hoch schrauben, aber das wäre fantastisch."

Zach betrat vorsichtig das Zimmer, sagte etwas zu seinem Vater und bedeutete ihr dann, ihm zu folgen.

„Dad, das ist eine Freundin von mir, Elizabeth Conners."

Fletcher Harcourt nickte. „Freut mich."

„Hallo, Mr. Harcourt." Sie lächelte, und auch ihm gelang ein schiefes Lächeln. Selbst im Rollstuhl war er noch ein eindrucksvoller Mann mit seiner breiten Brust, den eisengrauen Haaren und den gleichen goldgefleckten Augen wie Zach.

Die Falten in seinem Gesicht waren tief und die Haut wettergegerbt von der jahrelangen Arbeit draußen. Doch die vier Jahre seit seinem Unfall hatten ihren Tribut gefordert.

Die Haut an seinem Hals war ebenso abgeschlafft wie die Partie um seinen Kiefer. Und doch erkannte sie, dass er sehr attraktiv gewesen sein musste. Mit siebenundsechzig war er noch immer ein gut aussehender Mann.

„Liz ist gekommen, um mit dir über die Farm zu reden", sagte Zach sanft. „Sie interessiert sich für die Geschichte der Farm und dachte, du könntest ihr vielleicht helfen."

Er bewegte sich ein wenig in seinem Rollstuhl hin und her und schien sich aufzurichten. Obwohl er langsam und ein wenig verwaschen sprach, schien er völlig klar zu sein, als Zach das Gespräch auf die Vergangenheit lenkte.

„Erinnerst du dich an das alte Haus, Dad? Das Haus des Vorarbeiters, das du abgerissen hast, um ein neues zu bauen?"

„Ich habe es ... abgerissen?" Nachdenklich schüttelte er den Kopf. „Ich habe niemals ... irgendeines der Arbeiterhäuser ... abgerissen."

Zach warf Elizabeth einen Blick zu. „Ich glaube, du hattest es nur vor. Das Haus muss da gewesen sein, seit du ein Kind warst."

„Du sprichst ... von dem alten grauen Holzhaus ... das, das mein Vater gebaut hat. Das ist schon da, seit ich denken kann."

„Genau das. Erinnerst du dich an eine der Familien, die dort gewohnt hat? Damals, meine ich."

Erstaunlicherweise erinnerte sich Fletcher Harcourt an eine ganze Reihe von Arbeiterfamilien; in den frühen Jahren der Farm waren das oft noch keine Latinos gewesen. Das könnte wichtig sein, dachte Elizabeth, da Maria glaubte, ein Mädchen mit blondem Haar und blauen Augen gesehen zu haben.

In seiner langsamen Sprechweise erzählte der alte Mann weiter von der Vergangenheit. Damals vor vierzig oder fünfzig Jahren arbeiteten die Männer noch längere Zeit auf einer Farm, sodass es weniger Namen gab, als sie befürchtet hatten.

Elizabeth notierte jeden Namen in einem kleinen Büchlein, das sie aus ihrer Handtasche zog, und befragte ihn dann zur jeweiligen Familie. In den Vierzigern war er zu jung gewesen, um sich an etwas Nützliches zu erinnern, doch als sie sich mit den Fünfzigern und Sechzigern beschäftigten, kamen mehr Erinnerungen an die Oberfläche.

„Lasst mich überlegen ... da war ein Mann ... Martinez ... Hector Martinez ... so hieß er. Er hatte eine Frau. Ich glaube, ihr Name ... war Consuela. Musste ihn feuern. Wurde sehr ... streitlustig am Ende. Die Frau ... war schwanger. Hab's nicht ... gern gemacht."

Elizabeth horchte auf. „Seine Frau war schwanger?"

Er nickte. „Zogen nach Fresno ... das Letzte, was ich hörte."

Sie warf Zach einen Blick zu, der offenbar dasselbe dachte wie sie. Niemand außer Maria war von dem Geist heimgesucht worden – zumindest hatten sie nichts davon erfahren. Wenn die Martinez-Familie noch in Fresno war, würden sie sie vielleicht ausfindig machen können. Möglicherweise bestand eine Verbindung darin, dass die Frau ebenfalls schwanger gewesen war.

„Erinnern Sie sich, Mr. Harcourt, ob irgendeine andere Frau, die in dem Haus gelebt hat, schwanger war?"

Fletcher zog die dichten grauen Augenbrauen zusammen. „Lange her. Kann mich nicht ... erinnern. Ich glaube, die Frau von Espinoza. Aber ... ich meine, sie verlor es."

Ein Schauer lief ihr über den Rücken. *Sie werden dein Baby töten. Sie nehmen dir dein Baby, wenn du nicht fortgehst.*

Elizabeth schluckte. Juan Espinoza war Mariano Nunez' Freund gewesen. Elizabeth machte sich innerlich eine Notiz, den Mann zu fragen, ob er sich an eine Fehlgeburt von Espinozas Frau erinnern konnte oder daran, dass irgendeine andere Frau in dem Haus ihr Kind verloren hatte.

Fletcher sah Zach an und runzelte die Stirn. Sie begriff, dass sie ihn angestrengt hatten.

„Benimmst du dich auch, Junge? Hältst du dich fern von allem Ärger? Du betrinkst dich doch nicht? Und rauchst nicht mehr das verdammte Gras, oder?"

Zach schüttelte nur den Kopf. „Nein, Dad."

Fletcher blickte Elizabeth an. „Sieht so aus, als hättest du zur Abwechslung mal ein nettes Mädchen dabei. Behandele sie gut." Er starrte wieder Zach an. „Und sag deiner Mutter, dass ich morgen oder so bei ihr vorbeikomme. Sobald ich von diesem verdammten Ort hier wegkomme."

Zachs Stimme stockte. „Das sage ich ihr." Er deutete mit einer Kopfbewegung zur Tür, und Elizabeth stand auf. „Wir müssen los, Dad. Pass auf dich auf." Zach klopfte dem alten Mann auf die Schulter, bevor er in Richtung Tür ging.

Hinter ihnen murmelte Fletcher etwas, aus dem Elizabeth nicht schlau wurde.

„Connie!", rief er. „Schwing deinen Hintern hier rein, Weib. Und bring deinen nichtsnutzigen Sohn mit. Ich habe ein Hühnchen mit ihm zu rupfen."

Zach schwieg, während sie den Flur entlanggingen, doch sein Gesicht wirkte düster. Offensichtlich quälte es ihn sehr, seinen Vater so zu sehen.

Elizabeth griff nach seiner Hand. „Vielleicht hat Dr. Marvin gute Neuigkeiten."

„Vielleicht."

Doch sie sah, dass er nicht wirklich daran glaubte.

ZWANZIG

Zachs Miene blieb verschlossen, als er den Jeep startete. Im Wagen war es glühend heiß, und der Asphalt schlug kleine Blasen von der Hitze. Elizabeth spürte, wie sich der Schweiß zwischen ihren Brüsten sammelte, und war froh, als Zach beim Wegfahren die Fenster herunterließ.

Sie musterte sein Profil und bemerkte, wie angespannt seine Kiefermuskeln waren.

„Dein Vater wollte dich nicht ärgern", sagte Elizabeth sanft. „Er erinnerte sich nur an etwas, das vor langer Zeit geschah."

„Ich weiß. Es ist nur ... es weckt Erinnerungen, an die ich nicht gern denke."

„Du meinst das Gefängnis?"

Er nickte. „Ich spreche mit den Jungs darüber. Ich versuche ihnen zu vermitteln, dass sie eine andere Wahl haben."

„War es sehr schlimm, Zach?"

Er warf ihr einen Seitenblick zu, bevor er den Jeep auf die linke Spur zog, um einen dahintuckernden Traktor zu überholen. „Für mich nicht so schlimm wie für einige der anderen Jungs. Ich war in den letzten Jahren mit einem ziemlich üblen Typen herumgezogen. Als ich in den Knast musste, wusste ich, wie ich auf mich aufpasse. Und da ich auf der Farm gelebt hatte, sprach ich fließend Spanisch. In meinem Zellenblock geriet ich mit einem Mitglied der mexikanischen Gang in Streit. Der Kerl war wirklich ein Pitbull, aber ich gewann den Kampf. Ein anderer Typ aus der Gang fand, dass ich ihm einen Gefallen getan hatte. Von dem Tag an hatte ich keine Probleme mehr."

Er blickte weiter stur geradeaus und machte den Eindruck, als ob er vor seinen Augen die Vergangenheit und nicht den Highway sähe.

„Was ist in jener Nacht passiert, Zach? Der Nacht, in der der Autounfall geschah?"

Er seufzte. „Um ehrlich zu sein, ich weiß es nicht genau. Ich war so schrecklich betrunken und high, dass ich mich an kaum etwas erinnere."

„Es muss der Sommer gewesen sein, in dem ich die Highschool abschloss", sagte sie. „Der Unfall machte Schlagzeilen damals."

„In jenem Sommer hing ich viel im Roadhouse rum. Das Publikum dort war ziemlich derb, und ich passte genau da rein. In der besagten Nacht trank ich mit einigen meiner sogenannten Kumpels. Ich rauchte etwas Dope, wurde high und stürzte danach einen Tequila nach dem anderen runter. Das Letzte, an das ich mich erinnere, war ein Streit mit meinem Bruder."

„Carson war in jener Nacht dort?"

Er nickte. „Er und Jake Benson kamen dorthin raus, um mich zu holen. Mein Vater hatte sie geschickt. Jake war damals sein Vorarbeiter. Ich erinnere mich, wie Carson sagte, ich solle meinen Hintern in den Wagen bewegen, er würde mich mit meinem Wagen nach Hause fahren, während Jake uns in Carsons Wagen folgte. Ich wollte das nicht. Ich sagte, ich würde noch nicht gehen."

„Dein Bruder hat dich dort gelassen?"

„Ich wollte nicht mit ihm gehen. Was für eine Wahl hatte er da?"

„Aber wie konntest du nach Hause fahren, wenn du so betrunken warst?"

„Das ist der schlimmste Teil. Ich weiß es nicht. Normalerweise tat ich das nicht. Carson und Jake fuhren fort, und ich wurde auf dem Parkplatz ohnmächtig. Das ist so ziemlich das Letzte, an das ich mich erinnere. Ich habe noch eine verschwommene Erinnerung daran, dass ich in mein Auto stieg, doch ich weiß nicht, ob sie der Wirklichkeit entspricht. Als ich aufwachte, lag ich über dem Lenkrad. Blut tropfte von meiner Stirn, und ich hatte drei Rippen gebrochen. Ich war in einen anderen Wagen frontal reingefahren. Der Fahrer war tot. Es sah so aus, als hätte ich ihn getötet."

Elizabeth runzelte die Stirn. „Was meinst du mit ‚Es sah so aus'?"

Zach blickte zur Seite. „Wie ich schon sagte: Ich bin nicht sicher. Ich habe es abgelehnt, mich bei der Anhörung schuldig zu bekennen. Ich erinnere mich vage, in den Wagen gestiegen zu sein, doch immer wenn ich die Szene vor mir sehe, klettere ich auf den Beifahrersitz – nicht auf den Fahrersitz."

Elizabeth riss überrascht die Augen auf. „Du glaubst also, dass du den Wagen in jener Nacht gar nicht gefahren hast?"

„Ich kann mich irren. Aber es wäre möglich."

„Aber wenn du recht hast, dann bist du für etwas ins Gefängnis gegangen, das du gar nicht getan hast."

Er verstärkte seinen Griff um das Lenkrad. „Ob es nun mein Fehler war oder nicht, der Unfall hat mein Leben verändert. Wenn ich nicht im Gefängnis gelandet wäre, wenn ich nicht erkannt hätte, auf welch fatalem Weg ich mich befand – wer weiß, was aus mir geworden wäre. Selbstverständlich habe ich das während meines ersten Jahres im Gefängnis noch nicht gedacht."

Elizabeth musterte ihn von der Seite. „Wenn du in jener Nacht nicht hinter dem Steuer gesessen hast, wer ist dann deiner Meinung nach gefahren?"

Zach schüttelte nur den Kopf.

Sie starrte ihn an. „Du glaubst doch nicht, dass es Carson war, oder?"

Sekundenlang antwortete er nicht. „Falls ja, erinnere ich mich nicht daran. Und ich werde niemanden solch einer Tat bezichtigen, wenn ich dermaßen betrunken und bekifft war, dass ich nichts mitbekommen habe."

„Was hat Jake Benson gesagt?"

„Dass sie niemals zum Roadhouse zurückgefahren sind."

„Und du hast ihm geglaubt?"

„Ich hatte keine große Wahl."

Elizabeth sagte nichts. Es brauchte viel Mut, die Verantwortung für ein Verbrechen zu übernehmen, das man vielleicht gar nicht begangen hatte. Mit der Zeit bewunderte sie Zachary Harcourt immer mehr. Nicht dass sie das wollte. Je mehr sie ihn mochte, desto schmerzhafter würde das Ende ihrer Affäre für sie werden.

Elizabeth betrachtete die hügellose Landschaft, die vor dem Autofenster vorbeizog, die Felder von Harcourt Farms, auf denen sich die Baumwolle Reihe für Reihe bis zum Horizont erstreckte. In der Ferne bildeten die Rosenfelder einen scharlachroten Streifen am Horizont.

Während Zach zu ihrem Apartment fuhr, fragte sie sich unwillkürlich, ob Carson Harcourt wirklich der Typ Mann war, der einen unschuldigen Mann ins Gefängnis gehen ließ.

Am nächsten Morgen beendeten Elizabeth und Zach gerade ihr Frühstück mit French Toast und Schinken, als jemand an Elizabeths Wohnungstür hämmerte.

Sie zog den Gürtel ihres hellblauen Frotteebademantels enger und ging durchs Wohnzimmer, um zu öffnen. Überrascht erblickte sie Carson Harcourt an ihrer Türschwelle.

„Guten Morgen. Darf ich reinkommen?" Die höfliche Bitte entsprach nicht seinem strengen Blick, und er wartete ihre Erlaubnis auch nicht ab. Sein Blick fiel auf Zach, der nur eine Jeans mit einem offenen Hemd trug und barfuß aus der Küche kam. „Oh, welche Überraschung. Was ist der Anlass, Carson?"

„Der *Anlass* ist, dass du nicht mehr im Holiday Inn zu finden bist – oder bei deiner letzten Gespielin. Also kam ich hierher, um dich zu sprechen."

Zachs Miene verhärtete sich. „Du solltest dir angewöhnen, von Frauen immer als Ladies zu denken, Carson. Dann hättest du auch mehr Glück mit ihnen."

„Was ich denke, geht nur mich was an und nicht dich – was auch der Grund ist, warum ich hier bin."

„Nur weiter."

„Ich will, dass ihr beide mit dem Herumschnüffeln auf Harcourt Farms aufhört. Was auch immer ihr sucht, es geht euch nichts an."

„Es gibt kein Gesetz, das es verbietet, öffentliche Akten einzusehen", sagte Zach ruhig und verbarg seine Überraschung, dass Carson davon erfahren hatte.

„Richtig, das gibt es nicht." Carsons Mund verzog sich zu einem bösen Lächeln. „Und es gibt kein Gesetz, das es verbietet, einen inkompetenten Arbeiter zu entlassen. Haltet euch von der Farm fern, alle beide, oder Santiago und seine Frau finden sich auf der Straße wieder."

Zach versteifte sich. Er war genauso groß wie Carson, aber schlanker, mit ausgeprägteren Muskeln. Dennoch stellte Carson einen nicht zu unterschätzenden Gegner dar. Und während Zach eine unrühmliche Vergangenheit in San Pico hatte, genoss Carson Macht und Einfluss. Carson konnte seinem Bruder ebenso Schwierigkeiten bereiten wie den Santiagos. Elizabeths Magen zog sich zusammen bei dem Gedanken.

„Mrs. Santiago ist verängstigt", setzte Zach zur Erklärung an. „Sie ängstigt sich um ihr ungeborenes Kind. Und um ehrlich zu sein, ich glaube, dass sie allen Grund dazu hat."

„Wovon zum Teufel sprichst du?"

Elizabeth trat einen Schritt vor. „Dinge geschehen in dem Haus ... Dinge, die man nicht erklären kann. Zach und ich waren eine Nacht dort, und es war schrecklich. Ich weiß, dass es schwer zu glauben ist, aber ..."

„Aber was?"

„Irgendetwas ist dort", schaltete sich Zach ein. „Wir wollen herausfinden, was. Wenn du uns unterstützen würdest ..."

„Vergiss es. Ich werde nichts davon unterstützen. Mit dem Haus ist absolut alles in Ordnung. Tatsächlich wurde festgestellt, dass es sich in sehr gutem Zustand befindet – das hast du mir selbst gesagt. Und jetzt sage ich euch: Haltet euch aus den Angelegenheiten von Harcourt Farms raus. Wenn nicht, werden die Santiagos darunter zu leiden haben."

Damit machte Carson auf dem Absatz kehrt und stürmte aus der Tür. Sie starrten ihm hinterher. Das ganze Apartment schien zu vibrieren, als er die Tür hinter sich zuknallte.

„Manchmal hasse ich ihn tatsächlich", sagte Zach finster.

„Wenn er Miguel feuert, hat die Familie wirklich Schwierigkeiten. Jobs sind schwer zu finden, erst recht gut bezahlte, bei denen auch noch ein Haus gestellt wird. Und sie erwarten ein Baby. Was sollen wir tun?"

Zach ging hinüber zum Fenster. „Ich habe Raul versprochen, alles Menschenmögliche zu tun, um ihm und seiner Schwester zu helfen. Ich werde mein Wort nicht brechen." Er wandte sich zu ihr um. „Wir werden genau das tun, was wir vorhatten. Wir werden nur vorsichtiger sein."

„Was glaubst du, wie er davon erfahren hat?"

„Carson hat einen langen Arm hier in der Stadt. Wir müssen einen Weg finden, ihm auszuweichen. Ich werde mit Mariano Nunez sprechen. Ich muss heute Abend nach L.A. zurück, doch ich versuche, so schnell wie möglich ein Treffen zu arrangieren."

„Du meinst, er taucht auf?"

Er nickte. „Da gibt es eine kleine Kneipe in einem Randbezirk, wo er und seine Freunde rumhängen. Ich bringe ihn dazu, sich dort mit mir zu treffen. Dann werde ich herausfinden, ob Espinozas Frau eine Fehlgeburt hatte und ob er von anderen Frauen in dem alten Haus weiß, die ihre ungeborenen Kinder verloren haben. In der Zwischenzeit solltest du noch einmal zur Zeitung gehen und diese Namensliste überprüfen."

Sie hatten mittlerweile eine ziemlich vollständige Liste, was die Suche vereinfachen würde. „Es gibt dort einen alphabetischen Index mit allen Namen, die in den jeweiligen Ausgaben auftauchen", sagte sie. „Ich rufe morgen früh im Büro an und lasse meine Termine absagen. Als Erstes gehe ich zur Zeitung." Sie blickte auf. „Was, wenn Carson davon erfährt?"

Ein Muskel an Zachs Kiefer zuckte. „Wenn er mit harten Bandagen kämpfen will, kann er das haben. Die Gewerkschaft der Farmarbeiter ist hier ziemlich stark. Selbst Carson legt sich nicht gern mit den Jungs an. Wenn er versuchen sollte, Miguel ohne Grund zu feuern, hetze ich ihm die Gewerkschaft auf den Hals. Carson mag es, wenn die Dinge rund und geschmeidig laufen. Probleme mit der Gewerkschaft sind das Letzte, was er gebrauchen kann."

„Hoffentlich hast du recht." Sie trat zu ihm ans Fenster. Draußen auf dem Rasen vor dem Apartmenthaus spielten zwei kleine Jungen Fußball. Sie fragte sich, ob sie jemals selbst ein Kind haben würde. Was für eine Art Vater würde Zachary Harcourt wohl abgeben? Sie dachte an seinen Umgang mit den Jungen bei Teen Vision und erkannte erstaunt, dass er vermutlich ein sehr guter Vater sein würde.

Sie atmete tief ein und fühlte sich plötzlich beklommen. Unglücklicherweise war Zach nicht der Typ Mann, der sich lange genug band, um ein Kind aufzuziehen.

Sie wandte sich ab und ging hinüber zum Sofa. „Ich wünschte, ich könnte Maria anrufen, um mich zu vergewissern, dass es ihr gut geht. Doch das würde Miguel sicher nicht gefallen. Und ich möchte ihr nicht noch mehr Ärger bereiten."

Zach trat hinter sie, schlang die Arme um ihre Taille und zog sie an sich. „Wir tun, was wir können. Vielleicht werden wir morgen schon etwas herausbekommen."

Elizabeth hoffte es.

Sie war sich nicht sicher, welche Art von Gefahr Maria und ihrem Baby drohte. Doch immer, wenn sie an ihre Nacht in dem Haus dachte, wusste sie aus tiefstem Herzen, dass die Gefahr real war.

Am Montagmorgen bog Elizabeth sehr früh in die Fifth Street ein, die drei Blocks weiter zum Rotklinkergebäude der *San Pico Newspress* führte.

Sie dachte an die Liste in ihrer Handtasche, als sie bei einem Blick in den Rückspiegel einen dunkelgrünen Pick-up bemerkte, der hinter ihr ebenfalls abbog und den sie schon mehrere Male gesehen hatte. Als sie zu So Cal Edison gefahren war, hatte sie ihn zwei Wagen hinter sich gehabt. Sie erinnerte sich so gut daran, weil das Auto vor ihm sehr unvermittelt abgebogen war und er wütend gehupt hatte.

Heute war der Pick-up wieder da, drei Wagen hinter ihr. Sie fuhr an der Einfahrt zur Zeitung vorbei und hielt erst beim Drive-in von McDonald's, wo sie einen Kaffee und einen Egg McMuffin bestellte. Dann bog sie wieder in die Main Street und fuhr zurück zum Büro.

Als sie den Wagen auf dem Stellplatz hinterm Büro parkte, zog der Pick-up langsam an ihr vorbei. Sie kannte den Fahrer nicht – ein großer Mann in einem kurzärmeligen karierten Hemd und mit einem abgenutzten Strohhut.

Folgte er ihr?

Sicher nicht. Sie wurde nur paranoid.

Und dennoch: Carson sollte nicht erfahren, was sie vorhatte. Sie wollte keinesfalls Miguels Job aufs Spiel setzen.

Im Büro erledigte sie einige Anrufe und ging dann ein paar Akten ihrer Patienten durch. Nach einer halben Stunde verließ sie das Gebäude durch den Haupteingang und machte sich auf den Weg zur Zeitung.

Der Pick-up war nirgendwo zu sehen. Sie hoffte nur, dass die Dame am Empfangstresen nicht mit Carson in Verbindung stand.

„Ich würde mir noch einmal gern die alten Aufzeichnungen ansehen", sagte sie zu der grauhaarigen Frau.

„Bedienen Sie sich." Die Frau schrieb weiter an ihrem Computer. „Sie wissen ja, wo alles ist."

„Ja. Vielen Dank." Elizabeth ging zu dem Raum mit den Aktenschränken und den Mikrofiche-Lesegeräten. Marianos Namen hatte sie bereits überprüft, doch nun ging es um Fletcher Harcourts umfassendere Liste, die viel weiter zurückreichte.

Während sie sich weiter durch die Jahrgänge arbeitete, angefangen mit den späten Fünfzigerjahren, kamen ihr einige Namen unter, die zu denen auf der Liste passten. Wie sich herausstellte, handelte es sich zwar um die gleichen Namen, doch um unterschiedliche Menschen. Die Lektüre des Artikels ergab, dass keiner von ihnen in dem Haus gelebt hatte.

Ein weiterer Name tauchte auf. Ein Typ namens Vincent Malloy, der laut Fletcher Harcourt in den frühen Sechzigern in dem Haus gewohnt hatte, war wegen Trunkenheit und Erregung öffentlichen Ärgernisses verhaftet worden. 1965 kam ein Mann namens Ricardo Lopez bei einem Autounfall auf dem Highway 51 ums Leben.

Seufzend widmete sich Elizabeth wieder dem alphabetischen Index für die nächsten zehn Jahre und glich die Namen auf ihrer Liste mit den registrierten Namen ab. Es ging schon auf elf Uhr zu, und der Vormittag schien ihr zu entgleiten, als sie auf eine weitere Namensübereinstimmung stieß.

Consuela Martinez. Direkt darunter tauchte der Name ihres Mannes Hector auf. Der Index betraf die Siebzigerjahre. Laut Zachs Vater hatten die Martinez zu dieser Zeit nicht im Haus gewohnt. Doch vermutlich war die Erinnerung des alten Mannes nicht mehr ganz verlässlich.

Elizabeth blinzelte, als sie herunterscrollte und die beiden Namen ein halbes Dutzend Mal erblickte.

Sie fand den entsprechenden Mikrofiche vom 15. September 1972, dem ersten Artikel, in dem Hector und Consuela Martinez erwähnt waren, im Aktenschrank. Es dauerte eine Weile, um den Text zu finden; er stand relativ weit unten. Doch als sie die Schlagzeile las, setzte ihr Herz fast aus.

Paar aus Fresno wegen Mordes verhaftet.
Ihr Puls hämmerte. Schnell überflog sie den Artikel, um ihn im Anschluss gleich noch einmal zu lesen. Als sie fertig war, schlug ihr das Herz bis zum Hals, und ihr Mund war trocken.

Ein Paar aus Fresno, das kurze Zeit in San Pico gewohnt hatte, war wegen der Entführung und des brutalen Mordes an einem zwölfjährigen Kind verhaftet worden. Das Mädchen war vor ihrem Tod sexuell missbraucht worden. Sowohl der Mann als auch die Frau wurden für die Tat angeklagt, die in ihrem Haus stattgefunden hatte.

Bestürzt lehnte Elizabeth sich zurück. Obwohl der Mord in Fresno und nicht in dem Haus auf Harcourt Farms geschehen war, konnte sie die Gewalttätigkeit des Verbrechens ebenso wenig ignorieren wie den Umstand, dass es im Haus des Paares stattgefunden hatte und dass es sich bei dem Opfer um ein Kind handelte.

In der nächsten halben Stunde las und druckte Elizabeth jeden Artikel, in dem die Martinez erwähnt wurden. Da die beiden zur fraglichen Zeit nicht mehr in der Stadt gewohnt hatten, war die Berichterstattung dünn. Elizabeth fand nur dürftige Informationen über das ermordete Mädchen und nur wenige Details des Verbrechens.

Es gab eine Meldung kurz vor dem Prozess und einen weiteren, nachdem das Paar verurteilt worden war. Der größte Artikel trug die Schlagzeile „Hector Martinez zum Tode verurteilt". Wegen der Brutalität des Verbrechens hatte sich die Jury für die Todesstrafe ausgesprochen, und der Richter hatte zugestimmt. Martinez' Frau wurde zu lebenslanger Haft ohne Aussicht auf Begnadigung verurteilt.

Der letzte Artikel über das Paar stammte vom 25. August 1984, fast zwölf Jahre nach ihrer Verhaftung. Die *Newspress* berichtete, dass Hector Martinez in der Gaskammer von San Quentin hingerichtet worden war.

Müde, aber aufgeregt packte Elizabeth die Ausdrucke zusammen und verließ das Gebäude. Der Mord in Fresno hatte vielleicht überhaupt nichts mit den Vorgängen im Haus zu tun. Dass das Paar einst in dem Haus in San Pico gelebt hatte, mochte bloßer Zufall sein.

Doch irgendetwas sagte Elizabeth, dass sie gerade über den entscheidenden Hinweis gestolpert war, der sie der Erklärung der schrecklichen Geschehnisse im Haus der Santiagos ein Stückchen näher brachte.

EINUNDZWANZIG

Zach saß hinter seinem Schreibtisch und lauschte Elizabeths Bericht über die bestürzenden Informationen, die sie am Morgen bei der Zeitung ausgegraben hatte. Ihre Neuigkeiten ließen ihn erschauern.

„Ich denke, das ist wichtig, Zach."

„Das denke ich auch. Sobald ich den Tag zu Ende gebracht habe, komme ich vorbei."

„Heute Abend? Du nimmst dir frei?"

„Das habe ich bereits entschieden. Ich habe heute früh mit meinem Partner Jon Noble gesprochen; er springt diese Woche für mich ein. Dann rief Dr. Marvin an. Er möchte mit mir und Carson über eine neue Operationsmethode sprechen. Er wird am Mittwoch in San Pico sein, um sich meinen Dad noch einmal anzusehen."

„Das ist großartig, Zach. Vielleicht ist das die Gelegenheit, auf die du gewartet hast."

„Ich hoffe es. In der Zwischenzeit muss ich noch einmal mit Mariano sprechen. Ich kann diese schreckliche Nacht in dem Haus nicht vergessen. Ich muss immer an Maria denken. Sie und ihr Baby sind wirklich in Gefahr, die Zeit läuft ihnen weg."

„Sie ist im achten Monat. Das ist eine entscheidende Phase für sie."

„Wurde in einem der Artikel, die du gelesen hast, das kleine Mädchen beschrieben?"

„Nein, sie erwähnten nur ihren Namen, Holly Ives. Aber sie war zwölf, nicht acht oder neun."

„Wir müssen noch mehr über sie herausfinden. Morgen fahren wir nach Fresno. Mal sehen, was wir dort herausbekommen."

„Ich werde mir den Tag frei halten."

Zach legte auf und fragte sich, ob das ermordete Mädchen

wohl blondes Haar und blaue Augen gehabt hatte. Nach allem, was er gelesen hatte, schien es eher unwahrscheinlich, dass es sich bei Marias Erscheinung um das in Fresno ermordete Mädchen handelte. Schließlich war sie mehr als hundert Meilen weit weg gestorben. Doch dies war die erste Spur, die sie hatten, und sie durften keine Möglichkeit außer Acht lassen.

Zach sah auf seine Armbanduhr. Er hatte noch einiges zu erledigen, bevor er für heute Schluss machen konnte, und danach musste er noch in seinem Apartment vorbeifahren und ein paar Sachen packen. Er war sich nicht sicher, wie lange er in San Pico bleiben würde. Doch er hatte beschlossen, die Stadt nicht eher wieder zu verlassen, bis er sein Versprechen Raul und seiner Schwester gegenüber eingelöst hatte, das Rätsel der schrecklichen Geschehnisse in dem Haus aufzuklären.

Es war kurz vor fünf, beinahe Feierabend. Elizabeth begleitete ihren letzten Patienten zur Tür und ging dann ins Büro zurück, um ihre Handtasche zu holen und ein paar Akten, die sie mit nach Hause nehmen wollte.

„Bis Mittwoch", sagte sie zu Terry, die bereits den Computer am Empfangstresen herunterfuhr und sich fertig machte. Wie versprochen, hatte Elizabeth sich den Dienstag frei gehalten. Sie hatte erzählt, dass sie an einem Fall arbeitete, der einige Recherchen in Fresno erforderte.

Terry steckte einen Bleistift in ihr kurzes mattblondes Haar, das ihr erstaunlich gut stand. Sie war groß und athletisch, klug und gewissenhaft. Sie war eine Bereicherung für ihre kleine Praxis.

„Falls ich was Spezielles erledigen soll, brauchen Sie mich nur anzurufen", sagte sie.

„Das tue ich. Und ich nehme mein Handy mit. Rufen Sie ruhig an, falls irgendwelche Probleme auftreten."

Dr. James war bereits fort. Er hatte sich mehrere Male nach Maria und ihrem „Geist" erkundigt, doch Elizabeth hatte ihm nur erzählt, dass sie versuchte, dem Mädchen zu helfen. Michael würde niemals glauben, dass Maria Santiago tatsächlich einen Geist gesehen hatte.

Um ehrlich zu sein, Elizabeth konnte es selbst nur schwerlich glauben.

Sie wollte gerade die Eingangstür zuschließen, als eine vertraute rothaarige Frau in den Warteraum trat.

„Ich hatte gehofft, dich noch zu erwischen", lächelte Gwen Petersen.

„Perfektes Timing." Elizabeth erwiderte das Lächeln ihrer Freundin. „Ich wollte gerade gehen." Sie warf Terry einen Blick zu. „Ich schließe ab. Einen schönen Abend noch."

Terry winkte und ging zur Hintertür hinaus.

„Ich bin froh, dass du vorbeigekommen bist", sagte Elizabeth zu Gwen. „Ich habe die ganze Woche an dich gedacht. Ich wollte eigentlich anrufen, aber ich war zu beschäftigt."

„Sieht so aus, als ob alle ein bisschen verrückt sind in letzter Zeit. Darum wollte ich dich auch abfangen."

„Wie wär's mit einer Cola light oder so was? Normalerweise sind ein paar Getränke im Kühlschrank."

„Klingt großartig. Draußen ist es wirklich heiß." Gwen folgte Elizabeth in die kleine Küche und setzte sich an den winzigen Holztisch. Elizabeth öffnete den Kühlschrank und holte ein Soda heraus. Sie verteilte den Inhalt auf zwei Gläser und setzte sich zu ihrer Freundin an den Tisch.

Gwen nippte an ihrem Glas. „Dann hast du viel gearbeitet in der letzten Zeit?"

„Ich habe zwischendurch ein paar Überstunden gemacht. Wie ich schon sagte, ich wollte anrufen, aber die Zeit verflog einfach."

„Das passiert." Gwen hielt nicht viel von Small Talk. Und als Elizabeth sie anschaute, sah sie etwas in ihrem Gesicht, das sie argwöhnisch werden ließ.

„Du kommst normalerweise nicht im Büro vorbei. Hast du ein bestimmtes Anliegen?"

Gwen setzte ihr Glas ab. „Tatsächlich, ja." Sie fuhr mit dem Finger über das beschlagene Glas und zeichnete abstrakte Muster. „Jim und ich waren zum Essen im Ranch House. Auf dem Weg zur Toilette lief ich Lisa Doyle in die Arme."

Elizabeths Mund verzog sich zu einem ironischen Lächeln. „Ich bin sicher, sie schickt mir beste Grüße."

„Ehrlich gesagt glaube ich, dass sie dir am liebsten mit einem stumpfen Messer das Herz aus der Brust schneiden würde."

„Das hat sie bereits getan. Sag ihr, sie muss sich etwas anderes einfallen lassen."

Gwen lächelte nicht. „Lisa sagt, dass du mit Zachary Harcourt schläfst."

Elizabeths Hand zitterte, als sie nach dem Glas griff und einen großen Schluck nahm. „Ich finde nicht, dass es Lisa etwas angeht, mit wem ich schlafe."

„Es würde auch mich nichts angehen, wenn du nicht meine beste Freundin wärst."

Das war richtig. Sie hatten selten Geheimnisse voreinander, und dieses Geheimnis entsprach einer Zehn auf der Richterskala. „Zach und ich arbeiten gemeinsam an einem Fall."

„Ach ja? Was für einem Fall?"

„Zach engagiert sich für Teen Vision. Die meisten wissen es nicht, doch tatsächlich ist er derjenige, der das Projekt gegründet hat."

Gwen zog eine Augenbraue hoch. „Ich dachte, es wäre Carsons Projekt."

„Offensichtlich macht Carsons Ruf es einfacher, Spendengelder zu bekommen. Auf jeden Fall hilft Zach einem der Jungs aus dem Programm. Und ich versuche seiner Schwester zu helfen. Wir dachten, dass wir vielleicht mehr Erfolg haben, wenn wir zusammenarbeiten."

„Dann ist es also nur beruflich. Du bist nicht irgendwie mit ihm liiert."

Elizabeth blickte verlegen zur Seite. Es war ihr unmöglich, Gwen anzulügen. „Wir verabreden uns. Nur an den Wochenenden oder wenn er in der Stadt ist."

Gwen riss überrascht die Augen auf. „Oh mein Gott, dann stimmt es! Du schläfst mit Zachary Harcourt!"

Elizabeth zuckte die Achseln und versuchte gleichmütig zu wirken, auch wenn sie sich nicht im Mindesten so fühlte. „Wir sind beide erwachsen. Wir können machen, was wir wollen."

„Hast du den Verstand verloren?"

Elizabeth schluckte. Gwens verblüffte Miene erinnerte sie daran, dass sie vor nicht allzu langer Zeit noch genau das Gleiche gedacht hatte. Erinnerungen an den Zach aus der Highschool-Zeit stiegen in ihr hoch – wie wild, rücksichtslos und egoistisch er gewesen war. Frauen hatten ihm nichts bedeutet – nicht länger als eine Nacht oder auch zwei.

„Ich kann dich durchaus verstehen", fuhr Gwen fort. „Jede Frau könnte das. Doch das macht es noch viel schlimmer, sich mit ihm einzulassen."

„So schlimm ist es nun auch wieder nicht", verteidigte sich Elizabeth, die die Erinnerungen an den früheren Zach abzuschütteln versuchte und sich selbst überzeugen wollte. „Es ist eine rein physische Sache. Keiner von uns beiden möchte eine feste Beziehung."

Gwen beugte sich nach vorn. „Wem willst du hier was vormachen, Liz? Zach? Oder dir selbst? Du sprichst mit deiner besten Freundin. Ich kenne dich seit Jahren, und wir beide wissen, dass du nicht die Art von Frau bist, die sich auf gelegentlichen Sex einlässt."

Elizabeth blickte zur Seite. Sie wollte dieses Gespräch nicht führen. „Eigentlich nicht, aber das hier ist anders. Es ist lange her, dass ich mich körperlich zu einem Mann hingezogen gefühlt habe – und niemals auf eine Art und Weise, wie ich mich zu Zach hingezogen fühle. Ich wollte wissen, wie das ist – nur dieses eine Mal. Es ist nichts Falsches daran."

„Ist es nicht. Aber in diesem Fall gibt es noch andere Dinge zu bedenken."

„Zum Beispiel?"

„Zum Beispiel den Umstand, dass Zach ein Einzelgänger ist und das immer bleiben wird. Das war er schon, als wir Kinder waren, und das ist er noch heute. Lisa kann mit einem Mann wie ihm umgehen, weil Sex ihr nichts bedeutet. Aber du bist nicht so."

Nein, sie war nicht Lisa. Dieselben Worte hatte sie zu Zach gesagt. Aber er hatte sie überzeugt, dass es keine Rolle spielte.

„Ich mag ihn wirklich, Gwen. Er ist überhaupt nicht mehr so wie damals. Er kümmert sich um die Jungs bei Teen Vision. Und wenn ich bei ihm bin, habe ich das Gefühl, dass ich ihm was bedeute."

„Vielleicht tust du das", sagte Gwen sanft. „Vielleicht liegt ihm sehr viel an dir. Doch am Ende wird er dich verlassen. Das hat er bislang immer getan, und das wird er auch immer tun."

Elizabeth schlug die Augen nieder. In ihrem Hals bildete sich ein Kloß. „Ich weiß, dass du recht hast. Es wird niemals funktionieren mit uns. Aber ich bin nicht bereit, ihn aufzugeben. Noch nicht. Ich wünschte, ich könnte es, aber ich kann es nicht."

Gwen legte ihre Hand auf die ihre und drückte sie ermutigend. „Der Kerl ist ein Sahneschnittchen, keine Frage. Lass ihn nur nicht zu nah an dich heran. Lass ihn dir nicht das Herz brechen."

Elizabeth antwortete nicht. Sie hatte das dumpfe Gefühl, dass es dafür schon zu spät war.

Auf seinem Weg nach San Pico hielt Zach bei der kleinen mexikanischen Kneipe namens La Fiesta am Stadtrand. Vielleicht war Mariano Nunez zufällig mit ein paar Freunden dort. Er hatte Glück. Der alte Mann wollte gerade gehen, als Zach eintrat.

„Señor Harcourt", begrüßte ihn der Vorarbeiter freundlich lächelnd. „Ich habe nicht erwartet, Sie so bald wiederzusehen."

„Ich habe noch einige Fragen, die Sie mir möglicherweise beantworten können. Wie wär's mit einem Bier?"

Das Lächeln des alten Mannes wurde breiter, und Zach bemerkte, dass ihm einer seiner unteren Zähne fehlte. *„Gracias, señor.* Es ist noch immer heiß draußen."

Zach bestellte zwei Bier, und sie setzten sich an einen der abgenutzten Holztische im hinteren Teil der Bar. Der Geruch von grünen Paprikaschoten und gebratenem Fleisch drang aus der Küche.

„Ich dachte, Sie könnten mir vielleicht ein bisschen mehr über die Espinozas erzählen."

Während Zach an seinem Bier nippte, berichtete Mariano von seinen Freunden und beantwortete Zachs Fragen. Teilweise auf Spanisch erzählte er Zach, dass Juans Frau ihm im Laufe der Jahre mehrere Kinder gebar. Sechs, soweit er sich erinnern konnte, doch alle waren zur Welt gekommen, bevor das Paar in das graue Haus zog.

„Mein Vater erwähnte etwas davon, dass Señora Espinoza ein Kind verloren hat", sagte Zach und lenkte damit auf das eigentliche Thema seiner Befragung. „Erinnern Sie sich daran?"

Mariano runzelte die Stirn, wobei sich die Falten in seinem wettergegerbten Gesicht tiefer in die nussbraune Haut gruben. *„Sí,* daran erinnere mich. Sie erwartete ihr siebtes Kind, als Juan zum Vorarbeiter ernannt wurde und mit seiner Familie in das Haus zog."

„Was ist passiert?"

Mariano schüttelte den Kopf, wobei sein langes graues Haar hin und her schwang. „Sie wurde krank oder so etwas.

Sie verlor das Kind, und wenige Monate später zogen sie fort. Es tat mir leid, dass sie fortgingen."

„Wissen Sie noch, in welchem Jahr das war?"

„Die Familie zog im Herbst 1962 fort. Ich erinnere mich daran, weil ich bei der Suche nach einem Ersatz für Juan helfen musste. Das war nicht einfach."

Zach nahm einen großen Schluck Bier und stellte die kalte Flasche ab. Er fragte sich, ob Señora Espinoza denselben Geist gesehen hatte wie Maria. Ob sie vielleicht die gleiche fatale Warnung erhalten und ihr keine Beachtung geschenkt hatte.

Er schob den Stuhl zurück und erhob sich. „Vielen Dank, Mariano. Sie waren eine große Hilfe."

Der alte Mann grinste. „Es ist schön, über alte Zeiten zu plaudern."

Zach nickte nur. Vielleicht war es schön für Mariano, doch sein Magen verkrampfte sich angesichts der Neuigkeiten.

Señora Espinoza hatte sechs Kinder zur Welt gebracht, bevor sie in das alte graue Haus zog. Das siebte Baby verlor sie, und kurz danach zog die Familie fort.

Vielleicht war es nur ein Zufall.

Doch Zach spürte, dass dem nicht so war.

Die Fahrt durch das San Joaquin Valley dauert etwas mehr als drei Stunden. Fresno war wie die meisten kleineren Städte im Tal: staubig, flach und ausgedehnt. Nur die Innenstadt selbst war größer. Es gab mehrstöckige Gebäude, und etliche Freeways brachten den Verkehr vom einen zum anderen Ende der Stadt. Auf dem Farmland in der Umgebung wurden mehr Wein und Obst als Baumwolle angebaut.

Auf dem Beifahrersitz zurückgelehnt, betrachtete Elizabeth die vorbeiziehende Landschaft eher teilnahmslos. Ihre Gedanken waren bei Zach und dem gestrigen Gespräch mit Gwen.

Obwohl sie versucht hatte, Gwens Warnung zu ignorieren,

und ihr dies bis zu Zachs Ankunft am späten Abend auch weitgehend gelungen war, saßen ihr die Worte ihrer Freundin wie ein giftiger Stachel im Fleisch. Als sie einen Blick zu Zach hinüberwarf, musste sie unwillkürlich daran denken, dass er immer ein einsamer Wolf gewesen war und es auch immer bleiben würde.

Es war dumm gewesen, sich mit ihm einzulassen, das wusste sie. Und das Bedürfnis fortzulaufen, wurde immer stärker. Oder zumindest der Wunsch, die Mauer wieder aufzubauen, die sie einst zwischen ihnen errichtet hatte.

Das würde sie auch tun, sagte sie sich, doch nicht heute. Heute brauchte sie Zachs Hilfe. Sie musste eine verängstigte junge Frau beschützen und einen Mörder entlarven. Vielleicht würden sie heute die Antwort auf das Rätsel des Hauses finden.

Unruhig rutschte sie auf dem Sitz hin und her, als sich die Umrisse von Fresno in einer Wolke von Rauch und Dunst abzeichneten. Zach fuhr vom Freeway hinunter und steuerte den Wagen durch die Stadt zur E Street. Dort befand sich die *Fresno Bee,* die regionale Tageszeitung.

Es war heiß wie immer. Die Augusthitze drang in den Wagen, als sie auf dem Parkplatz die Türen öffneten. Beide schwiegen, während sie in das Gebäude und zum Empfangstresen gingen.

„Kann ich Ihnen helfen?", fragte eine ältere, beleibte Frau mit mindestens einem Doppelkinn und einer Miene, die keinen Zweifel daran ließ, dass sie sich in ihrem Job schon seit Jahren gründlich langweilte.

„Wir möchten gern einen Blick in Ihre alten Ausgaben werfen", antwortete Elizabeth und wartete mit der gleichen Begründung auf wie schon in San Pico.

Die Frau nickte. „Ich lasse jemanden kommen, der Sie ins Archiv führt."

Sie verbrachten den Großteil des Vormittags damit, jeden

einzelnen Artikel über Hector und Consuela Martinez zu lesen und auszudrucken – von dem Tag an, als die Entführung von Holly Ives bekannt wurde, über die Verhaftung des Paares, den Prozess und die folgenden zwölf Jahre bis zu Hectors Hinrichtung 1984. Ein letzter kleiner Artikel von 1995 informierte über Consuelas Krebstod im Frauengefängnis von Chowchilla, wo sie ihre lebenslängliche Freiheitsstrafe abgesessen hatte.

„Sieh dir das an." Elizabeth gab Zach den Artikel, den sie gerade ausgedruckt hatte. „Der hier erschien einen Tag nach dem Verschwinden von Holly. Er liefert eine genaue Personenbeschreibung."

Zach nahm das Blatt und überflog den Artikel. „Hier steht, dass sie braune Haare und haselnussbraune Augen hatte."

Elizabeth nickte. „Was bedeutet, dass sie nicht der Geist sein kann, den Maria gesehen hat."

„Offensichtlich nicht. Um ehrlich zu sein, ich habe auch nicht wirklich daran geglaubt. Das Alter stimmt nicht, und der Tatort ist einfach zu weit weg."

„Ich habe es trotzdem gehofft. Ich glaube noch immer, dass eine Verbindung besteht."

„Das glaube ich auch." Zach überflog einige andere Artikel. „Hier, schau dir das an." Er gab ihr den Ausdruck eines Artikels, und ein Schauder lief ihr über den Rücken.

Opfer im Kellergrab gefunden. Ihre Brust zog sich schmerzhaft zusammen. „Oh mein Gott, Zach. Das ist so furchtbar."

„Allerdings. Und die Leute, die das getan haben, lebten in dem alten grauen Haus."

„Das sich an dem gleichen Ort befand, wo heute das neue Haus steht."

„Kein Wunder, dass es dort so gruselig ist."

Sie überflog einen weiteren Artikel. Er fasste die ganze Geschichte zusammen und beschrieb die grausigen Details des Mordes. Sie schluckte, um den Kloß in ihrem Hals loszuwerden. „Sie haben sie gefoltert, Zach. Sie haben das arme Mädchen gefoltert."

Zach nahm ihr den Artikel aus der zitternden Hand. Holly Ives war brutal geschlagen, vergewaltigt und mit verschiedenen Haushaltsgegenständen sexuell missbraucht worden, bevor man sie ermordete. Sie wurde erdrosselt und dann im Keller verscharrt.

Elizabeth schloss die Augen und atmete tief durch. „Das hier war einfacher, als ich die schrecklichen Details noch nicht kannte."

Sie blickte hinunter auf den Stapel Papier. „Ich kann das kaum ertragen, Zach. Selbst wenn Hector derjenige war, der Holly getötet hat – wie konnte seine Frau dabeisitzen und zusehen, wie ihr Mann so etwas tut? Wie konnte sie zulassen, dass das geschieht?"

Zach schüttelte nur den Kopf. Seine Augen wirkten finster. „Ich weiß es nicht." Er legte den Artikel, den er gerade gelesen hatte, auf den Stapel. „Es sieht so aus, als habe Holly Ives' Tod nichts mit den Vorgängen im Haus zu tun."

„Zumindest nicht direkt."

„Aber wenn Hector und Consuela Martinez in Fresno ein Kind entführt und ermordet haben, haben sie das Gleiche vielleicht einige Jahre zuvor schon einmal getan – als sie im Haus auf Harcourt Farms lebten."

Elizabeths Magen zog sich zusammen. Der Gedanke war ihr auch schon gekommen. Das ergab Sinn. Zu viel Sinn. „Das dachte ich auch."

„Und vielleicht kann sich nur deshalb niemand daran erinnern, dass ein Kind in dem Haus starb, weil niemand davon wusste."

Sie sagte nichts. Allein der Gedanke daran war zu schmerzhaft. „Okay. Wenn wir beide an diese Möglichkeit glauben – was tun wir dann jetzt?"

„Wir müssen mit der Polizei von Fresno sprechen. Vielleicht arbeitet dort noch jemand, der sich an den Fall erinnern kann. Und wenn ja, kann er uns vielleicht etwas erzählen, das nicht in der Zeitung steht."

Elizabeth nickte, obwohl es ihr graute bei dem Gedanken, noch mehr schreckliche Details über den Mord an dem Mädchen zu hören. Dann dachte sie an Maria und das Baby und erinnerte sich an die furchtbare Nacht, die sie in dem Haus zugebracht hatte.

„Lass uns gehen", sagte sie und lief zur Tür.

ZWEIUNDZWANZIG

„Einer der schlimmsten Fälle, die ich je gesehen habe." Detective Frank Arnold schüttelte den Kopf, wobei seine Löwenmähne grauen Haares über den leicht ausgefransten Kragen seines weißen Hemdes strich. „Es ist zwar dreißig Jahre her, doch ich erinnere mich so deutlich daran, als wäre es gestern gewesen."

Arnold befand sich in den frühen Sechzigern, war allerdings noch nicht in Pension, sondern noch immer mit seinem Job verheiratet. Er machte noch immer Überstunden, und sein Geist schien genauso scharf wie einst.

„Wir haben alles gelesen, was wir in der Zeitung finden konnten", sagte Elizabeth. „Können Sie uns noch etwas mehr zu dem Fall sagen?"

„Uns interessiert besonders, ob die Martinez noch weiterer Morde verdächtigt wurden", fügte Zach hinzu.

Der Detective hob den Kopf. „Merkwürdig, dass Sie das erwähnen. Ich hatte das immer vermutet, doch keiner von beiden hat jemals irgendeinen anderen Mord zugegeben. Und wir konnten ihnen niemals eine Verbindung zu anderen vermissten Personen nachweisen."

„Aber Sie glauben, dass es möglich wäre", drängte Zach.

„Diese zwei waren von Grund auf böse. Was sie dem Mädchen angetan haben ..." Arnold brach ab und schüttelte den Kopf. „Die Zeitungen haben nur die Hälfte der Einzelheiten beschrieben. Wir wollten die Details nicht der Öffentlichkeit preisgeben und versuchten, die Eltern so weit wie möglich zu schützen."

„In der Zeitung stand, dass sie in einem Einkaufszentrum entführt wurde", sagte Elizabeth.

„Das ist richtig. Die genauen Umstände haben wir nie herausbekommen. Holly war shoppen mit Freundinnen. Sie wurden getrennt ... Sie wissen ja, wie Kinder so sind. Ihre

Freundinnen haben sie nie wieder gesehen."

„Was sagten die Martinez?", fragte Zach.

„Sie gestanden den Mord, gaben jedoch niemals irgendwelche Einzelheiten preis. Wir versuchten sie gegeneinander auszuspielen, doch das hat nicht funktioniert. Wir gehen davon aus, dass Holly vielleicht früher wieder nach Hause wollte. Möglicherweise hat die Frau ihr angeboten, sie mitzunehmen. Consuela war damals im fünften Monat schwanger. Sie wirkte vermutlich ziemlich harmlos."

Elizabeth riss überrascht die Augen auf. „Consuela Martinez war schwanger, als sie das Mädchen ermordete?"

„Das stimmt. Völlig krank, nicht wahr? Sie schaffte es nicht zur Entbindung, sondern verlor das Kind im Gefängnis. Wenn ich je die Hand Gottes habe wirken sehen, dann hier."

Elizabeth spürte, wie ihr das Blut aus dem Gesicht wich. „Sie war schwanger, Zach."

„Ja." Seine dunklen Augen musterten den Detektiv. „Wir haben bislang keinen Beweis, doch es könnte sein, dass die Martinez ein anderes Mädchen ermordet haben, als sie noch in San Pico gewohnt haben."

„Ach ja? Haben Sie einen Namen?"

„Noch nicht. Wir haben eine vage Personenbeschreibung, das ist alles." Er beschrieb dem Detective das Mädchen, das Maria gesehen hatte: blondes Haar, blaue Augen, etwa acht bis neun Jahre alt und in einem Sonntagskleid. Der Detective machte sich Notizen.

„Wie sind Sie an diese Informationen gekommen?"

Zach atmete tief durch. „Bislang ist das alles Spekulation."

„Die worauf basiert?"

Zach warf Elizabeth einen verzweifelten Blick zu.

„Das möchten wir lieber noch nicht sagen", wandte die sich an den Mann. „Nicht bis wir mehr in der Hand haben. Doch wir wären Ihnen wirklich sehr dankbar, wenn Sie die Akten von 1967 bis 1971 durchsehen würden. In diesen Jahren lebte das Paar in San Pico. Falls Ihnen ein Kind unterkommt, auf das die Beschreibung passt, würden wir gern davon erfahren."

„Ich werde nachsehen, auch wenn mir auf Anhieb nichts einfällt. Ich rufe Sie an, wenn ich etwas finde."

Zach reichte ihm die Hand. „Danke, Detective. Wir wissen es zu schätzen, dass Sie sich Zeit genommen haben."

Als sie das Polizeirevier verließen, war Elizabeth erschöpft und deprimiert.

„Das war noch furchtbarer, als ich erwartet habe", sagte sie zu Zach, während sie nach Hause fuhren.

„Ja." Er sah ebenso müde und angespannt aus, wie sie sich fühlte.

„Wir müssen es Maria sagen", sagte sie.

„Wenn wir das tun, wird sie noch panischer, als sie es jetzt schon ist."

Sie seufzte. „Vielleicht sollten wir es Miguel erzählen. Vielleicht zieht er aus, wenn er erfährt, dass ein brutales Mörderpaar in seinem Haus wohnte."

„Sie wohnten nicht in seinem Haus. Sie wohnten in einem anderen Haus an der gleichen Stelle, und das ist über dreißig Jahre her. Selbst wenn wir ihm von dem Mord erzählen, wird ihn das vermutlich nicht überzeugen. Dazu ist er zu sehr auf den Job angewiesen."

„Vielleicht sollten wir noch einmal mit deinem Bruder reden."

Er warf ihr einen skeptischen Blick zu. „Wir brauchen etwas Handfesteres. Etwas, das Miguel zwingt, seiner Frau zu glauben, sodass sie ausziehen. Besser noch etwas, das meinen Bruder überzeugt, sie ausziehen zu lassen."

„Wir müssen herausfinden, ob die Martinez ein anderes Kind ermordet haben, als sie in dem alten grauen Haus wohnten."

„Ja. Eines mit blonden Haaren und blauen Augen."

„Dann müssen wir herausfinden, ob ein Kind mit dieser Beschreibung irgendwann zwischen 1967 und 1971 in der Gegend um San Pico verschwunden ist."

Zach blickte zu ihr hinüber. „Du weißt, dass dies alles auch ein merkwürdiger Zufall sein kann."

„Könnte es. Aber das glaube ich nicht."

„Ich auch nicht." Zach fuhr sich mit der Hand durchs Haar. „Ich kenne da einen Typen ... einen Privatdetektiv namens Murphy. Ich rufe ihn an, sobald wir zurück sind, und setze ihn auf die Sache an. In der Zwischenzeit erkundigen wir uns bei der örtlichen Polizei. Vielleicht können die uns helfen."

„Vielleicht haben wir Glück. Aber vergiss über alldem nicht, dass du morgen einen Termin mit Dr. Marvin hast."

„Das habe ich nicht vergessen. Ich muss um eins in Willow Glen sein."

Sie lächelte zum ersten Mal an diesem Nachmittag. „Ich drücke dir die Daumen."

„Ich ... äh ... ich hoffte eigentlich, du würdest mich begleiten."

Überrascht blickte sie zu ihm hinüber und studierte sein dunkles hageres Gesicht. „Ich könnte eine Pause machen. Das wäre kein Problem."

Zachs Anspannung schien zu einem Teil von ihm abzufallen. „Danke."

Elizabeth schwieg. Sie dachte an all das, was Gwen gesagt hatte, doch das schien nicht zu dem Mann zu passen, der neben ihr saß. Zu dem Mann, der sie offenbar brauchte.

Sie konnte nichts dagegen tun, dass sie hoffte. Vielleicht irrte sich Gwen. Vielleicht war Zach nicht mehr der Einzelgänger, der er früher gewesen war.

Elizabeth wusste, dass diese Überlegungen gefährlich waren.

Zach verbrachte den Vormittag damit, Ian Murphy ausfindig zu machen und ihn damit zu beauftragen, ein vermisstes Mädchen zu finden, das der Beschreibung von Marias Geist entsprach. Danach fuhr er zur Polizeidienststelle von San Pico.

Er ließ sich die Namen einiger Altgedienter geben, die schon seit den späten Sechzigerjahren dabei waren. Sie erinnerten sich an das alte graue Haus. Unglücklicherweise erinnerten sie sich auch an Zachary Harcourt – oder zumindest an den Mann, der er einst gewesen war.

„Officer Collins?" Zach reichte einem großen Mann mit leichtem Bauch die Hand, und Collins schüttelte sie widerstrebend. „Danke, dass Sie sich Zeit für mich nehmen."

„Kein Problem." Er musterte Zach von Kopf bis Fuß, beäugte die beige Hose, das Polohemd und die italienischen Slipper. „Das schwarze Leder haben Sie wohl abgelegt."

Zach zwang sich zu einem Lächeln. „Allerdings. Ist schon eine Weile her."

„Wir sind uns schon einmal begegnet", sagte Collins. „Vielleicht erinnern Sie sich. Ich hatte in jener Nacht Dienst, als Sie wegen fahrlässiger Tötung eingebuchtet wurden."

Zach lächelte unbeirrt weiter, auch wenn es ihn schier übermenschliche Anstrengung kostete. „Ehrlich gesagt erinnere ich nicht allzu viel von jener Nacht. Und das wenige, das ich noch weiß, versuche ich zu vergessen."

Ein anderer Mann trat näher, mit grauen Haaren und kantigem Kinn. Sein Namensschild wies ihn als Sergeant Drury aus. „Ich habe gehört, Sie sind jetzt ein Spitzenanwalt. Mit einer noblen Kanzlei irgendwo in L.A."

„Ich bin Anwalt in Westwood. Ob Spitzenanwalt, ist Definitionssache."

„Also, was wollen Sie wissen?", fragte der Sergeant.

„Ich muss mit Ihnen über ein Paar sprechen, das in einem der Häuser auf der Farm meines Vaters wohnte. Vielleicht erinnern Sie sich an sie – Hector und Consuela Martinez. Sie ermordeten in Fresno ein Mädchen. Hector Martinez wurde dafür zum Tode verurteilt."

Beide Männer schienen sich zu straffen. „Ich erinnere mich an den Fall", sagte Officer Collins. „Schlimm. Die meisten von uns verfolgten sie, weil die beiden vor der Tat einige Jahre hier in der Stadt gewohnt hatten."

„Darum bin ich hier. Ich möchte herausfinden, ob sie möglicherweise bereits einen Mord in San Pico begangen hatten, bevor sie nach Fresno zogen. Ich hatte gehofft, Sie könnten Ihre Akten durchsehen. Vielleicht ist in den Jahren von 1967 bis 1971 ein junges Mädchen hier aus der Gegend verschwunden."

„Ich kann Ihnen gleich sagen, dass dem nicht so ist", erwiderte Sergeant Drury. „Wir haben unsere Akten ausgiebig durchkämmt, als die zwei verhaftet wurden, und diese Ecke des Valleys vollständig überprüft. Nichts. Keine verschwundenen Mädchen, keine ungeklärten Morde. Nichts was auf die Martinez hindeutete."

„Was ist mit dem Büro des Sheriffs? Das Haus, in dem sie lebten, gehörte zur Farm, die wiederum zum County gehört."

„Bei Fällen wie diesen arbeiten die Dienststellen zusammen. Wir haben unsere Informationen ausgetauscht, doch am Ende stand eine große Null."

„Es war damals bestimmt ganz schön hart, die Akten zu prüfen."

„Verdammt hart", stimmte Collins zu. „Schließlich hatten wir noch keine Computer. Doch wir gaben unser Bestes."

„Ich glaube nicht, dass wir damals etwas übersehen haben", schaltete sich der Sergeant ein. „Jedenfalls nicht hier in der Gegend."

„Aber sie könnten jemanden aus L.A. entführt haben."

„Wie Officer Collins schon sagte: Wir hatten damals noch nicht die schicken Computer, die wir heute haben. Wir konzentrierten uns vor allem auf das San Joaquin Valley – also ist das vermutlich möglich. Angesichts der Bösartigkeit der beiden war ich ehrlich gesagt überrascht, dass keine weiteren Opfer auftauchten."

„Vielen Dank", sagte Zach. „Ich weiß Ihre Hilfe zu schätzen."

„Kein Problem." Drury zwang sich zu einem Lächeln.

Zach atmete tief durch, als er den Flur entlangging. Er war verdammt froh, dass er hier wieder rauskonnte. Er hatte mehr als genug schlechte Erinnerungen an diesen Ort. Auch wenn draußen über vierzig Grad gewesen wären, in jedem Fall würde er lieber draußen geröstet, als hier drin zu sein.

Als er hinaustrat, war es kurz nach zwölf. In einer Stunde würde er Elizabeth bei Willow Glen treffen. An diesen Gedanken klammerte er sich, während er die Stufen hinunter und zu seinem Jeep auf dem Parkplatz ging.

Elizabeth saß in der Lobby des Willow-Glen-Pflegeheims. Da sie Zach erwartete, erhob sie sich von dem gepolsterten Sofa, als jemand hereinkam. Dann aber erkannte sie, dass der Mann blond und nicht dunkel war und dass seine Gesichtszüge nicht auf jene Art attraktiv waren, die ihr Herz höherschlagen ließ wie bei Zach.

„Elizabeth." Carson Harcourt stand vor ihr. „Ich sollte wohl sagen, dass es schön ist, dich zu sehen. Unter anderen Umständen wäre es das sicherlich. Ich nehme an, du wartest auf Zach."

„Ich bin hier, weil er mich darum gebeten hat."

Carson zog die Brauen zusammen und schien überrascht. „Ich bin sicher, dass er gleich hier ist. Wir können es beide kaum erwarten zu hören, was Dr. Marvin zu sagen hat."

„Ich hoffe, er hat gute Neuigkeiten."

Carson lächelte. „Das tun wir alle."

Wenige Minuten später kam Zach herein. Er blickte finster, als er sie mit seinem Bruder sprechen sah. Elizabeth schenkte ihm ein beruhigendes Lächeln und kam ihm entgegen, um ihn zu begrüßen. „Ich war ein paar Minuten zu früh hier. Carson ebenfalls. Er ist gespannt, was der Doktor zu sagen hat."

Zach warf seinem Bruder einen Blick zu. „Ist Marvin schon hier?"

Sie wurden in einen Konferenzraum gebracht. Der Doktor würde zu ihnen stoßen, sobald er seine Visite bei ihrem Vater beendet hatte.

Der Raum war in den gleichen Farben gehalten wie der Rest von Willow Glen, Dunkelgrün und Burgunderrot. Sie setzten sich an einen langen Konferenztisch aus Walnussholz, Zach neben Elizabeth und Carson ihnen gegenüber.

Zach drückte Elizabeths Hand. „Danke, dass du gekommen bist."

„Ich bin froh, dass du mich gefragt hast."

Er lächelte, und in ihr schmolz etwas dahin. Wo war die Mauer, die zu errichten sie geschworen hatte? Statt Zach wegzustoßen, ließ sie ihn noch näher an sich heran.

Sie blickte zu ihm hinüber und sah ihn aufstehen, als die Tür aufging und der Arzt hereinkam. Carson erhob sich ebenfalls. Zwei Brüder. Einer dunkel, einer blond. So völlig unterschiedlich.

„Carson. Zachary. Schön, Sie zu sehen." Dr. Marvin war ungefähr Mitte vierzig, ein dünner Mann mit schütterem braunen Haar. Statt des erwarteten weißen Kittels trug er einen Anzug.

„Das ist Elizabeth Conners", stellte Zach sie vor. „Sie ist eine Freundin."

Dr. Marvins Lächeln wirkte aufrichtig. „Nett, Sie kennenzulernen, Elizabeth."

Der Arzt setzte sich an das Kopfende des Tisches, und die Brüder nahmen ebenfalls Platz. „Ich bin froh, dass Sie kommen konnten. Die Neuigkeiten, die ich bringe, sind extrem aufregend. Es geht um eine brandneue Operationstechnik, von der ich erst kürzlich erfahren habe."

„Von was für einer Art von Operation sprechen Sie genau?", fragte Carson.

„Es handelt sich um eine besonders ausgefeilte Lasertechnik, die Eingriffe im Gehirn erlaubt. Inzwischen wurde sie so oft erfolgreich durchgeführt, dass ich sie auch für Ihren Vater geeignet halte. Derzeit wird sie nur von einer Handvoll von Ärzten beherrscht. Ich kann Ihnen zwei von ihnen persönlich empfehlen."

„Fahren Sie fort", sagte Carson und lehnte sich zurück.

„Die Methode beruht auf einer neuen Art von biomedizinischer Mikrolaser-Technologie. Dabei benutzt man Lichtteilchen, auch Photonen genannt. Das ist eine extrem akkurate und viel weniger invasive Methode, die präzise Eingriffe im Gehirngewebe erlaubt. Und diese neue Methode macht es möglich, winzige Fremdkörper zu entfernen, die durch irgendeine Art von Trauma ins Gehirn eingedrungen sind."

„Wie bei einem Treppensturz", sagte Zach.

„Genau. Im Falle Ihres Vaters würden wir die Technik einsetzen, um die Knochensplitter zu entfernen, die sich derzeit im Groß- und Kleinhirn befinden. Die winzigen Fragmente drücken auf vitale Areale, sodass nicht nur sein Gedächtnis, sondern auch seine Motorik beeinträchtigt ist. Sind die Splitter erst einmal entfernt und ist der Druck fort, stehen die Chancen sehr gut, dass er wieder ganz der Alte wird."

Zach griff erneut nach Elizabeths Hand. Sie sah, dass er lächelte. „Das klingt großartig, Dr. Marvin."

„Wo sind die Nachteile?", fragte Carson.

„Die Wahrscheinlichkeit, dass die Operation erfolgreich sein wird, liegt bei achtzig Prozent. Dann gibt es noch eine zehnprozentige Wahrscheinlichkeit, dass keine messbare oder nur eine minimale Verbesserung eintritt."

„Und die restlichen zehn Prozent?"

„Jede Operation ist gefährlich. In diesem Fall gibt es ein zehnprozentiges Risiko, dass der Eingriff tödlich endet."

Carson stand auf. „Zehn Prozent ist zu viel. Ein solches Risiko für das Leben meines Vaters kann ich nicht verantworten."

Zach stand ebenfalls auf. „Was redest du da? Es gibt eine achtzigprozentige Chance, dass Dad sein Leben zurückbekommen, und nur ein zehnprozentiges Risiko, dass er sterben könnte. Ganz ohne Frage sollte die Operation durchgeführt werden."

„Es geht ihm gut so. Er ist glücklich hier. Was mich angeht, mir ist das Risiko des Todes zu hoch."

„Er vegetiert hier vor sich hin, Carson! Das ist alles. Dad würde den Eingriff wollen, und das weißt du!"

Carson presste die Kiefer aufeinander. „Die Entscheidung liegt bei mir. Und ich werde sein Leben nicht aufs Spiel setzen."

Zachs Wangen röteten sich. „Das hier ist die Gelegenheit, auf die wir seit dem Unfall gewartet haben. Ich werde es nicht zulassen, dass du ihm das Recht verweigerst, wieder ein normales Leben zu führen."

Dr. Marvin erhob sich von seinem Stuhl am Kopfende. „Gentlemen, bitte. Offenbar brauchen Sie noch etwas Zeit. Ich habe einen Patienten, nach dem ich sehen muss. Ich bin morgen wieder in Los Angeles. Rufen Sie mich an, wenn ich Ihnen noch irgendwelche Fragen beantworten kann." Der Arzt ging hinaus und zog mit einem vernehmlichen Laut die Tür hinter sich zu.

Carson und Zach starrten einander wütend an. „Wie ich sagte, die Entscheidung liegt bei mir, und ich möchte nicht verantwortlich sein für den Tod meines Vaters."

Zach knirschte mit den Zähnen. „Das ist Schwachsinn, Carson. Und wenn du glaubst, dass ich hier rumsitze und nichts tue, irrst du dich gewaltig. Ich stelle fest, dass du dich an deine Position als Herr von Harcourt Farms gewöhnt hast. Ich habe deine Stellung niemals angezweifelt oder mich in die

Leitung der Farm eingemischt. Doch jetzt geht es um Dads Leben! Er verdient diese Chance. Und ich werde dafür sorgen, dass er sie bekommt."

Carson legte seine Hände auf den Tisch und beugte sich vor zu Zach. „Wenn du das tust, beschließt du seinen Tod." Carson schenkte Zach das kälteste Lächeln, das Elizabeth je gesehen hatte. „Auf der anderen Seite – vielleicht willst du genau das. Wenn Dad aus dem Weg wäre, würdest du die Hälfte von Harcourt Farms erben. Du könntest deinen Anteil für ein beträchtliches Vermögen verkaufen. Laut der letzten Schätzung sind das Land und das Unternehmen mehr als 35 Millionen Dollar wert. Vielleicht bist du ja bereit zu töten, um deinen Anteil zu bekommen." Carsons Miene gefror zu Eis. „Schließlich hast du es schon einmal getan."

Zach wollte sich auf seinen Bruder stürzen, als Elizabeth hochschoss und ihm in die Arme fiel.

„Nicht, Zach. Lass dich nicht darauf ein. Genau das will er doch." Zach zitterte. Sie spürte, wie sehr er um seine Selbstbeherrschung kämpfen musste.

Er atmete tief ein und langsam wieder aus. „Das hier ist nicht vorbei, Carson. Noch lange nicht." Den Arm um Elizabeths Taille gelegt, führte er sie zur Tür und verließ den Raum.

Kurz bevor sich die Tür hinter ihnen schloss, hörten sie Carson fluchen.

„Meine Güte, ich wollte ihn schlagen! Wenn du nicht da gewesen wärst …" Zach schüttelte den Kopf. Sie saßen im Wohnzimmer ihres Apartments, vor ihnen standen zwei Gläser kühlen Weißweins auf dem Tisch. Obwohl Zach selten Alkohol trank, schien er in dieser Situation seine Nerven beruhigen zu müssen.

„Du bist Anwalt", sagte Elizabeth. „Du wirst einen Weg finden, deinem Vater zu der Operation zu verhelfen."

„Darauf wette ich. Ich rufe meinen Partner an. Carson

wird am Ende der Woche die Papiere haben. Ich werde einklagen, dass ein anderer Vormund bestimmt wird – entweder ich selbst oder jemand, der vom Gericht bestimmt wird. Jemand, der der Operation zustimmen wird."

„Das wird nicht leicht. Carson ist ein mächtiger Mann."

„Das war mein Vater auch. Er hat noch immer viele Freunde in San Pico. Männer in einflussreichen Positionen. Wenn ich Glück habe, werden einige von ihnen genauso über die Operation denken. Vielleicht können wir dies gemeinsam durchsetzen."

Sie wusste, dass nicht jeder seiner Meinung sein würde. Carson würde Zach als Buhmann hinstellen, wie er es immer getan hatte. Als einen Mann, der bereit war, seinen eigenen Vater zu töten, um an die Hälfte des millionenschweren Erbes zu kommen, über das er im Moment keine Kontrolle hatte. Hoffentlich würde es Carson nicht gelingen, die ganze Stadt davon zu überzeugen, dass Zach immer noch das schwarze Schaf war, das er als Teenager gewesen war.

Doch Carson war ein gefährlicher Gegner. Elizabeth befürchtete, dass es ihm gelingen könnte.

DREIUNDZWANZIG

Elizabeth fuhr zurück ins Büro, während Zach von ihrem Apartment aus Anrufe erledigte, darunter auch das Gespräch mit seinem Partner Jon Noble in Westwood.

„Ich muss ihm sagen, was hier vor sich geht", sagte er, „und die Maschinerie in Gang bringen, damit ich bald Klage erheben kann." Zach war entschlossen, seinem Vater die Operation zu ermöglichen, die ihm sein altes Leben zurückbringen konnte.

Um sieben Uhr abends war sie wieder in ihrem Apartment; zumindest für sie war die Arbeit des Tages vorbei. Obwohl die Sonne draußen immer noch unbarmherzig brannte, war Zach voll von rastloser Energie – voller Sorge um seinen Vater und Maria und ihr Baby.

„Lass uns ein bisschen frische Luft schnappen", schlug er vor. „Gehen wir etwas essen."

Elizabeth wollte eigentlich keinen Fuß mehr in die Hitze setzen, doch sie spürte, dass Zach eine Pause brauchte. Sie entschieden sich, ins Ranch House zu gehen. Lisa Doyle hatte mittlerweile sowieso dafür gesorgt, dass nicht nur Gwen Petersen, sondern auch der Rest der Stadt Bescheid wusste.

Dennoch hatte Elizabeth nicht erwartet, ihr ausgerechnet beim Betreten des Restaurants über den Weg zu laufen. Lisa trug ein enges rotes Sommerkleid, das kaum ihren Hintern bedeckte, und auch ihr Busen schien den tiefen Ausschnitt gleich sprengen zu wollen.

Mit einem aufgesetzten Lächeln schlenderte Lisa auf diese sexy Art, die Männer gern verrückt macht, auf Zach zu. Sie strich eine Strähne ihres langen, sonnengebleichten blonden Haares zurück über die nackte Schulter.

„Wenn das nicht die beiden Turteltauben sind! Ich habe gehört, ihr zwei seid ein Paar."

„Neuigkeiten verbreiten sich in San Pico immer rasch", erwiderte Zach.

Lisa blickte hinüber zu Elizabeth. „Eine interessante Kombination, du und Zach. Allerdings hatte ich dich nie für den Bad-Boy-Typ gehalten."

„Nun, ich war der Ehefrau-Typ, bis du dahergekommen bist. Ich dachte, ich probiere zur Abwechslung mal was anderes."

Lisa lachte ein heiseres provokantes Lachen. Sie fuhr mit einem langen manikürten Fingernagel über Zachs Wange, die sich langsam dunkelrot färbte. „Wenn du dich langweilst, Süßer, ruf mich an. Du weißt ja, wo du mich findest."

Zach packte ihre Hand und schob sie beiseite. „Darauf würde ich nicht zählen, Lisa."

Sie lachte nur, als wüsste sie, dass er zurückkommen würde. Als ob sie eine viel bessere Geliebte sei, als Elizabeth jemals sein konnte, und das alles nur eine Frage der Zeit wäre.

Elizabeth hörte wieder Gwens Warnungen, und plötzlich wurde ihr übel.

„Viel Spaß", sagte Lisa und winkte Zach zu, bevor sie sich wieder zu dem Mann gesellte, mit dem sie gekommen war.

Elizabeth blickte hinüber zu Zach, der noch immer die Zähne zusammenbiss. „Es tut mir leid. Ich fühle mich plötzlich nicht mehr gut. Vermutlich liegt es an der Hitze. Mir ist der Appetit vergangen."

Zach nickte. Den Arm um ihre Taille gelegt, führte er sie hinaus. Sie sprachen kein Wort auf der Fahrt zurück zum Apartment. Zach sagte auch nichts, als sie in die Küche ging und sich noch ein Glas Wein einschenkte.

Sie nahm einen langen Schluck, doch ihre Nerven ließen sich nicht beruhigen. Ihr Herz raste, und sie hatte einen Kloß im Hals.

Zach trat hinter sie, legte ihr die Hände auf die Schultern und drehte sie sanft zu sich herum. „Tut mir leid, dass das passiert ist. Ich hätte dich dort nicht hinbringen sollen. Das Ranch House ist eines von Lisas Lieblingsrestaurants."

„Das spielt keine Rolle. Früher oder später wäre es sowieso passiert." Sie trat zurück, entzog sich seiner Berührung. Sie wünschte, sie wäre sonst irgendwo, aber nicht in ihrem Apartment und so nah neben Zach.

„Was ist los, Liz? Ich spüre doch, dass etwas nicht in Ordnung ist."

„Ich sagte dir doch, dass es vermutlich nur die Hitze ist."

„Ach Blödsinn. Du bist wütend wegen Lisa, doch es ist nicht nur das. Seit ich gestern Abend hier zu Tür hereinkam, benimmst du dich merkwürdig."

Elizabeth schüttelte energisch den Kopf, und ihre kastanienbraunen Haare schwangen hin und her. Irgendetwas war definitiv nicht in Ordnung, und offensichtlich hatte Zach es bemerkt. Er war offenbar ein Mann, dem nur selten etwas entging.

Sie nahm einen Schluck Wein und hoffte, dass er ihr helfen würde, klarer zu sehen. „Ich ... ich weiß nicht, Zach. Die Dinge scheinen so außer Kontrolle zu geraten. Es passiert einfach zu viel. Ich kann nicht an all diesen Dingen arbeiten und dann auch noch mein Privatleben regeln."

Ein Muskel an seiner Wange zuckte. „Das Leben geht weiter. Wir müssen damit umgehen. Auch all das geht vorbei, und es wird wieder normal."

Sie strich sich mit bebenden Händen das Haar aus dem Gesicht. „Ich weiß nicht mehr, was normal ist. Erst recht nicht, was uns beide angeht." Sie blickte zu ihm auf, suchte sein Verständnis. „Ich hätte mich niemals auf dich einlassen sollen, Zach. Ich kann mit dieser Art von Beziehung nicht umgehen. So bin ich einfach nicht."

Seine Augen verdunkelten sich. „Was für eine Beziehung haben wir denn, Liz? Sag es mir, denn ich weiß es wirklich nicht."

„Eine rein physische. Darauf haben wir uns doch geeinigt, oder?"

„Haben wir das?"

„Es muss so sein. Du weißt das, und ich weiß das."

„Was willst du mir also sagen? Dass wir uns nicht mehr sehen sollten?"

„Ich ... ich weiß es nicht. Wir arbeiten zusammen. Wir haben Maria und Raul etwas versprochen. Und ich brauche unbedingt deine Hilfe."

Zach seufzte. „Sieh mal, Liz, was auch immer zwischen uns geschieht – ich werde dich nicht im Stich lassen und auch nicht Maria und ihren Bruder. Vielleicht hätten wir uns nicht miteinander einlassen sollen, doch wir haben es getan. Shit happens."

Er ging zum Fenster, sah einen Moment hinaus und kam dann zurück. „Ich muss zurück nach L.A. Jetzt, wo das Problem mit meinem Vater aufgetaucht ist, muss ich dort einige Dinge erledigen. Ich wollte erst morgen fahren, doch vielleicht ist es besser, wenn ich es heute Abend schon tue. Das gibt uns beiden die Gelegenheit nachzudenken."

Sie nickte. Ihr Hals war wie zugeschnürt.

„Ich stehe in Kontakt mit Ian Murphy, dem Detektiv, den ich engagiert habe. Ich rufe dich an, wenn ich von ihm höre oder es Neuigkeiten gibt."

„Wann ... wann kommst du zurück?", fragte sie und zitterte innerlich, als sie ihn ansah. Meine Güte! Sie litt jetzt schon, und er war noch nicht einmal fort.

Zach strich ihr sanft über die Wange. „Ich brauche auch etwas Zeit, Liz. Ich bin genauso verwirrt wie du. Ich habe mich noch nie so sehr auf jemanden eingelassen. Ich wollte das nie. Vielleicht sehen wir beide klarer, wenn wir uns ein bisschen Zeit lassen."

Sie nickte wieder, während sie spürte, wie die Tränen aufstiegen. Sie betete, dass sie sie zurückhalten konnte.

Zach ging ins Schlafzimmer, um seine Sachen zu packen, und kam dann wieder ins Wohnzimmer. „Ich ruf dich an", sagte er, als er mit der Ledertasche in der Hand zur Tür ging.

Er griff nach dem Knauf, berührte ihn aber nicht. Stattdessen ließ er die Tasche fallen, kehrte um und kam zu ihr. Er nahm ihr Gesicht zwischen seine Hände und küsste sie zärtlich.

„Ich komme zurück", sagte er. „Ich lasse es nicht zu, dass du uns so leicht aufgibst."

Und dann war er fort. Elizabeth setzte sich aufs Sofa und trank ein weiteres Glas Wein. Vielleicht konnte sie Zachary Harcourt vergessen, wenn sie betrunken war. Vielleicht konnte sie dann wieder klar denken. Das war ihr seit ihrer ersten Begegnung nicht mehr gelungen.

Doch wahrscheinlich konnte ihr nicht mal aller Wein von San Pico helfen. Nicht, wo ihr Herz so wehtat.

Nicht, wo sie so dumm gewesen war, sich in ihn zu verlieben.

In den Büroräumen von Noble, Goldman und Harcourt herrschte reges Treiben. In dem durchgestylten Konferenzraum mit seinem langen Mahagonitisch und dem Dutzend hochlehniger Stühle wurde eifrig mit Papier geraschelt, und die Anwälte, die Themoziamine vertraten, führten gedämpfte Gespräche. Ein halbes Dutzend Anwälte der Kanzlei hatten sich auf Verhandlungen mit der Gegenseite vorbereitet.

In dem edel ausgestatteten Empfangsraum warteten die anderen Klienten auf bequemen Sofas und lasen Zeitschriften wie *Time, Newsweek* und *Architectural Digest.* Das Geschäft lief gut. So gut, dass die Partner über eine weitere Kanzlei in San Francisco nachdachten. Jon Noble hatte vorgeschlagen, dass Zach sie leitete, weil er keine Familie hatte.

Er hatte sich schon halb dazu durchgerungen, es zu tun. Er liebte die Bay Area, die zudem ein wunderbarer Platz für sein neues Segelboot sein würde. Vielleicht war er um Weihnachten herum soweit, das Projekt in Angriff zu nehmen.

Im Moment wünschte Zach allerdings nur, dass er wieder in San Pico wäre.

Er atmete tief durch. Verärgert darüber, dass seine Gedanken schon wieder zu Elizabeth schweiften, konzentrierte er sich auf die Klage, die er gegen seinen Bruder führen wollte.

Schon am Morgen nach ihrem Streit waren die Dokumente vorbereitet und anschließend an einen Anwalt in Mason geschickt worden, der die Klage bei dem zuständigen Gericht einreichte. Eine Gerichtszustellerin hatte die Papiere dann Carson überbracht, der die junge Frau offenbar mit Verwünschungen bedacht hatte.

Die Dinge nahmen also ihren Lauf. Er steckte bis zum Hals in seiner Arbeit, so wie er es mochte. Gestern hatte er sich bis spät in die Nacht in Akten vergraben, heute war er vor Sonnenaufgang aufgestanden und hatte sich gleich wieder an die Arbeit gemacht. Er war entschlossen, nicht an Elizabeth zu denken und daran, wie sehr er sie vermisste. Er wollte sich ausschließlich aufs Geschäft konzentrieren.

Am Freitagnachmittag kurz vor Büroschluss rief ihn Raul auf dem Handy an.

„Señor Harcourt ... Zach? Es tut mir leid, Sie zu stören. Ich weiß, wie beschäftigt Sie sind."

Zach war sofort alarmiert. „Ist schon in Ordnung, Raul. Schön, von dir zu hören."

Raul atmete tief durch. Zach hörte den verzweifelten Seufzer, den er ausstieß. „Es geht um meine Schwester", sagte er nur, und Zach straffte sich.

Laut Raul hatte er am vorherigen Abend die Farm für einige Stunden verlassen dürfen, um mit seiner Schwester und ihrem Mann zu Abend zu essen.

Unglücklicherweise waren er und Miguel in Streit geraten.

„In der einen Minute sprachen wir miteinander, in der anderen schrien wir uns an und beschimpften einander."

„Reg dich nicht auf, Raul. Entspann dich und erzähl mir, was passiert ist."

„Ich weiß es nicht genau. Als ich meine Schwester sah,

wirkte sie krank oder so was. Dunkle Augenringe ... ein verquollenes Gesicht und ganz blass. Ich sagte Miguel, dass ich mir Sorgen um sie mache. Ich fragte, ob sie gut geschlafen hätte und ob sie und das Baby wohlauf wären. Miguel wurde wütend ... so, als ob ich ihm die Schuld geben würde. Dann fragte ich ihn nach dem Geist. Ich hätte meinen Mund halten sollen. Ich wusste, dass er nicht an einen Geist glaubt."

„Erzähl mir den Rest."

„Miguel fing an, Maria anzuschreien. Ich dachte, er würde sie schlagen. Ich schob ihn von ihr weg, womit auch unsere Prügelei begann."

„Geht es dir gut?"

„*Sí.* Es dauerte nicht lang. Miguel stürmte aus dem Haus, und Maria fuhr mich etwas später zurück zur Farm."

„Was hat sie gesagt?"

„Sie macht sich Sorgen wegen Miguel. Sie sagt, er ist dauernd wütend. Er schreit sie an wegen nichts. Er bleibt abends fort und betrinkt sich und kommt erst spät nach Hause. Das sieht ihm nicht ähnlich. Er war noch nie so."

„Hast du mit ihr wegen des Geists gesprochen?"

„Ja. Sie hat Schlaftabletten genommen. Zu viele, glaube ich. Ich versuchte sie dazu zu überreden, aus dem Haus auszuziehen – nur so lange, bis das Baby kommt. Doch sie will Miguel nicht alleinlassen."

Zach fuhr sich mit der Hand durchs Haar. „Ich werde Liz anrufen – Miss Conners. Ich werde sie bitten, mit Maria zu sprechen und sie davon zu überzeugen, dass sie geht."

„Danke, Zach."

„Ich bin froh, dass du angerufen hast, Raul. Nach allem, was Sam Marston so erzählt, machst du dich sehr gut. Du bist ein harter Arbeiter und beklagst dich nie. Und du gehst toll mit den anderen Jungs um. Er ist stolz auf dich, und ich bin das auch."

„Was ist mit meiner Schwester?"

Zach verstärkte seinen Griff um den Hörer. „Wenn Miss

Conners Maria nicht davon überzeugen kann, dass sie auszieht, komme ich zurück und spreche mit Miguel."

„Er wird nicht auf Sie hören. Er wird nur wütend sein."

„Mag sein, doch du wärst überrascht, wie überzeugend ich sein kann."

Zach legte auf. Er dachte an Maria und den Geist und an das in Fresno ermordete Mädchen. Er griff nach dem Hörer, um Liz anzurufen, und wünschte, er wäre nicht so begierig darauf gewesen, ihre Stimme zu hören.

Er hatte ihr gesagt, dass er Zeit brauchte. Vielleicht tat er das. Vor allem hatte er sich zurückgezogen, weil er Angst hatte. Was wenn Liz ihre Beziehung beendete? Allein der Gedanke daran verursachte ihm Übelkeit. Er wusste selbst nicht, wie seine Gefühle für sie so schnell so tief hatten werden können.

Er war verrückt nach ihr. Er hatte seine eigene Regel nicht beachtet, und jetzt steckte er in Schwierigkeiten. Doch Liz war sich ihrer Gefühle nicht sicher. Oder wenn sie es war, hatte sie noch viel mehr Angst als er.

Er wusste nicht, was er tun sollte. Und sie offenbar auch nicht. Doch sie beide hatten noch wichtigere Sorgen als ihre persönlichen Probleme.

Er lehnte sich zurück und wählte Liz' Nummer.

Die Zerrissenheit, die Elizabeth nach Zachs Abschied empfunden hatte, kehrte mit aller Macht zurück, als sie seine Stimme hörte. Sie hatte versucht, nicht an ihn zu denken und ihr Leben wieder in geordnete Bahnen zu lenken. Doch sie hatten fast einen Monat lang zusammengearbeitet, und das machte es fast unmöglich.

Zach hielt das Gespräch kurz und ziemlich unpersönlich. Er berichtete ihr nur von der Prügelei zwischen Miguel und Raul und bat sie, mit Maria zu sprechen. Wenn sie einen sehnsüchtigen Unterton in seiner Stimme vernahm, dann nur, weil sie ihn so gern hören wollte.

Sie grübelte nicht lange über den Anruf nach. Sie wusste, was sie Zach gegenüber fühlte. Sie liebte ihn. Doch sie war realistisch genug, um zu wissen, dass Zachs Gefühle für sie vergänglich waren. Zach war ein Einzelgänger, ein Mann, der niemanden brauchte und der immer weiterzog. Jede Stunde, die sie mit ihm verbrachte, würde es noch schwerer machen, ihn zu verlieren.

Sobald sie aufgelegt hatte, rief sie Maria zu Hause an und betete, dass Miguel noch auf den Feldern war.

Glücklicherweise meldete sich eine weibliche Stimme.

„Maria? Hier ist Elizabeth. Können Sie sprechen?"

Maria gab einen erstickten Laut von sich. „Ich bin ja so froh, dass Sie anrufen!"

Sie war beunruhigt. „Ich hätte früher angerufen. Aber ich wollte Ihnen keine Probleme mit Miguel bereiten. Geht es Ihnen gut? Ist mit dem Baby alles in Ordnung?"

„Ich bin müde, das ist alles. Abends nehme ich die Schlaftabletten, doch egal wie viel ich schlafe, ich bin immer müde."

„Waren Sie bei ihrer Ärztin?"

„*Sí*, gerade vor drei Tagen. Ich hatte einen Ausschlag, nichts Besonderes. Sie sagte, ich solle nicht so viel auf sein und mich mehr ausruhen. Dem Baby geht es gut."

„Dessen war sie sich sicher?"

„*Sí.*"

„Gibt es eine Möglichkeit, dass wir miteinander sprechen? Ich meine, persönlich? Ich würde Sie wirklich gern sehen."

„Ich würde Sie auch gern sehen. Ich hatte schon überlegt, Sie anzurufen. Miguel ist für zwei Nächte fort. Letzte Nacht war Isabel bei mir, Isabel Flores. Erinnern Sie sich an Sie?"

„Ihre Freundin?"

„Genau. Sie lebt im Haupthaus. Sie hat viel zu tun."

„Ist letzte Nacht irgendetwas geschehen? Hat Isabel den Geist gesehen?"

„Nein, ich glaube nicht. Das kleine Mädchen ... es kommt nicht so oft. Ich habe sie lange nicht mehr gesehen."

„Ist Isabel auch heute Nacht bei Ihnen?"

„Sie wollte bleiben. Doch Señor Harcourt ... er will sie heute Nacht sehen."

„Señor Harcourt? Carson Harcourt?"

„*Sí*. Isabel ist seine Haushälterin." Da schwang etwas in Marias Stimme mit, das sie nicht aussprechen wollte. Elizabeth erinnerte sich an die attraktive junge Latina, die ihr am Abend der Party aufgefallen war. Sicherlich hatte Carson nichts mit dem Mädchen. Und selbst wenn – sie waren beide erwachsen.

Allerdings war Carson ihr Arbeitgeber, der Mann, der ihr Gehalt bezahlte. Elizabeth fragte sich, ob zu Isabels Pflichten mehr als nur das Haus gehörte.

„Wenn Isabel nicht bleiben kann, wollen Sie dann heute Nacht vielleicht zu mir kommen?"

„*Gracias*, nein. Das kann ich nicht. Miguel könnte anrufen, und wenn ich nicht da bin, macht er sich Sorgen."

Miguel. Genau darüber wollte Elizabeth mit Maria reden. „Sie können dort aber nicht allein bleiben."

„Ich hatte gehofft ... ich dachte, Sie könnten vorbeikommen und bei mir bleiben."

Elizabeths Magen zog sich zusammen. Sie wusste von Dingen, die Maria nicht wusste. Die Artikel, die sie gelesen hatte, standen ihr vor Augen. Wie das Mädchen in Fresno vergewaltigt und ermordet worden war. Wie ihr Körper verstümmelt worden war, bevor man sie beerdigt hatte.

Elizabeths Mund wurde trocken. Wie konnte sie eine weitere Nacht in dem Haus verbringen, wenn sie die Wahrheit kannte über die Menschen, die dort gelebt hatten?

Nicht dort, wies sie sich zurecht. *Es war ein anderes Haus, eine völlig andere Zeit.*

Wie konnte sie zudem Maria in dem Haus bleiben lassen,

wenn sie nicht bereit war, dasselbe zu tun?

„Sind Sie sicher, dass Sie nicht zu mir kommen wollen?", drängte sie. „Wir könnten uns Popcorn machen, und ich könnte einen Film mitbringen."

„Miguel würde das nicht gefallen."

Elizabeth seufzte. Am liebsten hätte sie Miguel in den Hintern getreten. „Nun gut. Wenn das so ist, dann werde ich wohl zu Ihnen rauskommen müssen." Doch ob Maria nun Angst davor hatte oder nicht – sie musste bald mit Miguel sprechen und ihn irgendwie überzeugen, dass er die Gesundheit seiner Frau und die des Babys gefährdete, wenn er Maria zwang, weiter in dem Haus zu wohnen.

Maria Stimme klang erleichtert. „Sie kommen. Das ist gut. Vielleicht werden Sie den Geist sehen."

Ein Schauer lief Elizabeth über den Rücken. Vielleicht würde sie das tatsächlich. Und wenn es passierte, was bedeutete es dann?

In ihrer Brust zog es sich zusammen, als sie an die grausigen Möglichkeiten dachte.

„Ich muss Sie sehen."

„Wo sind Sie?", fragte Carson.

„Noch zehn Minuten entfernt."

„Ich bin hier." Carson legte auf, und etliche Minuten später begleitete Isabel Les Stiles durch die Halle zu seinem Büro. Carson dachte an seine Pläne für diese Nacht und warf ihr ein bedeutungsvolles Lächeln zu, das sie freudig erwiderte.

Sein Lächeln erlosch, als Stiles ins Zimmer trat. Er hängte seinen abgenutzten Cowboyhut an einen der Messinghaken neben der Tür und setzte sich ihm dann gegenüber.

„Was ist los?", fragte Carson.

„Mich hat heute ein Kumpel angerufen … ein Typ namens Collins, den ich schon ziemlich lange kenne. Vor einigen Tagen haben Ihr Bruder und die Conners der Polizei von Fresno einen Besuch abgestattet. Collins arbeitet da."

Carsons Eingeweide zogen sich zusammen. „Zach und Elizabeth sind zur Polizei gegangen? Was zur Hölle geht da vor, Les?"

„Laut Collins erkundigten sie sich nach einem Mädchen, das in Fresno ermordet worden war. Scheint so, als ob es von einem Mann und einer Frau umgebracht wurde, die in dem grauen Haus hier auf der Farm wohnten."

Carson lehnte sich zurück. „Um Himmels willen, die beiden lebten hier vor vielen Jahren. Warum zum Teufel wühlen sie darin herum?"

„Sie wussten von dem Mord?"

„Nicht wirklich. Es gab ein paar Gerüchte hier und dort. Es geschah wohl kurz nach meiner Geburt. Die Leute, die den Mord begingen, wohnten damals schon mehrere Jahre nicht mehr hier. Ich nehme an, dass etwas in der Zeitung stand. Mein Großvater leitete die Farm damals noch. Mein Vater hat nie darüber gesprochen. Vermutlich behagte ihm der Gedanke nicht, dass ein Mörderpärchen hier gearbeitet hat."

„Ich frage mich, warum Zach in dieser Sache herumschnüffelt."

Gute Frage. Carson schwenkte seinen Stuhl zu Stiles. „Ich habe selten eine Ahnung, was mein Bruder vorhat, doch in diesem Fall gefällt mir die Sache nicht. Im Frühling will ich meine Kandidatur für ein politisches Amt bekannt geben. Einer meiner wichtigsten Pluspunkte ist mein tadelloser Ruf. Zach würde nichts lieber sehen, als dass mein Name mit einem längst verjährten Mord in Verbindung gebracht wird, selbst wenn er nicht einmal in San Pico geschah."

„Die Zeitungen würden sich vermutlich darüber hermachen. Das wäre sicher nicht gut."

„Nein, so etwas ist niemals gut."

„Sie wollen, dass ich mich darum kümmere?"

„Ich möchte, dass die beiden damit aufhören, ihre Nase in

Dinge zu stecken, die sie nichts angehen. Tun Sie, was Sie dafür tun müssen."

Stiles nickte nur und hievte seinen schweren Körper vom Stuhl. Er griff nach dem abgenutzten Hut, setzte ihn auf und verließ das Arbeitszimmer.

Carson blieb sitzen. *Gott verdammt!* Warum lief immer alles schief? Er stand auf und ging hinüber zum Fenster. Die Erntearbeiter gingen durch die Reihen und pflückten die großen weißen Baumwollbüschel. In der Ferne blühten noch immer die Rosen auf den Feldern, doch die Saison war langsam vorbei. Carson wandte sich wieder um. Ausnahmsweise waren seine Gedanken weit weg von der Farm.

Er kehrte zum Schreibtisch zurück und ließ sich schwer in den Sessel fallen. *Erst die Klage und jetzt das.* Und wie früher war auch das alles Zachs Schuld.

Unbewusst ballte Carson seine Hand zur Faust. Er musste die Zügel wieder in die Hand bekommen, musste die Kontrolle übernehmen, bevor es zu spät war. Und er schwor sich, alles zu tun, was dafür nötig war.

VIERUNDZWANZIG

So ein einfaches kleines Haus. Zwei Zimmer, ein Bad, alles spärlich dekoriert mit Möbelstücken aus zweiter Hand und billigem, sentimentalem Krimskrams. Das sanfte Gelb mit den weißen Zierleisten wirkte fast freundlich.

Elizabeth schauderte, als sie die Treppe zur Veranda hinaufstieg und an die Tür klopfte. Sie wusste, dass dieser Ort alles andere als freundlich war.

Maria öffnete ihr und lächelte breit bei ihrem Anblick. Kaum war sie über die Schwelle getreten, riss das Mädchen sie in eine Umarmung, die wegen ihres gewaltigen Bauches und Elizabeths Papiertüte mit Einkäufen etwas unbeholfen ausfiel.

„Danke, dass Sie gekommen sind", sagte die junge Frau. „Ich bin so froh, Sie zu sehen."

„Ich habe ein paar Dinge mitgebracht." Elizabeth hob die Tüte hoch. „Und ich habe eine Pizza zum Abendessen bestellt. Ich hoffe, das ist okay. Der Pizzabote müsste jede Minute hier sein."

„Ich liebe Pizza! Miguel mag es lieber, wenn ich koche, deswegen essen wir nicht oft welche."

Und sie hatten nicht viel Geld. Aus diesem Grund hatte sie das Essen bestellt und etwas zum Knabbern und zum Trinken mitgebracht: Popcorn und ein Sixpack Cola light, da Maria keinen Alkohol trinken durfte. Elizabeth hätte lieber eine Flasche Wein gehabt – oder besser noch eine große Flasche Tequila –, irgendetwas, das sie für den Rest der Nacht betäuben würde, damit sie die Geister und Mörder vergessen und vielleicht einschlafen könnte.

Sie packte die Mitbringsel in der Küche aus, stellte die Cola in den Kühlschrank und legte das Popcorn für später beiseite. Als der Pizzabote an der Tür klingelte, bezahlte Elizabeth. Nachdem er gegangen war, setzten sie sich an den kleinen Küchentisch, um Peperoni-Pizza zu essen und Cola zu trinken.

Draußen ging allmählich die Sonne unter. Die ersten Septembertage wurden schon ein bisschen kürzer.

„Ich bin froh, dass Sie hier sind", wiederholte Maria und schaute zum Fenster, wo das Licht immer schwächer wurde.

„Ist das jeden Abend so, Maria? Dass Sie sich, sobald es dunkel wird, Sorgen machen, was wohl geschehen wird im Haus?"

Die junge Frau stand auf und ging zur Spüle. Sie trank ihre Cola aus und stellte ihr und Elizabeths Glas hinein. „Ich versuche, nicht darüber nachzudenken. Meistens geht es mir gut … bis wir zu Bett gehen. Miguel ist so müde, dass er normalerweise gleich einschläft. Ich nehme meine Pillen und schlafe dann auch, doch selbst im Schlaf sehe ich sie manchmal."

„Sie wachen auf und sehen Sie, meinen Sie?"

Sie schüttelte den Kopf. „Sie ist manchmal da, in meinen Träumen, und versucht mich zu warnen. Und sie ist immer so verängstigt."

„Was glauben Sie, wovor sie sich fürchtet?"

Maria wandte sich um und setzte sich wieder an den Tisch. „Ich weiß es nicht. Vor dem, was sie hier festhält. Und sie ängstigt sich um mich und das Baby."

Ein eisiger Schauer kroch Elizabeth über den Rücken. „Zachary Harcourt und ich haben viel nachgeforscht, Maria. Wir haben einiges über das Haus herausgefunden – oder zumindest über das alte Haus, das vor dem jetzigen hier stand. Ich denke, dass eine Verbindung darin besteht, dass Sie schwanger sind. Ich glaube nicht, dass sich der Geist schon vielen Menschen gezeigt hat, doch seit Sie hier sind und ein Baby bekommen werden, ist sie auch da."

„*Sí*, das glaube ich auch. Ich denke, es gibt eine Verbindung zwischen denen, die sie fürchtet, und meinem Baby."

„Die sie fürchtet? Sie glauben, es sind mehrere? Sind Sie sich da sicher?"

Sie zuckte die Achseln. „Es scheint jedenfalls so."
„Aber Sie wissen nicht, wer die sind."
Maria schüttelte den Kopf. Elizabeth spielte mit dem Gedanken, ihr von dem Paar zu erzählen, das hier einst in dem alten grauen Haus gewohnt hatte, davon, dass die beiden einige Jahre nach ihrem Wegzug in Fresno ein Kind gequält und ermordet hatten und dass Consuela Martinez zum Zeitpunkt der Tat schwanger gewesen war und das Kind später verloren hatte.

Vielleicht würde das Maria dazu bringen, das Haus zu verlassen. Doch wenn sie sich weigerte, würde sie nur noch verängstigter reagieren als sowieso schon.

Sie sahen eine Weile fern und schalteten durch die drei örtlichen Kanäle, die der Fernseher empfing.

Es gab nicht viel. Als der Abend fortschritt, machten sie sich über das Popcorn her und aßen es während einer Wiederholung von „Seinfeld". Danach sahen sie einen alten Western mit John Wayne, den sie beide noch nicht kannten. Die Nachrichten kamen um elf, doch es war das gleiche deprimierende Chaos wie immer. Dann folgten die lokalen Nachrichten, wobei die wichtigste Neuigkeit für San Pico in dem Rosenfest Mitte September bestand, das in zwei Wochen stattfinden würde.

Maria, die auf dem Sofa neben Elizabeth saß, gähnte. Ihr fielen immer wieder die Augen zu. Sie konnten es nicht länger hinausschieben. Es war Zeit, schlafen zu gehen.

Elizabeth stupste Maria an. „Warum gehen Sie nicht zu Bett? Es ist spät, und der Doktor sagt, dass Sie Ihren Schlaf brauchen."

Maria nickte und deutete auf die leichte Decke, die auf dem Stuhl neben dem Sofa lag. Obendrauf lag ein Schaumstoffkissen und frische Bettwäsche. „Falls Sie irgendwas brauchen ..."

„Das ist wunderbar. Ich werde schlafen wie ein Baby." Das

war eine Lüge. Sie konnte froh sein, wenn sie sich so weit entspannte, dass sie die Augen schloss.

Maria watschelte schwerfällig in Richtung Schlafzimmer, und Elizabeth ging hinüber, um die Vordertür zu überprüfen. Sie legte den Riegel vor und hörte ihn einrasten. Danach ging sie in die Küche, um sich zu vergewissern, dass auch die Hintertür verschlossen war, bevor sie ins Wohnzimmer zurückkehrte, wo sie sich den mitgebrachten blassblauen Schlafanzug anzog.

Marias Schlafzimmertür stand offen. Elizabeth konnte ihr dafür keinen Vorwurf machen. Sie fragte sich, ob die junge Frau ihre Schlaftablette genommen hatte, sagte aber nichts. Stattdessen warf sie die Decke aufs Sofa, legte das Kissen ans Kopfende und versuchte sich einzureden, dass sie schläfrig war.

Die Klimaanlage über dem Fenster summte. Selbst im September war es noch heiß in San Pico. Sie legte sich hin und ließ sich von dem leisen Summen beruhigen. Erstaunlicherweise schlief sie tatsächlich ein.

Es war das Knarren der Dielen unter dem Teppich, das sie weckte. Sie riss sofort die Augen auf, als sie das Stöhnen vernahm, an das sie sich vom letzten Mal erinnerte, und danach das Geräusch von Schritten, als ob jemand vorsichtig durch das Wohnzimmer schlich.

Ihre Augen durchbohrten das gedämpfte Licht. Einige Sekunden lang lag sie nur da und lauschte. Das Geräusch kam wieder, als ob jemand am Sofa vorbeiginge, doch durch die Vorhänge fiel genug Licht, um sich davon zu überzeugen, dass niemand da war. Sie setzte sich langsam auf und blickte zu der geöffneten Schlafzimmertür.

Die Schritte schienen nun dort angelangt zu sein, und Elizabeths Herz hämmerte hinter ihrem Brustbein. Ihre Hände zitterten, als sie die Decke zurückschob und lautlos aufstand. Barfuß schlich sie sich zur Schlafzimmertür.

Dort angekommen, erblickte sie die offensichtlich schlafende Maria. Doch noch während sie sie anschaute, schien ihr Atem schneller zu werden und die Augen rollten hinter den geschlossenen Lidern wild hin und her. Sie lag auf der Seite und zog die Beine so weit wie möglich an den Bauch, als wollte sie ihn schützen. Dann bewegte sie sich und warf sich unruhig hin und her, während ihr ein leises Stöhnen entwich.

Elizabeth ging auf sie zu. Sie hatte einige wenige Schritte gemacht, als der Wind aufheulte. Im Zimmer wirkte es plötzlich dunkler, der blasse Streifen Mondlicht schien die Vorhänge nicht länger durchdringen zu können.

Eine Art elektrischer Spannung lag in der Luft, sodass sich ihre Nackenhaare aufrichteten. Elizabeth trat einen Schritt zurück und presste sich an die Wand. Das Herz schlug ihr bis zum Hals, und ihr Mund war so trocken, dass ihr die Zunge am Gaumen klebte. Die Luft im Zimmer wurde schwer und stickig, und plötzlich konnte sie kaum mehr atmen. Ein milchiger Dunst kroch in den Raum, ein schwaches Licht bildete sich und schien zugleich doch nicht da zu sein. Draußen jaulte der Wind, ein wütender, fast menschlicher Klagelaut, der an Tod und Sterben denken ließ.

Sie zwang sich dazu, immer wieder tief einzuatmen, und blickte zum Bett. Maria saß aufrecht da, die Beine ausgestreckt, und starrte direkt vor sich. Ihre dunklen Augen waren weit geöffnet, aber blicklos, und Elizabeth hatte den verrückten Gedanken, dass sie noch schlief.

Die Luft verdichtete sich und schien auf der Haut fast spürbar, als Elizabeth den entfernten Duft von Rosen wahrnahm. Der Geruch wurde rasch intensiver und ekelerregend süß, ein widerlicher Gestank, der sie an Tod und Verwesung erinnerte und Übelkeit in ihr aufsteigen ließ. Der abscheuliche Geruch kroch in jede Ritze hinein und erfüllte schnell den ganzen Raum.

Dann verschwand er ebenso plötzlich, wie er gekommen war.

Elizabeths Blick schoss zu Maria, die noch immer völlig starr im Bett saß. Ihre Lippen bewegten sich, und auch wenn Elizabeth die Worte nicht ausmachen konnte, sah sie doch, dass Maria unverwandt auf etwas am Fußende des Bettes starrte.

Zum ersten Mal spürte Elizabeth echte Angst in sich aufsteigen, als der Dunst in dem Raum herumwaberte, sich verdichtete und sie begriff, dass er die Gestalt eines Menschen annahm.

Sie unterdrückte ein erschrecktes Aufschluchzen, als sie schließlich die schmale Silhouette erblickte, die sich vor ihren Augen bildete und immer klarer und klarer wurde, bis sie die Gestalt eines kleines Mädchens erkannte. Nun konnte sie sie sehen: die schwarzen glänzenden Schühchen, den weiten Rock und die hübsche rosarote Schürze darüber. Ihr blondes schulterlanges Haar umrahmte in sanften Wellen ihr Gesicht. Ihre Haut war bleich und durchscheinend, und doch schien ein Anflug von Farbe ihre Wangen zu beleben.

Elizabeth sah sie vor sich und konnte dennoch hinter ihr – oder durch sie hindurch – die Kommode mit der kleinen Porzellanlampe darauf erkennen.

Das Mädchen sagte nichts, jedenfalls konnte Elizabeth nichts hören, auch wenn sie das merkwürdige Gefühl hatte, dass sie irgendwie zu Maria sprach. Die junge Frau begann zu zittern. Ihr ganzer Körper zuckte nahezu unkontrollierbar.

Voller Angst um sie und ihr Baby wollte Elizabeth zu ihr. Panik überfiel sie, als sie erkannte, dass sie sich nicht rühren konnte. Nicht einen Finger. Nicht einmal einen Zeh. Sie wurde gegen die Wand gedrückt, als ob eine unsichtbare Macht sie gelähmt hätte.

Sie öffnete den Mund, doch kein Laut entrang sich ihr, und ihre Angst drohte sie zu übermannen. Ihr Blick fixierte die schmale Gestalt am Fußende des Bettes und musterte sie voller Panik.

Dann verblasste das Bild allmählich und war innerhalb von Sekunden ebenso verschwunden wie der merkwürdige Dunst in dem Raum. Abgesehen vom Summen der Klimaanlage im Wohnzimmer war es völlig still im Schlafzimmer. Maria, die in der Mitte des Bettes saß, blinzelte mehrere Male, blickte hoch und brach in Tränen aus.

Ihr Weinen löste den Bann. Befreit von der Kraft, die sie gelähmt hatte, atmete Elizabeth tief durch und lief mit zitternden Knien zum Bett.

„Maria!" Weil sie Angst hatte, dass sie die junge Frau noch mehr verängstigen könnte, fasste sie sie nur sanft an der Schulter. „Ich bin's, Elizabeth. Geht es Ihnen gut?"

Langsam wandte Maria den Kopf. „Elizabeth?"

„Ja. Ich bin hier. Ich habe alles gesehen." Sie beugte sich vor, und Maria ließ sich in ihre Arme fallen. „Es ist alles in Ordnung. Es ist vorbei." Maria klammerte sich an sie und schluchzte an ihrer Schulter.

„Es ist alles in Ordnung", sagte sie wieder, auch wenn sich im Moment nichts in Ordnung anfühlte.

„Elizabeth ... irgendetwas ist passiert. Ich blute."

Elizabeth blickte hinunter und sah den blutroten Fleck, der sich auf dem Laken ausbreitete. „Oh mein Gott!" Sie sprang auf und rannte zum Telefon im Wohnzimmer. „Bewegen Sie sich nicht!", rief sie noch. „Ich hole Hilfe!"

Sie zitterte so stark, dass sie kaum wählen konnte. Nach einem vergeblichen Versuch zwang sie sich zur Ruhe und wählte die 911. In aller Eile berichtete sie, dass eine schwangere junge Frau Blutungen hatte und dass sie unbedingt einen Krankenwagen brauchte. Zwar bat die Frau am Notruf sie, am Telefon zu bleiben, doch die Schnur reichte nicht bis ins Schlafzimmer. Elizabeth ließ den Hörer liegen und eilte zurück zu Maria.

„Halten Sie durch", sagte sie. „Sie sind auf dem Weg."

Doch Maria sah sie gar nicht an. Sie stierte auf die Wand gegenüber dem Bett. Elizabeth folgte ihrem Blick und erstarrte.

In karmesinroten Buchstaben, wie mit dem Blut auf dem Laken geschrieben, stand dort:

*GEH – ODER SIE WERDEN DICH
UND DEIN BABY TÖTEN.*

Elizabeth begann zu zittern. Diese furchtbare Botschaft konnte nicht länger ignoriert werden.

Zach stieß die Glastüren zum Haupteingang des San Pico Community Hospital auf. Ein kurzer Blick über die sterile Einrichtung zeigte ihm, dass Elizabeth nicht da war.

„Ich bin auf der Suche nach Maria Santiago", sagte er zu der Frau am Empfangstresen. „Sie wurde erst vor ein paar Stunden eingeliefert. Können Sie mir sagen, in welchem Raum sie liegt?"

Die stämmige Frau beäugte ihn durch ihre Schildpattbrille, gab ihm die Zimmernummer und deutete auf einen Gang.

„Folgen Sie einfach der gelben Linie auf dem Boden", sagte sie. „Die Besuchszeit ist vorbei, deshalb bezweifle ich, dass man Sie reinlässt. Doch zumindest können Ihnen die Schwestern sagen, wie es ihr geht."

„Danke." Zach ging den Korridor entlang, wobei er an etlichen Krankenschwestern und einigen Ärzten in blassgrünen Kitteln vorbeikam. Er hatte noch immer die Hoffnung, dass er Liz über den Weg laufen würde, doch er konnte sie nicht sehen. Nicht bis er die Tür zu Marias Raum öffnete und eintrat.

Liz saß in einem Stuhl neben dem Bett, in dem Maria Santiago schlief. Ihr Gesicht war fast genauso bleich wie das Laken. Mit der blassen Haut und den schwarzen Haaren, die ihr Gesicht umrahmten, sah sie mehr tot als lebendig aus. Ihn überkamen Schuldgefühle.

Er hätte etwas tun sollen, hätte sie zwingen sollen, das Haus zu verlassen. Er hatte es Raul versprochen. Und er hatte es Liz versprochen.

Als sie ihn erblickte, erhob sie sich. Ihre beige Hose und die bedruckte Bluse waren übersät mit Blutflecken, und sie war fast so blass wie Maria.

Als sie sich eine Haarsträhne hinters Ohr strich, bemerkte er, dass ihre Hand zitterte. Er lief ihr entgegen, öffnete die Arme, und sie warf sich hinein.

„Ich bin so froh, dass du gekommen bist", sagte sie.

Er hielt sie fest an sich gedrückt. „Ich wünschte, ich wäre nie weggefahren." Er küsste sie auf den Scheitel und wünschte sich, er wäre da gewesen, als sie ihn brauchte. Was sie durchgemacht haben musste, tat ihm in der Seele weh. „Wie geht es Maria?"

Liz blickte in Richtung Tür und bedeutete ihm mit einer Kopfbewegung, mit ihr nach draußen zu gehen. Dort spazierten sie zur Wartezone, wo sie sich auf einem Sofa niederließen.

Er nahm ihre Hand in seine und bat sie zu erzählen, was passiert war.

Liz atmete bebend ein und schüttelte den Kopf. „Ich dachte, sie würde sterben, Zach. Wenn ich nicht dort gewesen wäre, hätte sie sterben können."

Er verschränkte seine Finger mit ihren und spürte, wie kalt ihre Haut war.

„Maria hat viel Blut verloren", sagte sie, „doch sie konnten die Blutung stoppen, bevor die Wehen einsetzten. Der Doktor möchte, dass sie das Baby so lange wie möglich austrägt, damit es mehr Zeit zum Wachsen hat. Er hat ihr totale Bettruhe verordnet."

Sie blickte ihn an, und ihre blauen Augen funkelten vor

Entschlossenheit. „Was auch immer geschieht, ich werde sie keine weitere Nacht in diesem Haus verbringen lassen."

„Nein", bestätigte er sanft und umfasste ihre Hand fester. „Sie kann dort nicht länger bleiben. Ich werde mit Miguel sprechen." Er blickte sich um, und zum ersten Mal kam ihm der Gedanke, dass ihr Mann eigentlich hier sein sollte. „Wo ist er?"

„Noch in Modesto, soweit ich weiß. Das Krankenhaus hat in dem Motel angerufen, in dem er übernachtet. Jemand sprach mit Mariano, doch Miguel war nicht da."

„Ich bin sicher, dass er kommt, sobald ihn die Nachricht erreicht."

„Raul war vor ein paar Minuten da. Sam Marston hat ihn gebracht. Er blieb so lange, bis ihn der Arzt nach Hause schickte. Er wollte nicht gehen, bevor man ihm versicherte, dass seine Schwester wieder gesund wird."

„Aber sie sind ziemlich sicher, dass sie das wird, oder?"

Sie nickte. „Ziemlich sicher. Sie werden sie ins County Hospital in Mason verlegen, wenn sie sehr lange bleiben muss."

„Was ist mit dir? Geht es dir gut? Einiges von dem, was du mir am Telefon erzählt hast ... Ich weiß nicht, wie es mir ginge."

Sie biss sich auf die Unterlippe, und er bemerkte, dass sie die aufsteigenden Tränen zurückhielt. „Es war das Schrecklichste, was ich jemals erlebt habe, Zach, wie in einer Art Horrorfilm. Es fing an wie beim letzten Mal ... wie damals, als du dabei warst. Doch dieses Mal wurde es schlimmer. Ich konnte mich nicht bewegen, und Maria auch nicht. Ich vermute, dass der Schock für die Blutung verantwortlich ist. Zumindest dürfte das die logische Erklärung sein."

„Doch du bist nicht sicher, ob das der Grund ist."

Sie schüttelte den Kopf. „Es gibt nichts mehr, dessen ich mir sicher bin."

Sie schluckte und blickte zur Seite. „Die Buchstaben sahen

aus, als wären sie in Blut geschrieben. *Geh – oder sie werden dich und dein Baby töten.*" Sie erschauerte und umfasste ihre Schultern, als die kalte Zugluft der Klimaanlage sie erreichte.

„Ich nehme an, Maria hat den Geist auch gesehen."

„Sie saß nur da und starrte sie an, während sich im Bett all das Blut ausbreitete."

„Was geschah dann?"

„Ich rief einen Krankenwagen und holte rasch ein paar Handtücher. Damit konnten wir die Blutung ein bisschen eindämmen. Dann kam der Krankenwagen, und es wurde hektisch. Als die Männer ins Schlafzimmer rannten, war die Botschaft weg."

„Weg? Was meinst du? *Verschwunden?*"

„Genau, Zach. Als ob sie niemals da gewesen wäre. Die Wand war völlig weiß. Sie war genauso frisch gestrichen wie zuvor."

Zach fuhr sich mit der Hand durch das wellige dunkle Haar. „Nichts davon ergibt irgendeinen Sinn."

„Nicht, wenn man nicht an Geister glaubt. Ich habe sie gesehen, Zach. Langes blondes Haar, große blaue Augen und mit einer hübschen rosa Schürze. Sie stand am Fußende des Bettes – und ich konnte direkt durch sie hindurchsehen."

Wieder überlief sie ein Schauer. Er glaubte nicht an Geister. Doch Marias Begegnung mit dem Tod machte deutlich, dass sie nicht länger ignorieren konnten, was in dem Haus vor sich ging.

„Ich spreche mit Miguel, sobald er wieder in der Stadt ist. Ich sage ihm, dass seine Frau auszieht, ob es ihm nun passt oder nicht, und dass er es besser auch erwägen sollte."

„Was ist mit Carson? Wenn Miguel auszieht, wird Carson ihn feuern."

Zach seufzte frustriert. Er wusste, dass sie recht hatte. Und selbst wenn er sich an die Jungs von der Gewerkschaft wandte, nützte es vielleicht nichts. „Maria muss gehen. Keine

Frage. Ich kann versuchen, mit Carson zu sprechen, doch ich bezweifle, dass er mir zuhört. Bislang scheint Miguel nicht in Gefahr zu sein. Vielleicht macht es also nichts, wenn er bleibt."

„Hast du irgendetwas von dem Detektiv gehört, den du angeheuert hast?"

„Er versprach mir, mich morgen anzurufen."

„Ich hoffe, er findet etwas heraus."

„Das hoffe ich auch."

FÜNFUNDZWANZIG

Elizabeth verließ das Krankenhaus irgendwann nach zwei Uhr morgens. Zach folgte ihr zu ihrem Apartment, doch er kam nicht mit hinein. Er hatte ein Zimmer im Holiday Inn reserviert.

Sie wünschte, sie wäre nicht so enttäuscht gewesen. Nach den furchtbaren Geschehnissen der Nacht wollte sie nichts sehnlicher, als in Zachs Armen einzuschlafen, wo sie sich sicher und geborgen fühlte. Vielleicht hätte ihm das auch gefallen.

Doch bis sie beide wussten, was sie wollten, und bis sie mit ihren ungeklärten Gefühlen umgehen konnten, schien es das Beste, getrennt zu schlafen.

Die Küchenuhr zeigte am nächsten Morgen zehn Uhr, als es klingelte und Zach vor der Tür stand.

„Murphy hat angerufen", verkündete er, als er ins Wohnzimmer trat. „Ich dachte, das interessiert dich. Es gibt einiges, was wir besprechen müssen."

„Ich bin froh, dass du da bist." Sie wünschte, sie wäre nicht ganz so froh gewesen. „Der Kaffee läuft gerade durch. Möchtest du eine Tasse?"

„Klingt großartig." Er folgte ihr in die Küche und setzte sich an den Tisch, während sie ihm einen Becher einschenkte und sich dann ihm gegenübersetzte.

„Also? Was hat Murphy gesagt?"

„Ich erzählte ihm, dass wir mit der Polizei in Fresno und auch hier in San Pico gesprochen haben. Da die Behörden nicht glauben, dass das Opfer hier aus dem Tal stammen könnte, arbeitete er sich weiter in Richtung Süden vor. Er hat mit der Polizei in Santa Clarita und im San Fernando Valley gesprochen. Er benutzte die Beschreibung des kleinen Mädchens, das Maria gesehen hat. Du hast sie gestern ja bestätigt."

„Weiß er, dass wir nach einem Geist suchen?"

Zach schüttelte den Kopf. „Diese kleine Überraschung habe ich für später aufgehoben. Es war ja möglich, dass er auf gar nichts stößt."

„Doch er hat heute Morgen angerufen."

Zach nickte. „Vor einer Stunde." Er nahm einen Schluck von dem Kaffee. „Gestern sprach Murphy mit einem Freund vom FBI. Im Laufe der Jahre hat er an vielen Vermisstenfällen gearbeitet. Ich schätze, dass er deshalb eine Menge nützlicher Kontakte hat. Sein Freund hat den ganzen Nachmittag die ungelösten Vermisstenfälle gewälzt und nach Kindern gesucht, die zwischen 1967 und 1971 verschwunden sind."

„Als die Martinez im grauen Haus wohnten."

„Genau. Und stell dir vor: Der Typ fand ein vermisstes Mädchen, auf das die Beschreibung zutrifft. Murphy verglich die Information mit einer Vermisstenmeldung in der *L.A. Times,* zu einem kleinen Mädchen, das im September 1969 verschwand – blond, blauäugig, neun Jahre alt. Er hat nicht viel mehr – außer dass sie direkt aus ihrem Vorgarten entführt wurde."

„Oh mein Gott."

„Ja. Klingt ein bisschen nach dem, was mit Holly Ives geschah, nicht wahr? Ein kleines Mädchen, das am helllichten Tag gekidnappt wird. Murphy weiß nicht, ob es sich um das Mädchen handelt, nach dem wir suchen, doch er möchte, dass wir mit einem der Polizisten in L.A. sprechen, der damals mit dem Fall befasst war. Er ist inzwischen pensioniert und lebt im San Fernando Valley. Ich dachte, wir könnten im Krankenhaus vorbeifahren, um zu sehen, wie es Maria geht, und dann in Richtung L.A. fahren."

Ihr Herz pochte. Dies war ihr erster richtiger Durchbruch. Endlich gab es die Chance, einige Antworten zu bekommen. Nach der letzten Nacht lechzte sie geradezu nach einer Erklärung – irgendeiner Erklärung, egal wie weit hergeholt sie auch sein mochte.

„Was ist mit Miguel?"

„Wenn er wieder in der Stadt ist, sprechen wir mit ihm, bevor wir losfahren. Oh, und nimm was zum Übernachten mit. Ian sagt, dass wir vielleicht mit den Eltern des Mädchens sprechen können, auf jeden Fall mit der Mutter. Sie arbeitet heute, doch sonntags ist sie normalerweise zu Hause."

Elizabeth nickte und ging ins Schlafzimmer. Sie packte ihre Kosmetiktasche und etwas Kleidung zum Wechseln ein. Sie bemühte sich, nicht länger darüber nachzudenken, dass sie vielleicht über Nacht blieben. Zach hatte die letzte Nacht in einem Hotelzimmer verbracht. Selbstverständlich könnte sie dasselbe tun. Und sie konnte sich darauf verlassen, dass er sie zu nichts drängen würde, was sie nicht wollte.

Eine halbe Stunde später verließen sie das Apartment und fuhren mit Zachs schwarzem Cabrio davon.

„Ich wollte so schnell wie möglich hier sein", erklärte er den Umstand, dass er nicht den Jeep genommen hatte. „Der BMW ist schneller."

Was zu stimmen schien, wenn man berücksichtigte, wie schnell sie beim Krankenhaus waren. Als der Wagen an einem Stoppschild hielt, bemerkte Elizabeth zufällig den dunkelgrünen Pick-up hinter ihnen, den sie schon einmal gesehen hatte.

„Ich kenne diesen Wagen." Sie blickte sich nur einmal kurz um und sah dann wieder auf die Straße vor ihnen. „Ich glaube, dass er uns folgt."

„Der Pick-up?"

„Ja. Ich habe ihn schon zweimal gesehen."

Zach runzelte die Stirn, als er in den Rückspiegel sah. „Wann?"

„Er war hinter mir, als ich zur Zeitung fahren wollte, sodass ich lieber daran vorbeigefahren bin. Ich fuhr zurück zum Büro und ging später zu Fuß hin."

„Warum hast du mir nichts davon erzählt?"

„Ich nahm an, dass es nur einer von Carsons Leuten sei, der herausbekommen wollte, was wir vorhatten. Ich dachte nicht, dass es wirklich wichtig sei."

„Vielleicht ist es das nicht, aber mir gefällt die Sache nicht."
Sie hielten am Krankenhaus, und der Pick-up fuhr weiter. Zach sah ihm nach, bis er verschwand. „Großer Kerl mit einem Cowboyhut. Das könnte Les Stiles sein, die ergebene Nummer eins meines Bruders. Wir werden von jetzt an ein Auge auf ihn haben."

Sie betraten das Krankenhaus und saßen einige Minuten bei Maria, die ein bisschen besser aussah als in der letzten Nacht. Doch der Arzt hatte ihr strenge Ruhe verordnet, weshalb die Schwester sie zum Abschied drängte. Als sie hinausgingen, stand Miguel vor der Tür.

Zach presste die Kiefer aufeinander. „Wir müssen miteinander sprechen", sagte er finster.

Miguel nickte nur. Er sah ausgezehrt aus und älter als seine neunundzwanzig Jahre. Seine Augen waren blutunterlaufen, das Gesicht ein bisschen aufgedunsen. Elizabeth fragte sich, ob er einen Kater hatte.

Da die Wartezone besetzt war, führte Zach sie aus dem Gebäude heraus. Draußen wurde es bereits heiß, was durchaus Zachs Stimmung zu entsprechen schien. Er nahm kein Blatt vor den Mund.

„Ihre Frau ist letzte Nacht fast gestorben."

Miguel schluckte. „Ich weiß. Ich bin nach Hause gefahren, als ich davon erfuhr."

„Sie meinen, sobald Sie aus der Kneipe zurück waren", sagte Zach.

Miguel blickte zur Seite.

„Was ist los, Miguel?", fragte Elizabeth. „Sie waren doch nie einer, der viel trinkt. Und seit Kurzem scheinen Sie ständig betrunken zu sein. Falls irgendwas nicht in Ordnung ist, können wir vielleicht helfen."

Er strich sein glattes schwarzes Haar zurück. Es war ungewaschen und viel zu lang, als wäre es seit einiger Zeit nicht mehr geschnitten worden. „Ich weiß nicht, was nicht stimmt. Seit Kurzem bin ich so ruhelos, wissen Sie? Vielleicht wegen des Babys. Ich werde plötzlich wütend und weiß nicht, warum. Manchmal muss ich einfach weg."

„Haben Sie und Maria Probleme miteinander?"

Er schüttelte den Kopf. „Ich liebe meine Frau. Ich habe sie vom ersten Moment an geliebt."

„Was ist mit dem Baby? Wie stehen Sie dazu, ein Kind zu bekommen?"

„Ich will dieses Baby. Ich liebe es bereits jetzt. Maria hat letztes Jahr ein Kind verloren. Wir beide wünschen uns dieses Kind. Ich kann es kaum erwarten, Vater zu werden."

„Wenn das so ist", schaltete Zach sich ein, „dann sollten Sie Maria nicht daran hindern, aus dem Haus auszuziehen."

Miguel versteifte sich. „Wovon reden Sie?"

„Sie ist völlig verängstigt, Miguel", sagte Elizabeth. „Ich weiß, dass Sie nicht an Geister glauben, doch ich war gestern Nacht in dem Haus. Ich sah das kleine Mädchen – ich sah die schrecklichen Dinge, die sich in dem Raum abspielten. Maria kann dort nicht bleiben. Sie ist beinahe gestorben. Und sie wird sterben, wenn sie dort nicht auszieht."

Miguel blickte zu Boden und schwieg ein paar Sekunden. Als er wieder aufsah, standen ihm Tränen in den Augen. „Es tut mir leid. Ich werde einen Ort für sie finden, an dem sie bleiben kann."

„Sie kann bei mir wohnen."

Er schüttelte den Kopf. „Sie ist gern mit ihresgleichen zusammen. Sie kann bei Señora Lopez wohnen. Sie und ihr Mann leben in einem der anderen Häuser. Sie haben ein zweites Schlafzimmer und keine Kinder. Auf die Art bin ich in der Nähe, wenn Maria mich braucht."

Elizabeth dachte kurz darüber nach und hielt den Vorschlag für einen guten Kompromiss. Maria konnte vermutlich damit leben. Sie warf Zach, dessen Kiefer noch immer verspannt wirkte, einen Seitenblick zu. Er nickte leicht mit dem Kopf.

„In Ordnung", sagte Elizabeth. „Wenn Maria aus dem Krankenhaus entlassen wird und außer Gefahr ist, kann sie bei Señora Lopez wohnen. Doch ich möchte Ihr Wort, Miguel. Sie werden nichts tun, was sie aufregen könnte. Und Sie hören mit dem Trinken auf."

Er schluckte wieder und blickte schuldbewusst zur Seite. „Ich verspreche es."

„Danke."

Mit ihrem Gepäck im Kofferraum und dem beruhigenden Gefühl, dass Marias dringlichste Probleme gelöst waren, verließen sie das Krankenhaus und fuhren auf den Highway. In Santa Clarita legten sie einen Stopp ein, um im Red Lobster zu Mittag zu essen, dann fuhren sie weiter nach Van Nuys, wo der Detective lebte, der an dem Fall des vermissten Mädchens gearbeitet hatte.

Ian Murphy hatte die Verabredung auf drei Uhr gelegt. Wenige Minuten vorher hielten sie vor dem kleinen Reihenhaus in einer Vorortsiedlung gleich neben dem Freeway.

„Bist du bereit?", fragte Zach, als er den Sicherheitsgurt löste. Er war leger gekleidet. Seine Miene war undurchdringlich. Doch obwohl das schon den ganzen Morgen so gewesen war, hatte sie immer wieder seine Augen auf sich gespürt und bemerkt, wie die goldenen Sprenkel in ihnen funkelten, als würden sie gleich ein Feuer entfachen.

Elizabeth empfand die gleiche Hitze, sobald sie ihn nur ansah. Sie hatte sich vom ersten Moment an zu Zach hingezogen gefühlt. Das Wissen darum, dass ihre Beziehung nicht funktionieren konnte, änderte nichts daran. Sie begehrte ihn, und es war offensichtlich, dass er sie ebenso begehrte.

Doch Marias Fall hatte Priorität. Zach öffnete ihr die Tür und half ihr hinaus. Die Temperatur war deutlich angenehmer als in San Pico. Als sie sich dem Eingang näherten, trat ein alter Mann in weiten Jeans und einem ausgeblichenen T-Shirt der örtlichen Football-Mannschaft auf die Veranda.

„Zachary Harcourt?"

„Richtig." Zach ging mit ihr die Stufen hoch. „Und dies ist Elizabeth Conners."

„Liz", korrigierte sie, auch wenn sie nicht genau wusste, warum, und reichte ihm die Hand.

„Ich bin Danny McKay." McKay schüttelte erst ihr die Hand und dann Zach. „Ich war Detective bei der Polizei in Los Angeles. Nun bin ich seit fast acht Jahren im Ruhestand. Kommen Sie rein." McKay sah aus, als ob er auf die siebzig zuging. Er war fast völlig kahl, nur ein dünner Haarkranz zierte den glänzenden Schädel. Er hielt die Gittertür auf, und sie folgten ihm in ein Wohnzimmer mit einem weißen gemauerten Kamin.

„Meine Frau ist vor vier Jahren gestorben", erklärte McKay. „Solange sie lebte, sah es hier immer ordentlich aus. Ich versuche es zwar, doch ich scheine es nicht so hinzubekommen wie sie." Das Haus stammte aus den Sechzigern und war vermutlich in den Achtzigern renoviert worden. Der hellgrüne Teppich war bereits leicht verblichen, und das Sofa und der dazu passende Sessel wirkten abgenutzt.

„Wir freuen uns, dass Sie sich für uns Zeit nehmen", sagte Zach, während sie sich setzten und Elizabeth sich neben Zach auf dem Sofa niederließ.

„Kein Problem. Ich bekomme nicht mehr allzu viel Besuch. Möchten Sie einen Kaffee oder so etwas? Ich habe Eistee im Kühlschrank."

Elizabeth blickte zu Zach. „Nein, vielen Dank." Sie beugte sich vor. „Was können Sie uns über das vermisste Mädchen sagen, Mr. McKay?"

„Sagen Sie Danny. Und ich erinnere mich gut an den Fall. Vermutlich, weil die Kleine so ein niedliches Ding war. Dennoch kann ich Ihnen nicht viel darüber sagen. Das Kind schien einfach wie vom Erdboden verschluckt."

Zach beugte sich ebenfalls vor. „Nach dem, was Ian sagte, wurde sie direkt aus dem eigenen Vorgarten entführt."

McKay nickte. Sein kahler Schädel glänzte im Sonnenlicht.

„Hat ihren Eltern das Herz gebrochen. Vor allem der Mutter. Das einzige Kind, wissen Sie. Die Mutter hat das Mädchen wirklich geliebt."

Elizabeth fröstelte. Laut Maria hatte das Mädchen nach ihrer Mutter gerufen. *Ich will zu meiner Mama,* hatte sie gebettelt.

„In der Zeitung stand, dass sie neun Jahre alt war", sagte Zach, „und blonde Haare sowie blaue Augen hatte. Laut Murphy stand sonst nicht viel drin. Die Akten sind sechsunddreißig Jahre alt, und einige Seiten fehlen. Sie hatten damals nicht alles im Computer so wie heute."

„Das stimmt leider. Heute ist es viel einfacher, solchen Dingen nachzugehen. Mit den Vermisstenseiten im Internet und all den Fernsehnachrichten haben wir eine bessere Chance, die Entführer zu stoppen, bevor es zu spät ist."

„Erinnern Sie sich zufällig daran, was sie an dem Tag ihres Verschwindens trug?"

„So verrückt es klingt, das tue ich tatsächlich. Sie trug ein Partykleid mit einer pinkfarbenen Schütze. Sie hatte an dem Tag Geburtstag, wissen Sie. Sie wurde neun Jahre alt. Die Feier war in vollem Gang, alle Kinder spielten hinten im Garten. Doch laut ihrer Mutter fing der Hund, ein kleiner Pekinese, an zu bellen, und Carrie lief zu ihm in den Vorgarten."

„Carrie?", fragte Elizabeth.

„So hieß sie. Carrie Ann Whitt."

Elizabeth schluckte.

„Erzählen Sie weiter", drängte Zach.

„Jedenfalls lief Carrie zu ihrem Hund in den Vorgarten, und ich schätze, dass hinten im Garten so viel los war, dass sie eine Zeit lang niemand vermisste. Als man dann nach ihr suchte, war Carrie Ann verschwunden."

Elizabeth sagte nichts. Ihre Kehle war wie zugeschnürt. Vor ihrem inneren Auge sah sie das kleine Mädchen mit ihren Freunden, alle herausgeputzt für die Geburtstagsparty. Dann sah sie das Mädchen am Fußende des Bettes vor sich, mit ihrer hübschen rosa Schürze und dem frisch gewaschenen, glänzenden blonden Haar. Der Kloß in ihrem Hals wurde größer.

„Und niemand hat etwas gesehen?", fragte Zach. „Gab es keine Zeugen?"

„Als wir die Gegend später am Tag überprüften, sagte jemand, dass er einen verbeulten blauen Wagen in der Nachbarschaft gesehen hätte, ungefähr zu der Zeit, als Carrie Ann verschwand. Doch sie konnten uns kein Kennzeichen geben und nur eine vage Beschreibung des Wagens."

„Wie viele Menschen saßen darin?", fragte Zach.

„Zwei."

Ein Muskel zuckte in Zachs Gesicht.

„Sie scheinen wenig überrascht", sagte der Detective, der Zach beobachtete. „Haben Sie in die Akten geschaut?"

Er schüttelte den Kopf. „Die Akten habe ich nicht gesehen." Zach warf Elizabeth einen Blick zu. „Es ist eine lange Geschichte."

„Nun, ich würde sie gern hören."

Zach seufzte. „Okay. Aber bevor wir anfangen, sollten wir vielleicht auf Ihr Angebot mit dem Eistee zurückkommen."

SECHSUNDZWANZIG

„Das ist sie, Zach. Carrie Ann Whitt. Sie muss es sein."

„Sieht danach aus." Sie fuhren den Freeway entlang, wobei sich Zachs BMW durch den dichten Verkehr schlängelte.

„Sie haben sie genauso gekidnappt wie Holly Ives. Sie haben sie mit zu ihrem Haus auf Harcourt Farms genommen. Und dort haben sie sie ermordet."

„Lass uns keine voreiligen Schlüsse ziehen. Wir wissen nicht sicher, was passiert ist."

„Doch die Beschreibung passt perfekt. Insofern besteht die Wahrscheinlichkeit, dass genau das geschehen ist."

„Könnte sein. Wenn die Mutter morgen zu Hause ist, werden wir sehen, was sie zu sagen hat."

„Bist du sicher, dass wir mit ihr sprechen sollten? Ich meine, was können wir ihr schon sagen?"

„Wir improvisieren. Schließlich wollen wir der Frau nicht noch mehr Schmerz bereiten, als sie schon erleiden musste."

Elizabeth lehnte sich zurück. Sie fühlte sich müde und bis auf die Knochen erschöpft. Sie war sich sicher, dass Carrie Ann Whitt in dem alten grauen Haus ermordet worden war. Sie dachte an Holly Ives und die Qualen, die sie hatte ertragen müssen, und Übelkeit stieg in ihr auf. Sie war doch ein Kind gewesen! Einfach nur ein kleines Mädchen!

Hatte Carrie Ann das gleiche schreckliche Schicksal erlitten? Elizabeth war mehr und mehr davon überzeugt.

Sie musste die Tränen zurückhalten. In sich versunken registrierte sie kaum ihre Umgebung, bis Zach vom Freeway hinunter und in Richtung Meer fuhr.

Er warf ihr einen Blick zu. „Ich weiß, dass das schwer ist für dich. Mir gefällt es selbst nicht. Doch wir können jetzt nicht aufhören. Wir müssen herausfinden, was hier vor sich geht."

Sie nickte und schluckte. „Wir müssen die Wahrheit herausfinden. Vorher können wir nicht aufhören."

Zach nahm die Ausfahrt auf einen Highway, der am Meer entlangführte. An der Uferseite reihte sich ein Strandhaus an das andere, während auf der anderen Seite hier und da ein Restaurant oder eine Boutique auftauchte.

„Der Nachmittag ist schon fast vorbei", sagte Zach. „Ich denke, dann können wir heute auch genauso gut bei mir übernachten. Wir laden unser Gepäck aus und gehen dann etwas essen." Er blickte sie an, die Hände am Steuer. Große und gut geformte Hände mit sauberen kurzen Fingernägeln. Talentierte Hände.

Sie erinnerte sich daran, wie diese Hände ihren Körper berührt hatten, und fühlte ein Verlangen, das sie nicht fühlen wollte. „Vielleicht sollte ich mir ein Hotelzimmer nehmen."

„Das brauchst du nicht. Mein Apartment hat zwei Schlafzimmer, du wirst sogar dein eigenes Bad haben. Du bist völlig ungestört, wenn du es willst." Doch seine Augen fragten: *Wie ungestört möchtest du sein?*

Lust stieg in ihr auf beim Gedanken an das letzte Mal, als sie sich geliebt hatten, bei dem Gedanken daran, wie erregt sie gewesen war und welchen Genuss sie empfunden hatte. Ein einziger Blick auf seine klaren Gesichtszüge und die sinnliche Linie seiner Lippen reichte aus, dass sich die Hitze in ihrem Bauch ausbreitete.

Als er in eine kleine Straße bog, die sich eine Klippe hochschlängelte, ertappte sie sich dabei, dass sie die ganze Zeit seinen Mund anstarrte und daran dachte, wie er sie geküsst hatte, wie seine Lippen über die ihren fuhren, wie weich und dennoch fest sie sich anfühlten und wie entschlossen. Zach warf ihr einen langen glühenden Blick zu, und erotische Bilder stiegen vor ihrem inneren Auge auf.

Die Reifen quietschten, als sie die Zufahrt zur Tiefgarage hinunterfuhren, dann hielt der Wagen auf dem Stellplatz, der Zachs Apartmentnummer trug. 3A. Er ging um den Wagen herum und öffnete ihr die Tür. Danach holte er das Gepäck aus dem Kofferraum, und sie gingen zum Fahrstuhl.

Das Haus war weiß verputzt und hatte vier Etagen. Es stand auf Säulen, die in den Berg hineingebaut waren. Der Fahrstuhl brachte sie in die oberste Etage, wo sich die Türen öffneten und sie einen Flur betraten. Zach stellte die Taschen vor der Apartmenttür ab, um aufzuschließen.

Sie versuchte sich einzureden, dass es völlig normal war, bei ihm zu übernachten. Nichts würde geschehen. Sie würde ihrem Verlangen nach ihm nicht noch einmal nachgeben.

Mit neuer Entschlossenheit betrat sie die marmorgeflieste Eingangshalle und hielt inne, als sie den atemberaubenden Blick sah. Vor den bodentiefen Fenstern des eleganten Wohnzimmers erstreckte sich das Meer und eine Uferlinie, die meilenweit in den Norden und den Süden reichte.

„Gefällt's dir?"

„Oh Zach, es ist wunderschön."

Seine Augen wanderten über ihr Gesicht. „Das bist du auch", sagte er sanft. Er stand so dicht neben ihr, dass sie die Wärme seines Körpers spüren und sein teures Eau de Toilette riechen konnte. Verlangen stieg erneut in ihr auf.

„Zach ..."

Er räusperte sich, blickte zur Seite und atmete tief durch. „Ich zeige dir dein Zimmer. Dann kannst du es dir bequem machen. In der Zwischenzeit hole ich dir ein Glas Wein. Du siehst aus, als könntest du es gebrauchen."

Sie seufzte tief. „Eindeutig." Er führte sie durch einen Flur, der mit dem gleichen cremefarbenen Teppich ausgelegt war wie das Wohnzimmer, das in Creme und Schwarz gehalten war. Großformatige Gemälde und eine interessante Sammlung von Glasskulpturen sorgten hier und da für einen Farbtupfer.

Das Gästezimmer wirkte mit seinen dunklen, seidig schimmernden Möbeln sehr elegant und modern, dabei aber gemütlich. Ein burgunderroter Sessel passte zu dem Überwurf auf dem Bett und den Vorhängen am Fenster.

Sie stellte die Tasche ab, nahm ihren Kulturbeutel heraus und ging in das luxuriöse Badezimmer. Der schwarze Granitwaschtisch reflektierte das Licht, und die weiß-rote Seidenorchidee in einer Vase sah so echt aus, dass sie die Finger nach ihr ausstreckte.

Sie musterte ihr Gesicht im Spiegel und bemerkte die Müdigkeit in ihren Augen. Mit einem resignierten Seufzer kämmte sie sich und zupfte die dunklen Strähnen zurecht. Danach trug sie etwas Lippenstift auf und kehrte ins Wohnzimmer zurück.

Zach hatte Wort gehalten und reichte ihr ein Glas gekühlten Weißwein. Seine Augen waren dunkel und intensiv, und trotz seiner undurchdringlichen Miene sah sie die Sehnsucht darin, die er nicht ganz verbergen konnte. Ihre Finger berührten sich, als sie das Glas entgegennahm, und kleine Flammen züngelten in ihr auf. Als sie an dem Wein nippte, bemerkte sie, dass ihre Hand bebte.

Um das Zittern zu verbergen, setzte sie das Weinglas auf dem schwarzen Marmortisch ab und ging zum Fenster, wo sie die wunderbare Aussicht auf das Meer genoss. Sie hörte Zachs Schritte, als er hinter sie trat, sie aber nicht berührte. Allein bei dem Gedanken, dass er so dicht bei ihr stand, stockte ihr der Atem.

„Ich weiß nicht, ob ich das aushalte, Zach."

„Was? Hier bei mir zu bleiben?"

„Distanz zu dir zu halten, um die Dinge objektiv zu sehen." Sie wandte sich zu ihm um. „Das hier ist schwieriger, als ich mir das vorgestellt habe."

Er streichelte ihr über die Wange. „Falls du es noch nicht bemerkt hast, ich bin auch ein bisschen am Durchdrehen, Liz. Wenn ich bei dir bin, habe ich die Hälfte der Zeit das Gefühl, dass ich mit meinem Auto so schnell wie möglich wegfahren und niemals zurückschauen sollte. Und die andere Hälfte ..." Er fasste sie bei den Schultern und sah sie eindringlich an.

„Den Rest der Zeit begehre ich dich so sehr, dass es fast unmöglich ist, an etwas anderes zu denken."

Er beugte sich zu ihr und küsste sie sanft.

Sie war überrascht von seiner Zärtlichkeit und der Selbstbeherrschung, die er sich auferlegte. Und überrascht von der Macht ihres eigenen Verlangens. Nur einen Moment lang versteifte sie sich, entschlossen, ihren Gefühlen nicht wieder nachzugeben.

Doch dann schloss sie die Augen. Sie schlang die Arme um seinen Hals und erwiderte den Kuss. Sie begehrte ihn ebenso sehr wie er sie.

Zach vertiefte den Kuss, der zunehmend wild und hungrig wurde. Seine Lippen glühten. In seinem Kuss lagen all die widersprüchlichen Gefühle, die er offenbar nicht in Worte fassen konnte.

Tu es nicht noch einmal, warnte eine leise Stimme in ihr.

Doch er knöpfte bereits ihre Bluse auf und schob sie ihr über die Schultern, um mit seinen langen zärtlichen Fingern ihre Brüste zu erkunden. Er knetete und liebkoste sie, um seinen Händen dann den Mund folgen zu lassen. Elizabeth stöhnte und zog ihn an sich. Sie wusste, dass sie ihn von sich stoßen sollte, war jedoch einfach nicht in der Lage dazu.

Es folgten weitere Küsse, tiefe, erotische Küsse, die ihr den Atem nahmen. Verführerische Küsse, die sie nach mehr lechzen ließen. Ihre Haut schien zu brennen. Ihre Nippel pochten vor Lust, und zwischen ihren Beinen spürte sie es warm werden.

Sie standen direkt vor dem Fenster, doch das Apartment lag so hoch auf dem Berg, dass niemand sie sehen konnte. Sie machte keinerlei Anstalten, ihn aufzuhalten, als er ihre Kleidung abstreifte, erst die Sandalen, dann die Bluse und die Hose, schließlich ihren BH. Sie trug einen hellblauen Stringtanga, nur ein winziges Stückchen Stoff über ihrem Geschlecht, das er sanft umfasste, bevor seine Finger unter die Spitze glitten und sie liebkosten.

Ihr Kopf fiel zurück, als er ihren Hals küsste, und sie dachte daran, wie sehr sie ihn begehrte, wie sehr sie sich nach ihm sehnte, sich auf eine Art und Weise nach ihm verzehrte, die sie sich niemals hätte vorstellen können.

Er ließ sie nur einen Moment los, um sich seiner eigenen Kleider zu entledigen. Fasziniert beobachtete Elizabeth seine breiten Schultern, seinen definierten Bauch, musterte seine breite Brust und das Spiel seiner Muskeln bei jeder Bewegung. Seine Beine waren lang und sehnig, die Arme muskulös und braun gebrannt von seiner Arbeit draußen.

Allein sein Anblick und die Vorstellung, wie er sich auf sie legte und in sie eindrang, ließen sie feucht werden. Er musste ihre Gedanken gelesen haben, denn er schüttelte den Kopf.

„Noch nicht. Ich habe dir mal etwas versprochen, und ich denke, es wird Zeit, mein Versprechen zu halten." Er vergrub seine Finger in ihren Haaren und zog sie eng an seinen nackten Körper, um die langsame Verführung durch seinen Mund zu beginnen.

Lange, immer intensiver werdende Küsse verwandelten ihre Beine in Pudding und ließen ihr Verlangen fast schon schmerzhaft werden. Ein Wimmern entrang sich ihr, als er sich allmählich über ihren Hals und ihre Schultern bis zu ihren Brüsten vorarbeitete. Sie erbebte, als seine Zunge ihren Bauchnabel erkundete und weiter nach unten über ihren flachen Bauch glitt.

Ein Schauer überlief sie.

„Alles in Ordnung, Liebling, entspann dich. Es gibt nichts, wovor du Angst haben musst." Er kniete sich vor sie, um seinen Mund gegen das kleine Spitzendreieck über ihrem Geschlecht zu drücken, bevor seine Zunge unter die Spitze schlüpfte.

„Zachary …"

„Entspann dich." Er zog ihr das Höschen hinunter und

ließ sie hinaustreten, bevor er sich wieder seiner Aufgabe zuwandte. Seine Zunge liebkoste ihre feuchte Spalte, eine erotische Vorwegnahme dessen, was noch kommen sollte, und ihr ganzer Körper zuckte vor Verlangen. Ihre Finger fuhren durch sein seidiges Haar, während sie sich auf die Lippen biss, um ein lautes Aufstöhnen zu unterdrücken. Mit seinem Mund und seinen Händen brachte er sie schließlich zum Höhepunkt. Die Welle der Erlösung erfasste sie mit einer solchen Wucht, dass ihre Knie nachgaben.

Zach fing sie in seinen Armen auf und brachte sie mit langen Schritten in sein Schlafzimmer. Er zog die graue Satinüberdecke zurück und bettete sie auf das weiße Laken, bevor er sich auf sie legte und wieder küsste.

„Ich will in dir sein", flüsterte er an ihrem Mund. „Ich möchte so tief in dir sein, dass ich nicht mehr weiß, wo dein Körper aufhört und meiner beginnt."

Elizabeth stöhnte. Der Genuss war unbeschreiblich, doch sie wollte noch mehr. Sie wollte mit ihm vereint sein, sodass sie nicht länger zwei Menschen waren, sondern zu einer Seele verschmolzen.

Als ob er ihre Gedanken gelesen hätte, drang er langsam in sie ein, während seine dunklen Augen unverwandt auf ihr Gesicht gerichtet waren. Einige Sekunden blieb er ganz ruhig, damit ihr Köper ihn in sich aufnehmen und sich an ihn gewöhnen konnte, bevor er sich langsam in ihr bewegte.

Er war groß und hart und füllte sie vollständig aus. Elizabeth umklammerte seine Schultern und spürte die Kraft seines muskulösen Körpers. Ihr Verlangen wuchs mit jeder seiner Bewegungen. Sie hob ihre Hüften, um ihn noch tiefer in sich zu spüren, und hörte Zach aufstöhnen.

Seine Stöße wurden schneller, tiefer und härter. Wieder und wieder grub er sich in sie, und die Wellen der Lust wurden immer höher.

„Komm für mich", flüsterte er mit heiserer Stimme, und

diese Worte waren für sie das Signal, sich gehen zu lassen. Sie bäumte sich auf, und ihr ganzer Körper wurde von heftigen Zuckungen erfasst. Sie fühlte sich, als ob sie flog und die Zeit stillstände. Sie rief Zachs Namen, und die Muskeln seines kräftigen Körpers wurden eisenhart, als er ihrer Erlösung folgte.

Sekundenlang bewegte sich keiner von ihnen. Er küsste sie ein letztes Mal auf den Hals, bevor er sich von ihr erhob und zur Seite rollte.

Sie hörte, wie sich draußen die Wellen am Ufer brachen. Das Geräusch verband sich mit ihrem Herzschlag und dem Wirbel ihrer Gefühle. Sie liebte ihn. Davor davonzulaufen würde nichts daran ändern.

Lieber Gott, was sollte sie nur tun?

Zach fuhr mit einem Finger ihren Arm entlang. „Das war unglaublich", sagte er weich. „Ich wusste nicht, dass es so sein kann."

Sie wandte ihm den Kopf zu. „Du warst mit Dutzenden von Frauen zusammen, Zach. Wie kann das hier irgendwie anders sein?"

Seine Augen fanden die ihren. „Es ist anders ... weil ich keine dieser Frauen geliebt habe." Er sagte es, als ob diese Worte alles erklären würden. Und Elizabeths Welt wurde auf den Kopf gestellt.

Sie standen auf und gingen unter die Dusche, wo sie sich unter dem heißen Wasserstrahl erneut liebten. Danach gingen sie essen und schliefen später zusammen in Zachs großem Doppelbett. Doch zu keinem Zeitpunkt sprach er noch einmal das Thema Liebe an oder irgendetwas, das mit seinen Gefühlen für sie tun hatte.

Auch Elizabeth sagte nichts. Sie fragte sich inzwischen, ob sie ihn richtig verstanden hatte, und überlegte, ob es überhaupt etwas ändern würde, auch wenn er die Wahrheit gesagt hatte. Zach war Zach. Was auch immer er für sie empfand, er würde nicht bleiben.

Die Stunden vergingen, und obwohl sie an ihn geschmiegt dalag, konnte Elizabeth nicht schlafen. Ihre Gedanken wanderten von Zach und ihrer Liebe zu ihm zu Maria und ihrer Angst um die Freundin.

Miguel wohnte noch immer in dem Haus. Welcher unsichtbaren Gefahr war er ausgesetzt?

Sie fragte sich, was sie morgen im Gespräch mit Carrie Ann Whitts Mutter erfahren mochten. Und was sollten sie tun, wenn sie auf etwas Wichtiges stießen? Während sie in der Dunkelheit an die Decke starrte, dachte Elizabeth an das kleine Mädchen, das am Fußende von Marias Bett erschienen war und sie vor der Gefahr im Haus gewarnt hatte.

Elizabeth schloss die Augen und betete, dass dort nichts Schreckliches geschehen würde, bevor sie zurück waren.

Das Haus, in dem Paula Whitt Simmons mit ihrem zweiten Ehemann lebte, ähnelte dem von Detective McKay – ein kleines Reihenhaus inmitten einer Siedlung von kleinen, kastenförmigen Häusern in Sherman Oaks. Paula, die inzwischen fünfundsechzig Jahre alt war, war neunundzwanzig gewesen, als ihre neunjährige Tochter Carrie Ann verschwand.

„Es war eine schreckliche Zeit", sagte sie, als sie rund um den Küchentisch saßen und lauwarmen Kaffee tranken. „Es schien, als ob sie niemals enden wollte, und statt besser wurde sie nur noch schlimmer." Paula Simmons trug ihr graues Haar kurz und hatte das faltige Gesicht einer deutlich älteren Frau. Als sie ihre bereits dritte Zigarette innerhalb der kurzen Zeit seit ihrer Ankunft anzündete, wusste Elizabeth auch, warum das so war.

„Was machte es schlimmer?"

„Mein erster Mann verließ mich achtzehn Monate, nachdem Carrie Ann verschwand."

„Das tut mir leid." Elizabeth überlegte, wie schwer es gewesen sein musste, sowohl die Tochter als auch den Mann zu verlieren.

„Die Scheidung war nicht sein Fehler. Ich schien einfach nicht darüber hinwegzukommen. George wollte eine Ehefrau, und ich konnte nur eine trauernde Mutter sein."

„Nach dem Verlust eines Kindes kommt es ziemlich oft zur Scheidung", sagte Elizabeth.

„Das habe ich später auch gelesen, in einem dieser Selbsthilfebücher. Hat mir damals nicht viel geholfen. Glücklicherweise lernte ich acht Jahre nach Carries Verschwinden Marty kennen. Er half mir dabei, wieder ins Leben zurückzufinden."

„Manche Menschen haben nicht so viel Glück", sagte Elizabeth.

Paula nickte und nahm einen tiefen Zug von ihrer Zigarette. Als etwas Asche auf den Tisch fiel, bemerkte Elizabeth, dass die Hände der Frau zitterten.

„Wenn dies zu schwierig für Sie ist …"

„Ist schon in Ordnung. Es geschah vor langer Zeit. Ich habe mit Marty zwei Mädchen bekommen. Sie aufzuziehen half mir, mit dem Verschwinden von Carrie Ann fertig zu werden."

„Und was glauben Sie ist mit ihr passiert?", fragte Zach sanft.

„Ich glaube, dass mein kleines Mädchen tot ist. Ich glaube, dass ein Monster sie mir fortgenommen und sie getötet hat."

Elizabeth ignorierte die Beklemmung in ihrer Brust und den Schauer, der ihr über den Rücken lief. „Können Sie uns ein bisschen von ihr erzählen?"

In der nächsten halben Stunde erzählte Paula Simmons von dem Kind, das sie verloren hatte. Davon, wie hübsch sie war und wie die Leute immer sagten, sie sähe wie ein Engel aus. Davon, wie klug sie war und dass sie im Begabtenprogramm der Schule war.

„Sie liebte Kinder", sagte Paula. „Vor allem Babys. Sie wünschte sich sehnsüchtig eine kleine Schwester oder einen Bruder."

Elizabeth blickte zu Zach, der die Kiefer aufeinanderpresste, aber unverwandt die Frau ansah.

„Wie hat sie Sie genannt?", fragte Zach. „Hat sie Mutter oder Mommy gesagt?"

„Sie rief mich immer ,Mama'. Vermutlich, weil ich meine eigene Mutter immer so nannte." Paulas Augen füllten sich mit Tränen. „Es tut mir leid. Das bringt nur einfach alles zurück."

Elizabeth hatte genug gehört. Sie hatte allmählich den Eindruck, das kleine Mädchen zu kennen, das von seiner Mutter so sehr geliebt worden war, und der Gedanke an das, was mit ihr geschehen sein könnte, bereitete ihr Übelkeit.

Mit einem Seitenblick zu Zach erhob sie sich, und Zach folgte ihrem Beispiel. „Es tut uns leid, Sie belästigt zu haben, Mrs. Simmons. Doch wir sind Ihnen wirklich dankbar für Ihre Hilfe."

Paula nickte kurz. „Mr. Murphy sagte mir am Telefon, dass Sie mit mir wegen Carrie Ann sprechen wollen. Ich dachte, Sie sind von der Polizei oder so etwas. Aber das sind Sie nicht, oder?"

„Nein, das sind wir nicht", sagte Zach. „Wir versuchen nur, ein Rätsel aufzuklären. Möglich, dass es nichts mit Ihrer Tochter zu tun hat. Doch ich verspreche Ihnen, dass wir Sie benachrichtigen, wenn wir etwas erfahren."

„Sie glauben nicht, dass sie noch am Leben ist, oder?"

Elizabeth fühlte einen Kloß im Hals. „Wir wissen es nicht sicher, doch wir glauben es nicht, nein."

„Ich glaube es auch nicht", sagte Paula. „Wenn sie noch lebte, würde ich es hier spüren." Sie schlug mit der Faust an ihr Herz.

Elizabeth spürte den Schmerz der Frau, der auch nach all

diesen Jahren noch in ihr steckte. „Vielleicht würden Sie das, ja", bestätigte sie mit erstickter Stimme. Sie und Zach bedankten sich noch einmal bei der Frau und verabschiedeten sich.

Sie verließen das Haus und fuhren zurück in Richtung San Pico. Zach hatte sich heute für den Jeep entschieden. Während sie den Freeway entlangfuhren, dachte Elizabeth an Paula Whitt. Als sie die Tränen nicht länger unterdrücken konnte, wandte sie sich zum Fenster und hoffte, dass Zach ihr Weinen nicht bemerkte. Sie registrierte gar nicht, dass er den Freeway verlassen und auf dem Parkplatz eines Supermarkts angehalten hatte, bis er die Beifahrertür öffnete, sie aus dem Wagen zog und in die Arme nahm.

„Es ist in Ordnung", sagte er. „Wein dich aus."

Sie schlang die Arme um seinen Hals und begann hemmungslos zu weinen, wobei ihr ganzer Körper von Schluchzern geschüttelt wurde. Zach hielt sie einfach nur fest. Er sagte nichts, versuchte nicht, ihre Tränen zu lindern, sondern hielt sie fest und ließ sie weinen. Am liebsten wäre sie für immer in seinen Armen geblieben.

„Besser?", fragte er, als ihre Tränen allmählich versiegten.

Elizabeth nickte, ließ ihn jedoch nicht los.

„Bald ist alles vorbei, und du wirst wieder zur Normalität zurückkehren."

Sie atmete zitternd durch und lockerte ein wenig ihren Griff. „Ich weiß nicht, ob das noch möglich ist. Alles, was ich für real hielt, hat sich verändert."

Er hielt sie noch einen Moment fest und gab sie dann frei. Elizabeth stieg wieder in den Wagen, und sie fuhren schweigend weiter durch die Berge und die von der Trockenheit braun verfärbten Hügel. Das Tal war noch viele Meilen entfernt.

„Das kleine Mädchen, das ich in dem Haus sah ...", begann Elizabeth. „Es ist Carrie Ann, Zach. Ich weiß es. Diese Monster haben sie ermordet, und nun ist ihr Geist in dem Haus gefangen. Sie versuchte Maria zu beschützen, wollte das Baby retten. Wir müssen herausfinden, wo sie ist, Zach. Wir müssen sie befreien." Wieder stiegen ihr die Tränen in die Augen, und sie blickte zum Fenster hinaus.

„Wir werden sie finden", erwiderte Zach barsch.

„Wir müssen graben …" Sie schluckte. „Wir müssen unter dem Haus graben. Die Martinez haben Holly Ives im Keller vergraben. Wenn sie Carrie Ann ermordet haben, besteht die Chance, dass sie sich ihrer auf ähnliche Weise entledigt haben. Da das neue Haus auf dem alten Fundament steht …"

„Ich weiß. Das ist die logische Schlussfolgerung." Er seufzte müde. „*Wenn* Carrie Ann dort ermordet wurde, könnte das erklären, warum ihr Geist noch immer da ist, auch wenn ihr Körper es nicht ist. Es gibt hektarweise offenes Feld um das Haus. Sie könnten sie sonstwo begraben haben."

Sie schluckte. „Das stimmt wohl. Aber ich glaube immer noch, dass wir unter dem Haus suchen sollten."

„Ja, ich auch."

Sie wandte sich ihm zu. „Vielleicht gibt Carson uns die Erlaubnis, wenn er hört, was wir herausgefunden haben."

„Das bezweifle ich. Nicht ohne eine gerichtliche Anordnung."

„Können wir die bekommen?"

„Ich bin nicht gerade beliebt in San Pico. Doch selbst wenn ich es wäre – ich bezweifle, dass irgendein Richter einen Durchsuchungsbefehl aufgrund einer Geistererscheinung ausstellt."

„Dann bleibt uns also nichts anderes übrig, als zu Carson zu gehen."

„Ich fürchte, ja."

„Aber du glaubst nicht, dass es zu irgendetwas führt."

„Mein Bruder kann manchmal ein verdammter Mistkerl

sein. Er ist in dieser Sache entschlossen. Nein, ich glaube nicht, dass es zu irgendetwas führt."

„Dann lass uns mit der Polizei sprechen."

Zach warf ihr einen kurzen Blick zu. „Vielleicht sollten wir uns einfach ein paar Schaufeln besorgen."

Elizabeth lächelte nicht. „Vielleicht sollten wir das."

SIEBENUNDZWANZIG

Sie erreichten San Pico, als die Sonne unterging. Zach fuhr direkt zum Krankenhaus, damit sie nach Maria sehen konnten.

Sie trafen sie aufrecht im Bett sitzend mit mehreren Kissen im Rücken an. Sie wirkte etwas weniger blass und ein bisschen kräftiger, auch wenn ihr Bauch wie ein riesiger Hügel unter der Decke auftragte und sie noch an einen Tropf angeschlossen war. Dennoch sah Zach an ihren dunklen Augenringen die große Erschöpfung der jungen Frau und ihre Besorgnis.

„Wie fühlen Sie sich?", fragte Liz, als sie ans Bett trat und Marias Hand nahm.

Maria rang sich ein Lächeln ab. „Schon viel besser. Miguel sagt, ich könnte in ein paar Tagen nach Hause." Sie blickte hinüber zu Zach. „Schön, Sie zu sehen, Señor Harcourt. Haben Sie etwas über den Geist herausgefunden?"

„Vielleicht." Zach blickte Hilfe suchend zu Liz. Er war sich nicht sicher, wie viel er erzählen sollte, um Maria nicht aufzuregen. Er beschloss, so viel wie möglich auszulassen, ihr aber dennoch den Eindruck zu geben, dass sie Fortschritte bei der Lösung des Problems machten. „Wir glauben, dass das Kind, das Sie gesehen haben, ein kleines Mädchen namens Carrie Ann Whitt ist. Sie verschwand aus ihrem Elternhaus im September 1969."

„Ist sie in dem Haus gestorben?"

„Es besteht die Möglichkeit, dass sie in dem Haus gestorben ist, das dort vorher stand. Wir wissen es noch nicht genau. Miguel sagte, Sie können bei Señora Lopez bleiben, bis das Baby kommt?"

Sie nickte.

„Das ist eine gute Idee", sagte Liz, die noch immer Marias Hand hielt. „Sie können auch gern in meinem Apartment wohnen, wenn Ihnen das lieber ist."

„Ich möchte gern in der Nähe von meinem Mann und unserem Heim bleiben."

„Das kann ich verstehen." Elizabeth lächelte. „In der Zwischenzeit werden wir uns weiter darum kümmern, was hinter dem ganzen Spuk steckt."

Sie unterhielten sich noch eine Weile. Maria schien deutlich gelöster, seit sie wusste, dass sie nicht in das Haus zurückmusste. Als sie das Zimmer verließen, kam ihnen Miguel mit einem Kaffeebecher in der Hand im Flur entgegen. Er wirkte noch abgehärmter als beim letzten Mal – sein Haar war ungekämmt, seine Kleidung zerknittert. Er blieb bei ihnen stehen.

„Sie behalten sie noch ein paar Tage länger hier", sagte er. „Dann kann sie nach Hause." Seine Augen waren rot und blickten nervös zwischen Zach und Liz hin und her.

Liz lächelte ihn an. „Maria sieht viel besser aus."

„*Sí*, das finde ich auch. Der Doktor sagt, sie wird wieder ganz gesund."

„Das wird sie bestimmt." In Zachs Stimme lag eine Warnung. „Solange Sie sie vom Haus fernhalten."

„Sie will dort nicht hin … nicht bis das Baby kommt."

Vermutlich auch nicht danach, dachte Zach, der an Carrie Ann und die Mörder dachte, die einst in dem Haus gelebt hatten.

Miguel verabschiedete sich und ging in Marias Krankenzimmer. Zach sah, dass ihnen nun auch Raul in Begleitung von Sam Marston entgegenkam. Letzterer winkte zur Begrüßung.

„Hey, Zach!"

„Schön, dich zu sehen, Sam. Gilt auch für dich, Raul." Er schüttelte Raul und Sam die Hand.

Der Junge tippte respektvoll an seinen nicht vorhandenen Hut. „Hallo, Miss Conners." Der Ohrring war fort, nur das Tattoo darunter war ebenso geblieben wie der tätowierte Totenkopf auf seinem Handrücken.

Elizabeth schenkte ihm ein Lächeln. „Hallo, Raul."

„Meine Schwester ... sie wird wieder gesund. Und sie zieht aus dem Haus aus."

„Das wissen wir", sagte Zach. „Und wir sind verdammt froh, das zu hören."

Raul nickte nur. „Ich danken Ihnen beiden für alles, was Sie getan haben."

„Es ist noch nicht vorbei, Raul. Doch wir hoffen, dass es das bald sein wird. Mach du bei Teen Vision inzwischen weiter wie bisher."

Sam klopfte dem Jungen auf die Schulter. „Er macht sich großartig. Nur noch eine Prüfung, und er hat seinen Highschool-Abschluss. Die letzten vier Prüfungen hat er mit Bravour bestanden."

„Das ist fantastisch, Raul", sagte Liz.

Der Junge errötete leicht bei all dem Lob und deutete mit einer Kopfbewegung zur Tür des Krankenzimmers. „Ich gehe besser hinein."

„Dann los", sagte Sam. „Ich warte hier draußen."

Nachdem Raul in Marias Zimmer verschwunden war, wandte sich Zach an Sam. „Ich nehme an, du hast von Marias Geist gehört."

„Raul sagte mir, dass seine Schwester einen Geist in dem Haus gesehen hätte."

„Ich weiß, dass es schwer zu glauben ist", schaltete sich Liz ein. „Doch ich habe ihn ebenfalls gesehen, Sam." Sie berichtete ihm von der Nacht, die sie und Zach in dem Haus verbracht hatten, und dann von der Nacht, in der sie die Erscheinung des kleinen Mädchens in seinem Partykleid gesehen hatte, sowie den weiteren Ereignissen, die dazu geführt hatten, dass Maria Santiago ins Krankenhaus musste.

Sam kratzte sich die Glatze. „Das ist eine unglaubliche Geschichte."

„Völlig unglaublich", stimmte Zach zu. „Weshalb wir auch niemals einen Durchsuchungsbefehl erhalten, um unter dem Haus zu graben."

„Wohl kaum. Du glaubst nicht, dass Carson dir seine Einwilligung gibt?"

„Nicht sehr wahrscheinlich."

Sam blickte den Flur auf und ab, um sich sicher zu sein, dass niemand ihnen zuhörte. „Vielleicht solltet ihr einfach anfangen, unter dem Haus zu graben, und abwarten, worauf ihr stoßt."

„Das scheint im Moment unsere einzige Option zu sein", bestätigte Liz.

„Ich tue das ungern", sagte Zach. „Mir gefällt der Gedanke nicht, an einem möglichen Tatort zu graben, ohne dass jemand Offizielles dabei ist."

„Was willst du also tun?"

„Ich bin nicht sicher. Carson leitet die Farm, doch rechtlich gesehen gehört das Gelände meinem Vater. Vermutlich könnte ich per Gericht einen legalen Zugang einklagen, doch nach dem, was Maria geschehen ist, haben wir einfach nicht genug Zeit. Wir wollen schließlich nicht, dass ihrem Mann etwas zustößt."

„Du glaubst doch nicht wirklich, dass er in Gefahr ist."

Elizabeth sah ihn an. „Sie waren nicht dort, Sam. Was auch immer in diesem Haus vor sich geht – die Kräfte, die dort walten, sind unglaublich. Niemand sollte an einem solch üblen Ort bleiben müssen."

Sam fuhr sich mit der Hand über seine schimmernde Glatze. „Das klingt alles ziemlich weit hergeholt, wisst ihr."

„Wohl wahr", stimmte Zach seufzend zu.

Sam lächelte. „Lasst es mich wissen, wenn ich irgendwie helfen kann."

Als sie vom Parkplatz des Krankenhauses herunterfuhren, war es bereits dunkel. Sie waren beide müde und erschöpft von dem anstrengenden Wochenende und dem dichten Sonntagabendverkehr, durch den sie sich auf der Fahrt von L.A. ins San Joaquin Valley hatten kämpfen müssen.

„Ich muss morgen früh ins Büro", kündigte Liz an. „Ich habe drei Termine mit Patienten und eine Menge Papierkram. Doch den Nachmittag kann ich wahrscheinlich freinehmen. Wir sollten überlegen, an wen wir uns nun wenden."

Zach nickte nur. Wie auch immer sie sich entschieden: Zwei Menschen, die die gleiche verrückte Geschichte erzählten, waren besser als einer. Er konnte sich bereits den Gesichtsausdruck von Sergeant Drury vorstellen, wenn sie ihn um einen Durchsuchungsbefehl baten, um nach dem Körper eines Geists zu suchen. Zach lächelte bei dem Gedanken. Er bog in die Cherry Street ein und fuhr dann die Straße hinunter auf einen der Gästeparkplätze hinter Liz' Apartmentgebäude.

„Bleibst du über Nacht?", fragte Liz und sah ihn aus ihren blauen Augen direkt an.

Sein Blick wanderte über ihre vollen Brüste, und das Verlangen züngelte in seinen Lenden. Er konnte sich nicht daran erinnern, eine Frau je so sehr begehrt zu haben wie Liz. „Wärst du damit einverstanden?"

Sie schenkte ihm ein verführerisches Lächeln. „Das muss ich. Ich vermisse dich jetzt schon, und du bist noch nicht einmal fort."

Er erwiderte ihr Lächeln. Er wusste genau, was sie meinte. Ohne sie fühlte er sich immer, als ob ihm etwas fehlte. Ein Gefühl, das er nie zuvor verspürt hatte. Er hatte nicht vergessen, was er gestern zu ihr gesagt hatte. Er liebte sie. Dessen war er sich sicher.

Er wusste nur nicht so recht, was er nun tun sollte. Und er wusste nicht, ob seine Gefühle erwidert wurden.

Er parkte den Jeep und half Liz aus dem Wagen. Dann ging er zum Kofferraum und holte ihr Gepäck heraus. Als er die Klappe schloss, fiel ihm auf, dass die Laterne, die die Parkplätze normalerweise erleuchtete, offenbar durchgebrannt war. Er hätte es ignoriert, wäre da nicht ein ungutes Gefühl gewesen. Seine Nackenhaare stellten sich auf.

„Lass uns gehen", sagte er und schob Liz voran, um so schnell wie möglich den Parkplatz zu überqueren. Sein sechster Sinn, den er früher in schlechter Gesellschaft entwickelt hatte, signalisierte ihm Gefahr. Er wusste aus Erfahrung, dass er seinem Instinkt trauen konnte.

Sie hatten es fast an den Garagen der Mieter vorbeigeschafft, als die dunkle Silhouette eines Mannes vor ihnen auftauchte. Er trug Jeans und ein schwarzes T-Shirt, war von mittlerer Größe und dunkler Hautfarbe. Über seinen Kopf hatte er einen Nylonstrumpf gezogen. Liz keuchte erschrocken auf, als ein zweiter Mann, der mehr oder weniger gleich aussah, hinter ihnen auftauchte und dann noch ein dritter Mann wie aus dem Nichts erschien.

Plötzlich geschah alles auf einmal. Der erste Mann holte aus. Zach duckte sich und landete kurz darauf einen krachenden Schlag auf seinem Kiefer, der den Mann zurückwarf. Zugleich trat er nach dem zweiten Mann und rammte ihm den Fuß gegen das linke Knie. Der Mann ging zu Boden.

„Lauf!", rief Zach zu Liz. Als er sich zu ihr umdrehte, sah er, wie sie ihre weiße Lederhandtasche gegen den Kopf des dritten Mannes schleuderte. Sie traf ihn an der Schläfe, sodass er einige Schritte zurücktaumelte.

„Schlampe!", rief der Mann mit starkem spanischen Akzent und warf sich auf sie. Zach wollte dazwischengehen, doch der erste Mann landete einen Schwinger in seinem Gesicht, der ihn zur Seite schleuderte. Aus den Augenwinkeln sah er, wie Liz' Angreifer sie an der Bluse packte und ihr mit voller Wucht ins Gesicht schlug.

Wut übermannte ihn. Mit einem kehligen Grollen stürmte er auf seinen Gegner ein und drängte ihn mit derart großer Wucht gegen die Garage, dass dessen Kopf gegen die Wand knallte und er bewusstlos zu Boden fiel. Zach wandte sich um, um es mit dem Größten der drei aufzunehmen. Er schlug ihm hart ins Gesicht, worauf dem Mann das Blut aus der Nase schoss. Er rammte ihm das Knie in den Magen und schlug den sich krümmenden Mann noch einmal in den Nacken, bevor er zu Liz' Angreifer herumwirbelte.

Er sah das Eisenrohr nicht, das ihn am Hinterkopf traf, und er hörte auch Elizabeths Schrei nicht. Stattdessen brach eine Mauer aus Schmerz über ihm zusammen, die ihn zu Boden schickte. Um ihn herum wurde es langsam dunkel. Er sah Liz, die sich zu befreien suchte und nach ihm rief, und er versuchte sie zu erreichen. Doch stattdessen öffnete sich vor ihm eine tiefe schwarze Grube, die ihn verschluckte, und die Welt war verschwunden.

Die Geräusche der Nacht weckten ihn: das entfernte Aufjaulen eines Autos, der Wind, der die Blätter des Baumes neben Liz' Haus zum Rascheln brachte. Er rührte sich leicht und stöhnte, als die Erinnerung zurückkehrte. Dann sah er Elizabeth, die sich über ihn beugte. Ihre Bluse war zerrissen, ihre Hose schmutzverschmiert, und Blut lief ihr übers Gesicht.

„Zach! Zach! Ist alles in Ordnung?"

Er stöhnte wieder, setzte sich langsam auf und presste die Hand gegen die schmerzende Stelle an seinem Kopf. „Alles okay." Als er ihr Gesicht berührte, hatte er Blut an seinen Fingern.

„Was ist mit dir?" Er kam auf die Füße, doch Schwindel erfasste ihn. Mit zitternder Hand holte er sein Handy aus der Hosentasche. „Du blutest. Ich rufe einen Krankenwagen."

„Ich ... es geht mir gut. Ich ... ich stehe nur etwas unter Schock. Oh Zach. Diese drei Männer ... ich glaube, dein Bruder muss sie geschickt haben."

Er richtete sich auf, und sofort erfasste ihn ein neuer Schwindelanfall. „Wovon sprichst du?"

„Einer von ihnen sagte ..." Sie schluckte. „Er sagte, dies sei nur eine Warnung. Er sagte, wir sollten uns lieber aus den Angelegenheiten anderer heraushalten. Wenn wir das nicht täten ... wäre dies nur ein Vorgeschmack auf das, was uns geschehen würde."

Im nächsten Moment wurde sie ohnmächtig, und Zach fing sie auf.

Zach fuhr wie ein Verrückter in Richtung Krankenhaus, mit quietschenden Reifen und ohne jede Rücksicht auf Stoppschilder. Im Nu hatte er einen Streifenwagen hinter sich, der die Sirene einschaltete, um ihn zum Anhalten zu bewegen.

Was er selbstverständlich nicht tat. Zum zweiten Mal in den letzten Tagen war er voller Panik und so verzweifelt, wie er es in seinem ganzen Leben nicht gewesen war.

Erst Maria, jetzt Liz.

Er verstellte den Spiegel, um einen Blick auf die bewusstlos auf dem Rücksitz liegende Frau zu werfen. Ihr Gesicht wirkte im Mondlicht totenblass, und sein Herz krampfte sich zusammen. Er trat aufs Gas, und der Jeep schleuderte um eine Kurve. Wenn Carson dafür verantwortlich war ...

Er biss sich an dem Gedanken fest. Nach allem was Liz gesagt hatte, konnte es niemand anderes sein. Die drei Männer waren alle Latinos gewesen. Zweifellos Wanderarbeiter, Männer, die Carson bezahlen und wegschicken konnte, ohne dass jemand sie vermissen würde. Er fragte sich, welches Motiv sein Bruder hatte. Die Klage, die er eingereicht hatte, konnte sicherlich nicht eine solche Reaktion rechtfertigen.

Die Polizeisirene hinter ihm jaulte. Vor sich erblickte er das zweistöckige Ziegelgebäude des San Pico Community Hospital, und sein Herzschlag beschleunigte sich. Er hatte bereits vorher per Handy berichtet, was geschehen war, und angekündigt, dass er eine bewusstlose Frau zu ihnen bringen würde. Zwei Männer in weißen Kitteln warteten bereits am Eingang, als er direkt vor die Notaufnahme fuhr, dort mit quietschenden Reifen bremste und aus dem Wagen sprang.

Einer der Männer öffnete bereits die hintere Tür auf der anderen Seite.

„Ab hier übernehmen wir", sagte er und musterte das Blut auf Zachs Kleidung und an seinem Mundwinkel. „Wie heißt sie?"

„Elizabeth Conners." Er blickte hinunter auf ihre blasse, reglose Gestalt. „Ich nenne sie Liz."

„Hören Sie zu, Liz wird wieder gesund. Wir kümmern uns um sie. Man wird Sie drinnen brauchen, um den Papierkram zu erledigen. In der Zwischenzeit können Sie am meisten für sie tun, wenn Sie uns unsere Arbeit machen lassen."

Zach nickte und trat ein paar Schritte zurück, als jemand mit einer Trage kam und Liz aus dem Wagen gehoben wurde. Aus dem Augenwinkel sah er, dass der Polizeiwagen ein Stück weiter hielt, doch der Cop schien warten zu wollen, bis die Krankenpfleger ihre Arbeit getan hatten. Als die zwei Männer Elizabeth auf die Trage legten, konnte er ihr Gesicht erstmals richtig sehen. Ihre Unterlippe war geschwollen, und unter dem Auge hatte sie einen Bluterguss. Wut stieg in ihm auf. Falls Carson dafür verantwortlich war, sollte der Hurensohn dafür bezahlen.

Zach beobachtete, wie die Pfleger die Trage auf einem Gestell hineinrollten. Elizabeth wirkte noch blasser als zuvor, und ihm kam der Gedanke, dass sie wirklich schwer verletzt sein, vielleicht sogar sterben könnte.

Sein Magen zog sich zusammen, und ein Kloß bildete sich in seinem Hals. Zum ersten Mal begriff er, was es bedeuten würde, sie zu verlieren. Was, wenn sie starb? Er dachte an ihr wunderschönes Lächeln und die blauen Augen, an ihre langen Beine und ihre sexy Art, sich zu bewegen. Er dachte an ihre Klugheit und ihre Entschlossenheit. Er dachte an ihre Loyalität und ihr Mitgefühl für andere, und der Schmerz wurde größer.

Sein ganzes Leben lang hatte er sich beigebracht, niemals seinen Emotionen die Oberhand zu geben, niemals jemanden zu sehr zu lieben. Es war einfach zu schmerzhaft, jemanden zu verlieren, dem man sein Herz geschenkt hatte.

Doch Zach hatte gegen diese lebenslange Regel verstoßen. Er hatte sich in Liz verliebt.

Und nun verlor er sie vielleicht.

Zach beobachtete, wie Elizabeth durch die Tür der Notaufnahme geschoben wurde und dahinter verschwand. Ihn erfasste eine Trostlosigkeit, die noch schlimmer war als an jenem Tag, an dem ihn seine Mutter fortgegeben hatte.

Eine Welle der Übelkeit stieg in ihm auf, sodass er sich umdrehte und sich in den Büschen vor dem Krankenhaus erbrach.

Zach wischte sich den Mund mit dem Taschentuch ab und schob das weiße Stoffstück anschließend in die Gesäßtasche seiner dunkelblauen Hose. Als er sich umwandte, erblickte er den Polizisten, der ausgestiegen war und auf ihn zukam.

„Okay, Junge. Leg die Hände auf den Rücken. Es gibt Geschwindigkeitsbeschränkungen, mein Freund, und du hast gerade jede einzelne übertreten."

„Hören Sie, Officer, ich musste zur Notaufnahme. Ich hatte keine Zeit, um anzuhalten und es Ihnen zu erklären." Er dachte an Elizabeth, die blass, bewusstlos und allein in einem Behandlungsraum lag, verletzt, vielleicht sogar tödlich verletzt, und ging in Richtung Tür.

„Sie ist bewusstlos. Ich weiß nicht, wie ernst ihre Verletzungen sind. Ich musste sie schnell hierher bringen. Wenn es Ihre … Freundin gewesen wäre, hätten Sie vermutlich das Gleiche getan." Er hatte Frau sagen wollen, um sicher zu sein, dass er zu ihr durfte, hatte sich dann aber eines Besseren besonnen. Es war an der Zeit, der Wahrheit ins Gesicht zu sehen. Er konnte nicht mit dem emotionalen Aufruhr umgehen, den

Liz in ihm entfachte. Das hatte er heute Abend klar erkannt. Er musste sich trennen, musste etwas Kontrolle über sein Leben zurückgewinnen.

Wenn dies alles hier vorüber wäre, würde er fortgehen. Und er würde nicht nach San Pico zurückkehren wegen Liz.

„Was ist passiert?", fragte der Officer, der mit ihm Schritt hielt und die Sache mit der Geschwindigkeitsbeschränkung offenbar nicht weiterverfolgen wollte.

„Wir wurden beim Apartment meiner Freundin von drei Männern überfallen. Einer von ihnen schlug mir mit einer Eisenstange über den Kopf, einer der anderen schlug meine Freundin."

„Sind Sie sicher, dass sie nicht mehr ist als eine Freundin? Vielleicht hatten Sie beide ja einen Kampf? Vielleicht waren Sie derjenige, der sie geschlagen hat? Vielleicht haben Sie sie krankenhausreif geprügelt."

„Ich habe sie nicht angerührt. Ich sagte Ihnen schon, dass wir von drei Männern überfallen wurden. Die Lady heißt Elizabeth Conners. Sie ist Familienberaterin hier in San Pico." Er ging schneller. Er hatte Angst vor dem, was ihn erwartete, mochte gar nicht daran denken, wie schwer Liz möglicherweise verletzt war. Was auch immer zwischen ihnen geschah, er liebte sie noch immer. Nichts konnte das ändern.

Sie stießen die Glastüren zur Notaufnahme auf, in der sehr viele Menschen warteten, viele von ihnen Latinos.

„Elizabeth Conners", sagte er zu einer der Schwestern, die an ihm vorbeikamen. „Wo ist sie?"

„In Raum B. Sie werden einige Formulare ausfüllen müssen."

„Wird sie ... wird sie wieder gesund?"

„Das müssen Sie den Arzt fragen. Sie hat einen ziemlich bösen Schlag auf die Schläfe bekommen. Und sie muss hart aufgeschlagen sein. Dr. Lopez sagt, sie hat eine Gehirnerschütterung."

Eine Gehirnerschütterung. Verdammt. Konnte so etwas tödlich sein? „Ist sie bei Bewusstsein?"

„Ich glaube, ja." Die Schwester ging weiter. Zach stürzte ihr nach und ließ den Polizisten hinter sich. Er steckte seinen Kopf durch einen Vorhang und erblickte eine weißhaarige Frau auf einer Liege. Er suchte hinter einem anderen Vorhang und fand Liz, die in einem schmalen Krankenhausbett lag. Er trat ein, wobei er versuchte, seine Angst und den Kloß in seinem Hals herunterzuschlucken.

Einige Sekunden lang sah er sie nur an und betete innerlich, was er jahrelang nicht mehr getan hatte. Als sie die Augen aufschlug und ihn anblickte, war seine Erleichterung so groß, dass er sich kaum auf den Beinen halten konnte.

„Hallo ..."

Er setzte sich auf den Stuhl neben ihrem Bett und nahm ihre Hand. „Gott, ich hatte solche Angst. Geht es dir gut? Wie fühlst du dich?"

Sie schluckte mühsam. „Ich bin ein bisschen ... wackelig. Der Doktor möchte noch ein paar Tests durchführen. Aber er denkt, dass ich wieder gesund werde."

Seine Hand zitterte, als er ihr über das Gesicht strich. „Ich habe noch niemals in meinem Leben solche Angst gehabt."

„Ich hatte auch Angst, Zach. Als ich den Mann mit dem Eisenrohr auf dich zugehen sah ... ich dachte, er bringt dich um."

Zach gelang ein Lächeln. Er sollte derjenige mit einer Gehirnerschütterung sein, doch offensichtlich hatte er Glück gehabt. „Ich bin stärker, als ich aussehe."

„Du hast Blut im Gesicht. Bist du ... sicher, dass alles in Ordnung ist?"

„Mir geht's gut." Er presste die Kiefer aufeinander. „Morgen werde ich zu Carson gehen."

Ihre Finger umfassten seine Hand. „Vielleicht solltest du das lieber nicht tun. Vielleicht solltest du einfach nur ... zur

Polizei gehen und erzählen, was passiert ist."

„Wir haben keinerlei Beweise, dass mein Bruder dahintersteckt. Wir haben keine Ahnung, wer diese Männer waren, und inzwischen dürften sie lange über alle Berge sein. Carson hat endlos viele Leute, die für ihn die Drecksarbeit erledigen, solange der Preis stimmt."

Liz schloss die Augen. „Das ist alles so verfahren. Ich kann keinen Sinn darin erkennen."

„Ich weiß, was du meinst." Er beugte sich zu ihr und küsste sie auf die Stirn. „Erhol dich ein wenig. Vielleicht sieht morgen wieder alles viel besser aus."

Liz nickte, doch keiner von ihnen glaubte daran.

ACHTUNDZWANZIG

Elizabeth schlief unruhig. Der behandelnde Arzt wollte sie über Nacht im Krankenhaus behalten und hatte für den nächsten Morgen eine Computertomografie angeordnet, um sicherzugehen, dass es keine ernsthaften Verletzungen gab. Irgendwann in der Nacht wurde sie in ein Krankenzimmer gebracht, in dem eine alte Frau im Nebenbett schlief. Eine der Schwestern gab ihr Tylenol gegen die scheinbar endlosen Kopfschmerzen. Ihr ganzer Körper tat ihr weh.

Kurz vor Sonnenaufgang wachte sie auf und war überrascht, Zach an ihrem Bett zu finden. Er schlief im Stuhl neben ihr.

Er saß noch immer dort, als sie mehrere Stunden später erneut aufwachte, und sah sie aus seinen dunklen Augen an. Seine Miene wirkte besorgt und müde. Er hatte einen deutlichen Bartschatten, und sein Haar war zerzaust, was ihn noch gefährlicher und anziehender aussehen ließ, als er es sowieso schon tat. Wenn ihre Lippen nicht so wehgetan hätten, hätte sie vielleicht gelächelt.

Stattdessen griff sie nach seiner Hand und drückte sie ermutigend. „Guten Morgen." Die Worte klangen undeutlich und heiser, als ob die Stimme ihr nicht ganz gehorchen wollte.

Er lächelte, doch es war ihm anzusehen, dass er sich Sorgen um sie machte. „Wie fühlst du dich?"

Sie schaffte ein Lächeln. „Als ob ich in einen Truck gelaufen wäre."

„Genau das bist du – in drei zugleich, wenn ich mich richtig erinnere."

„Was ist mit dir?"

„Ein bisschen steif, das ist alles. Ist schon lange her, dass ich mich das letzte Mal auf der Straße geprügelt habe."

„Ich glaube, du hättest sie alle drei vermöbelt, wenn dieses Eisenrohr nicht gewesen wäre."

Als eine Schwester hereinkam, erhob sich Zach. Seine Hose war zerknittert, das Hemd zerrissen und mit getrocknetem Blut befleckt.

„Wir müssen ein paar Tests durchführen", sagte die Schwester freundlich. „Sie können unterdessen in der Wartezone draußen im Gang Platz nehmen."

Zach nickte nur. Er beugte sich vor, um sanft mit dem Daumen über ihre Wange zu fahren. „Ich bin hier, wenn du fertig bist."

Elizabeth nickte. Ihr Herz zog sich zusammen und erinnerte sie daran, wie sehr sie ihn liebte, sagte ihr, dass sie hier einen Mann vor sich hatte, wie sie ihn noch nie gekannt hatte und nie wieder kennenlernen würde. Er hatte einmal gesagt, dass er sie liebte. Wenn sie daran dachte, wie er sie letzte Nacht angesehen hatte, wie besorgt er gewesen war, dann glaubte sie daran, dass es wahr sein könnte.

Doch das hier war Zachary Harcourt, der einsame Wolf. Und selbst wenn er sie liebte, reichte das vielleicht nicht aus.

In dem kleinen Warteraum am Ende des Ganges, der zur Computertomografie führte, blätterte Zach durch ein *Time Magazine*, konnte sich aber nicht konzentrieren. Solange er nicht sicher wusste, dass Liz wieder gesund werden würde, konnte er keinen klaren Gedanken fassen. Er warf die Zeitschrift beiseite und ging in dem fast leeren Raum auf und ab. In seine Sorge mischte sich brodelnder Ärger.

Was zur Hölle war nur mit Carson los? Natürlich war er wütend über die Klage, nach der das Gericht jemand anders zum gesetzlichen Vormund seines Vaters bestimmen sollte, damit die wichtige Operation durchgeführt werden konnte. Doch diese Art von Reaktion war völlig unangemessen.

Verdammt!

Zach hatte seinen Halbbruder wieder einmal unterschätzt. Er wäre niemals auf die Idee gekommen, dass Carson so weit gehen würde. Dass er ein paar Rowdies anheuern würde, um sie zu überfallen. Dass er den Männern befahl, eine wehrlose Frau anzugreifen.

Er musste eine Welle der Wut bezwingen, als er darüber nachsann und versuchte, sich die Gedankengänge seines Bruders vorzustellen. Wenn die Operation zugelassen würde und Fletcher Harcourt geistig und körperlich tatsächlich wiederhergestellt wäre, würde Carson vielleicht nicht länger der Boss von Harcourt Farms sein. Er würde die Macht verlieren, die er so sehr begehrte, das Ansehen in der Gemeinde, das ihm wichtig war. Selbst seine hochtrabenden politischen Pläne könnten davon betroffen sein.

Was auch immer die Motive seines Bruders waren: Diese Männer hätten Elizabeth Conners umbringen können. Und das würde Zach ihm nicht durchgehen lassen.

Der Arzt lächelte, als er auf Zach zukam. Als er das Lächeln bemerkte, legte sich seine Anspannung etwas.

„Der Befund ist negativ", sagte der Arzt. „Es scheint keine verborgene Verletzung zu geben. Wir müssen noch einiges an Papierkram erledigen, bevor sie entlassen wird. Sie wird Zeit brauchen, um sich anzuziehen und sich fertig zu machen. Warum kommen Sie nicht in ein paar Stunden wieder?"

Zach nickte. „In Ordnung. Danke für alles, Doc."

Während Liz bereits ihre Sachen packte, fuhr Zach zu ihrem Apartment, wo er sich duschte und die Kleidung wechselte. Danach fuhr er hinaus zu Harcourt Farms. Als er vor dem Haus hielt, das einmal sein Zuhause gewesen war, wurde er unglücklicherweise von Les Stiles und zweien seiner Schläger abgefangen.

Offenbar hatten sie ihn erwartet.

Zach stieg aus dem Wagen, und Stiles und seine Kumpane kamen die Verandatreppe herunter. Im ersten Augenblick dachte Zach, dass es sich bei den dunkelhäutigen Männern neben ihm um die Angreifer von gestern Abend handelte. Doch während des Kampfes hatte er ein paar Treffer gelandet, und diese zwei hatten keinen einzigen Kratzer.

Stiles trat vor. „Wo willst du hin?" In seinen großen fleischigen Händen hielt er einen Baseballschläger.

„Zu meinem Bruder. Geh mir aus dem Weg, Stiles."

Stiles rührte sich nicht. Die Augen unter seinem abgenutzten Hut blickten hart. „Du bist hier nicht willkommen, Zach. Nicht mehr. Dein Bruder will, dass du Harcourt Farms verlässt."

„Dieses Land gehört meinem Vater, und nicht Carson. Ich komme hierher, wann immer es mir passt."

„Carson leitet die Farm. Für ihn ist das hier widerrechtliches Betreten seines Grundstücks." Stiles kam näher, wobei er immer wieder den Baseballschläger gegen seine Handinnenfläche klatschte. Die beiden Männer, die ihn flankierten, blieben auf gleicher Höhe. Beide waren jung, muskulös und offenbar begierig auf einen Kampf. Zach ballte die Hand unbewusst zur Faust. Jede Faser seines Körpers drängte danach, sich auf sie zu stürzen.

„Du bist ein Unruhestifter, Zach", sagte Stiles. „Warst du schon immer. Wenn du Ärger willst – den kannst du haben!"

„Du meinst, wie gestern Abend?"

Stiles lächelte nur. „Kümmere dich um deine eigenen Angelegenheiten. Wenn du das tust, gibt es auch keine Probleme."

Ein Muskel zuckte an Zachs Kiefer. Er musste seinen Ärger gewaltsam unterdrücken. Stiles war so hart, wie er aussah. Selbst wenn Zach die anderen zwei niederschlug, war es wahrscheinlich, dass er gegen alle drei verlieren würde. Er konnte weder seinem Vater noch irgendjemand anders helfen, wenn er wie Liz verletzt im Krankenhaus landete.

„Eins kannst du Carson ausrichten: Wenn Liz Conners noch ein einziges Haar gekrümmt wird, wird er mir Rede und Antwort stehen müssen. Und dann können ihm auch alle Muskelmänner dieser Welt nicht mehr helfen." Er wandte sich ab und stieg wieder in seinen Wagen. Seine Kiefer hatte er so stark aufeinandergepresst, dass ihm der Nacken schmerzte.

Was auch immer Carson hier versuchte, es würde ihm nicht gelingen.

Zach würde es nicht zulassen.

Als Elizabeth das Krankenhaus verlassen durfte, wartete Zach am Ende des Ganges bereits auf sie.

„Bist du bereit?", fragte er, als die Schwester sie mit dem Rollstuhl zu ihm gerollt hatte. Sein Haar war noch immer feucht von der Dusche, und er trug saubere Kleidung.

„Glaub mir, ich bin mehr als bereit."

Er zog den Mundwinkel nach oben, was ihre Aufmerksamkeit auf den Schnitt über seinem Wangenknochen und den blauen Fleck an seinem Kinn lenkte und sie daran erinnerte, dass sie nicht als Einzige verletzt worden war. Sie wollte ihn berühren, um sich zu überzeugen, dass es ihm gut ging.

Stattdessen lehnte sie sich im Rollstuhl zurück und ließ sich von ihm in Richtung Ausgang fahren.

„Ich habe zwischendurch bei Maria vorbeigeschaut", erzählt sie ihm unterdessen. „Sie darf am Mittwoch nach Hause."

Er hielt inne. „Sie hat doch nicht ihre Meinung geändert? Sie will doch nicht zurück in das Haus, oder?"

Elizabeth schüttelte den Kopf. „Sie bleibt bei Señora Lopez."

„Gott sei Dank."

„Ein paar Polizisten waren bei mir. Ich glaube, sie haben gestern Abend mit dir gesprochen."

„Einer von ihnen, ja."

„Ich habe ihnen versichert, dass nicht du derjenige warst, der mich geschlagen hat."

Zachs Lippen kräuselten sich. „Dann muss ich mir wohl keine Sorgen machen, dass ich zurück ins Gefängnis muss."

Sie warf ihm einen Blick zu. „Zumindest nicht dafür."
Zach grinste.

Draußen vor dem Krankenhaus half er ihr aus dem Stuhl und führte sie die breiten Stufen hinunter. Dann half er ihr vorsichtig in den Wagen, als wäre sie aus Glas.

„Es geht mir gut, Zach, wirklich."

Zach nickte und machte dennoch weiter Wirbel um sie. Zu Hause trug er sie in ihr Apartment, platzierte sie auf dem Sofa, stopfte ihr Kissen in den Rücken und bestand darauf, dass sie sich den Rest des Tages ausruhen sollte.

Elizabeth hatte nichts dagegen einzuwenden. Ihr Kopf schmerzte, als ob im Inneren ihres Schädels Billard gespielt würde, und auch wenn sie letzte Nacht etwas geschlafen hatte, fühlte sie sich dennoch erschöpft.

Zach schüttelte die Kissen bereits zum dritten Mal auf, seit sie zu Hause war, griff dann zur Fernbedienung und schaltete den Fernseher ein. Er kochte ihr eine Suppe aus Nudeln und einem Rest Huhn – eine deutlich bessere Mahlzeit als ihr übliches Dosenfutter.

Während sie die Suppe aß, setzte er sich auf den Stuhl neben dem Sofa, blieb aber nicht lange sitzen. Er wirkte rastlos und unbehaglich. Allein bei seinem Anblick fühlte sie sich ebenfalls unbehaglich.

Elizabeth schaltete die Fernsehshow stumm, die keiner von ihnen beiden verfolgte, und setzte sich auf. Den schmerzhaften Stich in ihrem Kopf ignorierte sie.

„Du machst dir Sorgen, nicht wahr? Du denkst an das Haus und was Miguel geschehen könnte."

Seine glänzenden braunen Augen fixierten sie. „Unter anderem, ja."

„Was sollen wir tun, Zach? Maria ist noch im Krankenhaus. Wir können doch nicht einfach aufhören. Nicht nachdem wir schon so weit gekommen sind."

„Niemand sagt, dass wir aufhören."

"Vielleicht sollten wir zur Polizei gehen und ihnen von unserem Verdacht erzählen. Vielleicht sind sie bereit, uns zu helfen."

"Sie werden uns nicht glauben. Selbst ich kann es die meiste Zeit kaum glauben."

"Wir müssen es versuchen. Wir müssen herausfinden, ob Carrie Ann Whitt in dem Haus ermordet wurde. Wir müssen versuchen, ihre Überreste zu finden."

"Ohne Beweise können wir nicht zur Polizei gehen." Sein Blick wurde nachdenklich. "Auf der anderen Seite – wenn Carrie Ann dort ist und wir ihre Leiche finden, dann haben wir den Beweis, den wir brauchen."

Sie riss überrascht die Augen auf. "Willst du damit sagen, dass wir wirklich auf eigene Faust nach ihr suchen sollen?"

Zach fuhr sich mit der Hand durchs Haar. "Ich habe lange darüber nachgedacht, und ich sehe keinen anderen Weg."

"Glaubst du, dass wir das schaffen?"

"Vielleicht bekommen wir ja Hilfe."

Sie straffte die Schultern. "An wen denkst du?"

"Sam hat seine Hilfe angeboten", sagte Zach. "Sehen wir mal, ob er es ernst gemeint hat."

Zach griff zum Telefon und tippte Sams Nummer draußen bei Teen Vision ein. Als er sich meldete, erklärte Zach kurz, was nach ihrem Besuch bei Maria auf dem Weg nach Hause geschehen war.

"Verdammt, Zach. Ist Elizabeth wohlauf?"

Er blickte über die Schulter zu Elizabeth, die durch Kissen gestützt auf dem Sofa lag. Jedes Mal wenn er ihre aufgeschlagene Lippe und das blaue Auge sah, fühlte er neue Wut auf seinen Bruder in sich aufsteigen.

"Sie hat ganz schön was abgekriegt, Sam. Sie war über Nacht im Krankenhaus, doch der Arzt sagt, in ein paar Tagen ist sie wieder die Alte. Weswegen ich anrufe – ich hatte gehofft … Falls ich mich recht erinnere, hast du einen Freund aus dem Sheriffbüro, der vorzeitig in Rente gegangen ist. Sein Name war Donahue, oder?"

„Das ist richtig, Ben Donahue. Er bekam bei einem Überfall auf einen der örtlichen Läden eine Kugel ab. Ein großer blonder Typ. Du hast ihn ein- oder zweimal draußen auf der Farm gesehen. Er arbeitet in seiner Freizeit mit den Jungs."

„Ja, ich erinnere mich. Schien ein anständiger Kerl zu sein. Ich hoffte, dass du ihn vielleicht dazu bringen würdest, uns zuzuhören und mit uns zu gehen, wenn wir unter dem Haus graben. Wenn wir etwas finden, könnte Donahue die Behörden hinzuziehen. Das Haus gehört zum County. Das heißt, es gehört zum Zuständigkeitsbereich des Sheriffs. Bens Wort dürfte mehr Gewicht haben als meins."

„Ist das nicht Landfriedensbruch? Ich glaube nicht, dass er sich darauf einlassen würde."

„Rechtlich gesehen gehört die Farm meinem Vater. Carson ist der Verwalter. Das gibt ihm zwar die Kontrolle über das Land, doch der Grat ist schmal. Wenn wir mehr Zeit hätten, würde ich eine einstweilige Verfügung erwirken, doch genau diese Zeit haben wir nicht."

„Carson ist in San Pico ein mächtiger Mann. Bist du dir sicher, dass du es mit ihm aufnehmen willst?"

Liz' zerschundenes Gesicht tauchte wieder vor seinem geistigen Auge auf, und der Griff seiner Finger um den Hörer verstärkte sich. „Ich schlage mich mit Carson schon rum, seit ich acht Jahre alt bin. Außerdem geht es hier nicht um meinen Bruder. Es geht um das, was in diesem Haus vor sich geht. Maria Santiago liegt deswegen im Krankenhaus. Ihr Mann benimmt sich immer seltsamer. Ich habe keine Ahnung, was ihm möglicherweise zustößt, wenn er länger dort bleibt. Meinst du, dass Donahue uns zumindest zuhören wird?"

„Ben ist ein guter Kerl. Und ich muss zugeben, dass diese ganze Sache wirklich faszinierend ist. Ich rufe ihn an. Mal sehen, was er dazu sagt."

„Danke, Sam." Zach legte auf und wandte sich um zu Elizabeth, die ihn anlächelte. In ihrem Blick lag etwas, bei dem sich ihm das Herz zusammenzog.

„Du bist erstaunlich, weißt du das? Ich wette, du bist ein unglaublich guter Anwalt."

Zach lächelte ebenfalls. „Ich bin gut. Zweifellos."

„Aber wir haben nicht die Zeit, uns hier an die Vorschriften zu halten."

„Nicht wenn wir uns darum sorgen, was Miguel zustoßen könnte."

Liz rückte ein Kissen hinter sich zurecht. „Ich mache mir große Sorgen um ihn, Zach. Seit Wochen benimmt er sich seltsam, und in letzter Zeit erst recht. Was auch immer sich im Haus befindet, es hat unglaubliche Kräfte. Ich würde unter keinen Umständen dort wohnen wollen. Wann wollen wir die Sache angehen?"

„Warte mal. Du gehst nicht mit! Dir wurde gerade der Kopf eingeschlagen. Du musst dich entspannen."

Sie starrte ihn nieder. „Ich gehe mit. Nichts auf der Welt kann mich davon abhalten. Das kannst du auch gleich akzeptieren."

Zach lächelte fast. Er sah sie an. Sie war so schön, selbst noch mit ihrem gezeichneten Gesicht und der aufgerissenen Lippe. Wenn er die Augen schloss, sah er sie noch immer auf dieser Trage, erinnerte sich noch immer, wie er befürchtete, dass sie sterben könnte. Nun kannte er den herzzerreißenden Schmerz, den er fühlen würde, wenn er sie verlor.

Besser, er ginge jetzt, bevor er noch stärkere Gefühle für sie entwickelte, bevor er diesen Schmerz nicht mehr würde ertragen können.

Zach wandte sich ab von diesen schönen blauen Augen, die in ihn hineinzuschauen schienen. Er hatte das Gefühl, wegrennen zu müssen, mit seinem Wagen fortfahren zu müssen, ohne sich nur einmal umzuschauen. Doch das konnte er nicht. Noch nicht.

„Gut, in Ordnung. Du kannst mitkommen."

„Wann?"

„Je früher, desto besser."

Elizabeth verbrachte den Rest des Tages damit, immer wieder einzunicken. Sie fühlte sich steif und wund und völlig zerschlagen. Sie nahm Schmerzmittel dagegen, doch die machten sie benommen. Morgen würde sie sie nicht nehmen. Dazu hatte sie zu viel zu tun.

Sie blickte hinüber zu Zach, der auf und ab ging und auf eine Weise rastlos war, wie sie ihn noch nie erlebt hatte. Seit er sie nach Hause gebracht hatte, verhielt er sich noch distanzierter als zuvor. Sie wusste, dass er sich Sorgen machte. Sie sagte sich, dass dies der Grund war, doch tief im Innern hatte sie Angst, dass es etwas mit ihr zu tun hatte.

Am frühen Abend rief Sam Marston an. Elizabeth ging ran und gab den Hörer dann an Zach weiter.

„Das ist großartig", sagte er eifrig nickend, obwohl Sam ihn nicht sehen konnte. „Dann sprechen wir morgen Abend mit ihm."

Sam erwiderte noch etwas, das sie nicht hören konnte.

„In Ordnung. Danke, Sam." Zach legte auf, und Elizabeth erwartete begierig seinen Bericht.

„Donahue ist bereit, uns anzuhören. Er und Sam kommen am Montagabend um sieben Uhr rüber. Wenn wir ihn überzeugen können, dass wir nicht nur zwei arme Irre sind, geht er Dienstagnacht mit uns zum Haus der Santiagos."

Dienstagnacht? Elizabeth biss sich auf die Lippen und zuckte zusammen vor Schmerz. „Meinst du nicht, wir können es tagsüber machen?"

„Wenn Carson uns sieht, hetzt er uns mit Sicherheit seine zweibeinigen Rottweiler auf den Hals."

„Sogar wenn wir einen Ex-Deputy dabeihaben?"

„Ich möchte mich auf nichts verlassen. Ich bin nicht sicher, wie weit er gehen würde."

Elizabeth seufzte. „Ich begreife das nicht. Warum ist dein Bruder so wild entschlossen, uns von dem Haus fernzuhalten?"

„Ich weiß es nicht. Vielleicht geht es nur um einen Machtbeweis. Und er möchte natürlich, dass die Klage fallen gelassen wird. Er hat viel zu verlieren, wenn die Operation gelingt und mein Vater gesund wird. Ich weiß, dass es ihm viel bedeutet, die Farm zu leiten. Ich hätte nie gedacht, dass er seine eigenen Ambitionen über Dads Gesundheit stellen würde."

„Und du scheinst immer noch nicht restlos von seiner Schuld überzeugt zu sein."

Zach blickte zur Seite. „Vielleicht wünsche ich mir immer noch, dass er sich als ein anderer Mensch entpuppt, als er ist."

„Vielleicht wünschst du dir noch immer den Bruder, den du niemals wirklich hattest."

Zach wandte sich ihr wieder zu. „Was auch immer geschieht, wir werden Dienstagnacht graben."

„Egal ob mit oder ohne Donahue?"

Er nickte.

„Wir müssen mit Miguel reden und ihn überzeugen, damit er nicht dazwischenfunkt."

„Nach dem, was seiner Frau geschehen ist, dürfte das nicht schwer sein."

Elizabeth verbrachte den gesamten Montag im Büro. Abgesehen von einem ständigen dumpfen Kopfschmerz und ein paar Stichen hier und da fühlte sie sich ganz gut. Michael und Teddy erzählte sie, dass sie hinter ihrem Haus ausgeraubt worden war, erwähnte aber nichts von ihrem Verdacht, dass Carson Harcourt hinter der Attacke steckte. Sie hatte keinen Beweis dafür.

Beide drängten sie, zur Polizei zu gehen, und sie sagte, dass zwei Cops im Krankenhaus sie dazu befragt hätten. Wenn sie an die Pläne dachte, die sic und Zach für morgen Nacht hatten, konnte sie sich gut vorstellen, dass sie schon bald erneut mit den Cops sprechen würden – freiwillig oder unfreiwillig.

Nachdem sie sich neuen Kaffee eingeschenkt hatte, kehrte sie wieder zurück in ihr Büro und setzte sich an ihren Schreibtisch. Carol Hickman, die Zwölfjährige, die glaubte, dass jeder Schultag auf dem Rücksitz eines Wagens enden musste, kam pünktlich. Sie sprachen die ganze Stunde und machten zumindest leichte Fortschritte, was die Selbstachtung des Mädchens anging, die Elizabeth für das eigentliche Problem hielt.

Als Nächstes hatte sie im Rahmen der Familienberatung einen Termin mit Emilio Mendoza, dem Kopf des Mendoza-Clans.

Danach erfuhr sie, dass Richard Long am Wochenende wegen Misshandlung seiner Ehefrau im Gefängnis gesessen hatte. Er war auf Kaution freigelassen worden, erschien jedoch nicht zu seinem vereinbarten Termin am Montagvormittag. Sie sollte eigentlich keine Befriedigung darüber verspüren, dass seine Frau schließlich doch noch den Mut gehabt hatte, Anklage zu erheben. Doch genau das tat sie.

Während Elizabeth im Büro arbeitete, hatte Zach einiges von ihrem Apartment aus zu erledigen. Er vertrat eine Menge Klienten im Themoziamine-Prozess und wollte mit ihnen in Verbindung bleiben. Er hatte eine ganze Liste von Anrufen, die er abarbeiten wollte, eingeschlossen einige Konferenzschaltungen mit seinem Partner Jon Noble und Anwälten der gegnerischen Partei.

„Ich habe eine Menge zu tun, bis Donahue heute Abend zu unserem Treffen kommt", hatte er gesagt, als er sie zu ihrem Wagen begleitete. „Bist du sicher, dass du dich gut genug fühlst für die Arbeit? Vielleicht solltest du noch einen Tag zu Hause bleiben."

„Es geht mir gut, Zach. Nur ein bisschen Kopfschmerzen. Abgesehen davon bin ich okay."

Zärtlich strich er ihr über die Wange und musterte sie eindringlich, bevor er sich umwandte. „Ruf mich an, wenn irgendwas ist", rief er ihr über die Schulter zu. „Wir sehen uns, wenn du nach Hause kommst."

Sie startete den Motor, fuhr aber nicht weg, bevor er wieder im Apartment war. Irgendetwas stimmte nicht.

Ihr Magen verkrampfte sich, als sie daran dachte, was es sein könnte.

Am Abend war sie spät dran. Sie hatte keine Zeit gehabt, zum Lunch zu gehen. Da Sam und Ben Donahue um sieben kamen, würde sie keine Zeit zum Kochen haben. Sie hatte beschlossen, Essen vom Chinesen zu holen. Um kurz vor sechs war sie dann endlich zu Hause.

Zach wartete bereits auf sie und lief mit besorgter Miene ungeduldig in der Küche hin und her. Aus seiner Anspannung wurde Erleichterung, in die sich ein Anflug von Ärger mischte.

„Wo um Himmels willen bist du gewesen?"

Überrascht von seinem Ton hielt sie ihm die Tüte hin, die sie mitgebracht hatte. „Ich habe beim Chinesen gehalten und etwas zu essen geholt, weil die Männer schon um sieben hier sein werden."

Er nahm ihr die Tüte aus der Hand und stellte sie auf den Küchentisch. „Warum zur Hölle gehst du nicht an dein Handy? Ich dachte ... ich hatte schon Angst ... ich habe mir Sorgen gemacht, dass dir etwas passiert ist."

Sie wäre wütend geworden, wenn sie nicht die Angst in seiner Stimme gehört hätte. Er war in Sorge gewesen, hatte befürchtet, dass ihr etwas zugestoßen war.

„Es geht mir gut", sagte sie. „Ich hätte angerufen, wenn ich gewusst hätte, dass du dir Sorgen machst. Keine Ahnung, wie ich deinen Anruf verpassen konnte. Ich habe das Handy nicht gehört."

Sie stellte ihre Handtasche auf den Tisch, holte das Handy heraus und klappte es auf. „Der Akku ist leer."

Zach Blick traf auf ihren, und sie sahen sich an. Sie erkannte die Sorge in seinen Augen und noch etwas, das viel tiefer ging und ihr Herz vor Hoffnung höherschlagen ließ. Zach fasste sie bei den Schultern, zog sie an seine Brust und küsste sie eindringlich.

„Mach mir nie wieder solche Angst."

Elizabeth erwiderte seinen Kuss. „Werde ich nicht. Versprochen."

Zach blickte zur Seite. Er machte sich los und ging zum Fenster, von wo aus er auf die Garagen starrte. „Ich weiß nicht, Liz. Ich glaube nicht, dass ich das hier kann."

„Was?"

Langsam wandte er sich zu ihr um. „Jemanden auf diese Weise lieben. Sich so sehr zu sorgen. Das bin ich einfach nicht."

Sie trat zu ihm und legte eine Hand an seine Wange. „Ich glaube, du bist genau das. Und ich glaube, das macht dir Angst."

Als Zach nichts erwiderte, küsste sie ihn, und er erwiderte ihren Kuss. Sie spürte seinen Hunger und sein wachsendes Verlangen und wie er sich erregt gegen sie presste.

Dann klingelte das Telefon, und der Moment war vorbei.

Zach schenkte ihr einen letzten langen Blick, bevor er sich losmachte und ans Telefon ging. Offenbar war es Sam, der ihr Treffen bestätigte. Elizabeth beschäftigte sich derweil, indem sie das Essen auftat, das sie für sie beide gekauft hatte, auch wenn sie nicht länger hungrig war.

Stattdessen dachte sie an Zach und die Unsicherheit, die sie in seiner Stimme gehört hatte. Bei dem Gedanken, ihn zu verlieren, wurde ihr übel.

Sie liebte ihn. Sie glaubte, dass er sie liebte. Doch die Frage blieb: Spielte es eine Rolle? Und wie groß wäre der Schmerz, wenn er sich für sein Einzelgängerleben und nicht für ein Leben mit ihr entschied?

Wie verabredet erschien Sam um sieben mit Ben Donahue. Zach schüttelte beiden Männern die Hand, und Sam stellte Elizabeth und Ben einander vor.

„Warum gehen wir nicht in die Küche?", schlug Elizabeth vor. „Dort können wir alle am Tisch sitzen und etwas Kaltes trinken."

„Sam hat mir einiges über Ihr Problem erzählt", sagte Donahue, während sie in die Küche gingen und Elizabeth ihnen Eistee in gekühlte Gläser einschenkte.

Ben nahm lieber ein Bier, öffnete das Bud light, das Elizabeth ihm gab, und nahm dann einen langen, erfrischenden Schluck.

„Ich muss sagen, dass das alles komplett verrückt klingt", sagte er. „Aber ich muss zugeben, ich bin fasziniert." Er war groß, blond und gut aussehend – ein attraktiver Mittdreißiger, laut Sam Single.

Ben hatte erst zwei Jahre in San Pico gelebt, als er vor einem Jahr im Job verwundet wurde und in Frührente gehen musste. Zach vermutete, dass dies der Grund war, warum er sich zu einem Gespräch bereit erklärt hatte.

„Er weiß nicht viel über mich oder meinen Bruder. Was das angeht, ist er nicht vorbelastet."

Eben das bewies Donahue, indem er ihnen bei der wildesten Geschichte zuhörte, die je erzählt worden war. Schritt für Schritt erklärten Elizabeth und Zach, wie sie zu dem Schluss gekommen waren, dass die neunjährige Carrie Ann Whitt unter dem kleinen gelben Haus auf Harcourt Farms vergraben sein könnte.

„Wir recherchierten in der Vergangenheit", erzählte Zach.

„Wenn dort tatsächlich ein Geist war, wie Maria Santiago behauptete – und natürlich glaubte das niemand von uns –, musste es sich um jemanden handeln, der in dem Haus gestorben war. In diesem Fall ein kleines Mädchen, denn diese Erscheinung hatte Maria beschrieben."

„Wir stießen auf kein Kind, das dort gestorben war", fuhr Elizabeth fort. „Doch wir fanden heraus, dass ein verheiratetes Paar, das in dem alten Haus am gleichen Fleck gewohnt hatte, vor über dreißig Jahren ein kleines Mädchen in Fresno ermordet hat. Das geschah einige Jahre, nachdem sie von hier fortgezogen waren."

„Ein wirklich brutaler Mord", fügte Zach hinzu. „Sowohl der Mann als auch die Frau wurden verurteilt. Der Mann wurde später sogar hingerichtet."

„Wow ..."

Elizabeth nippte an ihrem Eistee. „Unglücklicherweise hatte das kleine Mädchen in Fresno – Holly Ives hieß sie – keinerlei Ähnlichkeit mit der Beschreibung des Geists, und außerdem wurde Holly hundert Meilen weiter weg umgebracht."

„Aber Sie dachten dennoch, Sie hätten eine Spur", sagte Ben.

„Genau." Zach nahm ebenfalls einen kräftigen Schluck aus seinem Glas. „Nachdem wir einiges über das Paar gelesen und mit etlichen Leuten gesprochen hatten, die in den Fall involviert waren, kamen wir auf den Gedanken, dass zwei so teuflische Menschen vielleicht schon vorher getötet hatten. Vielleicht töteten sie hier in San Pico ein anderes kleines Mädchen."

Donahue beugte sich vor. „Serienmörder?"

„Die Polizisten, mit denen wir sprachen, waren sich allesamt einig, dass sie das Zeug dazu hätten. Allerdings konnte man sie bislang niemals mit einem anderen Mord im Tal in Verbindung bringen."

„Dennoch wollten Sie der Sache nachgehen."

Zach nickte. „Ich habe einen Privatdetektiv namens Ian Murphy beauftragt, in der Umgebung von L.A. zu suchen. Wenn sie ein anderes Kind entführt haben und dieses nicht aus dem Tal war, konnte es vielleicht aus L.A. sein."

Ben setzte seine Flasche Bier auf dem Tisch ab. „Sagen Sie mir nicht, dass Murphy tatsächlich ein Opfer gefunden hat, das zu der Beschreibung des Geists passt!"

„Unglaublich, nicht wahr? Und das Mädchen verschwand tatsächlich in der Zeit, in der die Martinez in dem Haus lebten."

„Ich kann das kaum glauben."

Zach lehnte sich zurück. „Wer würde das schon?"

Elizabeth blickte Ben eindringlich an. „Ich habe sie ebenfalls gesehen, Ben, genauso wie Maria Santiago. Den Geist eines kleines Mädchens."

Ben hob die Hand. „Schon gut, schon gut. Zu diesem Zeitpunkt sind Sie davon ausgegangen, dass es sich bei dem Geist um das kleine Mädchen handelt, das in L.A. verschwand. Was haben Sie dann getan?"

„Wir sprachen mit dem Detective, dessen Fall das damals war", erzählte Zach. „Er heißt Danny McKay und ist jetzt pensioniert. McKay konnte sich an Carrie Ann Whitt erinnern. Er wusste sogar noch, was sie am Tag ihres Verschwindens getragen hatte."

„Tolles Erinnerungsvermögen. Was hatte sie also an?"

„Ein Partykleid", antwortete Elizabeth. „Mit einer pinkfarbenen Schürze, so wie das kleine Mädchen sie trug, das in dem Haus erschien. Der Tag, an dem Carrie Ann verschwand, war ihr Geburtstag. Aus diesem Grund erinnerte er sich daran."

Donahue stand auf. „Das ist verrückt."

„Wem sagen Sie das", erwiderte Elizabeth.

„Da geht etwas vor sich in dem Haus", fuhr Zach fort.

„Etwas Gefährliches. Wir müssen herausfinden, ob sie dort ist. Ob das der Grund für den ganzen Spuk ist."

„Warum sind Sie so überzeugt, dass Sie sie dort finden? Selbst wenn die Leute das Mädchen tatsächlich ermordet haben, können sie sie sonst irgendwo in der Gegend vergraben haben."

„Wohl wahr." Zach trank seinen Eistee aus. „Aber die Martinez haben Holly Ives im Keller ihres Hauses in Fresno vergraben. Also ..."

„Gott im Himmel!"

„Genau", sagte Zach. „Holly wurde gefoltert, vergewaltigt und erdrosselt. Ein schrecklicher und brutaler Mord. Genau jene Art gewaltsamer Tod, aus dem nach allem, was wir gelesen haben, ein solcher Geist wie in dem Haus entstehen kann."

„Doch Sie sagten selbst, dass Holly nicht in San Pico ermordet wurde."

„Nein, aber wir glauben, dass Carrie Ann Whitt hier ermordet wurde", erwiderte Elizabeth. „Und deshalb brauchen wir Ihre Hilfe."

Ben ließ sich wieder auf seinen Stuhl sinken. Die Knöchel an der Hand, die die Flasche Bier hielt, traten weiß hervor. „Wer zum Teufel würde eine solch wilde Geschichte glauben?"

„Ich kann sie selbst nicht glauben", murmelte Zach.

Elizabeth streckte die Hand aus und berührte Bens Arm. „Wir müssen herausfinden, ob die Geschichte wahr ist, Ben."

Er blickte erst sie an und dann Zach. „So verrückt es klingt: Langsam verstehe ich, warum Sie daran glauben."

„Dann werden Sie uns helfen?"

„Wie Sam schon sagte: Sie können nicht zur Polizei gehen. Was bedeutet, dass Sie keine andere Wahl haben, als selbst nach ihr zu suchen."

„Absolut keine andere Wahl", bestätigte Zach.

Ben grinste leicht. „In diesem Fall, schätze ich, werden wir wohl graben müssen."

Auch Sam grinste.

Zachs Mundwinkel hob sich nur wenig.

Elizabeth dachte an das kleine blonde Mädchen, das aussah wie ein Engel, und daran, was ihr geschehen sein mochte, und blieb ernst.

NEUNUNDZWANZIG

Am Dienstagmorgen ging Elizabeth früh ins Büro, während Zach von ihrem Apartment aus Anrufe erledigte. Er verhielt sich zunehmend distanziert, als hätte er niemals Angst um sie gehabt, als hätten sie niemals über Liebe gesprochen, als wären sie Freunde und sonst nichts.

Sie hatten sich in der letzten Nacht nicht geliebt, obwohl sie darauf gehofft hatte. Seit dem Überfall hatte Zach sie kaum berührt. Sie redete sich ein, dass er auf ihre Genesung wartete, doch sie kannte den wahren Grund. Er hatte Angst vor seinen Gefühlen für sie.

Angst vor dem, was geschehen würde, wenn er ihnen nachgab.

Sie wollte mit ihm darüber sprechen und offen damit umgehen, doch sie schien nie den richtigen Zeitpunkt dafür zu finden. Als das Telefon auf ihrem Schreibtisch um kurz vor zwölf klingelte, war sie überrascht, Zachs tiefe Stimme zu hören. Sie empfand sie wie eine Liebkosung, die ihre Nervenenden zum Vibrieren brachte. Und wieder dachte sie daran, wie sehr sie ihn inzwischen liebte.

Sie hatte in den letzten Tagen viel Zeit zum Nachdenken gehabt und sich oft an Zachs Gesichtsausdruck erinnert, als sie in der Notaufnahme ihre Augen geöffnet hatte.

Er hatte ihr gesagt, dass er sie liebte. Wenn sie an den Moment zurückdachte, glaubte sie ihm. Sie hatte es in seinem Gesicht gesehen. Er liebte sie, und sie liebte ihn.

Und in diesen letzten paar Tagen hatte sie eine Entscheidung getroffen.

Sosehr er sich auch einzureden versuchte, dass es nicht funktionierte: Sie würde diese Liebe nicht einfach aufgeben.

Nicht ohne Kampf.

„Mein Büro hat gerade angerufen", sagte er am Telefon. „Offenbar hat Dr. Marvin den Richter aufgesucht, der über den Fall meines Vaters entscheidet. Dads Operation muss so bald wie möglich stattfinden, weil die Erfolgschancen mit jedem weiteren Tag geringer werden. Der Richter hat einer Anhörung am Donnerstagmorgen zugestimmt."

In seiner Stimme schwang ein Anflug von Optimismus mit, den er seit Tagen nicht mehr gehabt hatte.

„Ich höre irgendwie, dass du lächelst. Was ist los?"

„Der Richter ... sein Name ist Hank Alexander. Er war der beste Freund meines Vaters."

„Oh mein Gott." Sie hielt den Hörer fester. „Erwartet man nicht von ihm, dass er sich wegen Befangenheit zurückzieht, wenn er eine der beiden Parteien so gut kennt?"

„Ich glaube nicht, dass er das tun wird. Wenn er meinen Vater so gut kennt, wie ich das glaube, dann weiß er, dass Fletcher Harcourt diese Operation ebenso sehr wollen würde, wie ich sie ihm wünsche. Ich schätze, dass er die Anhörung selbst übernimmt."

„Oh Zach, das hoffe ich. Das tue ich wirklich."

Er räusperte sich. „Du, ich muss aufhören. Ich arbeite gerade an einem Schriftsatz, den ich noch fertigstellen muss. Und ich muss noch einiges erledigen, bevor Donahue und Sam hier auftauchen."

„Okay. Wir sehen uns später."

„Ja", erwiderte er sanft. „Wir sehen uns heute Abend."

Elizabeth legte auf und fragte sich, was da in seiner Stimme mitgeschwungen hatte. Sehnsucht, dachte sie. Vielleicht hörte er es selbst auch. Vielleicht erkannte er, wie viel ihm an ihr lag, und entschied sich, dass ihre Beziehung doch funktionieren könnte. Vielleicht entschied er, dass er sie genug liebte, um zu bleiben.

Wenn er das tat, wenn er sich tatsächlich zu einer solchen Verpflichtung entschloss, dann würde er diese auch einhalten. Sie war überzeugt, dass er zu dieser Art Mann gehörte.

Als sie nach Hause kam, war Zach nicht da. Elizabeth

wechselte die Kleidung, zog sich Jeans und eine alte ärmellose weiße Bluse an, die eigentlich für die Heilsarmee bestimmt war. Danach machte sie sich einen Eistee.

Zach kam wenige Minuten später mit einer kleinen Papiertüte, die er auf den Küchentisch stellte. „Ich habe dir ein Sandwich mitgebracht. Ich nahm an, dass du nicht kochen möchtest."

Sie öffnete die Tüte und musterte das knusprige Brot.

„Truthahn und Käse. Ich hoffe, du magst das."

Sie nickte, doch sie war nicht hungrig. Allein bei dem Gedanken an die Nacht, die vor ihnen lag, zog sich ihr Magen zusammen. Sie blickte noch einmal in die Tüte. „Wo ist deins?"

„Ich bin nicht hungrig. Ich werde später was essen."

Sie machte die Tüte zu und legte sie beiseite. „Ich denke, das werde ich auch."

Um zehn nach sieben trafen Ben Donahue und Sam ein.

„Danke fürs Kommen", begrüßte Zach die Männer und schüttelte jedem die Hand. Er führte sie in die Küche, wo Elizabeth ihnen Eistee einschenkte. Sie bot Ben ein Bier an, doch er lehnte mit einem Grinsen ab.

„Heute Nacht sollte ich meine fünf Sinne lieber beisammen haben."

Zach zeigte ihnen den schachbrettartig aufgeteilten Grundriss, den er am Computer erstellt hatte, und wies auf das Einstiegsloch an der Seite hin.

„Ich habe bei Wal-Mart ein paar Lampen gekauft. Es wird dort unten ziemlich dunkel sein. Wir brauchen so viel Licht wie möglich, damit wir sehen, was wir tun."

„Ich habe ein paar kurzstielige Schaufeln in meinem Wagen", sagte Ben.

„Dann haben wir mehr als genug. Als ich die Lampen holte, habe ich auch welche gekauft." Zach trank seinen Tee aus. „Zusammen mit ein paar Eimern, falls wir Erde transportieren müssen."

„Ich habe auch etwas mitgebracht, das vielleicht von Nutzen sein kann", schaltete sich Sam ein. „Einen Metalldetektor. Ich habe ihn von einem Freund geliehen."

„Großartig", erwiderte Zach. „Vielleicht stoßen wir so auf etwas Wichtiges."

Sie besprachen ein paar letzte Details, bis es dunkel wurde.

„Zeit zu gehen", sagte Zach, der den Grundriss zusammenrollte und ein Gummiband darumwickelte. „Bevor wir anfangen, müssen wir mit Miguel sprechen. Ich wollte zuerst schon gestern zu ihm gehen, doch er soll keine Zeit haben, seine Meinung zu ändern oder mit Carson zu sprechen."

„Was, wenn er nicht einverstanden ist?", fragte Ben.

Zach presste die Kiefer aufeinander. „Er wird zustimmen. Ich werde ihm keine Wahl lassen."

Die Nacht war dunkel. Nur das trübe Licht der schmalen Mondsichel hob das kleine Haus aus der Tintenschwärze. Obwohl es nicht anders aussah als tausend andere Häuser, lief Elizabeth ein Schauder über den Rücken.

„Vielleicht ist er nicht zu Hause", sagte sie, als sie die dunklen Wohnzimmerfenster bemerkte.

„Das sollte er aber verdammt noch mal sein. Ich habe ihn angerufen. Ich sagte ihm, dass wir rüberkommen und mit ihm sprechen müssen."

„Er muss früh zur Arbeit. Vielleicht ist er schon im Bett."

Sam und Ben standen bei ihnen in der Einfahrt. „Glaubt ihr, dass er im Haus ist?", fragte Ben. Sie waren alle mit Zachs Jeep gekommen, den er neben der Garage geparkt hatte, damit sie ihr Werkzeug ausladen konnten.

„Bleibt ihr kurz hier. Ich werde nachsehen."

„Ich komme mit." Elizabeth ging mit Zach zusammen die Stufen zur vorderen Veranda hoch. Zach warf ihr einen Blick zu, bevor er an die Tür klopfte. Gemurmelte Flüche drangen an ihr Ohr, und Elizabeth hörte, wie jemand in dem Haus herumstolperte und sich näherte. Dann ging das Verandalicht an, und die Tür wurde aufgerissen.

Auf der Schwelle stand Miguel Santiago, auch wenn sie ihn im ersten Moment nicht erkannte. Seine Kleidung war schmutzig, sein schwarzes Haar zerzaust, und seine leeren Augen blickten sie aus tiefen Höhlen an. In dem schwachen Licht, das aus dem Haus drang, sah seine Haut merkwürdig wächsern aus. Seine Nüstern weiteten sich, als er begriff, wer da vor ihm stand.

„Tut mir leid, wenn wir Sie geweckt haben", sagte Zach und trat beschützend einen Schritt vor Elizabeth. Angesichts von Miguels wilder Miene war sie dankbar dafür. Sie wich noch etwas zurück.

„Ich habe nicht geschlafen."

„Wir müssen mit Ihnen sprechen, Miguel."

„Warum?"

Zach trat vor, sodass Miguel zurück ins Haus ging und eine Lampe neben dem Sofa anknipste. Elizabeth folgte ihnen, löschte das Verandalicht und schloss die Tür hinter sich.

„Wir müssen etwas suchen", sagte Zach. „Deswegen sind wir heute Abend gekommen."

Miguel runzelte die Stirn und schüttelte den Kopf, als ob er seine Gedanken ordnen müsse. „Ich verstehe nicht."

In den nächsten zehn Minuten erklärte Zach ihm geduldig, warum sie glaubten, dass in dem alten Haus, das sich zuvor an dieser Stelle befunden hatte, ein Mord verübt worden war. Zach erzählt ihm von ihrer Suche nach einem Kind, das verschwunden war, einem kleinen Mädchen, das so aussah wie der Geist, den Maria in dem Haus gesehen hatte, und davon, dass ein Paar, das in dem alten Haus gelebt hatte, es getötet haben könnte. Er erklärte, dass sie ihren Körper zu finden hofften, wenn sie im Boden gruben.

„Hier geht etwas vor sich, Miguel", sagte Elizabeth freundlich. „Etwas Unerklärliches. Sie haben es sicher gespürt. Sie haben bestimmt gemerkt, dass hier etwas nicht stimmt."

Miguel blickte zur Seite. „Ich habe nie einen Geist gesehen."

„Wir glauben, dass sie Maria wegen des Babys erscheint", sagte Zach.

„Der Geist will Sie warnen, dass Ihr Baby in Gefahr ist", fügte Elizabeth hinzu.

Miguel schien Schwierigkeiten zu haben, all das zu begreifen.

Elizabeth nahm seine Hand. „Sehen Sie sich an, Miguel. Sie sind in den letzten Tagen nicht mehr Sie selbst. Schon seit einiger Zeit nicht mehr. Sie sind aggressiv. Sie trinken viel zu viel. Was auch immer hier rumspukt, es beeinflusst Ihr Verhalten. Wir müssen einen Weg finden, es zu stoppen. Wir müssen nach dem kleinen Mädchen suchen. Vielleicht hört das alles hier auf, wenn wir sie finden."

Zum ersten Mal schien Miguel sie zu verstehen. „Meine Frau glaubt, dass hier ein Geist ist. Und ich bin überhaupt nicht mehr ich selbst." Er betrachtete seine zerknitterte, schmutzige Kleidung, als sähe er sie zum ersten Mal. „Tun Sie, was Sie tun müssen."

„Danke", sagte Elizabeth.

Während Zach zur Tür ging und den Männern bedeutete, das Gerät abzuladen und den Wagen außer Sichtweite zu fahren, sprach Elizabeth beruhigend auf Miguel ein.

„Es kommt alles wieder in Ordnung, Miguel. Wir müssen nur die Wahrheit herausfinden."

Er nickte und wirkte resigniert, vielleicht sogar erleichtert. „Was wollen Sie tun?"

Zach kam zu ihnen. „Wir werden durch das Einstiegsloch an der Seite des Hauses gehen. Wir haben Taschenlampen und Schaufeln zum Graben. Wir werden einem Plan folgen, um sicher zu sein, dass wir das ganze Areal erfassen. Es könnte länger als eine Nacht dauern."

„Es gibt auch einen Einstieg nach unten im Schrankboden im Schlafzimmer", sagte er. „Ich zeige es Ihnen."

„Großartig."

Sie benutzten beide Einstiege, um die Lampen und mehrere Verlängerungskabel nach unten zu schaffen. Ein großes Stück Pappe bedeckte das Einstiegsloch an der Hausseite, damit das Licht nicht nach draußen drang. Dann ließen sie die Schaufeln und Eimer sowie Sams Metalldetektor durch das Loch im Schrank nach unten.

Zach nahm den Plan und stieg durch das Loch nach unten, dann folgten Sam und Ben.

„Ich komme mit", sagte Elizabeth. „Ich weiß, dass ihr genug Schaufeln habt." Sie stieg hinunter zu den Männern und musste sich bücken, um nicht an die Decke zu stoßen. Sie nahm eine der Schaufeln, deren kurzer Griff die Arbeit damit erleichtern würde, wie sie erfreut feststellte.

„Du musst das nicht tun", sagte Zach. „Ich dachte eigentlich, du könntest Miguel im Auge behalten."

„Mir geht's gut. Ich möchte helfen."

Er wollte etwas entgegnen, doch ihr warnender Blick hielt ihn davon ab.

„Nicht allzu viel Bewegungsspielraum hier unten", grummelte Ben. „Nur gut, dass das Haus nicht sehr groß ist."

Zach schwenkte seine Taschenlampe hin und her, um den Bereich unter dem Haus auszuleuchten. Gerade mal vier Jahre alt, war es in keinem schlechten Zustand – nur ein paar Spinnweben klebten an den Bodenbalken, und hier und da verschwanden ein paar Käfer im Dunkeln.

Elizabeth zog den Kragen ihrer Bluse höher und versuchte nicht daran zu denken, was noch alles in der Dunkelheit lauern mochte. „Es ist feucht hier unten", sagte sie, als sie die klamme Erde unter ihnen bemerkte. „Wie ist das möglich?"

Zach lenkte das Licht seiner Taschenlampe auf den Gartenschlauch, der durch das Einstiegsloch lugte. Er grinste. In dem grellen Licht und mit den dunklen Schatten wirkten seine Züge verzerrt. Er sah aus wie ein Dämon.

„Ich bin gestern früh hier vorbeigekommen und habe das Wasser angemacht. Heute Morgen habe ich den Schlauch umgelegt, sodass ein anderer Bereich gewässert wird. Ich habe es eben erst abgestellt. Ich gehe davon aus, dass man jetzt leichter graben kann."

Ben lächelte. „Gute Idee."

Sam schaltete seinen Metalldetektor ein, dessen Griff beinahe an die Bodenbalken stieß. Vornübergebeugt bewegte er sich mit dem Gerät wie eine Krabbe über den Boden.

Sie hatten entschieden, in jedem Planquadrat einen knappen Meter tief zu graben und dann mit dem Metalldetektor darüberzugehen. Wenn sie nichts fanden, würden sie das Loch wieder auffüllen, denn sie hatten nicht viel Platz, um die Erde zu lagern. Danach würden sie sich das nächste Planquadrat vornehmen. Sam beendete seine oberflächliche Untersuchung mit dem Metalldetektor, die ein paar rostige Nägel und einen Vierteldollar von 1947 zutage gefördert hatte. Dann begannen sie zu graben.

Während Ben und Sam sich vom südwestlichen Teil des Hauses voranarbeiteten, begannen Zach und Elizabeth im südöstlichen Teil.

Sie hatten erst wenige Minuten gegraben, als Miguel durch die Öffnung heruntersprang. „Wenn hier eine Leiche liegt, will ich helfen, sie zu finden."

Er schien etwas weniger verwirrt und mehr bei sich zu sein. Er hatte sogar seine wilde Haarmähne gekämmt.

„Großartig." Zach reichte ihm eine Schaufel. „Wir können jede Hilfe gebrauchen."

Es dauerte nicht lange, bis sie entdeckten, wie wahr diese Worte waren. Elizabeths Rücken schmerzte von der Arbeit in der gebückten Haltung, und an ihren Händen bildeten sich bereits Blasen. Zach hatte die Quadrate mit Schnur markiert und so den gesamten Boden innerhalb des quadratischen Fundaments aus Zement erfasst.

Er schwenkte eine Lampe hin und her, um den Boden zu erleuchten.

„Sieht so aus, als hätten sie das alte Fundament benutzt, statt ein neues zu gießen – jedenfalls dort, wo es möglich war. Das alte Haus war allerdings ein bisschen größer, insofern gibt es die Möglichkeit, dass sich das Grab tatsächlich außerhalb des jetzigen Hauses befindet. Aber das hier ist der Hauptbereich von beiden Häusern. Lasst uns also hoffen, dass wir richtig sind."

Obwohl es unter dem Haus kühler war als draußen, dauerte es nicht lange, bis ihnen allen der Schweiß ausbrach. Die feuchte Erde hin- und herzubewegen war harte Arbeit, doch jeder von ihnen war fest dazu entschlossen.

Nach einer Stunde machten sie eine Pause. Sie kletterten durch das Loch in dem Schrankboden und gingen direkt zu der Kühltasche mit Softdrinks, an die Elizabeth glücklicherweise gedacht hatte.

Gatorade und Cola light – alles, was sie im Kühlschrank gehabt hatte.

„Mann, bin ich froh, dass ihr daran gedacht habt", sagte Sam, der eine halbe Flasche herunterstürzte und sich danach mit der von der Flasche kühlen Hand über die Glatze fuhr. Zach öffnete eine Dose Cola light und reichte sie Elizabeth, die einen langen Schluck nahm und sie ihm dann zurückgab.

Zach leerte die Dose. „Wie geht es deinen Händen?"

Sie blickte hinunter und verzog das Gesicht, als sie die Blasen sah. „Nicht so gut, wie ich gehofft hatte."

„Vielleicht hat Miguel noch irgendwo ein Paar Handschuhe."

„*Sí*, ich habe ein Paar Gartenhandschuhe, die Maria gern trägt. Sie liebt es, im Garten zu arbeiten. Ich hole sie für Sie." In der Stimme des jungen Mannes schwang so viel Wehmut mit, dass Elizabeth einen Kloß im Hals bekam. Diese ganze Familie brauchte Hilfe. Sie betete darum, dass sie sie heute bekommen würde.

Als Miguel mit den Handschuhen zurückkam, machten sie sich alle wieder an die Arbeit. Sie und Zach hatten gerade ein weiteres Planquadrat bearbeitet – ohne jeden Erfolg –, als sie eine Stimme von oben vernahmen.

Raul Santiago sprang durch das Einstiegsloch hinunter. „Seid nicht sauer. Pete und ich wollen helfen … wenn Sam seine Erlaubnis dazu gibt."

Gebückt watschelte Sam zu den beiden Jungen. „Verdammt, woher wisst ihr von dieser Sache?"

„Ich habe gehört, wie Sie am Telefon mit Zach sprachen. Wir gehen zurück, wenn Sie das wollen, aber dies ist das Haus meiner Schwester. Wir würden gern helfen."

Sam seufzte, doch ohne echten Groll und vielleicht sogar mit ein bisschen Erleichterung. Die Arbeit war wirklich hart. Je mehr Hilfe, desto besser.

„Ich rufe auf der Farm an", sagte er, „und sage ihnen, dass ihr bei mir und Zach seid." Sam reichte ihm seine Schaufel. „Hier. Du wolltest arbeiten. Dann mal los."

Raul grinste. Auch sein Gesicht wirkte in dem merkwürdigen Licht wie eine Fratze. „Danke, Sam."

„Ich würde mir den Dank für später aufsparen", warnte Sam, bevor er sich durch den Fußboden nach oben zog.

Zach nahm Elizabeth die Schaufel aus der Hand. „Mach eine Pause. Lass Pete eine Weile graben."

Pete lächelte, als er nach dem Werkzeug griff. Rauls bester Freund war kleiner und schmaler als der kräftige junge Latino, ein drahtiger Junge mit dunklen Augen und einem freundlichen Lächeln. Sein schwarzes Haar trug er kurz und vorn nach oben gekämmt.

Als sie die Schaufel aus ihren Händen gab, konnte Elizabeth eine gewisse Erleichterung nicht leugnen. Ihre Finger schmerzten, und Schweißtropfen liefen zwischen ihren Brüsten herunter. An körperliche Arbeit war sie nicht gewöhnt.

Danach tauschten sie immer wieder durch. Vier Mann arbeiteten an zwei Planquadraten, die anderen machten Pause oder holten sich etwas zu trinken. Als die Getränke aus waren, wechselten sie zu Wasser, das nach der schmutzigen, anstrengenden Arbeit einfach köstlich schmeckte.

Um Mitternacht verspürten sie alle Entmutigung.

Sie hatten die obere Hälfte des Areals fast komplett untersucht. Jedes Mal wenn sie in einem der Planquadrate gegraben hatten, ging Sam mit dem Detektor darüber. Doch bislang hatten sie nichts gefunden außer weiteren Nägeln, die tiefer ins Erdreich gelangt waren.

Von allen Männern schien Miguel am härtesten zu arbeiten. Er lehnte es ab zu tauschen und grub einfach nur weiter wie ein Verrückter.

Elizabeth fühlte sich unwohl dabei. Er wirkte fast wie besessen.

„Sie müssen eine Pause machen", sagte Zach, der offenbar ähnliche Gedanken hatte.

„Noch nicht." Miguel schüttete eine weitere Schaufel Erde zur Seite und stieß das Werkzeug wieder tief in die Erde. Als das Quadrat freigelegt war, fuhr Sam mit dem Metalldetektor über das Areal. In der äußeren linken Ecke schlug das Gerät diesmal an, und alle blickten dorthin.

„Ich hole die Harke und den Spachtel." Zach kletterte hoch, um das Werkzeug zu holen, und sprang wieder durch das Einstiegsloch nach unten. Gebückt harkte er vorsichtig die Erde fort von dem, was sie gefunden hatten. Es war tief vergraben. Er benutzte den Spachtel, um tiefer zu graben, und dann wieder die Harke. Schließlich stieß er gegen etwas. Es war ein Stück Metall, das er herauszog, aber es war nicht zu erkennen, was genau es war.

Er ging hinüber zum Licht und betrachtete es auf seiner

Handfläche. „Sieht aus wie eine Art Medaillon, vielleicht eine militärische Münze oder so."

„Kannst du die Schrift erkennen?", fragte Sam.

„Sieht nach einer Fremdsprache aus."

Ben ging zu ihm, um ebenfalls einen Blick auf den Gegenstand zu werfen. „Ich denke, es ist etwas Militärisches. Du sagtest doch, dass das alte Haus hier während des Zweiten Weltkriegs gebaut wurde."

„Das stimmt."

Was auch immer es war: Es führte sie offensichtlich nicht zu der Leiche, nach der sie suchten. Müde und enttäuscht machten sie sich wieder an die Arbeit.

DREISSIG

Die Hitze und die Beengtheit schafften ihn schließlich. Zach gab auf und zog sein Shirt aus. Sein Rücken schmerzte vom ständigen Bücken, und Gesicht, Hals und Oberkörper waren schweißüberströmt. Natürlich war es eine verrückte Idee gewesen, die Leiche eines Geists zu suchen. Doch im Lauf der letzten Wochen hatte er zunehmend daran geglaubt, dass sie die kleine Carrie Ann Whitt tatsächlich hier unter dem Haus finden würden.

Innerlich fluchte er, nannte sich selbst einen Idioten und Narren. So etwas wie Geister gab es nicht. Dies alles war nur eine merkwürdige Aneinanderreihung von Zufällen. Ein halbes Dutzend Leute plagte sich hier unten ab, und wofür?

Für nichts, absolut nichts.

Er hob eine weitere Schaufel Erde. Sie hatten bereits mehr als drei Viertel des Areals untersucht. Jeder von ihnen war verschwitzt und müde und wünschte, dies wäre endlich vorbei. Doch niemand wollte aufhören, bevor sie auch den letzten Zentimeter unter dem Haus untersucht hatten.

Er machte sich erneut mit Liz an die Arbeit, obwohl sie sich deswegen gestritten hatten. Er wollte nicht, dass sie sich hier unten für nichts abrackerte. Er konnte kaum glauben, dass er tatsächlich der Überzeugung gewesen war, sie würden hier eine Leiche finden.

„Hey, Zach. Was ist das für ein ekelhafter Geruch?" Die Frage kam von Sam, der um sich sah und in der Luft herumschnüffelte.

Zum ersten Mal bemerkte auch Zach es. Nicht den fauligen unverkennbaren Geruch einer verrottenden Leiche. Ein Körper, der seit sechsunddreißig Jahren in der Erde lag, würde sich in einem ganz anderen Stadium befinden. Stattdessen war der Geruch sehr stark und süßlich. Ein widerlicher Gestank, der einem die Galle im Hals hochsteigen ließ.

„Rosen ...", sagte Liz, die mit einem Anflug von Furcht in den Augen zu ihm hinübersah.

„Riecht grauenhaft", sagte Ben. „Wie ein verrottender Komposthaufen, nur schlimmer. Und auf ekelhafte Weise süß."

Miguel entfuhr eine Art Zischen. „Ich habe das schon einmal gerochen."

Ebenso Zach. An dem Abend, als er mit Liz in dem Haus war.

„Vielleicht machen sie irgendwas, um sich auf das Rosenfest vorzubereiten", sagte Sam. „Es fängt nächste Woche an."

Liz sah Sam an und schüttelte den Kopf. „Sie ist hier ..." Ihr Blick schoss durch den kleinen Raum unter dem Haus. „Der Geruch kommt ... immer wenn sie erscheint."

Zach ignorierte den ekelerregenden Geruch ebenso wie die Überzeugung in Elizabeths Stimme und stieß seine Schaufel mit noch mehr Wucht in die Erde. Doch die Schaufel sank nicht ein. Er fühlte einen plötzlichen Widerstand.

Er versuchte es noch einmal, diesmal vorsichtiger. Da war etwas.

„Hast du was gefunden?" Sam eilte zu ihm, während Zach in das etwa einen halben Meter tiefe Loch sprang, das sie bereits gegraben hatten.

„Gib mir mal die Harke und den Spachtel." Im Dreck kniend nahm er von Sam das Gartenwerkzeug entgegen, während die anderen zu ihnen kamen und sich in einem Kreis um das Loch versammelten. Liz stand ihm gegenüber und wirkte plötzlich sehr blass.

Raul verschob eine der Lampen, damit das Quadrat besser beleuchtet wurde, während Zach vorsichtig in der Erde herumschabte und den Dreck wegfegte.

„Das ist ja komisch", sagte Ben und blickte sich um. „Wie kann es hier drinnen kalt werden?"

Gänsehaut überzog Zachs nackte Brust. Tatsächlich, wie, fragte er sich und erinnerte sich an den Abend, den er im Haus verbracht hatte. Er erinnerte sich an das, was er über kalte Stellen gelesen hatte, und fühlte sich allmählich so unwohl wie Liz. Rund um das Loch war es nicht nur kalt, es fror geradezu. Doch Zach ignorierte die Kälte und grub weiter.

„Können Sie sehen, was es ist?", fragte Raul und beugte sich hinunter. Auch er wirkte ein wenig beklommen.

„Kann ich noch nicht sagen." Doch nach und nach wurde etwas sichtbar. Etwas Dunkles. Es sah aus wie ein Stück verrottetes Leder. „Gib mir den Besen."

Pete holte ihn und übergab ihn Zach. Auf allen vieren knieten sie nun um das Loch herum und beobachteten, wie Zach mehr und mehr von dem freilegte, was da vergraben war.

„Was ist das?", fragte Ben.

Trotz der inzwischen eisigen Kälte, in der sein Atem einen weißen Hauch bildete, grub Zach weiter. Er fegte die Erde fort und legte ein quadratisches Metallstück frei.

„Sieht aus wie eine Schnalle."

Liz entfuhr ein Schrei. „Oh Gott. Es ist eine kleine Schuhschnalle." Ihr Blick klebte förmlich an dem verrosteten Metallstück, und er wusste sofort, was sie gefunden hatten.

„An dem Tag, an dem sie verschwand", sagte Liz, „trug Carrie Ann …" Sie schluckte. „Sie trug ein Paar schwarze Lederschuhe. Ich denke, das sind ihre."

Zach legte immer mehr von dem frei, was unter der Erde lag. Vom Schuh war kaum noch etwas vorhanden. Die Zeit und die Kleinstlebewesen im Erdboden hatten ihr Werk getan. Doch es war genug, um zu erkennen, was es einst gewesen war. Er fegte noch ein bisschen Erde fort, worauf das Schimmern eines Knochens zu erkennen war. Elizabeth atmete scharf ein.

Ungestört in all diesen Jahren, unter dem Haus vor Tieren und dem Wetter geschützt, würde die Leiche vermutlich noch fast genauso daliegen, wie sie vergraben worden war. Und auch wenn Kleidung und Fleisch vermutlich verrottet waren, würden die Knochen noch vollständig erhalten sein.

Als der Fußknöchel erschien, hörte Zach auf, zu graben. Sorgfältig fegte er noch ein bisschen Erde weg und sah, dass ein Schienbein folgte. Kleiner als das eines Erwachsenen. Dies konnten nur die Knochen eines Kindes sein.

„Zeit, den Sheriff zu rufen. Meinen Sie nicht auch, Ben?"

Ben nickte ernst. Wie jeder von ihnen wollte er möglichst schnell hier raus. „Ich werde ihn sofort anrufen." Er ging zum Einstiegsloch, schwang sich hoch und lief zum Telefon.

Sie verließen den Ort genau so, wie er war. Raul und Pete folgten Ben. Sie hatten den Ausgang fast erreicht, als Raul innehielt.

„Das klingt wie ein Zug."

„Das kann nicht sein", sagte Sam. „Die Gleise wurden vor Jahren stillgelegt. Sie sind teilweise nicht einmal mehr vorhanden."

Die Taschenlampe in Miguels Hand begann zu zittern. „Er kommt manchmal nachts ... um diese Zeit. Er kommt auf den Gleisen, die es nicht mehr gibt."

„Ich will hier raus", sagte Pete, der weiter zum Ausgang kroch mit Raul hinter sich. Hinter den Jungen zog Zach sein Shirt wieder an und registrierte, dass die Temperatur nun erstmals wieder normal war. Er griff nach Liz' Hand, um ihr aus dem Loch zu helfen, und bemerkte, dass sie zitterte. Als er sie anblickte, sah er Tränen in ihren Augen.

„Lass uns gehen, Liebling", sagte er sanft, denn er wollte ebenso wenig hier unten sein wie die Jungs.

Liz blickte zurück zu dem Grab. „Ich wusste, dass sie hier ist ... ich wusste es ... Aber ich wünschte, ich hätte unrecht gehabt."

Zach drückte mitfühlend ihre Hand. „Ist schon in Ordnung, Baby. Wenn es Carrie Ann ist, wird sie endlich ihren Frieden finden."

Liz nickte, wobei ihr die Tränen die Wangen hinunterrannen. Zach half ihr durch das Einstiegsloch ins Haus und kletterte hinterher.

Sosehr er um das tote Kind und mit dessen Mutter trauerte, konnte er in diesem Moment doch nur an eines denken: Wie zur Hölle sollten sie all dies der Polizei erklären?

EINUNDDREISSIG

Die zehn Minuten, in denen sie auf die Polizei warteten, erschienen ihnen wie Stunden. Elizabeth ging in dem kleinen, spärlich möblierten Wohnzimmer auf und ab und lauschte den entfernten Sirenen. Wenig später hielten drei Streifenwagen des Sheriffs vor dem Haus. Als Zach und Ben die uniformierten Deputys ins Wohnzimmer führten, wartete Elizabeth ängstlich an der Tür.

„Danke, dass du gekommen bist", sagte Ben zu Bill Morgan, dem County Sheriff. Morgan war groß, sein blondes Haar war durchwirkt mit Silber. Dadurch sah er noch heller aus als Ben. Er war ein großer, kräftiger Mann, der so aussah, als ob seine Vorfahren Wikinger waren.

„Sie haben mich zu Hause angerufen", sagte Morgan. „Da dachte ich, es wäre besser, mal hier rauszukommen."

„Tut mir leid", sagte Ben.

„Dafür werde ich doch bezahlt."

Sie waren übereingekommen, dass Ben zuerst mit dem Sheriff sprechen würde. Er war früher Deputy im Distrikt gewesen, und Elizabeth und Zach hofften, dass die verrückte Geschichte etwas glaubhafter klang, wenn Ben von ihrer Entdeckung berichtete.

„Lass uns in die Küche gehen", sagte Morgan zu Ben. Er warf Zach einen Blick zu. „Mit Ihnen beiden spreche ich in einer Minute." Morgan war vor Kurzem zum Sheriff von San Pico County gewählt worden und genoss einen guten Ruf.

Als er ins Wohnzimmer zurückkam, war ihm allerdings deutlich anzusehen, dass er Bens Geschichte kaum glauben konnte.

Er richtete seine Aufmerksamkeit auf Zach. „Donahue hat mir einiges erzählt. Ich würde sagen, dass es völlig verrückt ist, doch da tatsächlich eine Leiche unter dem Haus zu liegen scheint ..." Zur Bestätigung blickte er hinüber zu seinem Deputy, der gerade unten gewesen war.

„Ja, sie haben eine Leiche gefunden. Zu klein für einen Erwachsenen, aber definitiv menschlich. Liegt da wohl schon eine ganze Weile, würde ich sagen."

Morgan nickte, holte einen kleinen Notizblock aus der Tasche seines hellbraunen Hemdes und wandte sich dann wieder Zach zu. „Sieht so aus, als hätte Ben recht gehabt. Tja … ich schätze, ich muss mir anhören, was Sie zu sagen haben."

Zach blickte zu Elizabeth, als wüsste er nicht genau, wo er anfangen sollte, und legte los. „Wie Ihr Deputy schon sagte, werden Sie vermutlich feststellen, dass die Leiche dort seit Jahren liegt, etwa seit den Sechzigern. Ich nehme an, dass Ben die Martinez erwähnt hat, das Ehepaar, das ein junges Mädchen in Fresno umgebracht hat?"

„Das hat er. Offenbar glaubt er, dass sie Serienmörder waren und dass sie auch das Opfer ermordet haben, das Sie unter dem Haus fanden."

„Nach allem, was wir entdeckt haben, ist das sehr wahrscheinlich. Wenn Sie der Geschichte nachgehen, Sheriff, werden Sie vermutlich herausfinden, dass das Opfer 1969 aus ihrem Elternhaus in Sherman Oaks entführt wurde. Ihr Name ist Carrie Ann Whitt."

Der Sheriff machte sich Notizen auf seinem Block.

„In dem Jahr, in dem Carrie Ann verschwand, lebten die Martinez in dem alten grauen Haus, das damals hier stand. Wenn sich herausstellt, dass die Leiche so alt ist, kann niemand von uns etwas mit dem Verbrechen zu tun haben. Da waren wir alle noch nicht einmal geboren."

„Das ist richtig, Sheriff", schaltete sich Elizabeth ein. „Wir wurden in die ganze Sache erst hineingezogen, als Señora Santiago hier im Haus Probleme bekam."

„Besteht die Möglichkeit, dass die Santiagos irgendwie mit den Martinez verwandt sind? Vielleicht kannten ihre Eltern sie, fanden das mit der Leiche irgendwie heraus und erzählten es?"

„Sie haben nur einige entfernte Verwandte, die weiter im Norden leben", sagte Elizabeth. „Und ihre Eltern lebten damals noch nicht einmal in diesem Land."

Der Sheriff starrte sie zweifelnd an. „Also sind Sie auf das alles hier gekommen, weil die Lady, die hier wohnt, einen Geist gesehen hat."

„Ich weiß, das ist kaum zu glauben", erwiderte Elizabeth. „Am Anfang haben wir uns auch damit schwergetan. Dann haben wir ein paar Nachforschungen angestellt. Und die haben uns bis hierher geführt."

Morgan fuhr sich durch sein silberblondes Haar. Er wollte etwas sagen, doch der Aufruhr an der Tür lenkte ihn ab, als der County Coroner und seine Männer mit ihren Gerätschaften hereinkamen.

„Die Leiche befindet sich unter dem Haus", sagte er ihnen. „Es gibt einen Zugang durch den Schrank im Schlafzimmer, einen weiteren draußen an der Nordseite des Hauses." Morgan zeigte zum Schlafzimmer, und die Männer polterten davon.

Seine Aufmerksamkeit richtete sich wieder auf sie und Zach. „Wenn das, was Sie sagen, aufgeht und das Mädchen wirklich Carrie Ann Whitt ist, haben wir es mit Entführung zu tun. Das heißt, wir rufen das FBI zu Hilfe."

Zach nickte.

„Ich muss Sie bitten, all das aufzuschreiben: wie Sie dies alles herausbekommen haben, mit wem Sie gesprochen haben, alles, was bis heute Nacht geschehen ist. In der Zwischenzeit sollte keiner von Ihnen die Stadt verlassen."

Zach warf Elizabeth einen Blick zu, die sich wünschte, nicht ganz so froh zu sein, dass er bleiben musste. Aber die Anhörung wegen der Operation seines Vaters war für Donnerstag angesetzt. Selbst wenn er zurückfuhr nach L.A., musste er also zurückkommen.

„Sind Sie mit uns fertig?", fragte Zach.

„Ich muss mit den anderen sprechen und ihre Aussagen aufnehmen. Sobald ich fertig bin, können Sie alle nach Hause gehen. Doch wie ich schon sagte: Ich möchte, dass Sie in der Gegend bleiben. Es wird mit Sicherheit noch mehr Fragen geben."

Zach blickte den Sheriff an und nickte. Er versuchte, nicht daran zu denken, was das für Fragen sein mochten. Er legte Liz den Arm um die Taille und führte sie zum Sofa, wo sie warten wollten, während Raul, Pete, Sam und Miguel vernommen wurden.

Sie hatten sich gerade hingesetzt, als die Eingangstür aufschlug und Carson ins Haus stürzte. Er stürmte auf Zach zu und blieb direkt vor dem Sofa stehen. Der Blick aus seinen blauen Augen war kalt wie Stahl.

„Was zum Teufel geht hier vor sich?"

Sheriff Morgan unterbrach sein Gespräch mit Miguel. „Guten Abend, Carson. Du hast vermutlich die Sirenen gehört. Ich bin froh, dass du da bist."

Carsons Gesicht war rot gefleckt. Seine Schläger hatten es nicht geschafft, sie fernzuhalten. Carson hasste es, wenn jemand versagte. „Was geschieht hier, Bill? Das hier gehört zum Besitz von Harcourt Farms. Ich habe ein Recht, es zu erfahren."

„Ich wollte gleich morgen früh als Erstes bei dir vorbeikommen. Wie du sagst: Dies ist dein Besitz, und deshalb musst du wissen, dass dieser Ort von jetzt an Tatort ist."

„Tatort? Hat Santiago seiner Frau etwas angetan?"

Zach fragte sich unwillkürlich, ob Carson das veränderte Verhalten seines Vorarbeiters in den letzten Wochen aufgefallen war. Doch es schien sehr unwahrscheinlich, dass er sich mit einem seiner Arbeiter näher abgab.

„Nein, nichts dergleichen. Dein Bruder und seine Freunde haben eine Leiche unter dem Haus gefunden."

Carsons Gesicht wurde kreideweiß. „Jemand ... jemand ist ermordet worden?"

„Entspann dich. So wie es aussieht, ist es vor langer Zeit passiert. Mindestens dreißig oder vierzig Jahre, vielleicht sogar mehr. Laut deinem Bruder und Miss Conners ist es wahrscheinlich, dass die Menschen, die dafür verantwortlich sind, schon zur Rechenschaft gezogen wurden."

In Carsons Gesicht kehrte etwas Farbe zurück, auch wenn er noch immer sehr geschockt wirkte. „Ich verstehe."

„Wir wären dankbar für deine Kooperation."

„Natürlich. Das versteht sich von selbst." Er blickte weder Zach noch Liz an, doch man konnte ihm ansehen, dass er nicht erfreut war. Die Grenzen seines Königreichs waren verletzt worden. Seine Schlägertypen hatten sie nicht von dem Haus fernhalten können. Nun musste er mit den Konsequenzen umgehen.

Zach hatte den Eindruck, dass er kurz vorm Explodieren war.

„Die Santiagos werden eine Bleibe brauchen, bis dieser Fall aufgeklärt ist", sagte der Sheriff.

Carsons Kiefer mahlten. „Das Easy 8 Motel ist ganz in der Nähe. Dort können sie unterkommen, bis ihr mit dem Haus fertig seid. Harcourt Farms übernimmt die Kosten."

Liz erhob sich. „Sie müssen dort bleiben, bis das Baby kommt. Maria kann das hier nicht ertragen, und der Entbindungstermin steht kurz bevor."

Carson knirschte mit den Zähnen. „Gut. Sie können dort bleiben, bis das Baby kommt."

Kaum imstande, seine Wut zu bändigen, sprach Carson noch ein paar Worte mit dem Sheriff, verabschiedete sich dann von ihm und ging, ohne Zach oder Liz auch nur anzusehen.

„Mein Bruder sieht nicht gerade glücklich aus", sagte Zach.

„Das ist eine Untertreibung", stimmte Liz zu.

Sam, Raul und Pete hatten schließlich alle Fragen des

Sheriffs beantwortet, sodass sie alle zusammen gehen durften. Die Deputys fuhren Sam und die Jungs den kurzen Weg zurück zu Teen Vision, und Zach und Liz fuhren Ben zu seinem Wagen zurück, der bei ihrem Apartment stand.

Schließlich waren sie allein zu Hause.

Zach sah zu, wie Liz zum Sofa ging und erschöpft niedersank. „Ich kann es immer noch nicht glauben", sagte sie. „Carrie Ann war dort, genau wie wir es vermuteten."

Sie ist wirklich tapfer gewesen, dachte er. Sie hatte sogar dann noch ihren Teil an Arbeit leisten wollen, als sie beinahe zu müde zum Stehen war. Und nachdem sie diese kleinen Knochen gefunden hatten … und wussten, dass sie einem Kind gehören mussten … Es war ihr anzusehen, wie sehr sie das mitgenommen hatte.

„Die ganze verdammte Nacht war völlig surreal", sagte er. „Der Zug, dieser schreckliche Rosengeruch. Wir finden die Leiche eines Geists. Ich kann mir nicht vorstellen, dass die Santiagos jemals wieder dort einziehen."

„Ich auch nicht." Sie wandte ihren Blick zum Fenster, obwohl die Vorhänge geschlossen waren und man in der Dunkelheit sowieso nichts sehen konnte. Als sie sich ihm wieder zuwandte, bemerkte er Tränen in ihren Augen.

„Ich denke immer noch an Paula Whitt Simmons. Ich kann mir nicht vorstellen, wie sie sich fühlen wird, wenn sie erfährt, dass ihr kleines Mädchen ermordet wurde, vielleicht sogar gefoltert und vergewaltigt."

Zach setzte sich neben sie und nahm sie in seine Arme. Sie wirkte so schrecklich müde und emotional ausgelaugt. Er wünschte, er hätte sie nicht mitgehen lassen. Auf der anderen Seite hatte sie es nicht anders haben wollen.

„Wir wissen noch immer nicht sicher, dass sie es ist", sagte er. „Noch nicht. Ebenso wenig wissen wir, ob es ein Mädchen ist oder ob sie tatsächlich das Opfer eines Verbrechens wurde und nicht auf eine andere Weise starb. Sie müssen erst einen

DNA-Test machen. Und der kann Monate dauern. Außer sie finden andere Hinweise, das wäre die einzige Möglichkeit, sicher zu sein, dass es sich um Carrie Ann handelt."

„Sie ist es", sagte sie und lehnte sich an seine Schulter. „Ich weiß, dass sie es ist."

Zach hielt sie einfach nur fest. Er spürte das leichte Zucken ihrer Schultern, als sie leise weinte, und versuchte nicht, sie davon abzuhalten. Er hatte das Gefühl, dass sie recht hatte. Dass all die merkwürdigen Zufälle, über die sie gestolpert waren, gar keine Zufälle waren. Der DNA-Test würde beweisen, dass es sich bei dem Kind um Carrie Ann Whitt handelte.

Er hob ihr Kinn an, um ihr in die Augen zu sehen. „Wenn sie es ist, wenn es wirklich Carrie Ann ist, dann hat sie nun ihren Frieden gefunden. Und nach all den Jahren der Ungewissheit kann ihre Mutter dies nun endlich abschließen und das Leben weiterleben, das sie sich aufgebaut hat."

Liz nickte und drückte ihre Wange gegen die seine, sodass ihr weiches Haar ihn streichelte. Ihre Brüste pressten sich gegen ihn. Er begehrte sie schon seit Tagen, und doch war Sex das Letzte, woran er heute Nacht gedacht hatte.

„Die Nacht war lang", sagte er. „Warum gehst du nicht unter die Dusche? Wir sind beide verschwitzt und schmutzig. Ich dusche dann nach dir."

Sie nickte und erhob sich schwerfällig. Sie ging ein paar Schritte, wandte sich dann um und reichte ihm die Hand. „Komm mit mir." Sie blickte zu ihm auf, und ihre Augen leuchteten in dem schönsten Blau, das er je gesehen hatte. „Ich brauche dich heute Nacht, Zach. Liebe mich."

Er hatte nicht an Sex gedacht. Doch seit sie hereingekommen waren, hatte er daran gedacht, sie zu lieben. Sie sagte, dass sie ihn brauchte. Nicht so sehr, wie er sie brauchte.

Er fuhr mit der Hand durch ihr Haar, wobei sein Daumen die Linie ihres Kiefers nachzeichnete. Sanft küsste er sie. Er spürte, wie ihre weichen Lippen unter seinem Mund bebten, und vertiefte seinen Kuss für einen Moment.

Als er sich von ihr löste, sah er Tränen auf ihren Wangen. Sie sagte nichts, sondern führte ihn nur ins Schlafzimmer, wo sie begann, sich auszuziehen. Zach tat es ihr nach, und gemeinsam gingen sie ins Badezimmer. Die Dusche spülte warmes Wasser über seinen Körper, als er Liz folgte.

Wortlos seiften sie einander ein, spülten sich ab und seiften sich wieder ein. Er liebte ihren Körper mit den vollen Brüsten, der schmalen Taille, den eleganten Beinen mit dem kleinen dunklen Dreieck dazwischen. Er war hart. Er küsste sie, küsste ihre Brüste und begann sie zu streichen. Er hätte sie dort unter der Dusche geliebt, wenn das Wasser nicht kalt geworden wäre.

Stattdessen trockneten sie einander ab, und er trug sie ins Schlafzimmer. Sie liebten sich langsam und intensiv in dem Bemühen, einander Genuss zu schenken, bis sie beide ihre Erlösung fanden. Dann schmiegte er sich an ihren Rücken, strich ihr das glänzende Haar aus dem Gesicht und sah zu, wie sie ihre Augen schloss und einschlief.

Ich liebe sie, dachte er wie schon zuvor. Er liebte sie und fragte sich, ob sie ihn liebte.

Seine Gefühle für sie wurden mit jedem Tag tiefer. Je länger er blieb, desto größer wurde das Risiko, sich zu verlieren.

Er fragte sich, ob er den Mut aufbringen würde zu gehen.

ZWEIUNDDREISSIG

Es gab Fragen, mehr und mehr Fragen. Laut dem Sheriff sollte das FBI so lange außen vor bleiben, bis alle Fakten zusammengetragen und ausgewertet waren und zu der Geschichte passten, die Elizabeth und Zach erzählt hatten.

Die Leiche unter dem Haus war bereits geborgen und als Kind identifiziert worden, so wie sie es vermutet hatten. Von Paula Whitt Simmons hatte man eine DNA-Probe genommen. Nun wartete man auf den Abgleich mit der DNA-Probe, die man aus den Überresten des Kindes gewonnen hatte. Angesichts der Personalsituation in den Labors konnte es unter Umständen Wochen, sogar Monate dauern, bis sie ein Ergebnis hatten.

Sheriff Morgan hatte außerdem entschieden, den Bereich unter dem Haus mit einer Infrarotkamera noch gründlicher zu untersuchen. Sie ermöglichte es, Überreste zu lokalisieren, die seit bis zu 170 Jahren dort lagen.

„Wir wissen, dass die Martinez ein Kind in Fresno getötet haben", sagte er. „Wenn sie das Mädchen ermordet haben, das Sie unter dem Haus gefunden haben, besteht die Möglichkeit, dass sie dort vielleicht auch noch andere Leichen vergraben haben."

Am Mittwochmorgen besuchte Elizabeth Maria. Sie hatte das Krankenhaus verlassen und wohnte nun im Easy 8 Motel.

„Wie fühlen Sie sich?", fragte sie.

Maria stopfte sich das Kissen hinter den Rücken und setzte sich ein wenig auf. Das Zimmer war klein, aber sauber. „Viel besser. Der Doktor sagt, ich müsse bis zur Entbindung komplette Bettruhe einhalten. Insofern macht es keinen Unterschied, dass wir in einem Motelzimmer wohnen müssen."

„Ich bin froh, dass Sie hier untergekommen sind. Ich halte es für besser, wenn Sie nicht ins Haus zurückkehren ... zumindest nicht, bis das Baby kommt."

„Ich weiß, was letzte Nacht geschah. Ich weiß, dass Sie sie gefunden haben. Auf dem Weg vom Krankenhaus hierher hat Miguel mir alles erzählt. Er sagte, Sie hätten das kleine Mädchen gefunden, das mich gewarnt hat."

„Ja, wir haben sie gefunden. Die Polizei ist sich noch nicht sicher, doch wir glauben, dass sie Carrie Ann Whitt hieß. Sie wurde 1969 entführt. Wir sprachen mit ihrer Mutter, als wir Recherchen über das Haus anstellten." Sie rang sich ein Lächeln ab, dachte dabei aber an die kleinen Knochen in dem Grab unter dem Haus. Es war nicht leicht. „Ihre Mutter sagte, sie liebte Kinder, vor allem Babys."

Und Consuela Martinez hatte ihr ungeborenes Kind im Gefängnis verloren. Vielleicht wollte sie es durch das Kind ersetzen, das Maria in sich trug. Nach dem, was geschehen war, schien alles möglich.

„Sie war ein Engel", sagte Maria, „der auf die Erde zurückkehrte, um mich zu beschützen." Tränen stiegen ihr in die Augen. „Es macht mich so traurig, wenn ich daran denke, was diese schrecklichen Menschen ihr angetan haben. Wenn man sich vorstellt, das sie solch ein hübsches kleines Mädchen umgebracht haben."

Auch Elizabeths Augen begannen zu brennen. „Ich kann mir einfach nicht vorstellen, wie jemand einem Kind so etwas Furchtbares antun kann." Sie atmete tief durch, um sich zu beruhigen. „Selbstverständlich gibt es die Möglichkeit, dass sie es gar nicht ist. Wir werden es vermutlich erst in einiger Zeit erfahren. Ich sage Ihnen Bescheid, wenn der Sheriff das Ergebnis hat."

Marias dunkle Augen ruhten auf Elizabeths Gesicht. „Glauben Sie ... da Sie sie jetzt gefunden haben ... glauben Sie, sie hat ihren Frieden?"

Elizabeth griff nach Marias Hand und drückte sie beruhigend. „Ja, das glaube ich. Wenn sie erst einmal zu Hause ist, wo sie hingehört, wird sie ihren Weg in den Himmel finden."

„*Sí*, das glaube ich auch. Ich hoffe es jedenfalls sehr."

„Ich auch", sagte Elizabeth sanft. Sie blickte zur Seite und schluckte den Kloß in ihrem Hals herunter.

Während weiter Beweismaterial gesammelt und die unterirdische Suche ausgeweitet wurde, ging Zach am Donnerstagmorgen zu der Anhörung, bei der über die Operation seines Vaters entschieden werden sollte. Er hatte einen örtlichen Anwalt beauftragt, einen Mann namens Luis Montez. Er hielt viel von ihm, doch er wollte auch selbst zugegen sein.

„Soll ich mitkommen?", fragte Elizabeth. „Vielleicht könnte ich im Interesse deines Vaters aussagen."

Zach schüttelte den Kopf. „Danke für das Angebot, doch du bist ihm nur ein paarmal begegnet, und ich denke, dass es nichts nützen würde. Du musst zur Arbeit, und außerdem ist das Ganze mein Problem. Meins und Dads."

Doch Zachs Probleme waren zu ihren Problemen geworden. Wenn sie ihn nur dazu bringen würde, das zu verstehen. „Wirst du ihn mitnehmen zur Anhörung?"

„Der Richter will, dass er dabei ist. Ich habe so eine Ahnung, dass Dr. Marvin es vorgeschlagen hat. Wenn wir Glück haben, sieht Richter Alexander den Mann, der mein Vater heute ist, und wird an den Mann erinnert, der er einst war – und der er wieder sein könnte."

„Viel Glück, Zach. Ich hoffe wirklich, dass es funktioniert."

Zach beugte sich vor und küsste sie sanft. „Danke, Liebling. Das hoffe ich auch."

Elizabeth ging zur Arbeit. Sie hatte Schwierigkeiten, sich zu konzentrieren. Stattdessen wartete sie ängstlich auf das Klingeln des Telefons, auf den Anruf mit dem Ergebnis der Anhörung. Doch immer wenn es klingelte, ging es um ihre Arbeit.

Als sie um elf Uhr noch immer nichts gehört hatte, griff

sie nach ihrer Handtasche und ging hinaus. Sie ging davon aus, dass die Anhörung für eine Mittagspause unterbrochen wurde, sodass sie mit Zach sprechen könnte, wenn er aus dem Gerichtssaal kam.

Wenn die Dinge nicht so liefen, wie er es so inständig hoffte, wollte sie für ihn da sein. Sie machte sich auf den Weg zum Ausgang.

„Wo gehen Sie hin?", fragte Terry hinter ihrem Empfangstresen.

„Nach Mason. Ich bin nach dem Essen zurück."

„Vergessen Sie nicht die neue Patientin um zwei Uhr! Angela Sanduski, die Frau, der das Gericht ihre fünf Kinder weggenommen hat."

„Ich erinnere mich. Ich bin pünktlich zurück."

Bevor Terry noch etwas sagen konnte, war sie zur Tür hinaus und lief zu ihrem Acura. Das Gerichtsgebäude in Mason war dreißig Meilen entfernt, und sie musste einen Parkplatz finden.

Im Inneren des Wagens glühte die Luft, obwohl alle vier Fenster geschlossen waren und sie die Frontscheibe mit einem Sonnenschutz bedeckt hatte. In der ersten Septemberhälfte war es noch immer heiß in San Pico. Die Tageshöchstwerte sollten bei fast vierzig Grad liegen. Es dauerte eine Zeit, bis die Klimaanlage den Innenraum auf eine erträgliche Temperatur heruntergekühlt hatte.

Als sie in Mason ankam, ergatterte sie in der Nähe des Gerichtsgebäudes einen Parkplatz. Das moderne Gebäude, ein quadratischer Bau mit Flachdach, war errichtet worden, nachdem ein Erdbeben in den Fünfzigerjahren einen großen Teil der Stadt zerstört hatte.

Elizabeth stieß die Glastüren am Eingang auf, fragte am Empfang, wo die Anhörung von Richter Alexander stattfand und lief die Treppe in den zweiten Stock hinauf. Sie hastete an einigen Menschen im Flur vorbei, bis sie endlich den angegebenen Raum fand und sich auf einer Holzbank neben der Tür niederließ.

Um zehn vor zwölf ging die Tür auf, und ein großer blonder Mann trat heraus. Er hätte attraktiv gewirkt, wenn sein Gesicht nicht rot vor Wut gewesen wäre. Sie erkannte Carson sofort. Ihm folgte ein Mann in einem dreiteiligen Anzug und mit einer teuren Lederaktentasche, offensichtlich sein Anwalt. Als er Carson einholte, nannte der ihn einen inkompetenten Trottel, bevor beide Männer die Treppe hinuntergingen und verschwanden.

Elizabeth lächelte. Offensichtlich war es nicht so gelaufen, wie Carson es erwartet hatte. Was nur gute Neuigkeiten für Zach bedeuten konnte.

Schließlich kam Zach heraus. Er schob seinen Vater im Rollstuhl vor sich her. Als sie sein strahlendes Lächeln bemerkte, gab es keinen Zweifel mehr, dass die Anhörung in seinem Sinn verlaufen war.

„Zach!" Sie winkte, und er kam auf sie zu. Seinen Vater ließ er bei dem Latino in dem dunklen Anzug zurück, vermutlich sein Anwalt Luis Montez.

„Hallo!" Er umarmte sie freudig. „Was machst du denn hier? Du musstest nicht extra hierherkommen."

„Ich wollte hier sein ... falls es nicht so gut läuft."

„Na, da hättest du dir die Fahrt sparen können." Er strahlte. „Der Richter hat unserem Gesuch stattgegeben. Er hat Maurice Whitman, einen Anwalt aus Mason, zum Interessenvertreter aller gesundheitlichen Angelegenheiten meines Vaters bestellt. Richter Alexander hat ihm aufgetragen, alle nötigen Vorkehrungen für die Operation zu treffen."

„Oh Zach, das ist ja wunderbar!"

Er blickte sie an, und sein Gesicht wurde weich. „Danke, dass du gekommen bist. Ich weiß das zu schätzen, Liz." Dann machte er sie mit Montez bekannt, der Fletcher Harcourt vor sich herschob.

„Dad, erinnerst du dich an Miss Conners? Du bist ihr in Willow Glen begegnet."

Der alte Mann starrte sie nachdenklich an. „Sind Sie gekommen, um ... ihn aus dem Gefängnis zu holen? Das wird nichts nützen. Der verdammte Junge steckt immer in Schwierigkeiten. Ich habe es satt, ständig in Gerichtssälen zu sitzen. Zeit, dass er erwachsen wird ... und lernt, sich zu benehmen. Ein paar Jahre im Gefängnis tun ihm vielleicht ganz gut."

Zach errötete. „Sie muss mich nicht aus dem Gefängnis holen, Dad. Nicht dieses Mal. Du und ich sind hier, um einige geschäftliche Dinge zu regeln, erinnerst du dich?"

Fletcher Harcourt wirkte verwirrt. In diesem Moment trat Dr. Marvin auf sie zu. Sein Haar war sauber gekämmt, seine Miene freundlich und herzlich. Offensichtlich war er zufrieden mit dem Ausgang der Anhörung.

„Hallo, Elizabeth."

„Schön, Sie zu sehen, Dr. Marvin."

„Ich nehme an, Sie haben die guten Neuigkeiten schon erfahren."

„Ja. Herzlichen Glückwunsch."

Er wandte sich zu Zach. „Wie ich Richter Alexander schon sagte, sollten wir den Eingriff so bald wie möglich durchführen. Dr. Steiner hat den Operationstermin vorläufig auf Montagmorgen gelegt."

„Sie werden ihn in der Uniklinik von Los Angeles operieren", erklärte ihr Zach. „Es ist eine der besten Einrichtungen im Lande. Und ich kann während Dads Genesung bei ihm sein."

„Das ist großartig." Das war es tatsächlich, und doch konnte Elizabeth sich des Gedankens nicht erwehren, wie sehr sie Zach vermissen würde. Er hatte sich scheinbar gefreut, sie zu sehen, aber sie war sich nicht ganz sicher. Es lag eine Reserviertheit in seinem Verhalten, die nichts Gutes verhieß. Sie spürte einen Stich in ihrer Brust. War dies der Anfang vom

Ende? Sie betete, dass dem nicht so war.

Nachdem sie das Gerichtsgebäude verlassen hatten, fuhr Zach seinen Vater zurück nach Willow Glen. Elizabeth kehrte in ihr Büro zurück. Der Nachmittag verging rasch. Sie hatte gerade ihr erstes Gespräch mit Angela Sanduski geführt, der man wegen fortgesetzten Alkohol- und Drogenmissbrauchs ihre fünf Kinder entzogen hatte, als Terry sich über die Gegensprechanlage meldete.

„Sheriff Morgan ist hier", sagte sie, doch Elizabeth hatte sich noch kaum erhoben, als die Tür schon aufging und der große blonde Sheriff hereinkam.

„Ich muss mit Ihnen sprechen."

Sie bemerkte sein ernstes Gesicht und hatte ein ungutes Gefühl.

„Oh mein Gott – Sie haben doch nicht etwa die Leiche eines zweiten Kindes gefunden?"

„Nein, das haben wir nicht. Wir fanden die Leiche eines Mannes. Und der ist noch nicht allzu lange tot."

DREIUNDDREISSIG

Die Fragen begannen von Neuem. Doch diesmal war es etwas anderes: Das Opfer war offensichtlich erst innerhalb der letzten fünf Jahre gestorben. Der Sheriff befragte Elizabeth, Miguel, Sam, Ben und die Jungen. Zach wurde genauestens überprüft, weil er ein Strafregister hatte und seiner Familie das Land gehörte. Sogar Carson wurde befragt.

„Ich wünschte, ich hätte das Gesicht meines Bruders sehen können", sagte Zach. „Eine Leiche war noch nicht schlimm genug – jetzt haben sie zwei. Für seine politischen Ambitionen dürfte das großartig sein."

„Ich schätze, genau das macht ihm auch Sorgen."

„Vermutlich. Obwohl man ins Grübeln kommt."

„Worüber?"

„Ob er irgendwie wusste, dass wir dort unten etwas finden. Ob er aus diesem Grund so wild entschlossen war, uns von dem Haus fernzuhalten."

Elizabeth blickte aus dem Fenster ihres Apartments. „Ich kann das alles nicht glauben."

„Ich ebenso wenig", erwiderte Zach.

Obwohl das Ergebnis des DNA-Tests erst in einigen Wochen fertig sein sollte, erfuhren sie am Freitagnachmittag, dass es sich bei dem Kind tatsächlich um Carrie Ann Whitt handelte. Mit der Hilfe von Carrie Anns Mutter hatte der Sheriff den Zahnarzt der Familie ausfindig gemacht, der noch immer praktizierte, und von ihm die Unterlagen des Mädchens erhalten.

Paula Whitt Simmons war von dem Ergebnis unterrichtet worden. Das Leiche, die sie gefunden hatten, war tatsächlich ihre Tochter.

Sobald sie die Neuigkeiten hörten, rief Zach sie an, um sein Mitgefühl auszusprechen. Elizabeth tat dasselbe.

„Es tut mir wirklich sehr leid, Paula", sagte sie. „Ich kann mir nicht einmal vorstellen, wie Sie sich fühlen müssen."

In der Stimme der Frau lagen Schmerz und Trauer. „Zumindest weiß ich nun, was ihr zugestoßen ist. So schrecklich es auch ist, es ist vorbei. Wenn Carrie Ann erst einmal zu Hause ist, wenn sie dort begraben ist, wird sie ihren Frieden finden."

„Genau dasselbe sagte Zach auch. Was ist mit Ihnen, Paula? Werden Sie das Ganze hinter sich lassen können?"

„Ich werde ruhiger schlafen, so viel ist sicher. Ich versuchte es vor meinem Mann und meinen Kindern zu verbergen, doch es verging kein Tag, an dem ich nicht an sie gedacht und mich gefragt habe, wo sie ist. Und an dem ich gebetet habe, dass es ihr gut geht. Nun hat sie ihren Frieden, und ich weiß, wo ich sie finden kann."

Elizabeth schnürte es fast die Kehle zu. „Passen Sie auf sich auf, Paula."

„Danke für alles."

Es war vorbei. Carrie Ann war gefunden und würde bald begraben werden. Elizabeth hatte geglaubt, dass mit der Lösung dieses Rätsels die Probleme im Haus verschwunden wären. Doch nun gab es ein neues.

Offensichtlich hatte dort fast vierzig Jahre später ein zweiter Mord stattgefunden. Sie fragte sich, wer der Mann sein mochte, den man unter dem Haus gefunden hatte.

Das Wochenende kam und verging schnell. Am Sonntagmorgen war Zachs Koffer bereits gepackt und stand neben der Tür. Das ganze Wochenende war Zach rastlos und unruhig gewesen und konnte es kaum erwarten, seinen Vater abzuholen und mit nach L.A. zu nehmen. Er verhielt sich immer distanzierter und zog sich von ihr zurück, wie er das auch schon vorher getan hatte. In der letzten Nacht hatten sie sich nicht einmal geliebt.

„Ich denke, ich gehe jetzt besser", sagte Zach und blickte zur Tür.

„Ja, das solltest du wohl."

Er griff nach seinen Schlüsseln.

„Ich wäre morgen wirklich gern dabei, Zach. Ich möchte nicht, dass du das allein durchstehen musst."

Nervös spielte er mit den Schlüsseln. „Ich komme schon zurecht. Ich rufe dich an, sobald mein Vater aus der OP kommt."

„Bist du sicher, dass ich nicht mitkommen soll?"

„Wie ich sagte, ich komme schon zurecht."

„Und du wirst nicht vergessen anzurufen?"

Er trat auf sie zu und küsste sie abwesend. „Ich rufe an. Das verspreche ich."

Sie fand es schrecklich, dass er so begierig darauf war, zu gehen – und dass er sie während der Operation nicht bei sich haben wollte. Sie wusste, warum.

Er läuft davon, dachte sie, er kann mit der Nähe nicht umgehen. Ihr Herz zog sich schmerzhaft zusammen, als er sich nach seinem Koffer bückte und die Tür öffnete.

„Wir sehen uns dann", sagte sie viel zu fröhlich.

Zach nickte. „Wie gesagt, ich rufe dich an, sobald die Operation vorüber ist."

Sie versuchte ein Lächeln, doch es gelang ihr nicht. Ihre Augen brannten. Verdammt. Sie wollte nicht, dass er sie weinen sah. Er stand auf der Türschwelle und blickte einige lange Sekunden auf die Straße. Dann bewegte sich sein Kiefer leicht. Er ging hinaus und schloss die Tür hinter sich.

Elizabeth starrte auf die Stelle, an der er eben noch gestanden hatte. Ihr Herz schien zu zerspringen. Sie liebte ihn so sehr! Sie hatte gewusst, dass es ein Fehler war, sich auf ihn einzulassen, doch sie hatte ihm nicht widerstehen können.

Sie atmete tief ein und wandte sich ab. Sie ignorierte das Geräusch seines Jeeps, das in der Ferne verklang. Es schmerzte sie, ihn zu verlieren. Zu verlieren, was sie noch für keinen anderen Mann empfunden hatte.

Doch eines hatte sie gelernt: Wenn Zach sie nicht wollte, wollte sie ihn auch nicht. Sie wollte keinen Mann, der sich nicht völlig hingab, wollte niemanden, auf den sie sich nicht verlassen konnte. Mit einem solchen Mann war sie schließlich verheiratet gewesen. Da war sie allein besser dran.

Dennoch wünschte sie, sie könnte am nächsten Tag bei ihm sein. Wenn während der Operation etwas geschah, würde Zach am Boden zerstört sein. Doch wenn er sie nicht dort haben wollte ... Er zog sich zurück. Besser jetzt als später, versuchte sie sich einzureden.

Doch sie konnte sich nicht wirklich davon überzeugen.

Mit dem Rollstuhl im Kofferraum und seinem sorgfältig angeschnallten Vater auf dem Beifahrersitz fuhr Zach direkt ins Universitätskrankenhaus in Westwood. Bevor Fletcher Harcourt aufgenommen werden konnte, mussten diverse Formulare ausgefüllt werden. Außerdem standen vor der Operation noch allerlei Untersuchungen an.

Zach hatte am Samstag mit Sheriff Morgan über die für Montag angesetzte Operation gesprochen, und Morgan war einverstanden gewesen, dass Zach zurück nach L.A. fuhr.

„Ich werde im Krankenhaus, meinem Büro oder in meinem Apartment sein", versprach Zach. „Und ich habe immer mein Handy dabei."

„Stellen Sie einfach nur sicher, dass Sie erreichbar sind", sagte Sheriff Morgan.

Zach konnte ihm keinen Vorwurf machen, dass er ihn an der kurzen Leine hielt. Schließlich hatten zwei Leichen unter dem Haus der Santiagos gelegen, die in einem zeitlichen Abstand von mehr als dreißig Jahren dort vergraben worden waren. Diese Tatsache allein war erstaunlich. Dass es sich bei der einen um ein Kind und bei der anderen um einen erwachsenen Mann handelte, machte den Zufall noch merkwürdiger. Laut Gerichtsmedizin war der Tod des zweiten Opfers genau wie bei Carrie Ann auf Mord zurückzuführen.

„Er hatte eine Kugel in seinem Schädel", berichtete ihm Morgan. „Außerdem hatte er eine Delle, die von einem stumpfen Gegenstand herzurühren scheint."

Zach sann darüber nach. „Dann glauben Sie also, dass ihm jemand eins übergezogen und ihn dann mit einer Kugel erledigt hat?"

„Zu diesem Zeitpunkt ist das reine Spekulation, aber ich nehme es an."

„Können Sie das Todesjahr schon eingrenzen?"

Morgan hob argwöhnisch die silberblonden Augenbrauen. „Warum sollte das so wichtig sein?"

„Das gelbe Haus wurde erst vor vier Jahren gebaut. Wenn ich mich recht erinnere, dauerte der Bau etwa acht Monate. Das alte Haus war komplett abgetragen. Man hatte also leichten Zugang zum Fundament. Niemand hätte groß darüber nachgedacht, wenn der Boden dort frisch aufgegraben gewesen wäre. Das hätte ein guter Platz sein können, um eine Leiche loszuwerden."

„Interessanter Gedanke. Ich werde mich darum kümmern. Wann werden Sie wieder in San Pico sein?"

Die Frage verursachte ihm Unbehagen. Sobald sein Vater stabil genug wäre, würde ein Krankenwagen ihn nach Hause bringen, doch dann wollte Zach gern eine Zeit bei ihm bleiben. Auf der anderen Seite gab ihm seine Rückkehr nach L.A. die perfekte Gelegenheit, sich auch von Elizabeth zurückzuziehen.

Die Brust wurde ihm eng bei dem Gedanken daran. Früher oder später wird das sowieso passieren, sagte er sich. Es wäre ihnen beiden gegenüber nicht fair, so weiterzumachen und so zu tun, als könnte aus ihrer Beziehung mehr, vielleicht sogar eine Ehe werden. Er war nicht der Typ, der sich auf diese Weise band. Er hatte sich nur etwas vorgemacht. Es war Zeit, sie aufzugeben und sein altes Leben wieder aufzunehmen.

Diese Litanei wiederholte er den ganzen langen Weg nach L.A. Er war entschlossen, sich selbst davon zu überzeugen, und ignorierte, dass sein Magen sich dabei umdrehte.

Es war Sonntagnachmittag. Zach war fort und fuhr mit seinem Vater nach L.A., während in San Pico das traditionelle Rosenfest anstand.

Obwohl Elizabeth sich immer darauf gefreut hatte, wollte sie dieses Jahr nicht daran teilnehmen. Auch wenn niemand davon gesprochen hatte, vermutete sie doch, dass die kleine Carrie Ann Whitt während des Rosenfests ermordet worden war. Für Elizabeth war das die einzig logische Erklärung für den intensiven Rosengeruch, der die Erscheinung des Mädchens immer begleitet hatte.

Auch wenn sie es vermutlich nie erfahren würden und selbst wenn es nicht wahr sein sollte, konnte sie es in diesem Jahr einfach nicht ertragen, zum Fest zu gehen. Stattdessen verbrachte sie den Tag damit, lange aufgeschobenen Papierkram zu erledigen, und versuchte, nicht an Zach zu denken.

Er rief sie nicht an. Sie hatte auch nicht damit gerechnet, dass er es tun würde.

Am Montag fuhr sie ins Büro und versuchte, nicht an die Operation zu denken. Doch sie machte sich Sorgen um Fletcher Harcourt. Sorgen, dass die Operation nicht gelingen würde. Sorgen um Zach, falls das oder noch Schlimmeres einträfe. Zach mochte in der Lage sein, seine Gefühle ein- und auszuschalten, aber Elizabeth war das nicht.

Ihr Körper wurde ganz steif vor Anspannung, als Terry ihr schließlich über die Gegensprechanlage Zachs Anruf ankündigte. Sie atmete tief ein und nahm den Hörer ab.

„Liz? Hier ist Zach."

„Ich habe mir Sorgen gemacht. Wie ist es gelaufen?"

„Dad ist raus aus dem OP-Saal. Er liegt jetzt auf der Intensivstation, und bislang geht es ihm gut." Sie hörte die Erleichterung in seiner Stimme. Auch wenn er es nie gesagt hatte, wusste sie doch um seine Angst, dass sein Vater sterben und man ihm die Schuld geben würde.

„Das sind tolle Neuigkeiten, Zach."

„Dr. Steiner sagt, er sei noch nicht über den Berg, doch die Operation ist wie geplant verlaufen. Ob die erwünschte Wirkung eintritt, wird man erst in einigen Wochen wissen, doch sie haben Hoffnung, dass seine motorischen Fähigkeiten und sein Erinnerungsvermögen nach und nach zurückkehren."

„Wann wird er das Krankenhaus verlassen können?"

„Nicht vor zehn Tagen. Danach geht er zurück nach Willow Glen, bis er völlig wiederhergestellt ist."

Sie wollte ihn fragen, ob er zusammen mit seinem Dad zurückkommen würde, doch sie wollte das Zögern in seiner Stimme nicht hören. Sie wollte den Schmerz nicht spüren, der damit verbunden wäre.

„Ich freue mich sehr, dass alles so gut gelaufen ist", sagte sie mit falscher Fröhlichkeit. „Ich werde deinen Dad in meine Gebete einschließen."

Am anderen Ende herrschte langes Schweigen. Zach sagte nicht, wann sie sich sehen würden, sagte nicht, dass er sie vermisse. „Danke, Liz", verabschiedete er sich sanft. „Das ist nett von dir." Er legte auf, und Elizabeth hielt noch immer den Hörer gegen das Ohr gepresst.

Ihre Hand zitterte, als sie den Hörer zurücklegte. Ihre Brust fühlte sich an wie zugeschnürt, und der Kloß in ihrem Hals schien immer größer zu werden.

Du musst ihn gehen lassen, sagte sie sich. Er wollte kein Leben mit ihr. Er brauchte sie nicht. Er war einfach nicht der Typ Mann, der sich festlegte.

Es war ja nicht so, dass sie das nicht von Beginn an gewusst hätte, dass genau das mit einem Mann wie Zach passieren musste.

Dennoch war sie froh, dass ihre Bürotür geschlossen war

und sie den Kopf auf den Schreibtisch sinken lassen konnte, um ihren Tränen freien Lauf zu lassen.

Sie hörte nicht das leise Klopfen an der Tür, hörte nicht, wie ihre Freundin hereinkam.

„Liz? Ach Süße. Komm, nicht weinen."

Elizabeth riss den Kopf nach oben. Klein und rothaarig stand Gwen Petersen vor ihrem Schreibtisch und blickte sie besorgt an.

„Komm schon", sagte sie. „So schlimm kann es nicht sein. Warum erzählst du mir nicht, was los ist?"

Elizabeth nahm einen tiefen Atemzug, um sich zusammenzureißen. Sie war froh, dass es Gwen war und nicht irgendein Patient, der es irgendwie an Terry vorbeigeschafft hatte.

„Es ist nichts, vor dem du mich nicht gewarnt hättest", sagte sie. „Zach stößt mich zurück. Ich glaube, dass er unsere Beziehung beenden will. Ich habe mich zu sehr auf ihn eingelassen, und nun bezahle ich dafür."

Gwen kam um den Schreibtisch herum und nahm ihre Hand. „Hey, jeder hat eine Schwäche. Ich stehe auf Häagen-Dazs-Eiscreme. Und du hast eine Schwäche für große, dunkelhaarige, attraktive Männer."

Sie rang sich ein Lächeln ab, holte ein Kleenex aus der Schublade und wischte sich die Augen. „Es ist nicht nur Zach, sondern einfach alles, was gerade passiert. Es war alles so verrückt in letzter Zeit."

„Ja, ich habe einiges in der Zeitung gelesen. Deshalb bin ich vorbeigekommen. Was für eine Geschichte! Die Artikel waren ziemlich vage, was das Mädchen betrifft, das du und Zach unter dem Haus gefunden habt ... Sie wurde seit mehr als dreißig Jahren vermisst? Und das Paar, das den Mord verübt hat, hat mehrere Jahre später noch ein anderes Kind getötet."

„Ja, das ist es im Großen und Ganzen."

„Was ist mit dieser anderen Sache? In der Zeitung steht,

dass zwei Tage später am gleichen Ort eine zweite Leiche gefunden wurde. Das ist kaum zu glauben."

„Ja. Noch merkwürdiger ist, dass mehr als dreißig Jahre zwischen den beiden Morden liegen. Doch wenn man eine Nacht in dem Haus verbracht hat, ist das nicht mehr schwer zu glauben."

„Was meinst du? Glaubst du, dass das Haus selbst etwas damit zu tun hat?"

„Vor einem Monat noch hätte ich gelacht über den Gedanken. Und jetzt? Ich sage dir, Gwen, dieser Ort ist von Grund auf böse."

Gwen schauderte. „Ich habe nie an Geister geglaubt, aber was weiß ich schon?"

„Sie haben die zweite Leiche noch nicht identifiziert. Er entspricht keiner Beschreibung von jemandem, der in den letzten Jahren in der Gegend als vermisst gemeldet wurde. Sheriff Morgan meint, dass sie möglicherweise nie herausfinden, wer es ist."

„Hört sich so an, als ob er dich auf dem Laufenden hält."

„Ich bin mir sicher, dass er mir nicht alles erzählt, doch er meint wohl, dass Zach und ich ein Recht darauf haben, diese Dinge zu erfahren."

„Du glaubst doch nicht, dass er Zach verdächtigt, oder? Ich meine, er hat ein Strafregister und ist draußen auf der Farm groß geworden."

„Zach lebte in L.A., als der Mann starb. Und ich bezweifle, dass er die Polizei an diesen Ort führen würde, wenn er den Mann wirklich ermordet hätte."

„Gutes Argument. Carson macht alle möglichen Aussagen. Sein Bild ist immer auf der Titelseite der Zeitung."

„Carson ist ein Typ, der verdorbene Zitronen als Zitronenlimonade verkaufen kann. Alles politische Schaumschlägerei."

Gwen schenkte ihr ein ermutigendes Lächeln und drückte

ihre Hand. „Du wirst Zach überwinden. Es braucht nur ein bisschen Zeit."

„Ich weiß. Ich werde darüber hinwegkommen. Ich bin über Brian hinweggekommen, und nun bin ich froh, dass ich ihn los bin." Allerdings glaubte sie nicht, dass sie dieses Gefühl jemals bei Zach haben würde. Sie glaubte nicht daran, dass sie jemals wieder einen Mann finden würde, der sich so richtig anfühlte.

„Ich muss los. Ich wollte nur sichergehen, dass es dir gut geht."

„Ich komme zurecht. In erster Linie ist das eine Reaktion auf all die Dinge, die passiert sind. Danke, dass du vorbeigekommen bist. Du bist eine gute Freundin, Gwen."

Gwen winkte ab, auch wenn die Worte wahr waren. „Ruf mich an, wenn du traurig bist."

„Mach ich."

„Pass auf dich auf, Liz."

Sie nickte. Das würde sie tun. Und sie würde über Zachary Harcourt hinwegkommen. Eines Tages.

Nur nicht ganz so schnell.

VIERUNDDREISSIG

Zehn Tage nach seiner Operation wurde Fletcher Harcourt aus der Universitätsklinik in L.A. entlassen. Es waren die längsten Tage in Zachs Leben gewesen. Obwohl sich das Befinden seines Vaters von Tag zu Tag verbessert hatte, wurde Zach immer deprimierter.

Immer wenn er in seinem Apartment war – dem Ort, den er liebte und als sein persönliches Refugium ansah –, fühlte es sich leer und kalt an. Er dachte an den Tag, an dem er Liz mitgebracht hatte, und erinnerte sich, wie sie am Wohnzimmerfenster gestanden und hinausgeschaut hatte, wie wunderbar es gewesen war, als sie neben ihm in seinem großen Bett lag.

Er schlief jede Nacht allein und sehnte sich danach, sie neben sich zu spüren. Morgens hielt er nach ihr Ausschau, wenn er in die Küche ging, obwohl er wusste, dass sie nicht dort sein konnte. Sogar in der Kanzlei dachte er an sie und musste sich mit aller Kraft zusammenreißen, um sie nicht anzurufen.

Ich bin in sie verliebt. Verzweifelt und wahnsinnig verliebt.

Und inzwischen glaubte er daran, dass es die Art von Liebe war, die einem Mann nur einmal im Leben begegnet.

Während die Tage vergingen und er mehr und mehr seinen vertrauten Alltag wieder aufnahm, ertappte er sich dabei, dass er immer unzufriedener wurde. Die Frauen, mit denen er in Mickey's Sports Bar flirtete, zogen ihn nicht an. In der Hoffnung, dass es helfen würde, fuhr er mit seinem neuen Segelboot hinaus, doch der warme sonnige Tag weckte ihn ihm nur den Wunsch, ihn mit jemandem zu teilen. Und zwar nicht mit irgendwem.

Selbst seine Arbeit schien nicht mehr so interessant wie zuvor.

In den Tagen nach seiner Rückkehr nach L.A. ging er immer wieder alles durch, was in San Pico geschehen war. Er dachte an die kleine Carrie Ann Whitt, die mit neun Jahren gestorben war, und an den Mann, der ermordet und unter dem Haus begraben worden war. Er erkannte, wie kurz das Leben sein konnte.

Er ertappte sich bei der Frage, ob er all die Jahre, die vor ihm lagen, wirklich allein leben wollte. Bevor er Liz getroffen hatte, wäre die Antwort ein klares Ja gewesen. Er hatte sich wohl gefühlt in seinem Alleinsein.

Nun wusste er, was ihm fehlen würde.

Der Gedanke nagte an ihm und würde ihn nicht mehr loslassen.

Doch es stellte sich eine andere Frage: Wenn er ein anderes Leben führte, wenn er sich hundertprozentig hingab – würde er das durchhalten?

Auf der Suche nach einer Antwort fuhr er in der Stadt herum und steuerte den schwarzen BMW völlig gedankenverloren auf die Ausfahrt, die ihn zum Apartment seiner Mutter in Culver City bringen würde.

Er hatte die Treppen ins zweite Stockwerk schon halb zurückgelegt, als ihm auffiel, dass er kein Geschenk dabeihatte wie sonst immer. Dennoch klopfte er an die Tür und traf seine Mutter erstaunlicherweise auch an.

„Zachary! Komm herein!" In ihren schwarzen Leggins und einer tief ausgeschnittenen Bluse – einer Aufmachung, die ihrer Figur nicht gerade schmeichelte – führte sie ihn in die Küche, wo eine Zigarette im Aschenbecher brannte. Beide setzten sich an den Tisch.

„Wie geht es deinem Vater?" Sie runzelte die Stirn. „Du bist doch nicht hier, weil etwas passiert ist? Ihm geht es doch gut, oder?"

„Dad geht es großartig. Er wird in ein paar Tagen entlassen."

Sie griff nach ihrer Zigarette, schnippte die Asche weg und nahm einen tiefen Zug. „Ich habe mir auch nicht allzu viele

Sorgen gemacht. Der alte Vogel ist zu zäh, um ins Gras zu beißen." Zach hatte ihr telefonisch von der Operation erzählt und sie in den folgenden Tagen auf dem Laufenden gehalten.

Sie warf ihm einen prüfenden Blick zu. „Du hast mir keinen Kaffee mitgebracht? Nicht einmal eine Schachtel Pralinen? Okay. Erzähl deiner Mutter, was los ist."

Zach lehnte sich schwer zurück. „Du willst wissen, was los ist? Ich bin verliebt, das ist los. Ich bin verliebt, und es bringt mich um."

Teresas schwarze Augenbrauen schossen in die Höhe. Dann lachte sie ein raues, tiefes Raucherlachen, das in ihrer breiten Brust grollte.

„Wer ist die Glückliche?", fragte sie. „Und warum bist du nicht glücklich? Du hast Jahre gebraucht, um jemanden zu finden." Ihre dunklen Augen weiteten sich. „Sag nicht, sie liebt dich nicht! Keine halbwegs vernünftige Frau würde …"

„Ich weiß nicht, ob sie mich liebt oder nicht. Ich habe sie nicht gefragt. Ich versuche unsere Beziehung zu beenden."

„Was? Sie hat dich betrogen? Wenn sie das …"

„Sie hat mich nicht betrogen. So eine ist sie nicht. Liz ist etwas Besonderes. Sie ist klug und hat Humor. Sie ist loyal und mutig. Außerdem ist sie verdammt sexy, und ich bin verrückt nach ihr. Aber ich …"

„Was, Zach?"

„Sie ist eine Frau, die man heiratet, und ich glaube, das kann ich nicht."

„Warum nicht?", fragte Teresa sanft und ergriff über den Tisch hinweg seine Hand. „Du bist dein Leben lang ein Einzelgänger gewesen, Zach, und ich habe nie ganz verstanden, warum. Du kommst gut mit Menschen aus. Du scheinst sie zu mögen, und sie mögen dich. Doch am Ende ziehst du dich immer zurück. Du warst ein einsamer kleiner Junge, Zach. Es gibt keinen Grund für dich, dein ganzes Leben auch weiter so zu verbringen."

Er blickte aus dem Fenster, von dem aus man nur die Wand des benachbarten Hauses sah. „Vielleicht. Ich weiß es nicht."

„Du musst dich fragen, was du vom Leben wirklich möchtest. Und wenn die Antwort lautet, dass du mit dieser Frau zusammen sein möchtest, dann solltest du das tun. Du bist nicht wie dein Vater – oder wie ich. Wenn du einer Frau dein Herz schenkst, dann wirst du sie nicht betrügen. Das weiß ich hundertprozentig."

Einer seiner Mundwinkel hob sich. „Wie kannst du das wissen?"

„Weil ich deine Mutter bin. Ich war keine sehr gute Mutter, doch ich weiß, dass du deine Versprechen immer hältst. Und ich glaube, dass du einen verdammt guten Ehemann abgeben würdest."

Zach blickte sie eindringlich an und sah etwas in ihren Augen, das er zum ersten Mal bemerkte. Auf ihre eigene merkwürdige Weise liebte Teresa ihn.

Er schob den Stuhl zurück und stand auf. „Manchmal erstaunst du mich ... Mutter." Er beugte sich hinab und küsste sie auf die Wange. „Ich werde über deine Worte nachdenken."

Doch er musste nicht mehr wirklich darüber nachdenken. Er war seit zwei Wochen wieder in L.A. Vierzehn lange, ruhelose Nächte, in denen er nach der Antwort gesucht hatte, die nun so klar schien. Er wusste, was er wollte, wusste es schon seit einiger Zeit, doch er hatte Angst gehabt, es zuzugeben.

Unglücklicherweise hatte er ein erbärmliches Chaos angerichtet, bis er zu dieser Entscheidung gelangt war.

Die Frage war: *Was zur Hölle sollte er tun?*

Feierabend. Elizabeth saß noch hinter ihrem Schreibtisch, als Miguel anrief. Er klang hektisch, doch schon wieder viel mehr wie der alte Miguel.

„Elizabeth. Hier ist Miguel Santiago. Ich rufe aus dem Krankenhaus an. Maria … sie bekommt ihr Baby!"

Elizabeth strahlte. „Das ist ja wunderbar, Miguel! Ich gehe gerade aus dem Büro. Ich bin so schnell wie möglich da."

„Oh nein, Sie müssen nicht extra kommen. Sie haben schon genug getan. Und Señora Lopez ist auch hier."

„Ich komme dennoch. So schnell ich kann."

Ihr entging nicht die Erleichterung in seiner Stimme. „*Gracias*. Das wäre sehr lieb von Ihnen. Maria wird glücklich sein, wenn Sie vorbeikommen."

Sie legte auf und griff nach ihrer Tasche. Terry telefonierte gerade, als sie durch den Empfangsraum ging. Als sie das Gespräch beendet hatte, sah sie hoch. „Sie lächeln. Was ist los?"

„Ich fahre ins County Hospital in Mason. Maria bekommt ihr Baby."

In dem Moment kam Dr. James aus seinem Zimmer. „Dann ist der große Tag also endlich gekommen."

Elizabeth lächelte aufgeregt und zutiefst erleichtert zugleich. „Sieht so aus."

„Ich schätze, ich muss mich bei ihr entschuldigen … obwohl ich noch immer Probleme habe, an Geister zu glauben. Ich bin froh, dass Sie sie durch all dies begleitet haben."

„Ich muss sagen, dass es Zeiten gab, in denen ich glaubte, selbst ein bisschen verrückt zu werden."

„Übrigens werden Babs und ich nun doch endlich heiraten. Lustigerweise bin ich nach all dieser Unentschiedenheit richtig aufgeregt deswegen."

Elizabeth dachte an Zach und ignorierte den Stich. „Herzlichen Glückwunsch. Ich nehme an, wenn man erst einmal herausbekommen hat, was man will, passt auf einmal alles zusammen."

„Ja, das tut es wohl."

Mit einem Lächeln auf dem Gesicht und dem Vorsatz, alle

Gedanken an Zach beiseitezuschieben, winkte Elizabeth zum Abschied und lief zur Hintertür hinaus zu ihrem Wagen.

Auf den Straßen herrschte um diese Zeit reger Verkehr, doch sie schaffte die Fahrt nach Mason in Rekordzeit. Im Krankenhaus steuerte sie sofort auf die Entbindungsstation zu, wo sie Miguel vorfand, der im Warteraum auf und ab lief. Der Mann wirkte völlig anders als beim letzten Mal. Sein dunkles Haar war geschnitten, Hose und Hemd waren ordentlich und sauber.

„Elizabeth! Danke, dass Sie gekommen sind."

„Ich würde das auf keinen Fall verpassen wollen. Wo ist sie?"

„Sie ist im Kreißsaal."

„Gehen Sie nicht zu ihr?"

Miguels dunkles Gesicht wurde bleich. „Ich würde lieber hier draußen warten."

Elizabeth verbiss sich ein Lächeln. In Miguels Welt war Kinderkriegen Aufgabe der Frau. Es war Aufgabe des Mannes, zu warten und sich zu sorgen.

„Das hier ist Señora Lopez", stellte er sie der wohlbeleibten Frau vor, die auf einem der Stühle saß.

„Con mucho gusto, Señora", sagte Elizabeth.

„Schön, Sie kennenzulernen. Maria spricht oft von Ihnen." Sie hatte schneeweißes Haar und sehr dunkle wettergegerbte Haut. Sie trug ein geblümtes Hauskleid, dazu praktische braune Lederschuhe und Strümpfe, die sie bis zum Knöchel hinuntergerollt hatte.

„Wie geht es ihr?", fragte Elizabeth.

„Sie ist ein bisschen nervös, aber schließlich ist es ihr Erstes."

In den nächsten drei Stunden warteten sie und tranken starken schwarzen Kaffee aus Plastikbechern.

Dann erschien eine Schwester in grünem Kittel an der Tür zum Warteraum. „Mr. Santiago?"

Miguel sprang auf. *„Sí,* das bin ich."

Ein Lächeln zeigte sich auf dem Gesicht der Schwester. „Es ist ein Junge! Sie haben einen Sohn, Mr. Santiago. Einen sieben Pfund schweren Jungen."

Miguel entfuhr ein Jubelschrei.

„Herzlichen Glückwunsch", sagte Elizabeth, deren Lächeln fast ebenso breit war wie das der Schwester.

„Wann kann ich sie sehen?", fragte Miguel.

„Geben Sie uns ein paar Minuten, dann hole ich Sie."

Als Besucher in den Raum gelassen wurden, saß Maria gegen mehrere Kissen gelehnt im Bett und hielt stolz ihren in eine Decke gewickelten Sohn im Arm. Jeder bewunderte ausgiebig den winzigen schwarzhaarigen Säugling und sagte, was für ein wunderschönes Kind er doch sei – was tatsächlich stimmte.

Dann richtete Maria ihren Blick auf Elizabeth, und ihr breites Strahlen wurde zu einem sanften Lächeln. „Ich verdanke Ihnen das Leben meines Sohnes. Ihnen und auch Mr. Zach."

„Ich bin froh, dass wir helfen konnten."

„Niemand hat mir geglaubt. Niemand außer Ihnen." Marias dunkle Augen füllten sich mit Tränen. „Mein Sohn wäre vielleicht nicht hier, wenn Sie nicht gewesen wären. Ich werde nie vergessen, was Sie für uns getan haben."

Elizabeth ergriff ihre Hand. „Das Wichtigste ist, dass Sie einen wunderschönen, gesunden Jungen haben."

Maria nickte, wischte sich die Augen und wandte sich ihrem Mann zu, bevor weitere Tränen aufsteigen konnten.

Elizabeth blieb noch ein paar Minuten, bis die Schwester zurückkehrte und die Gruppe bat, nun zu gehen, damit Mutter und Kind sich ausruhen konnten.

Als sie das Krankenhaus verließ, erinnerte sich Elizabeth an Marias Worte. *Mein Sohn wäre vielleicht nicht hier, wenn Sie nicht gewesen wären.* Sie dachte an die teuflische Kraft, die in dem Haus lauerte, und fragte sich, ob Marias Worte nicht tatsächlich stimmten.

Zach fuhr am nächsten Tag spätnachmittags zurück nach San Pico. Sein Vater war bereits in der Woche zuvor dorthin zurückgebracht und der Obhut von Dr. Marvin, Dr. Kenner und der Schwestern in Willow Glen überlassen worden. Laut dem täglichen Bericht, den er erhielt, erholte sich Fletcher Harcourt sehr gut, doch Zach wollte sich selbst von den Fortschritten seines Vaters überzeugen.

Und er wollte mit Liz reden.

Sein Magen zog sich zusammen. Er hatte viel Zeit gehabt, über sie nachzudenken, sich seine Zukunft auszumalen. Eine Zukunft, von der er jetzt sicher wusste, dass er sie mit der Frau teilen wollte, die er liebte. Er wollte sie heiraten und Kinder mit ihr haben. Wollte Ehemann und Vater sein.

Er wünschte sich die Familie, die er selbst nie gehabt hatte.

Er liebte Liz. Doch liebte sie ihn? Und selbst wenn – hatte sie nach dieser desaströsen Ehe und den letzten zwei Wochen, in denen er sie ignoriert hatte, noch den Mut, das Risiko mit einem Mann wie ihm einzugehen?

Am frühen Abend erreichte er den Parkplatz von Willow Glen und stieg aus seinem BMW. Morgen würde er – wenn er den Mut fand – bei Liz vorbeischauen. Bis dahin würde ihm vielleicht einfallen, was er sagen sollte. Bis dahin würde er vielleicht die richtigen Worte finden, um sie davon zu überzeugen, dass er nie wieder davonlaufen würde.

Zurzeit schien das die beste Möglichkeit zu sein.

Früher wäre sie das jedenfalls gewesen.

Doch Zach war nicht mehr der, der er gewesen war. Die Herausforderung bestand darin, Liz davon zu überzeugen. Wie konnte er sie davon überzeugen, dass sie die Heirat mit ihm niemals bereuen würde?

Morgen, sagte er sich. Alles, was er brauchte, war noch ein bisschen Zeit. In der Zwischenzeit musste er an seinen Vater denken, weshalb er nun die Eingangstüren aufstieß und den Empfangsraum betrat. Er trug sich bei Renee, der diensthabenden Schwester, ein und ging den Gang hinunter zum Zimmer seines Vaters.

Er war erstaunt, dass sein Vater im Rollstuhl vor dem Fernseher saß. Er war ein großer Mann mit breitem Brustkorb und ebensolchen Schultern. Vor der Operation hatte er dennoch schwach, sogar zerbrechlich gewirkt. Nun saß er aufrecht in seinem Stuhl. Die breiten Schultern hingen nicht länger nach unten. Sein ganzer Körper wirkte kräftiger. Als er sich umdrehte, bemerkte Zach, dass sein Vater frisch rasiert und sein silbernes Haar sorgfältig gekämmt war.

„Hallo, Dad. Schön, dich zu sehen. Wie geht es dir?"

Sein Vater lächelte. „In Anbetracht der Umstände … verdammt gut."

„Tut mir leid, dass ich es nicht früher hierher geschafft habe."

Sein Vater schüttelte den Kopf. „Du musst dich für absolut nichts entschuldigen. Dr. Marvin erzählte mir, dass ich ohne dich nicht operiert worden wäre. Ich bin dir dankbar, Zach. Du wirst niemals wissen, wie sehr."

Er streckte eine Hand aus. Sie wirkte ruhig und zitterte nicht mehr so wie vorher. „Siehst du das?"

„Ja. Das ist großartig, Dad."

„Ich bin noch immer ziemlich schwach. Manchmal wird mir irgendwie schwindlig. In diesem Alter braucht ein Kerl schon etwas länger, um wieder auf die Füße zu kommen. Am Montag beginne ich mit der Physiotherapie. Der Doc glaubt, dass ich mit der Zeit wieder selber laufen kann."

Zach nickte nur und schluckte den Kloß in seinem Hals herunter. Dr. Marvin hatte ihm gesagt, wie große Fortschritte sein Vater machte. Doch sie waren nicht sicher, wie lange die

Genesung dauern würde. Während der ersten Tage nach der Operation war Fletcher immer mal wieder verwirrt gewesen, doch der Arzt sagte, das sei normal.

„Ist dein Erinnerungsvermögen schon besser?" Er hasste die Frage, und es spielte eigentlich auch keine Rolle. Soweit es Zach betraf, war die Operation ein phänomenaler Erfolg gewesen.

„Etwas besser. Der Doc sagt, dass ich vor der Operation Vergangenheit und Gegenwart durcheinandergebracht habe. Das scheine ich jetzt nicht mehr zu tun."

„Das ist gut, Dad."

„Dennoch kann ich aus den letzten Jahren nicht viel erinnern, nur ein paar Bilder hier und da. Ich erinnere mich nicht an den Unfall, doch der Doc sagt, dass das bei einer solch schweren Kopfverletzung auch nicht zu erwarten sei. Seiner Meinung nach werde ich mich vielleicht nie erinnern, was an jenem Abend geschah."

Zach bemerkte das intelligente Funkeln in den goldgefleckten braunen Augen seines Vaters, die zuvor viel trüber gewirkt hatten. „Ich bin froh, dass alles so gut läuft, Dad."

„Ich möchte nach Hause, Zach."

„Was ist mit deiner Therapie? Und was sagt Dr. Marvin dazu, dass du so früh entlassen werden willst?"

„Hab ihn noch nicht gefragt. Ich dachte, ich könnte einen Fahrer engagieren, der mich jeden Tag zur Therapie fährt. Ich könnte das Haus entsprechend einrichten lassen, du weißt schon, ein behindertengerechtes Badezimmer und so. Ich könnte einige dieser Schwestern engagieren, die zu einem nach Haus kommen – nur bis ich wieder auf eigenen Beinen stehe."

Genau das hatte Zach nach dem Unfall tun wollen. Er wusste, dass sein Vater in keinem Heim leben wollte, egal wie angenehm es dort war.

„Das klingt gut. Ich könnte alles Notwendige für dich veranlassen, und Gott weiß, dass du es dir leisten kannst. Carson hat sich gut um die Farm gekümmert. Ich bin mir allerdings nicht sicher, wie es ihm gefallen wird, wenn er aus dem Haus rausmuss."

Der alte Mann runzelte die Stirn. Für einen Moment schien er abwesend zu sein.

„Was ist los?"

Fletcher schüttelte den Kopf. „Nichts. Manchmal bin ich noch ein bisschen benebelt. Ich möchte nicht länger als nötig hierbleiben."

„Das verstehe ich. Hast du schon mit Carson darüber gesprochen? Dr. Marvin sagt, dass er jeden Tag vorbeikommt."

„Er war hier. Es tut ihm leid, gegen die Operation gewesen zu sein. Sagt, er hat sich nur um mich gesorgt."

„Ich bin sicher, dass er Angst hatte, dir könnte etwas zustoßen."

„Ich habe noch nicht mit ihm darüber gesprochen, nach Hause zu kommen. Ich dachte, ich spreche erst mit dir."

Zach nickte nur. Carson würde einen Anfall bekommen.

Zach presste die Kiefer aufeinander. Es spielte keine Rolle. Carson gab nicht länger den Ton an. Wenn Fletcher Harcourt nach Hause wollte, würde Zach dafür sorgen, dass das geschah – ob es Carson nun passte oder nicht.

Inzwischen war Zach müde. Er war seit fünf Uhr morgens auf den Beinen, und die anstrengende Fahrt durch den Wochenendverkehr gab ihm immer den Rest. Er wollte zurück in sein Hotelzimmer und sich hinlegen.

Er redete sich ein, dass er geradewegs ins Bett gehen würde, um den dringend benötigten Schlaf zu bekommen. Doch sein Wagen schien einen eigenen Willen zu haben. Und er ertappte sich dabei, wie er in eine ganz andere Richtung fuhr.

Elizabeth stand vor dem Badezimmerwaschbecken. Sie hatte sich das Gesicht gewaschen, die kastanienbraunen Haare zu einem Pferdeschwanz gebunden und machte sich in ihrem kurzen blauen Bademantel fertig, um ins Bett zu gehen.

Beinahe hätte sie das Klingeln nicht gehört. Mit einem Grummeln, wer das um diese Zeit wohl sein könnte, band sie den Bademantelgürtel fester und ging zur Tür.

Überrascht riss sie die Augen auf, als sie durch den Spion den Mann vor ihrer Tür erkannte. Nach zwei Wochen voller Tränen und dem vergeblichen Versuch, über ihn hinwegzukommen, dachte sie einen Moment lang daran, so zu tun, als ob sie nicht zu Hause wäre.

Doch früher oder später musste sie ihm entgegentreten. Sie ignorierte ihr unerwünschtes Herzklopfen, atmete tief durch und öffnete die Tür.

„Hallo, Liz." Er sah unglaublich attraktiv aus, selbst mit seinem leicht zerzausten Haar und der etwas zerknitterten Hose.

„Hallo." Sie bat ihn nicht, hereinzukommen. Das würde sie auch nicht tun. Sie würde sich mit ihm nicht auf das Gleiche einlassen wie Lisa Doyle – dass er mit ihr schlief, wann immer ihm danach war, und dann in sein eigenes Leben zurückkehrte. „Ich wollte gerade ins Bett gehen, Zach. Was willst du?"

Er musterte sie eingehend und versuchte ihre Gedanken zu erraten, so wie sie die seinen zu erraten versuchte. „Ich muss mit dir sprechen. Kann ich reinkommen?"

Ihre Hand umklammerte den Türgriff. „Ich halte das für keine gute Idee. Wir wissen beide, was hier passiert, und ich habe nicht die Absicht, dort weiterzumachen, wo wir aufgehört haben. Wenn du also was willst ..."

„Tatsächlich, ja. Es wäre nett, wenn du mich reinlassen würdest."

Sie wollte es nicht. Sie wollte ihn nicht sehen. Die letzten beiden Wochen hatte sie sehr gelitten. Sie wollte keinen weiteren Herzschmerz, und sie wusste, dass es genau den geben würde, wenn er über die Schwelle trat.

„Bitte, Zach ..."

„Es ist wichtig, Liz."

Sie atmete einmal tief durch und trat von der Tür zurück. Damit er das Zittern ihrer Hände nicht bemerkte, presste sie sie an den Körper. Er folgte ihr ins Wohnzimmer. Seine Beine wirkten länger und seine Schulter breiter, er war noch attraktiver, als sie schon beim ersten Blick gedacht hatte. Gott, Gwen hatte recht. Sie hatte eine Schwäche für große, dunkelhaarige, attraktive Männer.

„Also, worum geht's?" Sie versuchte zu ignorieren, wie er sie ansah. Als ob er einfach nicht genug bekommen könnte.

„Du willst es mir nicht leicht machen, nicht wahr?"

„Warum sollte ich? Ich weiß, warum du hier bist."

„Tust du das?"

„Okay, dann sage ich es, damit du es nicht sagen musst. ‚Es tut mir leid, dass ich auf diese Weise gegangen bin. Ich würde dich noch immer gern an den Wochenenden sehen – wenn ich in der Stadt bin, du weißt schon.' Die Antwort lautet: Ich bin nicht interessiert. Und jetzt würde ich gern schlafen gehen."

Er blickte sie an und schüttelte nur den Kopf. „Das war es nicht, was ich dir sagen wollte. Ich wollte dir sagen, dass ich dich liebe. Und ich möchte wissen, ob du mich auch liebst."

Seine Worte brachten sie fast ins Taumeln. Das hatte sie als Letztes erwartet. „W-was?"

„Ich sagte, dass ich dich liebe. Die Frage ist: Liebst du mich?"

Er liebte sie? Er hatte diese Worte schon zuvor gesagt, und damals hatte sie ihnen sogar geglaubt. Doch selbst wenn sie der Wahrheit entsprochen hatten, es hatte ihn nicht davon abgehalten, zu gehen. Dass er nicht zu wissen schien, dass sie ihn ebenfalls liebte, erstaunte sie allerdings.

Elizabeth fühlte die unerwünschten Tränen in sich aufsteigen. „Ich liebe dich, Zach. Ich liebe dich sehr. Doch es ändert nichts."

„Vielleicht tut es das doch. Vielleicht ändert es alles." Er führte sie zum Sofa. „Ich habe es vermasselt, als ich gegangen bin. Ich konnte nicht mehr klar denken. Alles schien so verworren zu sein. Um ehrlich zu sein, ich hatte eine Höllenangst. Aber in diesen zwei Wochen, in denen ich fort war, habe ich etwas kapiert."

Ihr Herz klopfte. Sie bemerkte, wie nervös er war, wie wichtig dies für ihn war. Vielleicht liebte er sie tatsächlich, auf seine Weise. Aber das reichte ihr nicht. Nicht mehr.

„Bitte, Zach. Tu mir das nicht wieder an."

„Ich bin in dich verliebt, Liz. Mit Haut und Haar. Du bist meine große Liebe. Für immer. Ich will dich heiraten. Ich will Kinder mit dir haben. Ich will, dass wir den Rest unseres Lebens zusammen sind."

Ihre Kehle war wie zugeschnürt. Sie hatte davon geträumt, dass er diese Worte sagte, doch niemals daran geglaubt, dass dieser Traum Wirklichkeit werden könnte. Die Tränen, die sie zurückgehalten hatte, begannen zu fließen. „Zach ..."

Er legte eine Hand auf ihre Wange. „Du hast gesagt, dass du mich liebst. Ich weiß, ich habe dich verletzt. Liebst du mich genug, um mir ins Herz zu blicken und mit absoluter Sicherheit zu spüren, dass du mir vertrauen kannst? Ich werde dir nie wieder wehtun."

Ihr Herz zog sich zusammen. Die Tränen flossen. Liebte sie ihn genug? Sie liebte ihn so sehr, dass sie für ihn sterben würde. Doch ihm völlig zu vertrauen ... das war etwas ganz anderes.

Zach stand auf, ging vor ihr auf ein Knie und nahm ihre Hand. „Heirate mich, Liz. Wenn du Ja sagst, verspreche ich dir, dass du es nie bereuen wirst."

Elizabeth schüttelte den Kopf und weinte. „Bist du sicher,

dass du das auch möchtest?"

„Ich war mir noch nie in meinem Leben so sicher."

Ein Lächeln breitete sich auf ihrem Gesicht aus. „Dann heirate ich dich. Du musst über das alles gut nachgedacht haben, sonst wärst du nicht hier. Du würdest mir keinen Antrag machen, wenn du auch nur den leisesten Zweifel hättest. Ich heirate dich, Zachary Harcourt – und ich verspreche dir, dass du es nie bereuen wirst."

FÜNFUNDDREISSIG

Elizabeth entschied, die Arbeit zu schwänzen, sodass sie und Zach den Tag im Bett verbringen konnten. Sie waren verliebt. Nun endlich hatten sie sich ihre Gefühle gestanden und waren wie befreit.

„Ich kann es kaum erwarten, meinem Vater davon zu erzählen", sagte Zach. Er blickte auf die Uhr. „Es ist erst fünf. Lass uns nach Willow Glen fahren und ihm die Neuigkeiten überbringen."

„Bist du sicher?"

„Verdammt sicher." Er warf ihr einen bedeutungsvollen Blick zu. „Heute ist Freitag. Wenn wir am Supermarkt anhalten, müssen wir das ganze Wochenende nicht aus dem Haus."

Sie lächelte angesichts der Wärme in seinen Augen, die von Begehren und Liebe zeugte. Sie dachte daran, dass er irgendwann in diesen letzten beiden Wochen entdeckt hatte, was er wirklich wollte in seinem Leben, und offenbar wollte er sie.

Sie hatte das Gefühl, die glücklichste Frau auf Erden zu sein.

Es war fast sechs, als sie Willow Glen erreichten. Hand in Hand gingen sie den langen Flur entlang, bis sie Fletcher Harcourts Zimmer erreichten. Die Tür stand offen, und Zach ging hinein, um ihren Besuch anzukündigen. Als Elizabeth ihm folgte, sah sie den alten Mann von seinem Rollstuhl aus fernsehen – einen völlig anderen Mann als beim letzten Mal.

„Dad, erinnerst du dich an Liz?"

Er musterte sie einen Moment nachdenklich und lächelte dann. „Sie waren beim Gericht." Er war ein gut aussehender Mann, was ihr schon beim ersten Mal aufgefallen war, doch nun spürte sie etwas von der Präsenz, die er einst gehabt hatte.

„Schön, Sie zu sehen, Mr. Harcourt."

Zach ergriff ihre Hand, worauf sein Vater die Augenbrauen hochzog.

„Ich nehme an, ihr beide kennt euch schon eine Weile."

„Liz ist Familienberaterin. Wir sind uns vor einigen Monaten bei Teen Vision begegnet, doch ich glaube, ich habe schon mein ganzes Leben auf sie gewartet."

„Das klingt vielversprechend. Kommt der einsame Wolf schließlich doch zur Ruhe?"

Zach zog ihre Hand an seine Lippen. „Wir werden heiraten, Dad. Liz war verrückt genug, Ja zu sagen, und jetzt lasse ich sie nicht mehr raus aus der Sache."

Das Lächeln seines Vaters war breit und aufrichtig. „Herzlichen Glückwunsch. Wann ist die Hochzeit?"

„Wenn es nach mir ginge: lieber gestern als heute. Aber Liz wünscht etwas Persönlicheres als nur einen Gang zum Standesamt."

„Eine Feier im kleinen Rahmen", sagte sie. „Und wir möchten, dass Sie dabei sind."

Fletcher streckte eine Hand aus, die Zach ergriff. „Ich könnte mich nicht mehr freuen für dich, mein Sohn."

„Wir denken noch darüber nach, wo wir leben werden. Ich glaube nicht an Fernbeziehungen. Ich dachte, dass ich vielleicht das Angebot von Jon Noble annehme und unsere neue Kanzlei in San Francisco leite. Liz dürfte kein großes Problem haben, dort einen Job zu finden. Jedenfalls bis wir Kinder haben."

Sein Vater nickte und wirkte unglaublich zufrieden. „Du hättest mir keine schöneren Neuigkeiten bringen können. Nun habe ich etwas, worauf ich mich freuen kann. Ein noch besserer Grund, mich schnell zu erholen, um hier herauszukommen."

Ein Schatten erschien an der Türschwelle. „Was ist los? Du denkst doch wohl nicht daran, Willow Glen zu verlassen, oder? Es ist noch viel zu früh dafür."

Zach blickte hinüber zu seinem Bruder. „Hallo, Carson. Du kommst genau richtig."

„Tatsächlich?"

„Liz und ich werden heiraten."

Carsons Lippen wurden ganz schmal. „Das ist ja ein Ding." Er warf Elizabeth ein kühles, wissendes Lächeln zu. „Und wie lange genau, glaubst du, wird er nach der Hochzeit bei dir bleiben? Du denkst ja wohl nicht, dass das Ganze länger als ein Jahr dauert."

Statt der Unsicherheit, auf die Carson spekuliert hatte, fühlte Elizabeth kalte Wut in sich aufsteigen. „Du kennst deinen Bruder nicht, Carson. Du hast ihn nie gekannt."

Fletcher Harcourt war bei den Worten seines ältesten Sohnes rot angelaufen. „Du bist dein ganzes Leben lang auf deinen Bruder eifersüchtig gewesen. Ich hatte gehofft, dass du aus diesem Neid herauswächst, doch das bist du nicht." Er starrte Carson an und runzelte plötzlich die Stirn. Etwas glomm in seinen dunklen Augen auf, und seine Miene veränderte sich.

„Was ist los, Dad?", fragte Zach.

„Ich weiß nicht. Da ist etwas, an das ich mich erinnere … Es ist da, aber irgendwie kann ich es nicht …" Er schüttelte leicht den Kopf, als wollte er durch die Bewegung etwas wieder an seinen Platz rücken. „Ich glaube, es ist etwas Wichtiges, aber ich scheine es nicht recht zu fassen zu kriegen."

„Ist schon in Ordnung, Dad", sagte Zach. „Mit der Zeit wird es dir einfallen."

Fletcher schien noch immer mit seiner verschütteten Erinnerung beschäftigt zu sein.

„Entspann dich", sagte Carson. „Was in der Vergangenheit geschah, ist nicht wichtig. Denk lieber an die Zukunft."

Fletcher sah zu seinem blonden Sohn hoch, und seine Augen weiteten sich vor Überraschung. „Mein Gott – ich erinnere mich! Ich erinnere mich, was in jener Nacht geschah!" Er erhob sich halb in seinem Stuhl und blickte Carson an, als sähe er einen Geist. „Ich habe dich gehört ... abends ... am Telefon. Wir waren beide oben in unseren Zimmern. Ich wusste nicht, dass die Leitung besetzt ist. Als ich den Hörer abnahm, hörte ich Jake Bensons Stimme."

Carson blitzte ihn an. „Du kannst dich unmöglich daran erinnern. Der Doktor sagt, dass bei dieser Art von Kopfverletzung die Chancen eins zu tausend stehen, dass du dich an irgendetwas erinnerst."

„Tatsächlich? Nun, ich erinnere mich, dass Jake Geld von dir wollte. Er drohte dir damit, mir sonst die Wahrheit über den Autounfall zu erzählen, der Zach ins Gefängnis gebracht hat. Er sagte, wenn du ihm keine weiteren fünfzigtausend geben würdest, würde er mir sagen, was wirklich geschah – dass nämlich du in jener Nacht den Wagen gefahren hast. Dass du auf die Gegenspur geraten bist. Dass du den Mann getötet hast, Carson. Du! Nicht Zach!"

Zach richtete den Blick auf seinen Bruder, der kreidebleich geworden war. „Du bist in jener Nacht gefahren? Du hast den Mann getötet?"

„Du kannst unmöglich auf ihn hören. Er weiß nicht, was er sagt. Er leidet noch immer unter den Folgen der Operation."

„Blödsinn! Er weiß genau, was er sagt."

„Das ist richtig", schaltete sich Fletcher wieder ein. „Du hast Benson gesagt, er solle zum Haus kommen und du würdest ihm das Geld geben." Fletcher erhob sich ganz, und seine Beine zitterten, als er auf Carson zeigte. „Er kam gerade durch die Haustür, als ich dich mit dem konfrontierte, was ich gehört hatte. Jake stand in der Halle, als du mich die Treppe hinuntergestoßen hast!"

Innerhalb einer Sekunde fügten sich in Zachs Kopf alle Puzzleteile zusammen. Carson war gegen die Operation ihres Vaters gewesen, weil er befürchtet hatte, dass Fletcher sich an die Geschehnisse der verhängnisvollen Nacht erinnern würde.

Zach blickte Carson an, und ein weiteres Puzzleteil fand seinen Platz. „Du Mistkerl – du hast ihn umgebracht! Du hast Jake Benson umgebracht und ihn unter dem Haus begraben!"

„Du bist ja verrückt! Genauso verrückt wie dieser alte Mann."

„Du hast all die Jahre gelogen, und jetzt lügst du auch. In der Nacht des Autounfalls hattest du nicht einmal getrunken. Vor dem Gesetz hätte es als Unfall gegolten, und das wäre es gewesen. Aber du hast lieber einen unschuldigen Mann ins Gefängnis geschickt, damit deine weiße Weste nicht befleckt wird."

„Nichts davon ist wahr!"

„Ach nein? Du hast mich ins Gefängnis gebracht, doch damit war es nicht vorbei, nicht wahr? Jake wusste, was in jener Nacht geschehen war, und er hat dich erpresst. Ich frage mich, wie viel du ihm gezahlt hast, bis du ihn schließlich umgebracht hast."

„Ich habe ihm gar nichts gezahlt! Du redest Blödsinn."

„Das ist auch der Grund, warum du uns nicht bei dem Haus der Santiagos haben wolltest. Du hattest Angst, dass jemand über Jakes Leichnam stolpern würde. Und genau das ist ja auch passiert."

„Benson ist von sich aus gegangen. Er hat irgendwo anders einen Job bekommen."

„Wo genau?"

„Ich weiß es nicht."

„Du weißt genau, wo Jake ist, weil du ihn dort hingebracht hast. Du wusstest, dass ihn niemand vermissen würde. Er hatte keine Familie. Er war nur ein Arbeiter, der von Job zu Job zog. Besser er war tot, als dass er die Wahrheit sagte über den Unfall und darüber, was du an jenem Abend mit Dad gemacht hast. Besser er war tot, als dass er dich um immer mehr Geld erpresste."

Carsons Augen schossen unruhig von Zach zu seinem

Vater und wieder zurück. Er wollte etwas sagen, brachte aber kein Wort heraus. Stattdessen drehte er sich um und rannte davon. Seine schweren Schritte hämmerten über den Flur.

Zach stürzte hinter ihm her und erreichte ihn gerade, als er um die Ecke biegen wollte. Er warf sich auf ihn und riss ihn zu Boden.

„Lass mich in Ruhe!" Carson rollte sich auf den Rücken und wollte sich befreien, doch Zach ergriff ihn am Hemdkragen und zog seinen Kopf hoch. Carson wehrte sich, und Zach holte mit der Faust aus.

„Gib auf, Carson. Das Spiel ist aus." Er verstärkte seinen Griff. „Hierbei bin ich besser als du. Du kannst ebenso gut aufgeben. Du wirst diesen Kampf nicht gewinnen."

Carson zögerte kurz, dann ließ er seinen Kopf resigniert zurückfallen. Zach löste seinen Griff und stand langsam auf.

„Rufen Sie 911", rief er der Rezeptionistin zu, die mit schreckgeweiteten Augen hinter ihrem Tresen stand. „Sagen Sie dem Sheriff, dass Carson Harcourt mit ihm sprechen möchte." Er blickte hinunter auf seinen Bruder. „Stimmt doch, Carson, oder?"

Carson nickte, und Zach trat ein paar Schritte zurück. Selbst wenn Carson versuchte fortzulaufen: Es gab keinen Ort, wo er hinkonnte. Zach sah es seinem Bruder förmlich an, wie er fieberhaft nach einem Ausweg suchte, sich eine Strategie zurechtlegte, um aus der Sache herauszukommen.

„Ich überlasse das dir", sagte Zach zu ihm. „Viel Glück."

Carson erhob sich mühsam, klopfte seine Jacke ab und glättete sein Hemd. „Es ist noch nicht vorbei", sagte er finster.

„Doch, Carson, das ist es." Zach dreht sich um und ging den Flur zurück. Elizabeth kam ihm bereits entgegen, und als sie sich auf halbem Wege trafen, zog er sie in seine Arme.

– *ENDE* –

*Deutsche Erstveröffentlichung
Dieser Roman erscheint im Juni 2009*

M. J. Rose
Der Memory-Code

Band-Nr. 25378
8,95 € (D)
ISBN: 978-3-89941-615-2

Deutsche Erstveröffentlichung

M. J. Rose
Das Delilah-Komplott

Band-Nr. 25228
7,95 € (D)
ISBN: 978-3-89941-345-8
416 Seiten

Deutsche Erstveröffentlichung

M. J. Rose
Das Venus-Gift

Band-Nr. 25288
7,95 € (D)
ISBN: 978-3-89941-472-1
464 Seiten

Jasmine Cresswell
Feuerscherben
Band-Nr. 25347
7,95 € (D)
ISBN: 978-3-89941-565-0
384 Seiten

Brenda Novak
Totgeschwiegen
Band-Nr. 25346
7,95 € (D)
ISBN: 978-3-89941-564-3
432 Seiten

Christiane Heggan
Wo die Wahrheit ruht
Band-Nr. 25370
7,95 € (D)
ISBN: 978-3-89941-603-9
304 Seiten

Heather Graham
Hastings House
Band-Nr. 25339
8,95 € (D)
ISBN: 978-3-89941-555-1
416 Seiten

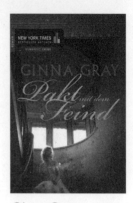

Ginna Gray
Pakt mit dem Feind
Band-Nr. 25328
7,95 € (D)
ISBN: 978-3-89941-542-1
432 Seiten

Alex Kava
Ausgeblutet
Band-Nr. 25334
8,95 € (D)
ISBN: 978-3-89941-549-0
384 Seiten

Sharon Sala
Gefangene Seele
Band-Nr. 25340
8,95 € (D)
ISBN: 978-3-89941-556-8
480 Seiten

Karen Harper
Schattenernte
Band-Nr. 25354
7,95 € (D)
ISBN: 978-3-89941-573-5
432 Seiten